EDIÇÕES BESTBOLSO

Recomeços

Danielle Steel nasceu em Nova York, em 1947. Seus livros já venderam mais de 500 milhões de exemplares em todo o mundo e são best-sellers em 47 países. Traduzida para mais de 20 idiomas, Danielle Steel publicou seu primeiro livro, *O apelo do amor*, em 1973, e se tornou conhecida mundialmente com *Segredo de uma promessa*, em 1978. É também autora de *Segredos do passado*, *Mergulho no escuro*, *O anjo da guarda*, *Entrega especial*, *Vale a pena viver*, *Milagre*, *O fantasma*, *Casa forte*, entre outros.

DANIELLE STEEL

Recomeços

Tradução de
AULYDE SOARES RODRIGUES

1ª edição

EDIÇÕES
BestBolso

RIO DE JANEIRO – 2014

CIP-BRASIL. CATALOGAÇÃO NA PUBLICAÇÃO
SINDICATO NACIONAL DOS EDITORES DE LIVROS, RJ

Steel, Danielle, 1947-
S826r Recomeços / Danielle Steel; tradução Aulyde Soares Rodrigues. – 1ª ed. – Rio de Janeiro: BestBolso, 2014.
12x18 cm.

Tradução de: Daddy
ISBN 978-85-7799-351-2

1. Ficção americana. I. Rodrigues, Aulyde Soares, 1922-. II. Título.

14-10531 CDD: 813
CDU: 821.111-3

Recomeços, de autoria de Danielle Steel.
Título número 373 das Edições BestBolso.
Primeira edição impressa em junho de 2014.
Texto revisado conforme o Acordo Ortográfico da Língua Portuguesa.

Título original norte-americano:
DADDY

www.edicoesbestbolso.com.br

Design de capa: Simone Villas-Boas sobre imagens iStockphoto.

Impresso no Brasil

ISBN 978-85-7799-351-2

PAPAI

Para o melhor dos pais
Que conheço... vezes nove!
O pai deles...
  Nosso pai...
    Meu pai!
De todo o meu coração,
Com todo o meu amor,
Ao papai outra vez,
mas agora de
todos nós,
      com todo o meu coração
        minha alma,
          meu amor,
            Olive.

PAPAI

Primeiro amor,
primeiro filho,
ou talvez
uma filha preciosa
ágil
e doce.
sua mão cheia de segurança,
seu amor tão puro,
sua lealdade
para eles
maravilhosa,
sua paciência
vasta
e seu coração
maior
do que o céu,
o fermento
para suas vidas,
o sol brilhante
no seu céu,
aquele para quem
sempre se voltam,
o homem por quem
eles vivem,
a chama
do amor
tão viva,
sua sabedoria
sempre certa,
sua mão
tão forte
raramente

errado,
tão doce,
tão perto,
tão querido,
sempre o centro
de tudo,
e uma vez
tão alto,
seu amor por eles
nunca esmaecido,
sempre alegre,
belo,
encantador,
ensinando,
erguendo a mão
para as estrelas,
dirigindo carros engraçados,
a mão amorosa e o coração
para todas as garotas e
todos os garotos,
homem adorado,
eterno amigo,
como vocês são felizes,
filhos amados,
de ter esse
homem
como seu
pai.

1

A neve caía em grandes flocos brancos, grudados uns nos outros, como um desenho dos livros de contos de fadas que Sarah lia quando criança. Sentada em frente à máquina de escrever, olhou pela janela a neve que cobria o gramado, enfeitou as árvores com pingentes de renda e esqueceu por completo a história que desde aquela manhã passeava em sua mente. Era um espetáculo tão pitoresco, tão bonito. Ali tudo era bonito. Uma vida de contos de fadas numa cidade de contos de fadas, e o povo parecia gente de conto de fadas. Eram todos exatamente o que Sarah sempre desejou ser, e agora se tornara um deles, como sempre fora e provavelmente como sempre seria. Sarah MacCormick, a rebelde, diretora-assistente da *Crimson,* formada em Radcliffe, em 1969, primeira da classe, sabia que era diferente e agora se tornara um deles. Da noite para o dia, ou quase. Na verdade foram precisos quase vinte anos. E agora ela era Sarah Watson. A Sra. Oliver Wendell Watson. Morava em Purchase, Nova York, numa bela casa, quase totalmente quitada, depois de 14 anos de luta com a hipoteca. Tinha três filhos, um cachorro, o último hamster morrera no ano anterior. E tinha um marido que ela amava. Querido e adorável Ollie. Quando Sarah terminou o curso em Radcliffe, Ollie formou-se em Administração, em Harvard, e amavam-se desde o segundo ano de faculdade. Mas Ollie era tudo que Sarah não era. Era conservador, e ela, contestadora. Ollie acreditava que era certo o que fizeram no Vietnã e durante um tempo Sarah quase o odiou por isso. Chegou a deixar de vê-lo, logo depois da formatura, insistindo em dizer que eram muito diferentes. Ela foi então morar no SoHo, na cidade de Nova York, começou a escrever e estava indo muito bem. Teve dois trabalhos publicados na revista *The Atlantic Monthly,* e um... incrível!... na *The New Yorker.* Sarah sabia que era boa no que estava fazendo. E Oliver morava com dois amigos num apartamento na rua 79 Leste, e com seu MBA, tinha um bom emprego numa agência de publicidade na Madison Avenue. Sarah queria odiá-lo por tudo isso, por seu conformismo, mas não podia. Mesmo naquela época, sabia quanto o amava.

Oliver falava de coisas como morar no campo, ter cachorros da raça setter irlandês, dizia que queria quatro filhos, uma mulher que não trabalhasse, e Sarah zombava dele. Mas Oliver apenas oferecia aquele largo sorriso de garoto, que fazia o coração dela bater mais forte... mesmo quando ela procurava se convencer de que queria um homem com cabelos mais compridos do que os dela... um artista... um escultor... um escritor... um homem "criativo". Oliver era criativo e inteligente. Formara-se com louvor em Harvard e nunca se deixara influenciar pelos modismos dos anos 1960. Quando Sarah fazia suas marchas de protesto, ele a tirava da cadeia, quando ela brigava, xingando-o inclusive, ele explicava com calma e lógica aquilo em que acreditava. E Oliver era tão decente e tão bondoso, era seu melhor amigo, mesmo quando a deixava furiosa. Às vezes encontravam-se no Village, ou fora do centro da cidade para um café, ou drinques, ou almoço, e ele contava o que estava fazendo e queria saber tudo sobre o que Sarah escrevia no momento. Oliver reconhecia o talento dela, mas não compreendia por que não era possível ser "criativa" e casada.

– ... casamento é para as mulheres que procuram alguém para sustentá-las. Eu quero tomar conta de mim mesma, Oliver Watson.

E era capaz disso, ou pelo menos foi, de certo modo. Tinha trabalhado meio expediente numa galeria no SoHo e era ao mesmo tempo escritora freelance. Ganhava dinheiro com isso. Às vezes. Mas agora, em certos momentos, Sarah se perguntava se ainda seria capaz de se cuidar sozinha, preencher o formulário do imposto de renda e não deixar caducar a apólice de seguro. Depois de 18 anos casada, havia se tornado muito dependente do marido. Oliver se encarregava de todos os pequenos problemas de sua vida, e uma boa parte dos grandes. Era como viver num mundo hermeticamente fechado, com Ollie sempre ali para protegê-la.

Dependia dele para tudo, e isso muitas vezes a assustava. E se acontecesse algo com ele? Seria capaz de controlar as coisas? Manter a casa, a si mesma e as crianças? Às vezes tentava conversar sobre isso com ele, mas Oliver ria, dizia que ela não precisava se preocupar. Não eram ricos, mas estavam bem e ele era muito responsável. Tinha muitos seguros de vida. A Madison Avenue fora generosa e aos 44 anos ele era o terceiro na hierarquia de Hinkley, Burrows e Dawson, uma das maiores agências do país. Estava encarregado das quatro maiores contas, era valioso para a empresa e respeitado por todos. Fora um dos mais jovens vice-presidentes, e Sarah orgulhava-se dele. Mas isso também a assustava. O que ela estava fazendo ali, no encantador bairro de Purchase, vendo a neve cair e esperando que as crianças chegassem em casa, enquanto fingia escrever uma história... uma história que jamais seria escrita, jamais seria terminada, jamais iria a lugar algum, como todas as outras que havia tentado escrever nos últimos dois anos. Na véspera do seu 39º aniversário, Sarah decidira voltar a escrever. Uma decisão importante para ela. Na verdade, completar 39 anos havia sido muito pior do que fazer 40. Aos 40 ela estava resignada à "desgraça iminente", como a chamava. Ela e Oliver passaram um mês na Europa para comemorar seus 40 anos. Os dois filhos mais velhos ficaram no acampamento de verão, e sua sogra ficou com Sam, que tinha apenas 7 anos então; foi a primeira vez que Sarah o deixou. Sua chegada a Paris foi como se as portas do céu tivessem se aberto... sem os revezamentos de mães no transporte de crianças... sem crianças... sem animais de estimação... sem reuniões de pais no colégio... nada de jantares beneficentes para a escola ou para os hospitais locais... ninguém... nada... só os dois, e quatro semanas inesquecíveis na Europa. Paris... Roma... atravessar a Toscana de carro, uma parada rápida na Riviera italiana, e depois alguns dias num barco alugado, navegando entre Cannes e Saint-Tropez... de carro outra vez até Eze e Saint-Paul-de-Vence, e jantar no Colombe d'Or. E, para terminar, os movimentados dias em Londres. Sarah escreveu constantemente durante a viagem, enchendo sete cadernos. Mas quando chegou em casa... nada. Nada daquilo parecia querer se transformar numa história, num conto, artigo ou poema. Ela ficou ali, olhando para os cadernos, com uma folha em branco na máquina de escrever.

Um ano e meio depois, tudo continuava na mesma. Com 41 anos, era como se já tivesse vivido toda a sua vida. E Oliver sempre achava graça quando Sarah dizia isso.

– Por Deus, Sarrie... você não mudou nada desde que nos conhecemos.

E ele estava sendo sincero. Era quase verdade, mas apenas quase. Ela e todos que tivessem olhar crítico podiam ver a diferença. O cabelo vermelho-escuro, que antes caía pelas costas em camadas de cobre brilhante, era agora castanho-avermelhado. Ela o usava até os ombros e havia muitos fios brancos, que incomodavam mais aos filhos do que a ela. Os olhos eram os mesmos, com um azul-escuro vibrante, e a pele sedosa continuava bonita, quase sem rugas, apenas pequenos traços do tempo aqui e ali, mas para Oliver eles davam mais expressão ao rosto. Sarah era uma mulher bonita, e fora uma jovem bonita, longilínea e elegante, corpo bem-feito e mãos graciosas, e um senso de humor que dançava nos olhos. Foi o que Oliver amou logo no começo. Seu riso e sua vivacidade, e sua coragem, a determinação de ser fiel às suas crenças. Quando ela era jovem, muitos a achavam difícil, mas não Ollie. Nunca Ollie. Ele gostava do seu modo de pensar, das coisas que ela dizia e do modo como as dizia. Seu relacionamento foi construído sobre uma base de respeito mútuo e carinho, e eram muito bons na cama. Sempre haviam sido. Às vezes ele até achava que, depois de vinte anos, eram melhores ainda. O que era verdade, de certo modo. Eles se conheciam perfeitamente, como madeira macia tocada e acariciada milhares de vezes por mãos amorosas com a ternura da união verdadeira.

Oliver levou dois anos para convencê-la a se casar com ele, depois do intervalo no SoHo, e aos 23 anos ela se tornou a Sra. Oliver Watson. Protestando sempre, como era do seu feitio, não quis um casamento tradicional. Casaram-se no jardim dos pais dele, em Pound Ridge, e os pais dela e a irmã mais nova foram de Chicago para a cerimônia. Sarah usou um vestido vermelho vivo e um chapéu de aba larga. Parecia mais uma figura num quadro do que uma noiva, mas os dois estavam felizes. Passaram a lua de mel nas Bermudas. O tempo estava horrível, mas eles não notaram. Riam, brincavam, ficavam na cama até o meio da tarde, aparecendo apenas para um pequeno reconhecimento no restaurante do hotel. Voltavam para o quarto, rindo e brincando como duas crianças.

Três semanas depois disso, Sarah começou a achar que o casamento não era tão divertido. Moravam num pequeno apartamento na Segunda Avenida, num prédio cheio de aeromoças, jovens executivos e "solteiros" que pareciam transformar o prédio inteiro numa festa constante.

Oliver voltou do trabalho e a encontrou com uma cara que parecia que alguém havia morrido. Mas não se tratava de morte alguma, era obra da "cegonha". Logo que voltaram da lua de mel, Sarah estranhou a falta da menstruação, mas como havia usado religiosamente o diafragma, nem pensou que pudesse estar grávida. O diafragma fora usado quase noite e dia, até voltarem da lua de mel, mas algo tinha saído errado e ela estava grávida. E queria fazer um aborto. Oliver ficou horrorizado com a ideia. Porém, Sarah estava mais horrorizada com a possibilidade de ter um filho tão depressa.

– Não queremos filhos ainda... quero trabalhar outra vez... fazer alguma coisa.

Pensava em conseguir um emprego de editora numa revista literária. Suas histórias não estavam vendendo muito bem e ela havia se matriculado na Columbia Graduate School para terminar o mestrado. Quando casou, deixou o emprego na galeria, porque era complicado ir ao SoHo todos os dias.

– Você pode trabalhar depois! – disse Ollie, procurando convencê-la e ao mesmo tempo consolá-la.

Sarah não se conformou, e todas as noites Oliver voltava para casa aterrorizado... e se ela tivesse feito o aborto... se tivesse procurado alguém enquanto ele estava trabalhando? Mas Sarah não fez. Em parte porque estava enjoada demais, cansada demais, deprimida demais para fazer qualquer coisa, limitando-se a andar pelo apartamento e perguntando a si mesma como havia deixado isso acontecer. Oliver, no entanto, estava encantado. Sempre dizia que iam ter quatro filhos e mesmo que, naquela época, representassem um peso no orçamento, estava disposto a enfrentar as dificuldades. Ele ia bem no trabalho, subia rapidamente na empresa, e mesmo que estivessem passando fome não permitiria que ela fizesse um aborto. Era o filho dos dois. E ele amou a criança muito antes de ela nascer.

Benjamin Watson chegou com um chumaço de cabelo vermelho no alto da cabeça, e uma expressão de espanto nos olhos brilhantes, exatamente nove meses e três dias depois do casamento dos pais. Parecia ansioso para descobrir o mundo, chorava muito e, para encanto de Oliver, maravilhado por ser pai, o bebê era igualzinho à mãe. Benjamin cresceu rápido e tinha mais do que os traços da mãe. Tinha sua força de vontade, sua teimosia e seu gênio esquentado. Havia momentos em que Sarah pensava que ia estrangulá-lo, antes que Oliver chegasse em casa para acalmar os ânimos. Em poucos minutos o bebê estava feliz, balbuciando no colo do pai, brincando satisfeito, enquanto Sarah deixava-se cair exausta numa cadeira, com uma taça de vinho na mão, imaginando quanto tempo mais aguentaria. Definitivamente ser mãe não era seu forte, e o apartamento, pequeno demais, a estava deixando louca. Quando o tempo estava ruim, o que era frequente naquele ano, não podiam sair e os gritos do bebê ecoavam irritantemente pelas quatro paredes. Oliver queria sair da cidade, comprar uma casa, mas isso era ainda um sonho distante. Sarah falou em arranjar um emprego, mas sempre que faziam os cálculos verificavam que seria inútil, pois o que ela podia ganhar daria apenas para pagar uma babá, não ajudando em nada na economia para a compra da casa. Isso seria um motivo para sair de casa, e embora a ideia a agradasse, Oliver achava mais importante ela ficar com o filho.

– Por falar em machismo, Ol. O que você quer que eu faça? Que fique o dia inteiro falando sozinha até enlouquecer?

Em certos dias Sarah tinha a impressão de que não ia aguentar, e a ideia de ter quatro filhos a fazia pensar em suicídio.

Seus pais não podiam ajudar porque moravam em Chicago e, apesar de bem-intencionados, não eram muito melhores do que ela. Oliver era filho único e aparentemente sua mãe havia esquecido o que era cuidar de uma criança. Benjamin a deixava nervosa. Mas não tanto quanto irritava Sarah.

Finalmente, Benjamin começou a andar e tudo ficou mais fácil. Tinham atravessado a pior parte. Alugaram uma casa em Long Island para o verão e no ano seguinte ele poderia entrar em uma creche... mais um ano... Sarah estava quase livre... e logo poderia voltar a escrever. Não pensava mais em arranjar um emprego. Queria escrever um livro. Quando tudo começava a melhorar, ela ficou gripada, a gripe mais terrível de todas, e depois de um mês estava certa de que ia morrer. Nunca estivera tão doente em toda a sua vida. A doença não passava, tinha uma tosse forte e insistente e náuseas, de manhã até a noite. No fim de um mês de luta inglória, resolveu não economizar e procurou um médico. Sarah estava gripada, mas era mais que isso. Ia ter outro filho. Dessa vez não houve cenas de raiva, nem acessos de fúria, apenas desespero e choro que, para Oliver, parecia durar horas e horas. Sarah não podia enfrentar tudo outra vez. Não podia cuidar de outro filho, e Benjamin ainda usava fraldas. Agora seriam dois. Foi a única vez que Sarah viu Oliver deprimido também. Ele não sabia o que fazer para animá-la. Como antes, estava entusiasmado com a ideia de ter outro filho, mas dizer isso a ela só a fazia chorar mais.

– Eu não posso... simplesmente não posso, Ollie... por favor... não me obrigue.

Discutiram outra vez sobre aborto, e ela quase o convenceu. Oliver temia que Sarah fosse enlouquecer se não concordasse. Mas finalmente fez com que ela desistisse da ideia e conseguiu um aumento que foi todo usado para pagar uma pessoa, três vezes por semana, para ajudar Sarah com Benjamin. Era uma jovem irlandesa com 12 irmãos, exatamente o que Sarah precisava. De repente ela podia sair, ir às bibliotecas, encontrar as amigas, visitar galerias de arte e museus, e seu estado de espírito melhorou sensivelmente. Começou até a sentir prazer na companhia de Benjamin e uma vez ou outra o levava a um museu. E Oliver sabia que, embora não admitisse, Sarah esperava ansiosamente pelo segundo filho.

Quando Melissa nasceu, Benjamin estava com 2 anos e Oliver começou a pensar seriamente em se mudar para o subúrbio. Quase todos os fins de semana iam ver casas em Connecticut e finalmente concluíram que estava acima de suas possibilidades. Passaram a procurar em Long Island, Westchester, e agora esse era o programa obrigatório de todos os fins de semana. Pound Ridge, Rye, Bronxville, Katonah e finalmente, depois de muita procura, encontraram o que queriam em Purchase. Era uma antiga casa de fazenda, vazia havia vinte anos, que precisava de muitas reformas. A casa era parte de uma grande propriedade que eles compraram por uma pechincha, de um inventário. Uma pechincha que para eles representou muitos anos de economia e de trabalho, mas fazendo eles mesmos quase tudo, depois de um ano tinham uma casa bonita e orgulhavam-se dela.

– Mas isso não quer dizer que vou ter mais filhos, Oliver Watson! – Para ela, bastava o sacrifício de morar fora da cidade. Quando ainda eram namorados, Sarah havia jurado a si mesma que nunca faria isso. Mas agora tinha de admitir que era mais lógico. Não podiam mais morar no antigo apartamento e tudo o que tinham visto na cidade era pequeno demais e ridiculamente caro. Agora, cada criança tinha o próprio quarto.

Havia a sala de estar, imensa, mas aconchegante, a biblioteca que eles carinhosamente estavam enchendo de livros, uma cozinha acolhedora com duas paredes de tijolos, pesadas vigas de madeira no teto e um fogão antigo, que Sarah fez questão de conservar, depois de uma reforma. A casa tinha enormes janelas francesas que davam para o que ela, quase miraculosamente, havia transformado num jardim e ela podia ver as crianças brincando lá fora enquanto cozinhava. Com a mudança, Sarah perdeu a jovem irlandesa e em parte foi bom, porque no momento não podiam pagar uma empregada.

Benjamin já estava com 3 anos e passava as manhãs na escola. Dois anos depois, Melissa também entrou para a escola, e Sarah resolveu voltar a escrever. Mas de certo modo não tinha mais tempo. Sempre parecia ter algo para fazer. Trabalhava como voluntária no hospital local uma vez por semana na escola dos filhos, levava as crianças ao colégio em determinados dias, arrumava a casa, passava as camisas de Ollie e trabalhava no jardim. Era bem diferente do que fazia como editora da *Crimson*. Mas, por mais estranho que parecesse, Sarah não se importava.

Quando deixaram Nova York foi como se uma parte dela tivesse ficado para trás, a parte que lutava ainda contra as imposições do casamento e da maternidade. De repente, sentia-se parte daquele mundo pequeno e pacato que a rodeava. Conheceu mulheres que tinham filhos da idade dos seus. Nos fins de semana, ela e Ollie jogavam tênis e *bridge* com outros casais, seu trabalho voluntário parecia exigir mais dela a cada dia, e a luta e o desespero pareciam ter desaparecido por completo. E com eles, seu desejo de escrever. Nem sentia falta agora. Queria apenas o que tinha, uma vida feliz e ocupada com o marido e os filhos.

Os primeiros meses agitados de Benjamin eram agora uma lembrança distante e ele transformou-se numa criança alegre e simpática, parecido com a mãe, não apenas fisicamente, mas compartilhando seus interesses, paixões e valores. Era como uma esponja, absorvendo tudo o que ela era e, de muitos modos, um espelho fiel de Sarah. Oliver percebia isso e comentava, divertido, e, embora não admitisse para ninguém, Sarah sentia-se lisonjeada. Benjamin era tão parecido com ela! Melissa era também uma criança encantadora, mais fácil do que Benjamin na sua idade e, de certa forma, mais parecida com o pai. Tinha um sorriso descontraído e encarava a vida com otimismo e felicidade. Não parecia querer muita coisa dos pais. Contentava-se em acompanhar Sarah, levando sempre um livro, uma boneca ou um quebra-cabeça. Às vezes Sarah chegava a esquecer que ela estava no quarto ao lado. Era uma menininha pouco exigente, com os cabelos louros e os olhos verdes do pai, mas não se parecia com ele. Parecia mais com a mãe de Oliver. Sarah ficava aborrecida quando os pais do marido chamavam a atenção para esse fato.

Jamais chegou a ser amiga da mãe de Oliver. A Sra. Watson, sem se importar em agir com discrição, disse a Oliver exatamente o que ela pensava de Sarah, antes do casamento. Sarah era uma moça voluntariosa, difícil, que fazia tudo para conseguir o que queria, do modo que queria, e a mãe dele tinha medo de que, no futuro, Oliver viesse a ser profundamente magoado por ela. Agora, quando seu marido defendia a nora, tinha de admitir, embora com relutância, que Sarah era uma boa esposa para Oliver. Porém Sarah tinha a impressão de que a sogra estava sempre alerta, à espera de uma falha, um erro, alguma coisa terrível que, no fim, lhe desse razão. A única alegria que as duas compartilhavam eram as crianças. A Sra. Watson encantava-se com os dois, e Sarah os amava agora como se os tivesse desejado desde o começo. Mas a sogra lembra-se ainda que não fora assim. Oliver jamais disse uma palavra, mas sua mãe percebeu perfeitamente o que estava acontecendo. Era uma mulher inteligente, observadora e sabia muito bem que Sarah não ficara feliz com nenhuma gravidez e que praticamente havia rejeitado Benjamin nos primeiros meses. Na verdade, ele não foi uma criança fácil. Ela também ficava irritada com aquele choro constante. Mas tudo isso estava esquecido agora, as crianças cresciam rápido, e Sarah e Oliver pareciam felizes, sempre ocupados, vivendo muito bem. Finalmente Sarah havia desistido de suas aspirações literárias, que sempre pareceram um tanto excessivas para a Sra. Watson.

– Ela é uma boa moça, Phyllis. Não seja tão severa. Sarah era muito jovem quando se casou. E Oliver é muito feliz com ela. – O pai de Oliver sempre fora mais ponderado que a mãe.

– Eu sei... mas tenho sempre a impressão de que ela quer mais alguma coisa, algo fora do seu alcance... e que vai custar muito caro a Oliver.

Uma observação mais astuta do que ela podia imaginar. Mas George Watson balançou a cabeça com um sorriso complacente.

– Ollie sabe como cuidar dela.

– Não estou muito certa disso. Acho que ele está pronto para permitir que Sarah faça o que quiser, por mais caro que seja para ele. Oliver é esse tipo de homem. – Sorriu suavemente para o marido que ela amava havia quase quarenta anos, anos preciosos demais para serem contados. Havia muito tempo que eram um só corpo e uma só alma. Phyllis não podia sequer lembrar de uma vida sem ele. – Oliver é como o pai. Bom demais. Às vezes isso pode ser perigoso nas mãos da mulher errada.

Mesmo depois de todos aqueles anos, ela continuava a se preocupar com o filho e a desconfiar de Sarah.

Mas o elogio não passou despercebido ao marido, e ele olhou para a eterna namorada com o sorriso que ainda a fazia estremecer.

– Dê algum crédito a Sarah, Phyllis. Ela não fez nada para magoar nosso filho, e deu a ele, e a nós, duas belas crianças.

Belos, sem dúvida, e embora nenhum dos dois parecesse com o pai, eles tinham algo da sua beleza clássica. Oliver era alto e elegante, como um atleta, e seus cabelos, louros e lisos, eram a inveja de todas as mães, quando era pequeno, e de todas as jovens, na universidade. Embora Sarah raramente admitisse na frente dele, para não inflar muito seu ego, várias vezes ouvira dizer que Oliver Watson era o homem mais bonito de Purchase. Seis meses durante o ano sua pele tinha um belo tom bronzeado e os olhos verdes pareciam dançar, alegres e maliciosos. O fato de Oliver ignorar tudo isso o tornava ainda mais atraente.

– Você acha que eles vão ter mais filhos, George? – perguntava Phyllis ao marido, mas nunca ao filho e muito menos a Sarah.

– Não sei, querida. Acho que eles já têm uma vida bem completa agora. E nos dias de hoje nunca se sabe o que pode acontecer. Oliver está num negócio pouco seguro. Publicidade não é como trabalhar num banco, na minha juventude. Não se pode contar com coisa alguma hoje. Provavelmente é mais prudente que eles não tenham mais filhos.

Havia um ano que George Watson vinha dizendo isso. Vivera o suficiente para ver seus investimentos, antes tão sólidos, começarem a diminuir em quantidade e valor. O custo de vida era espantosamente alto, e ele e Phyllis precisavam administrar tudo com muito cuidado. Tinham uma bonita casa em Westchester, comprada havia 15 anos, quando Oliver estava na universidade. Sabiam que ele ia ficar muito tempo ausente e acharam que seria tolice continuar na velha casa em New London. Mas agora George preocupava-se constantemente com as finanças. Não estavam numa situação difícil de modo algum, mas se vivessem mais 25 anos, o que podia acontecer, e ele esperava que acontecesse, uma vez que Phyllis tinha 59 e ele, 62, poderiam chegar ao limite de suas economias. George acabava de se aposentar do banco e recebia uma boa pensão. Além disso, havia feito bons investimentos, mas, mesmo assim, era preciso ser prudente. Ele sempre dizia isso para Oliver. George havia visto muita coisa em sua vida, uma grande guerra e várias outras menores. Lutou em Guadalcanal e, por sorte, sobreviveu. Tinha 12 anos em 1929, o ano da quebra da bolsa, sabia o que era o horror da depressão, e durante aqueles anos vira a economia do país subir e descer várias vezes. Queria que o filho fosse precavido.

– Não vejo por que eles iam querer mais filhos.

Sarah concordava plenamente com ele. Era uma das poucas coisas em que ela e George Watson combinavam. Quando ela e Oliver falavam no assunto, uma vez ou outra, na cama, à noite, ou como naquele dia, num calmo passeio pelos bosques de Purchase, Sarah sempre dizia que era tolice pensar em ter mais filhos.

– Para que queremos mais filhos agora, Ollie? Melissa e Benjamin estão crescendo. São boas crianças, têm suas próprias vidas. Mais alguns anos e nós dois podemos fazer o que quisermos. Por que nos prendermos outra vez com todos aqueles problemas? – Sarah estremecia só em pensar.

– Não seria a mesma coisa agora. Podemos pagar alguém para ajudar. Eu não sei... mas acho que seria bom. Algum dia podemos nos arrepender de não termos tido mais filhos, Sarah.

Mas Sarah fingia não ver aquele olhar que derretia os corações das mulheres nas reuniões de pais no colégio.

– As crianças não gostariam da ideia agora. Benjamin está com 7 anos e Melissa, 5. Um bebê seria um intruso em suas vidas. Temos de pensar nisso também. Devemos alguma coisa a eles.

Sarah parecia tão segura, tão decidida. Oliver sorriu e segurou a mão dela, voltando para onde haviam deixado o carro. Oliver acabava de comprar seu primeiro Mercedes e para Sarah um casaco de peles, que lhe daria no Natal. Já estava reservado na Bergdorf Goodman com as iniciais dela no forro.

– Parece que já resolveu – observou ele, um tanto desapontado.

– Isso mesmo.

Era verdade. De modo algum ele a convenceria a ter outro filho. Estava com 31 anos e gostava da vida que levava. Seus dias eram completamente tomados com os comitês, passava a metade da vida dirigindo o carro cheio de crianças e o resto do tempo levando Benjamin às reuniões de escoteiros e Melissa à escola de balé. Tudo tinha um limite. Ele a havia domado tanto quanto Sarah estava disposta a se deixar domar. Tinham a cerca de madeira, os dois filhos e a casa no campo, e no ano anterior haviam até comprado um setter irlandês. Mais do que isso Sarah não podia dar nem mesmo por Ollie.

– O que acha de levarmos as crianças para esquiar depois do Natal? – perguntou ele, quando entraram no carro.

Oliver gostava de passar o Natal em casa, porque era mais divertido e melhor para seus pais. Os pais de Sarah tinham a outra filha e os netos, e todos os anos iam de Grosse Pointe para Chicago, mas os pais de Oliver só tinham a ele. E Sarah não estava com nenhuma vontade especial de passar o Natal com os pais ou com a irmã. Haviam feito isso uma vez, e ela ficou se queixando durante três anos. A irmã a aborrecia, e Sarah nunca se dera bem com a mãe. Sendo assim, estava tudo perfeito.

– Seria ótimo. Onde? Em Vermont?

– Que tal alguma coisa mais elegante este ano? O que me diz de Aspen?

– Sério? O bônus da semana passada deve ter sido especial.

Oliver havia conseguido a conta do maior cliente da agência. Sarah não sabia ainda o valor do bônus, e fora uma semana tão atarefada para os dois que esqueceu de perguntar.

– O bastante para esbanjar um pouco, se você quiser. Ou podemos ficar por aqui e viajarmos só os dois, quando começarem as aulas. Minha mãe ficaria com eles. – Ela já havia ficado antes, e agora que as crianças estavam maiores era mais fácil. – O que você acha?

– Acho fantástico. – Ela o abraçou e acabaram como dois namorados adolescentes no carro que cheirava a água-de-colônia e a couro novo.

No fim, fizeram as duas coisas. Foram a Aspen com as crianças, entre o Natal e o Ano-novo, e no mês seguinte passaram uma semana romântica em Round Hill, na Jamaica, em sua própria casa de veraneio, que dava para a baía de Montego. Eles sempre comentavam sua lua de mel nas Bermudas, passada quase toda no quarto, quando mal conseguiam ficar no restaurante o tempo necessário para comer. Essa viagem não foi muito diferente. Jogavam tênis, nadavam, passavam a manhã deitados na praia, mas no fim da tarde estavam fazendo amor na privacidade de sua casa de veraneio. Em quatro das seis noites jantaram no quarto. Foi a viagem mais romântica dos dois e voltaram sentindo-se renovados. Para Sarah era sempre uma surpresa a intensidade de seu amor por Oliver. Ela o conhecia havia 12 anos. Estavam casados fazia oito anos e era como se o romance estivesse sempre começando. Era evidente que ele sentia o mesmo. Ele a devorava com a energia de um garoto de 18 anos e, especialmente, gostava de conversar com ela durante horas a fio. O sexo entre eles sempre foi perfeito, mas, com o passar dos anos, ambos adquiriram novas ideias, novos pontos de vista, novos horizontes, não tão opostos agora como os de antigamente. Estavam crescendo juntos aos poucos e ele zombava dizendo que Sarah estava ficando mais conservadora enquanto ele estava mais liberal. Mas, na verdade, era como se fossem uma só pessoa, uma única mente, um coração caminhando na mesma direção.

Voltaram da Jamaica numa espécie de transe: calmos, num ritmo mais lento, e na manhã seguinte Oliver confessou que detestava a ideia de deixá-la para ir trabalhar. Trocaram um olhar íntimo e secreto, enquanto tomavam café. Sarah queimou as torradas, deixou caroços enormes no mingau de aveia e serviu o bacon quase cru.

– Grande café da manhã, mamãe! – zombou Benjamin. – Vocês devem ter se divertido bastante na Jamaica. Você até desaprendeu de cozinhar! – Ele riu, divertido.

Melissa fez o mesmo. Com 5 anos, ela era ainda mais tímida que Benjamin, e o irmão era seu ídolo, depois do pai.

As crianças saíram para a escola, e Oliver, para a estação de trem. Sarah sentiu que não conseguia voltar à rotina de antes. Não conseguiu se organizar durante todo o dia e na hora de jantar ainda não tinha saído de casa, nem feito coisa alguma. Achou que devia ser o preço de umas férias perfeitas.

Nas semanas seguintes não melhorou. Mal conseguia fazer o trabalho em casa e ficava exausta só de dirigir o carro quando era sua vez de levar as crianças para o colégio. Às 22 horas, Sarah estava dormindo.

– Deve ser a idade – disse ela para Oliver, no sábado de manhã, quando até a atividade de verificar as contas a deixou exausta.

– Talvez você esteja anêmica.

Não seria a primeira vez e parecia uma explicação simples para o que começava a se tornar um problema desagradável. Havia um mês que Sarah não fazia praticamente nada e precisava preparar duas festas de caridade para a primavera. De repente tudo parecia trabalhoso demais.

Na segunda-feira de manhã, ela foi ao médico para fazer um exame de sangue e um checkup e, sem nenhum motivo, naquela tarde, quando buscou as crianças na escola, estava sentindo-se melhor.

– Acho que é só minha cabeça – disse ela, quando Oliver telefonou para avisar que ia trabalhar até mais tarde. – Fiz um checkup hoje e já me sinto melhor.

– O que o médico disse?

– Pouca coisa.

Não contou que ele havia perguntado se ela estava deprimida, ou se estava tendo problemas com Oliver. Aparentemente, um dos primeiros sintomas de depressão é o cansaço crônico. Independentemente do que fosse, não era nada sério, disso Sarah tinha certeza. O médico disse que ela parecia estar bem de saúde e havia até engordado dois quilos e meio desde as férias na Jamaica. Não era de admirar, pois passava o tempo todo sem fazer nada ou dormindo. Abandonara até a leitura e o jogo de tênis semanal. No dia seguinte, decidiu recomeçar o tênis e estava saindo de casa, com a raquete na mão, sentindo-se cansada, mas resolvida a não ceder, quando o médico telefonou.

– Está tudo ótimo, Sarah.

O fato de ele telefonar a preocupou a princípio, mas logo compreendeu que se tratava de uma delicadeza natural depois de tantos anos.

– Sua saúde está ótima, nada de anemia, nenhum grande problema.

Sarah quase podia ver o sorriso dele, mas se sentia tão cansada que não conseguiu conter a irritação.

– Então, por que estou estupidamente cansada o tempo todo? Mal posso pôr um pé na frente do outro.

– Sua memória está falhando, minha querida.

– Que maravilha. Está dizendo que estou ficando senil? Ótimo. É exatamente o que eu queria ouvir às nove e quinze da manhã.

– Que tal uma boa notícia, então?

– Por exemplo?

– Um novo bebê. – Ele falou como se a estivesse informando de um prêmio de 1 milhão de dólares.

Sarah pensou que ia desmaiar ali mesmo na cozinha, com a raquete de tênis na mão.

– Está brincando? Nesta casa, isso não é uma piada. Meus filhos estão crescidos... Eu... não posso... droga!

Sentou-se na cadeira mais próxima, procurando conter as lágrimas. Não podia ser verdade. Mas sabia que era. E de repente compreendeu do que ela estava fugindo. Estava tentando esconder a verdade. Sua menstruação não tinha deixado de vir por causa de anemia, de excesso de trabalho ou da idade. Estava grávida. Nem tinha contado para Ollie, procurando se convencer de que não era nada. Mas desta vez sabia exatamente o que ia fazer. Estavam em 1979. Seus filhos crescidos. Tinha 31 anos. E o aborto era legal. Dessa vez Oliver não ia convencê-la. *Não* ia ter outro filho.

– De quanto tempo?

Mas ela sabia... tinha de ser... Jamaica... exatamente como na lua de mel nas Bermudas, quando concebeu Benjamin... malditas férias.

– Quando foi sua última menstruação?

Ela calculou rapidamente e disse. Segundo os cálculos médicos, estava grávida de seis semanas. Em "linguagem popular", era cerca de um mês, e então tinha muito tempo para fazer o aborto. Por um momento pensou em não contar nada a Ollie. E não ia dizer nada ao seu clínico geral. Simplesmente marcaria uma hora com o ginecologista.

– Meus parabéns, Sarah. Você é uma moça de sorte. Espero que Oliver fique satisfeito.

– Tenho certeza de que ele vai ficar. – Sentindo a voz pesada como chumbo na garganta ela agradeceu e desligou.

Com dedos trêmulos, discou o número do ginecologista e marcou uma hora para a manhã seguinte. Só então, em pânico, lembrou-se das amigas que a esperavam para o tênis, no Westchester Country Club. Preferia não ir, mas não seria justo. Quando ligou o motor da caminhonete, ergueu os olhos e viu o próprio rosto no retrovisor. Isso não podia estar acontecendo com ela... não era possível... não era justo... quando crescesse ia ser escritora... quando... se... ou talvez não. Talvez seu destino fosse ser dona de casa pelo resto da vida. A pior condenação para ela, quando estava na universidade. Aquilo que Sarah jamais quis ser e que era agora. Uma dona de casa. Disse a frase em voz alta como se fosse um palavrão... um bebê... Meu Deus!... um bebê... não importava que fosse diferente dessa vez, que tivesse ajuda, que tivessem bastante espaço em casa para mais um filho. O bebê ia gritar a noite toda, precisava tomar banho, ser alimentado, cuidado, precisava passear e mais tarde teria de ir ao dentista. Ela jamais teria oportunidade de fazer o que desejava. Nunca mais. Era como se o simples fato de saber que estava grávida fosse uma ameaça à sua existência. Não ia permitir que isso acontecesse.

Deu marcha a ré, saiu para a rua e dez minutos depois estava na quadra de tênis, pálida e nauseada, sabendo agora do que se tratava.

Com esforço, conseguiu manter o ritmo da conversa com as amigas e deu graças a Deus por Oliver não ir jantar em casa naquela noite. Estaria ocupado com um novo cliente. Um ótimo cliente. Mas que importância tinha isso agora? Sua vida estava destruída.

Sarah estava dormindo quando Oliver chegou em casa e na manhã seguinte mal conseguiu preparar o café. Ele perguntou o que a estava preocupando, e ela disse que era uma terrível dor de cabeça.

– Já soube o resultado dos exames? Aposto que está mesmo anêmica.

Ele parecia preocupado e, em vez de amá-lo por isso, Sarah o odiou, pensando no que ele havia plantado dentro dela.

– Ainda não. Não telefonaram. – Começou a pôr os pratos na lavadora, de costas para ele, para que o marido não visse a menti[illegible] em seus olhos.

Oliver saiu e as crianças também. Uma hora depois, [illegible] no consultório do ginecologista, combinando o abo[illegible] perguntou se Oliver concordava.

– Eu... ele... bem... – Não podia mentir. O médico a conhecia muito bem e, além disso, Sarah gostava dele. Com um ar de desafio ela disse: – Não contei para ele.

– Sobre o aborto ou sobre o bebê? – O médico parecia surpreso. Sempre pensou que os dois eram muito felizes, com um tipo de casamento baseado em confiança mútua.

– Nenhum dos dois. E não vou contar.

A expressão do médico mudou, e ele balançou a cabeça lentamente.

– Acho que está cometendo um erro, Sarah. Ele tem direito de saber. É filho dele também. – Então, ele teve uma ideia desagradável. Talvez não soubesse tudo sobre eles. Tudo era possível. – É dele... não é?

Sarah sorriu.

– Claro que é. Acontece que eu não quero. – Ela expôs todos os motivos.

Quando terminou, ele disse outra vez que achava que ela deveria conversar com o marido. Insistiu para que ela pensasse mais para só então marcar outra hora.

– Você ainda é muito jovem. Pode perfeitamente ter esse filho.

– Eu quero minha liberdade. Daqui a onze anos meu filho estará na universidade e minha filha, dois anos depois. Se eu tiver este filho, vou ficar presa por mais vinte anos. Não estou preparada para esse tipo de compromisso. – Parecia extremamente egoísta, até mesmo para ela, mas era o que sentia. E ninguém mudaria seu modo de ver as coisas.

– Oliver também pensa assim?

Ela não respondeu logo. Não queria dizer que Ollie sempre quisera mais filhos.

– Não conversei com ele ainda.

– Muito bem, acho que deve conversar. Telefone daqui a alguns dias, Sarah. Tem tempo para tomar sua decisão e fazer o que quer, com segurança.

– O tempo não vai mudar nada.

Saiu do consultório zangada e desapontada. Esperava que ele re-[illegible] problema, mas via agora que isso não era possível.

Foi para casa, chorou, e quando Oliver chegou, às 23 horas, ela estava na cama, fingindo outra dor de cabeça. As crianças estavam dormindo, e ela havia deixado a televisão ligada no quarto, esperando por Oliver, mas certa de que não ia contar nada a ele.

– Como foi seu dia? Você parece cansado. – Sarah lançou um olhar para o marido.

– Foi tudo bem.

Sentou-se na beirada da cama sorrindo e desfazendo o nó da gravata. Com o cabelo louro despenteado pelo vento, parecia cansado, mas, mesmo assim, incrivelmente bonito. Como era possível? Para Oliver a vida era tão simples! Tudo o que tinha de fazer era ir ao escritório todos os dias e lidar com gente real, num mundo real. Uma vida interessante, enquanto ela passava os dias com mulheres e crianças. Certas coisas na vida não eram justas. Às vezes Sarah desejava ter nascido homem, sempre que ansiava por uma vida diferente, com um emprego, como tinha anos atrás, em vez da vida que havia escolhido, a vida mais fácil. Tinha dois filhos, morava fora da cidade e havia desistido de seus sonhos. Agora ia ter outro filho... não, não ia, corrigiu, rapidamente... ia fazer um aborto.

– O que há, Sarrie? – Com ar preocupado, ele se inclinou para beijá-la. Conhecia Sarah muito bem e via a angústia nos olhos dela, não provocada por um sentimento de culpa pelo que ia fazer, mas pela revolta contra o que havia acontecido.

– Nada. Também estou cansada.

– As crianças deram muito trabalho hoje?

– Não... foram ótimas.

– Então, o que aconteceu? – insistiu ele.

– Nada – mentiu Sarah.

– Bobagem. – Tirou o paletó, desabotoou a camisa e chegou mais perto dela, na cama. – Não tente me enganar. Você está muito preocupada com alguma coisa. – E, em seguida, foi assaltado por um verdadeiro terror. Tinha acontecido com um conhecido havia alguns meses. Descobriram que a mulher dele estava com câncer, e ela morreu quatro meses depois, deixando-o arrasado, com três filhos. Oliver estava certo de que não poderia viver sem Sarah. Havia tanto tempo que a amava. Sarah representava tudo para ele.

– Já soube o resultado dos exames? Alguma coisa que preciso saber?

Sarah lembrou-se do que o médico lhe dissera... Deve contar para ele, Sarah... ele tem direito de saber... é filho dele também... Mas eu não quero!, exclamou alguma coisa dentro dela.

– Os resultados foram ótimos. – E então, levada pela franqueza que existia entre eles, disse uma coisa, da qual sabia que ia se arrepender mais tarde. – Mais ou menos.

Com uma sensação de dor quase física, Oliver segurou a mão dela.

– O que significa isso? – Mal podia falar e não tirava os olhos dos dela. – O que foi que disseram?

Sarah compreendeu então o que ele estava pensando e achou que não tinha direito de fazê-lo sofrer assim. Não queria mais filhos dele, mas o amava.

– Não é nada do que está pensando. Não fique assustado. – Inclinou-se para beijá-lo e sentiu o tremor no corpo dele quando a abraçou.

– Então, o que é?

Ergueu os olhos para ele e, ainda sem querer contar, disse, num murmúrio saído das profundezas do desespero:

– Estou grávida.

Por um momento ficaram imóveis, e então o corpo de Oliver relaxou, livre da tensão.

– Oh, meu Deus... por que você não me contou? – Afastou-se um pouco, e o sorriso desapareceu quando viu os olhos dela. Era como se Sarah preferisse ter câncer.

– Eu só soube ontem. Burrice minha, eu acho. Deve ter acontecido na Jamaica.

Oliver não conseguiu conter o sorriso, e Sarah teve vontade de bater nele.

– Eu nem pensei nisso. Acho que faz tanto tempo que nem me lembrava mais. – Falou com a voz cheia de ternura.

Sarah tirou a mão da dele e recostou-se nos travesseiros, como se quisesse ficar o mais longe possível do marido. A culpa era toda de Oliver.

– Vou fazer um aborto.

– É mesmo? Quando resolveu isso?

– Uns trinta segundos depois de receber a notícia, Ollie. Não posso ter outro filho.

– Alguma coisa errada?

Ela balançou a cabeça lentamente, sentindo que ia haver uma luta tremenda entre os dois. Mas não pretendia perder desta vez. Não ia ter esse filho.

– Estou muito velha. E não é justo com as crianças.

– Besteira, e você sabe disso. Provavelmente vão ficar maravilhados quando contarmos.

– Muito bem, não vamos contar. Dentro de alguns dias tudo estará acabado.

– É mesmo? – Oliver levantou-se e começou a andar pelo quarto. – Tão simples assim? O que há com você? Cada vez que fica grávida temos de passar por toda essa conversa louca de aborto.

– Não é uma conversa louca. Trata-se da *minha* sanidade mental. Não quero outro filho. Você vai para o escritório todos os dias, tem sua vida. Eu estou presa aqui, levando e buscando as crianças, comparecendo às reuniões na escola, e não vou começar a cumprir outra pena de vinte anos. Já cumpri dez, estou na metade, e você não vai me convencer do contrário.

– E por que vai matar essa criança? Por acaso pretende se especializar em neurocirurgia? Pelo amor de Deus, você está fazendo coisas muito importantes, está criando nossos filhos. Será que é demais para você fazer o sacrifício por Deus e pela pátria? Sei que você acha que devia estar no SoHo com a ralé da sociedade, escrevendo poemas e um romance para entrar na história. Pois para mim isto aqui vale muito mais, e pensei que, a esta altura, você já devia ter percebido isso. Ora, Sarah, trate de crescer!

– Pois fique sabendo que já cresci. E envelheci e não vou mais jogar fora minha vida por ninguém neste mundo. *Dê-me* uma chance, droga. Por que não pensa em *mim*? Existem outras coisas além de crianças, Oliver, ou será que não notou?

– O que tenho notado é que você leva uma vida muito boa aqui. Enquanto eu me mato de trabalhar em Nova York, você joga tênis com as amigas, faz biscoitos com Melissa, e é isso exatamente o que deve fazer. Não venha me dizer que é uma vida difícil, Sarah, porque eu não acredito. E outro filho não vai mudar nada disso.

– Besteira!

Brigaram acaloradamente até as 2 horas da manhã e na noite seguinte, e na outra. Continuaram brigando no fim de semana e na semana seguinte, com lágrimas dos dois lados, portas batidas violentamente e acusações mútuas. Por fim, Oliver pediu a Sarah para ter o filho, depois ergueu as duas mãos, em desespero, e disse para ela fazer o que quisesse.

Sarah marcou o aborto duas vezes, e até cometeu o erro de telefonar para a irmã, em Grosse Pointe, provocando outra briga, porque a irmã a chamou de indecente, imoral e louca.

Isso tudo durou semanas, e no fim estavam ambos exaustos, magoados, desiludidos, mas conseguiram refazer as coisas, e Sarah não fez o aborto. Oliver concordou que ela ligasse as trompas depois desse filho. Para ele, era uma escolha infeliz, mas estava certo de que seu casamento não sobreviveria a outro ataque daquele, e Sarah não queria, de modo nenhum, ter outra surpresa desse tipo aos 40 anos.

O bebê nasceu no dia das eleições, com Oliver na sala de parto, encorajando-a, e Sarah repetindo, a cada contração, que o odiava. Nos últimos oito meses, ela não se cansava de dizer que não ia dar a menor atenção a esse filho. Oliver disse que o amaria pelos dois e as crianças estavam encantadas. Para Benjamin, que tinha 8 anos, era excitante e diferente e para Melissa, com 6, era como ganhar uma boneca viva. Só Sarah não demonstrava nenhum entusiasmo. E quando a cabeça do bebê apareceu, Oliver viu maravilhado Samuel Watson chegar ao mundo, com um choro estridente e um olhar espantado. Entregaram o bebê para Oliver, e ele gentilmente o entregou a Sarah. Com as lágrimas descendo pelo rosto, ela lembrou todas as coisas horríveis que havia dito sobre o bebê. Samuel tinha cabelos negros e os olhos verdes do pai, pele macia e uma expressão que anunciava grande inteligência e senso de humor. O tipo de criança pela qual as pessoas se apaixonam à primeira vista e, com o mesmo ardor com que o havia rejeitado, Sarah o amou desde o momento em que o viu. Ele era "seu" bebê, não era manhoso, não gritava, uma criança fácil, calma e feliz. Tornou-se a grande paixão da vida de Sarah e à noite ela contava para o marido os lances de gênio e de realizações do bebê. Samuel era simplesmente delicioso, e todos eram loucos por ele, Ollie, Sarah, os irmãos, os avós. Embora Ollie tivesse a delicadeza de não chamar a atenção para o fato, ele estava certo, e ele e Sarah agradeciam agora a chegada de Samuel. Tudo nele era encantador e interessante e não deu nem a metade do trabalho que Sarah esperava.

Para facilitar as coisas, Ollie contratou uma governanta para ela, uma mulher que havia trabalhado para um bispo durante 15 anos e queria agora uma casa com crianças e um pouco de alegria. Ela gostava muito de Melissa e Benjamin e, como todo mundo, apaixonou-se por Sam logo que o viu. Sam tinha um rostinho redondo e um sorriso angelical, pernas e braços roliços, ele era um convite a beijos e abraços. Muitas vezes, Agnes, sua guardiã benevolente, e Sarah, sua mãe dedicada, o beijavam ao mesmo tempo e, quando os três narizes se encontravam, todos riam, felizes. Agnes era exatamente o que Sarah precisava e que devia ter tido quando Benjamin era pequeno e berrava de cólica no apartamento da Segunda Avenida. Agora, tudo era diferente. E, como Ollie havia dito, muito mais fácil.

Sarah não precisava mais preparar o café da manhã. Não precisava fazer o jantar. Não passava o aspirador, não arrumava a casa nem lavava roupa. Tinham uma faxineira duas vezes por semana, e a miraculosa Agnes. O quarto de Agnes era pequeno, construído ao lado do quarto de hóspedes que agora pertencia a Sam. E o dia inteiro o bebê tinha companhia. Ora era Melissa, para ver se tudo estava em ordem, ora era Benjamin, com bolas e luvas de futebol americano, ora era Sarah, Oliver ou Agnes. Com tudo isso, Sam não era um menino mimado, mas uma ótima criança, a alegria da casa, o raio de sol de todos eles. O pesadelo da criança que ia destruir a vida de Sarah jamais se realizou. Sarah não tinha mais desculpas para não fazer o que queria. Ele não precisava de cuidados especiais, não tomava seu tempo, não tinha problemas na escola, gostava de brincar, tanto com Melissa, quanto com Agnes, ou com Sarah, ou, especialmente, com Benjamin e Oliver. Sarah não tinha nenhuma desculpa agora.

E então, de repente Benjamin estava com 17 anos e no último ano do ensino médio. Melissa, com 15, sempre grudada num telefone que inexplicavelmente ela carregava para o closet no andar superior e, sentada entre as roupas de esqui, falava com rapazes que ninguém conhecia. Sam, com 9, gostava de brincar no quarto, ocupado com seus afazeres, sem exigir a atenção da mãe. Por tudo isso, agora nada a impedia de escrever. Não podia culpar os filhos pelas folhas em branco nem pelo silêncio da máquina de escrever.

Olhando a neve cair lá fora, imaginava o que ia dizer a Ollie. Gostaria que ele não perguntasse como ia seu trabalho. O interesse sincero que ele demonstrava havia quase dois anos a estava deixando louca. Não podia dizer que as ideias não vinham, que não estava fazendo nada, que aos 41 anos via realizados seus piores temores. Sua vida estava realmente no fim. Nunca se sentira tão ultrapassada, tão velha e cansada, e dessa vez sabia que não estava grávida. Como fora prometido e combinado, tinha ligado as trompas logo depois do nascimento de Sam. O que sentia agora era algo muito diferente. Era a admissão lenta e gradual de que sua vida não estava indo a parte alguma, que jamais seria uma escritora. Aos 35 anos, essa certeza a teria destruído, aos 39 podia tê-la matado. Aos 41, envolvia-a numa profunda tristeza. Nada mais havia agora, a não ser a rotina da sua vida, enquanto Ollie galgava os degraus do sucesso. Uma sensação estranha. Até seus filhos eram agora mais importantes do que ela. Todo mundo tinha uma motivação na vida. Benjamin era um bom atleta e ótimo aluno. Melissa tinha um incrível talento artístico e, para surpresa de todos, era extremamente bela. Às vezes falava em ser atriz, e tanto ela quanto Benjamin falavam em estudar em Harvard. Sam cantava no coro com sua voz de anjo, porém, mais do que isso, tinha uma alma tão adorável e cheia de calor humano que todos o adoravam. E Sarah, tinha o quê? Os filhos, Ollie. A casa. O fato de ter estudado em Radcliffe havia muitos anos. E daí? Quem se importava?

Quem sabia? Quem se lembrava? Restava uma última esperança muito tênue, outra fatia de irrealidade de sua torta de nada. De qualquer modo, não poderia nunca fazer isso. Como? Ela vivia ali. Eles precisavam dela. Precisavam mesmo? Tinham Agnes... mas não podia fazer isso com Ollie... Com um sorriso triste, viu Agnes sair da casa com o cachorro que saltava e latia, feliz, na neve alta. Eram todos tão felizes. Todos. Até Agnes. Mas por que Sarah se sentia tão vazia? O que estava faltando? O que ela havia perdido? O que jamais tivera? O que queria agora? Alguma coisa. Tudo. Ela queria tudo. Fama. Sucesso. Realização. Coisas grandes. Importantes. E sabia que jamais as teria. Ficaria ali sentada para sempre, vendo a neve cair, enquanto a vida passava, e Ollie arranjava novos clientes. Sarah tinha agora um Mercedes novo e dois casacos de pele. Tinha três filhos maravilhosos, graças à persistência de Ollie, e um marido fantástico, e nada que fosse realmente seu, nenhum talento. Nenhuma realização. Tudo acabado agora. A jovem que ela fora não existia mais.

– Chegou a correspondência, Sra. Watson – disse Agnes, suavemente, pondo as cartas na mesa ao lado de Sarah.

– Obrigada, Agnes. Alguma coisa interessante?

– A maior parte é de contas. E acho que uma carta da escola para Benjamin. Mas endereçada para a senhora.

Benjamin estava preparando seu pedido de inscrição para Harvard, para o próximo ano, mas não o havia mandado ainda. Não tinham motivo para escrever para ele, muito menos uma carta endereçada para Sarah. Era outra coisa, e Sarah sabia. Sabia qual ia ser a resposta, mas mesmo assim sua mão tremeu quando Agnes lhe entregou o envelope. Ficou imóvel por um momento, olhando para a carta, lembrando... de quando as coisas eram diferentes... mas isso tudo estava acabado. Tudo. Pensando nisso, abriu o envelope, de costas para Agnes, e depois caminhou devagar para a sala de estar e parou entre os chintzes claros e os tecidos estampados com flores que traziam para dentro de casa o verão e a primavera, em pleno inverno.

Desdobrou a carta devagar, como quem tira a casca de um ovo, como se estivesse partindo a camada protetora de sua própria vida... mas procurou não pensar nisso. Sentou-se lentamente na cadeira sem ver Agnes que a observava com expressão intrigada e começou a ler... devagar... quase dolorosamente... e então conteve a respiração, atônita. Não podia ser. Era um engano. Não tinha lido direito. Só podia ser isso. Mas não era. Lá estavam as palavras. Meu Deus... as palavras estavam ali... e foi como se todo seu corpo se enchesse de luz e de música. Não estava mais vazia. Havia algo dentro dela agora. Melhor do que um bebê. Era ela mesma... Ela estava ali. De volta outra vez. Sarah releu a carta, uma, duas, três vezes mais.

... "Temos o prazer de comunicar sua aceitação no programa de mestrado da Universidade de Harvard"... o prazer de comunicar... o prazer de comunicar... as palavras estavam agora obscurecidas pelas lágrimas que desciam lentamente por seu rosto. Era um sonho, só um sonho. Não podia fazer aquilo de modo algum. Não podia deixá-los. Não podia voltar a estudar. Mesmo sabendo disso, fizera sua inscrição havia alguns meses, em setembro, quando as crianças voltaram para a escola e ela estava entediada e sozinha. Só para tentar... só para ver se... e agora estavam dizendo que fora aceita. Mas não podia. Ergueu os olhos e viu de novo a neve caindo lá fora, o cachorro brincando e latindo e Agnes, na porta, observando-a. Sarah compreendeu que tinha de fazer aquilo. Eles compreenderiam... não seria por muito tempo... e, então, ela seria outra vez uma pessoa. Uma pessoa de verdade. Seria real... Seria Sarah.

2

— Más notícias nessa carta, Sra. Watson? – Agnes viu Sarah empalidecer, e depois as lágrimas, enquanto ela olhava pela janela. Agnes não podia compreender o que ela sentia. A satisfação... a incredulidade... a esperança... e o terror. Ela a deixou com seus pensamentos e só agora, uma hora depois, quando Sarah entrou na cozinha, fez a pergunta.

– Não... não... apenas uma surpresa...

Sarah parecia desligada, quase em estado de choque, nem alegre, nem triste, e começou a andar pela cozinha, arrumando as coisas sem olhar, empurrando uma cadeira para perto da mesa, apanhando um pedacinho de papel do chão. Era como se não soubesse o que devia fazer. Como se estivesse vendo sua casa pela primeira vez, ou pela última. O que ia fazer agora? Não podia voltar para Harvard. Não podia deixá-los. Perguntava a si mesma por que tinha se inscrito. Era ridículo, um sonho impossível. Ollie ia zombar dela... porém... naquele momento não parecia engraçado. Era assustador, triste e maravilhoso, era uma oportunidade que ela não queria perder, nem mesmo por eles. O maior impasse de sua vida. E não podia contar para Ollie. Não ainda. Talvez depois das festas. Faltavam duas semanas para o Natal. Podia contar depois. Talvez fossem esquiar por alguns dias e, então, ela contaria. Mas o que ia dizer?.. Quero voltar a estudar, Ol... vou morar em Boston por um ou dois anos... preciso sair daqui... mas seus olhos encheram-se de lágrimas outra vez e por um momento Sarah teve a certeza de que não queria deixá-los.

Agnes olhava para ela, sem acreditar na resposta. Devia haver mais do que uma surpresa naquela carta. Ou, se era uma surpresa, não podia ser boa.

– A que horas as crianças vão voltar?

Sarah olhou para a mulher pequena e vigorosa que preparava o jantar. Geralmente, ela agradecia a presença de Agnes, mas agora, de repente, ela fazia Sarah sentir-se inútil. Agnes arrumava a mesa, com o cabelo branco preso num coque, o rosto sério. As crianças jantavam na cozinha quando ela e Oliver saíam e, às vezes, quando estavam em casa. Mas era mais comum jantarem na sala. Oliver gostava da cerimônia do jantar em família, da tradição de sentarem-se juntos à mesa e conversar sobre o que haviam feito durante o dia. Era seu modo de aliviar as pressões do trabalho e se manter em dia com a família, especialmente com os filhos. Mas nessa noite, ela e Ollie iam jantar no Rye, com amigos. O telefone tocou, interrompendo seus pensamentos e, antes que Agnes pudesse atender, Sarah atendeu. Talvez fosse Ollie. De repente, queria estar perto dele, ouvir sua voz, ficar com ele. De um momento para o outro, por causa de uma carta, tudo parecia mudado.

Era sua amiga ao telefone, avisando que teriam de cancelar o jantar daquela noite. Ela estava com a garganta inflamada e o marido ia trabalhar até mais tarde. Sarah voltou-se para Agnes com ar pensativo.

– Acho que vamos ficar em casa e jantar com as crianças. O casal com quem íamos sair cancelou.

Agnes fez um gesto afirmativo, sem tirar os olhos dela e disse:

– Por que a senhora e o Sr. Watson não saem assim mesmo?

Sarah parecia precisar de uma distração, e ela sorriu para Agnes. As duas se conheciam muito bem, mas Agnes mantinha sempre uma distância respeitosa. Não tinha medo de dizer o que pensava, nem de chamar a atenção deles quando achava que era preciso, especialmente a favor dos filhos, mas mesmo nesses momentos eram sempre Sr. e Sra. Watson.

– O Sr. Watson não gosta muito de bolo de carne.

"Sim. Agnes tem razão", pensou Sarah, sempre sorrindo. Ele não gostava. Talvez fosse melhor jantar fora. Mas de repente Sarah não queria ficar sozinha com ele. E, enquanto estava decidindo, ouviram a porta da frente se abrir e fechar, e Benjamin entrou na cozinha aconchegante. Com 17 anos, ele tinha 1,83 metro de altura, cabelos vermelhos brilhantes, e os olhos azul-escuros da mãe. Estava corado por causa do frio. Tirou o boné de lã, atirando-o sobre a mesa.

– Que coisa feia! – Agnes sacudiu a colher de pau para ele, zangada mas com os olhos brilhantes de amor. – Tire esse chapéu da minha mesa!

Benjamin sorriu carinhosamente para ela e enfiou o boné no bolso da jaqueta.

– Desculpe, Aggie... Oi, mamãe. – Em vez do boné, pôs os livros na mesa. – Puxa, está frio lá fora.

Suas mãos estavam vermelhas, ele nunca usava luvas, e pegara carona com um amigo até um quarteirão antes de sua casa. Foi direto para a geladeira à procura de algo para comer, enquanto esperava pelo jantar. Benjamin vivia comendo, porções que assustariam qualquer outra pessoa, mas era magro, com o corpo elegante e os ombros fortes do pai.

– Saia daí. Vai jantar em menos de uma hora. – Agnes brandiu a colher outra vez e ele riu.

– Só para tapear a fome, Aggie... está tudo bem... Estou faminto.

Enfiou algumas fatias de salame na boca, desafiando o olhar de Sarah. Benjamin era um homem, e um homem muito bonito. Tinha sua vida, amigos, e dentro de poucos meses iria para a escola preparatória. Precisaria mesmo dela? Faria alguma diferença para ele? De repente, Sarah não podia imaginar que sua presença significasse alguma coisa para o filho. E então Benjamin voltou-se, notando a expressão dos olhos da mãe.

– Alguma coisa errada, mamãe?

– Não, não. – Balançou a cabeça energicamente, como quando Agnes fizera a mesma pergunta. – Estava só tentando decidir se eu e seu pai devemos ou não jantar fora. O que você vai fazer esta noite? Estudar para as provas?

Ele fez um gesto afirmativo. Era um bom aluno, uma ótima pessoa, e Sarah o admirava. Seu primeiro filho, e o que mais se parecia com ela em muita coisa, embora menos rebelde do que ela na sua idade.

– Isso mesmo, termino amanhã. Química. Vou estudar com Bill na casa dele esta noite. Posso usar o carro?

Na verdade, era tudo o que Benjamin precisava dela: sua geladeira e seu carro.

Sarah sorriu. Sentiria falta dele. Sentiria falta de todos... especialmente de Sam... oh, Deus... e de Ollie...

– É claro. Mas dirija com cuidado. Se esfriar mais, essa neve vai virar gelo. Pensando bem, por que Bill não vem estudar aqui?

Benjamin balançou a cabeça rapidamente, sempre decidido, como a mãe.

– Ele estudou aqui três vezes seguidas. Eu disse que iria à casa dele esta noite. Mel também não vai estar em casa. Ela telefonou?

Sarah balançou a cabeça.

– Ainda não.

Ela nunca telefonava. Sempre esquecia de avisar. Melissa fazia exatamente o que queria, sempre fora assim, sem chamar muita atenção. Tinha sua própria vida. Com 15 anos, era a própria independência.

– Que negócio é esse de sair hoje? É terça-feira. – Melissa tinha licença para sair desde setembro e só uma noite, no fim de semana, com rapazes conhecidos da família, sob circunstâncias aprovadas pelos pais. – E como ela vai voltar para casa?

– Eu disse que posso buscá-la. – Ele tirou uma maçã do cesto de frutas e deu uma mordida. – Ela tem ensaio hoje. Está numa peça do grupo de teatro. Está tudo bem, mamãe.

A porta da frente bateu outra vez e Sarah viu Agnes olhar para o relógio com um sorriso, e depois voltar a atenção para a panela.

Ouviram o barulho de botas pesadas, como se um homem acabasse de entrar, um latidos abafado, alguma coisa caindo, outra batida da porta, mais latidos, e de repente, Sam e Andy, o setter irlandês, invadiram a cozinha. O cachorro deixava pegadas por toda a parte, saltando no menino de cabelos escuros e olhos verdes como os do pai. Sam sorria feliz, seu cabelo estava molhado e as botas também, mas as patas do cachorro deixavam pedaços de neve no chão da cozinha que logo se transformavam em pequenas poças d'água. Andy saltava e apoiava as patas nos ombros de Sam para lamber-lhe o rosto.

– Oi, gente! Puxa, que cheiro bom. O que tem para o jantar? Bolo de carne?

Agnes voltou-se com um largo sorriso, e então viu o que ele estava fazendo na sua cozinha. Sarah e Benjamin começaram a rir. Sam não tinha jeito, era capaz de transformar qualquer lugar num monte de lixo em questão de segundos.

– Saia daqui, seu bagunceiro! E onde está seu chapéu? Vai morrer, num frio desses!

– Brandiu a colher de pau, como havia feito para Benjamin, mas desta vez com mais energia, e correu para apanhar uma toalha, resmungando e reclamando.

– Oi, mamãe. – Sam correu para beijá-la. Andy balançava a cauda e, brincando com ele, Sam tirou as botas, deixando-as no meio da cozinha, onde Andy as achou e, feliz, levou uma delas para o sofá da sala, acompanhado pelos gritos ferozes de Agnes.

– Saiam já daqui! Os dois. Suba e tome um banho! – disse ela, enquanto Sam subia correndo, acompanhado por Andy, depois de deixar o casaco no primeiro degrau da escada.

– Volte já e apanhe suas coisas! – bradou Sarah.

Mas ele já estava longe, com Andy latindo atrás dele, e Agnes começou a enxugar o chão da cozinha. Benjamin subiu também para arrumar os livros de que ia precisar, e Sarah, subindo devagar, atrás dos dois, pensou no quanto ia sentir falta deles.

O telefone tocou assim que ela entrou no quarto. Era Melissa avisando o que Sarah já sabia. Ia ficar até tarde na escola para ensaiar com o clube de teatro, e Benjamin podia buscá-la quando voltasse para casa. Então Ollie telefonou, disse que queria jantar fora, mesmo sem o casal amigo, como Agnes havia sugerido.

– Vamos jantar sossegados, só nós dois. Será até melhor. Sarah podia sentir o calor da voz dele lá de Nova York e desligou o telefone com lágrimas nos olhos. O que ia dizer a ele? Nada. Não nessa noite. Precisava esperar. Já havia prometido a si mesma não dizer nada até depois do Natal.

Andou de um lado para o outro no quarto, arrumando, ouvindo os sons das crianças, tocando objetos familiares e pensando no marido. Depois, deitou-se na cama, pensando em todos eles, no quanto representavam para ela. Porém, estavam lhe custando alguma coisa. Sem saber, sem querer, cada um havia tirado alguma coisa e dado algo em troca também... mas, de repente, o que eles davam não era suficiente, e não era mais o que ela queria. Era terrível admitir isso. Terrível dizer isso a eles, e Sarah estava certa de que jamais poderia dizer. Mas queria a própria vida, agora. Estava pronta. Queria ser mais do que Agnes, na cozinha, esperando que todos chegassem em casa, todos os dias, e no futuro esperando que eles partissem para sempre. Faltava pouco, agora. Benjamin iria no outono e Melissa dois anos depois, e havia Sam... mas ela teria terminado o que queria fazer, muito antes de ele sair de casa. Portanto, que diferença fazia? Por que não fazer o que desejava, para variar? Mas dizia isso para si mesma com um enorme sentimento de culpa.

O telefone tocou. Era seu sogro, e ele parecia preocupado e cansado. Ultimamente estava tendo problemas cardíacos, e Phyllis também não estava bem.

– Oi, George. O que há?

– Oliver está? – Não era próprio de George ir direto ao assunto.

– Não, não está. – Sarah franziu a testa, preocupada. Gostava do sogro mais do que de Phyllis. – Alguma coisa errada?

– Eu... não... na verdade, não tenho certeza. Phyllis saiu sozinha, depois do almoço, para fazer compras e não voltou ainda. E com este tempo... bem, estou preocupado, e ela não telefonou. Não costuma fazer isso.

Phyllis, aos 69 anos, era forte ainda, mas ultimamente todos a achavam um pouco desligada. Depois da recente pneumonia, não parecia a mesma, e Sarah sabia que George se preocupava muito com ela. Aos 72 anos, ele parecia mais alerta do que a mulher, e, ao mesmo tempo, muito mais frágil. Era bonito ainda, como o filho, alto, as costas retas, olhos suaves e um sorriso acolhedor, mas às vezes parecia mais velho do que era, e Oliver preocupava-se com ele.

– Com certeza ela esqueceu da hora. Sabe como são as mulheres quando vão às compras.

Sarah queria tranquilizá-lo. Não era bom para o coração de George preocupar-se demais, e sem dúvida logo Phyllis estaria de volta.

– Talvez fosse melhor eu sair e procurar por ela, pensei que talvez Oliver...

Ultimamente ele cada vez mais dependia de Oliver, o que não era do seu feitio.

– Direi a ele para telefonar assim que chegar.

Isso significava o fim do seu jantar a dois, a não ser que Phyllis chegasse antes. Talvez fosse melhor assim. Na verdade, Sarah não queria ficar a sós com o marido.

George telefonou outra vez, antes de Oliver chegar. Phyllis estava em casa, sã e salva. Teve dificuldade para achar um táxi e não tinha dinheiro trocado para telefonar. Não disse a Sarah que ela parecia nervosa nem que o motorista do táxi contou que ela teve dificuldade para lembrar o endereço. George comentou isso com Phyllis e com espanto verificou que ela não se lembrava nem do número do seu telefone, por isso não tinha ligado.

– Desculpe o meu telefonema, minha querida.

– Ora, George, que bobagem. Pode telefonar quando quiser. Sabe disso.

– Muito obrigado. – Olhou para a mulher que cantarolava baixinho, andando de um lado para o outro, na cozinha. Ultimamente, George estava cozinhando para os dois, mas fingiam que era porque ele precisava fazer alguma coisa e George gostava de dizer que cozinhava melhor do que ela. – Quando Oliver chegar, diga que mando um abraço e se ele tiver tempo, peça para me telefonar, por favor.

– Eu digo – prometeu ela, mas esqueceu completamente quando o marido chegou, alguns minutos depois,

Ele estava com pressa de ir para o chuveiro e vestir-se para sair com ela.

– Mas Sam vai ficar sozinho esta noite. – Sarah queria desesperadamente ficar em casa para não ter de enfrentá-lo. Não podia dizer nada agora. E era mais fácil ali em casa, escondida atrás dos filhos e na frente da televisão. Qualquer coisa era melhor do que ficar sozinha com ele.

– Agnes vai sair? – Oliver estava fazendo a barba e ao mesmo tempo vendo o noticiário na televisão. Mal olhou para ela, mas parecia satisfeito com a expectativa de saírem para jantar. Tinha uma surpresa para Sarah. Acabava de ganhar uma grande promoção e um aumento. Agora, o degrau mais alto na empresa estava próximo. Com 44 anos, Oliver Watson era a matéria-prima das histórias de sucesso. Sabia que tinha tudo e era grato por isso. Um emprego de que gostava, uma mulher que adorava, três filhos maravilhosos. O que mais queria da vida? Oliver não podia imaginar nada mais.

– Não. Agnes não vai sair, mas eu pensei...

– Pois então não pense. Vá se vestir. – Deu uma leve palmada nela, depois desligou o aparelho de barbear e abraçou-a. – Eu te amo, sabia?

Sim, ela sabia. E o amava também, o que dificultava muito mais o que queria fazer agora.

– Eu também te amo.

– Os olhos dela estavam tristes. Ele a apertou mais nos braços.

– Pois não parece nem um pouco feliz com isso. Teve um dia difícil?

– Na verdade, não. – Nada era difícil agora. As crianças estavam sempre ocupadas ou fora de casa. Agnes fazia todo o serviço. Nos últimos dois anos, Sarah havia procurado diminuir suas atividades nos comitês. Queria tempo para escrever, o que, afinal, nunca fizera. O que podia ser difícil numa vida perfeita? Nada, exceto o vazio e o tédio constantes. – Só cansada, eu acho... Oh, quase esqueci. Seu pai telefonou. Quer que você ligue para ele.

– Está tudo bem? – Oliver preocupava-se muito com os pais. Eles estavam ficando velhos, e o pai parecia muito fraco depois do infarto. – Ele está bem?

– Parecia ótimo. Depois que sua mãe chegou. Telefonou porque ela saiu para fazer compras esta tarde, e ainda não tinha chegado. Acho que ele estava preocupado por causa do tempo.

– Ele se preocupa muito com quase tudo. Por isso infartou. Estou sempre dizendo que ela pode se cuidar sozinha. Papai insiste em dizer que mamãe fica confusa, mas acho que ela é muito menos confusa do que ele pensa. Telefono quando voltarmos, se não for muito tarde. Vamos – disse ele, com um sorriso –, apresse-se. Temos reserva para as sete.

Antes de sair, beijaram Sam e deixaram o número do telefone do restaurante com Agnes. Benjamin já tinha saído sem se despedir. Com as chaves do carro de Sarah, saiu logo que acabou de devorar quase metade do bolo de carne, dois pratos de verduras e um pedaço da torta de maçã de Agnes. Sarah tinha certeza de que, assim que chegasse na casa de Bill, ele ia comer outra vez e provavelmente acabaria com a torta, quando voltasse, mais tarde. Sarah, a princípio, tinha medo que ele engordasse, mas aparentemente Benjamin não corria esse perigo. Era um saco sem fundo e se não fosse pelos ombros largos, seria magro como um espeto.

O restaurante era agradável, acolhedor, no estilo provençal, e o fogo crepitava na lareira. A comida era boa, e Oliver pediu um excelente Chardonnay da Califórnia. Os dois relaxaram afinal, e Sarah ouviu toda a história da promoção e do aumento. Era estranho ouvi-lo falar agora. Durante anos ela havia vivido em função dele e, de repente, tinha uma vida só dela. Era como ouvir outra pessoa. Estava satisfeita por ele, mas esse sucesso não era mais uma realização compartilhada. Era só dele. Compreendia isso, agora. Quando terminaram, Oliver se recostou na cadeira e olhou para ela, sentindo que havia algo coisa diferente. Em geral, ele percebia as emoções de Sarah, mas não nessa noite. Havia alguma coisa triste e distante nos olhos dela, e de repente Oliver teve medo. Estaria ela tendo um caso? Mesmo que fosse um daqueles romances passageiros... A mulher que mora no subúrbio tendo um caso com o vendedor de seguros, com o dentista, com um dos amigos do casal. Oliver não podia acreditar que Sarah fosse capaz disso. Sempre leal, fazia parte da sua natureza ser franca, direta, segura, uma das coisas que ele tanto amava nela. Não podia ser isso. E ele jamais a enganara. Mas não conseguia adivinhar o que estava acontecendo. Pediu champanhe com a sobremesa e, olhando para ela, à luz das velas, achou que jamais lhe parecera tão bela e tão jovem. Com 41 anos, era muito mais bonita do que muitas mulheres de 30. O cabelo vermelho continuava brilhante, o corpo perfeito, a cintura quase tão fina quanto antes de ter filhos.

– O que a preocupa, meu bem? – Sua voz era uma carícia e Oliver segurou sua mão.

Oliver era um bom homem, um homem decente e a amava muito, pensou Sarah.

– Nada. Por quê? Por que acha que estou preocupada? Tudo está maravilhoso esta noite. – Estava mentindo, mas não queria que ele soubesse. No fim, Oliver sempre acabava sabendo, porque a conhecia muito bem. Vinte e dois anos era um longo tempo.

– Numa escala de dez, eu diria que esta noite vale dois pontos para você. Talvez um. Se contar como zero uma visita ao dentista.

Ela riu, e Oliver pôs mais champanhe em sua taça.

– Você é doido, sabia? – acusou ela.

– Sei. Doido por você. Imagine um velho como eu louco pela própria mulher. Bem engraçado, depois de 18 anos de casamento, não acha?

– Quer dizer que 44 agora é velho? Quando decretou isso?

Com voz baixa e ar de conspirador, ele disse:

– Quando não consegui fazer amor com você pela terceira vez, no último domingo. Acho que isso me enquadrou na categoria dos velhos para sempre.

Sarah deu um largo sorriso. O sexo entre eles era quase sempre maravilhoso.

– Pois para mim, duas vezes em uma hora e meia é muito bom. Além disso, você havia tomado muito vinho. Não esqueça.

Ele olhou para a garrafa de champanhe vazia e sorriu.

– Então, acho que esta noite também não vai ser grande coisa.

– Não sei. Talvez seja melhor voltar para casa para verificar, antes que você fique fraco demais. – Sarah ria, feliz agora por terem saído só os dois, sentindo muito aliviada a tensão daquele dia.

– Muito obrigado. Mas primeiro quero saber o que está preocupando você.

– Nada, absolutamente nada. – E, naquele momento, era verdade.

– Talvez não agora, mas há pouco existia alguma coisa. Quando eu cheguei em casa você parecia ter perdido sua melhor amiga.

– Não, não perdi. – Mas era quase o que sentia. Ele era seu melhor amigo e se voltasse a estudar, de certo modo ia perdê-lo. – Não seja tolo, Ol.

– Não tente me enganar. Alguma coisa a preocupa, ou a aborrece. É seu trabalho? – Oliver sabia que fazia dois anos que Sarah não escrevia uma linha, mas isso não era importante para ele. Só queria que ela fosse feliz.

– Talvez. Não estou conseguindo escrever nada. Talvez não possa mais escrever. Pode ter sido apenas um lampejo da juventude. – Sarah deu de ombros e pela primeira vez, em dois anos, isso também não era importante para ela.

– Não acredito, Sarah. Você era boa. Acho que, com o tempo, tudo vai voltar. Talvez ainda não descobriu sobre o que quer escrever. Talvez precise conhecer um pouco mais o mundo... fazer alguma coisa diferente...

Sem saber, Oliver abria a porta para ela, mas Sarah estava morrendo de medo de entrar. Não importava o que ia fazer, dizer, nem como, a partir do momento em que contasse para ele, suas vidas mudariam para sempre.

– Eu estive pensando nisso. – Ela avançou com cautela.

– E? – Oliver esperou.

– O que quer dizer "e"?

Estava com medo dele, e isso era novidade. Pela primeira vez na vida estava morrendo de medo do marido.

– Você nunca pensa numa coisa sem chegar a uma espécie de conclusão, ou sem agir logo.

– Você me conhece muito bem. – Sarah sorriu, triste outra vez, desejando desesperadamente não contar nada a ele.

– O que está escondendo de mim, Sarrie? Estou ficando doido por não saber o que se passa na sua mente.

– Não há nada em minha mente. – Mas não estava convencendo nenhum dos dois, apenas andando em círculos. Talvez seja uma crise da meia-idade.

– Outra vez? – disse ele, com um largo sorriso. – Você já passou por isso há dois anos, e só acontece uma vez. A próxima vez vai ser minha. Vamos, meu bem... o que há?

– Eu não sei, Ollie...

– Trata-se de nós? – Os olhos dele estavam tristes.

– Claro que não. Como podia ser? Você é maravilhoso... acho que sou só eu. Dores do crescimento. Ou a falta delas. Sinto-me como se estivesse estagnada desde que nos casamos.

Ele esperou, contendo a respiração, esquecendo o champanhe, o jantar, a atmosfera de festa.

– Eu não fiz nada. E você já realizou tanta coisa.

– Não seja boba. Sou igual a um milhão de outros.

– Não, não é mesmo. Olhe para você. Pense no que acabou de me contar. Mais cinco anos e será o chefe da Hinkley, Burrows and Dawson. Se demorar tanto, o que eu duvido. Você é um dos maiores sucessos na sua profissão.

– Isso não significa coisa alguma, Sarah. Você sabe muito bem. É passageiro. É agradável, mas, e daí? Você criou três filhos maravilhosos. Isso é muito mais importante.

– Mas que diferença faz agora? Estão praticamente criados. Em um ou dois anos estarão fora de casa. Pelo menos Mel e Benjamin, e o que acontece depois? Fico sentada esperando que Sam saia também e depois passo o resto da vida vendo novelas e conversando com Agnes? – Seus olhos encheram-se de lágrimas, e ele riu. Sarah não era do tipo de ver novela durante o dia. Ler Baudelaire ou Kafka fazia mais seu estilo.

– Está pintando um quadro muito trágico, meu bem. Nada a impede de fazer o que deseja. – Oliver falava com sinceridade, mas sem saber o alcance da ambição da mulher. Nunca soubera. Sarah queimara seus sonhos havia muito tempo, ou os guardara em algum baú com o diploma da Radcliffe.

– Você não fala sério.

– É claro que falo. Você pode fazer qualquer trabalho voluntário, arranjar um emprego de meio expediente, escrever contos outra vez. Pode fazer qualquer coisa.

Sarah respirou fundo. Essa era a hora, preparada ou não. Tinha de contar.

– Eu quero voltar a estudar – disse em voz quase inaudível.

– Acho que é uma grande ideia. – Oliver parecia aliviado. Sarah não estava apaixonada por outro homem. Apenas queria fazer alguns cursos. – Você pode ingressar numa universidade estadual, aqui mesmo em Purchase. Ora, se você estiver disposta a ficar mais algum tempo, pode até fazer o mestrado.

Sarah não gostou do modo como ele disse aquilo. Ela podia entrar para a universidade local e "estudar por mais tempo". Quanto tempo? Dez anos? Podia acabar como uma daquelas avós que faziam cursos de escrita criativa e nunca escreviam nada.

– Eu não estava pensando nisso.

Sua voz agora soava firme e decidida. Oliver era o inimigo, o homem que a havia impedido de fazer tudo o que ela desejava.

– Estava pensando em quê? – Ele parecia confuso. Sarah fechou os olhos por um instante, depois abriu-os e o encarou.

– Fui aceita para o programa de mestrado em Harvard.

O silêncio parecia nunca mais acabar, enquanto Oliver olhava para ela, tentando compreender.

– O que quer dizer isso? – De repente, ele não entendia mais nada. O que Sarah estava dizendo? A mulher que ele pensava conhecer, que havia duas décadas dormia com ele. De um momento para outro estava na frente de uma estranha. – Quando se inscreveu?

– No fim de agosto – disse Sarah em voz baixa.

A determinação que ele lembrava, de quando ela era jovem, ardia nos olhos de Sarah outra vez. Ela se transformava em outra pessoa, ali, na frente dos seus olhos.

– Ótimo. Você podia ter me contado. E o que pretendia fazer, se fosse aceita?

– Nunca pensei que seria. Só fiz por fazer... Acho que foi quando Benjamin começou a falar em se inscrever em Harvard.

– Que comovente! Mãe e filho! E agora? O que vai fazer? – O coração dele estava disparado e, de repente, Oliver desejou estar em casa para andar de um lado para o outro, e não ali, num canto do restaurante, que se tornara claustrofóbico. – O que está me dizendo? Não está falando sério, está?

Olhando para os olhos gelados do marido, Sarah balançou a cabeça de forma afirmativa.

– Sim, estou, Ollie.

– Vai voltar para Cambridge? – Ele tinha morado sete anos em Cambridge, e ela, quatro, mas havia uma vida. Ele nunca pensou em voltar para a universidade.

– Estou pensando em voltar, sim. – Estava fazendo mais do que apenas pensar nisso, mas não tinha coragem de dizer a ele ainda. Era muito brutal.

– E eu, o que devo fazer? Deixar meu emprego e ir com você?

– Não sei. Não pensei ainda. Não espero que você faça coisa alguma. Esta decisão é minha.

– É sua? *É mesmo?* O que me diz de nós? O que espera que façamos enquanto você brinca de estudante outra vez? Posso lembrar que Melissa estará em casa ainda por dois anos, e Sam, por nove anos, ou será que esqueceu? – Furioso, ele fez um sinal impaciente para o garçom trazer a conta. Sarah estava louca. Era isso. Louca. Teria preferido que ela tivesse um caso com outro homem. Seria mais fácil de resolver, pelo menos foi o que ele pensou naquele momento.

– Não me esqueci de nada. Só preciso pensar no assunto – disse ela, em voz baixa.

Oliver pôs algumas notas na mesa.

– O que você precisa é de um bom psicanalista, isso sim. Está agindo como uma dona de casa entediada e neurótica – disse ele, levantando-se.

Sarah olhou para ele, furiosa, com os vinte anos de frustração fervendo dentro dela.

– Você não sabe nada a meu respeito. – Levantou-se também, enquanto os garçons mantinham-se delicadamente afastados e os ocupantes das mesas próximas fingiam que não estavam ouvindo. – Você não sabe o que é desistir de todos os sonhos. Você tem tudo o que sempre quis, uma carreira, uma família, uma mulher que o espera em casa como um cão fiel, para lhe entregar o jornal e os chinelos. Muito bem, e eu? Droga! Quando vou ter o que quero? Quando vou fazer o que sempre desejei? Quando você morrer? Quando as crianças não estiverem mais em casa? Quando eu tiver 90 anos? Pois não pretendo esperar tanto. Quero fazer isso *agora,* antes de ficar velha demais para realizar algo que valha a pena, antes de ficar velha demais para querer alguma coisa ou para ter algum prazer na vida. Não vou ficar sentada esperando que você comece a telefonar para nossos filhos porque eu saí para fazer compras e estou demorando, ou porque eu estava tão cansada da vida que levo que resolvi não voltar nunca mais. Não vou esperar todo esse tempo, Oliver Watson!

Uma mulher na mesa ao lado teve vontade de levantar-se e bater palmas. Tinha quatro filhos e havia desistido do sonho de estudar medicina para se casar com um homem que a enganava havia vinte anos e achava que ela jamais o abandonaria. Mas Oliver saiu do restaurante e Sarah, apanhando a bolsa e o casaco, saiu atrás dele. Ele só falou quando chegaram ao estacionamento e agora havia lágrimas em seus olhos. Sarah não sabia se eram por causa do frio, da mágoa ou se eram lágrimas de raiva. O que ela não compreendia era que estava destruindo tudo aquilo em que ele acreditava. Oliver era bom para ela, a amava e também aos filhos, nunca quis que Sarah trabalhasse porque queria tomar conta dela, amar, honrar e proteger. E agora ela o odiava por isso e queria voltar a estudar. Pior ainda, se ela voltasse para Harvard, teria de deixá-los. Oliver não era contra o estudo, mas o lugar em que ela ia estudar, e o que teria de fazer à família.

– Está dizendo que vai me deixar? É disso que se trata? Está nos abandonando? E exatamente há quanto tempo resolveu isso?

– Só recebi a carta esta tarde, Oliver. Nem tive tempo de me acostumar com a ideia ainda. E não, não estou abandonando ninguém. – Tentou se acalmar. – Posso vir para casa nas férias e nos fins de semana.

– Ora, pelo amor de Deus... e o que nós vamos fazer? O que me diz de Mel e Sam?

– Eles têm Agnes.

Estavam no meio da neve, gritando um com o outro, e Sarah desejou ter esperado para contar a ele. Nem tinha pensado direito no assunto ainda.

– E eu? Eu também tenho Agnes? Ela vai ficar muito feliz por saber disso.

Sarah sorriu. Mesmo com toda aquela angústia, ele era recatado e engraçado.

– Ora, vamos, Ollie... vamos deixar a coisa esfriar. Nós dois temos de pensar primeiro.

– Não, não temos. – Ele estava mais sério do que nunca. – Não há absolutamente nada para pensar. Você é uma mulher casada, tem marido e três filhos. Não pode, de modo algum, ir para uma universidade que fica a quase 300 quilômetros de distância, a não ser que nos abandone, pura e simplesmente.

– Não é tão simples. Não queira simplificar o problema, Ollie. E se eu precisar realmente fazer isso?

– Está sendo muito indulgente com você mesma. Abriu a porta do carro e entrou. Sarah sentou-se ao lado dele e Oliver perguntou: – Como exatamente você pretende pagar seus estudos, ou espera que eu pague para você e Benjamin em Harvard?

Ia ser uma grande despesa para ele, pagar o curso superior de um filho, e logo depois o de Melissa também. Parecia absurdo acrescentar os estudos de Sarah a esse esforço, mas ela já havia pensando nisso antes.

– Tenho ainda o dinheiro que a vovó me deixou. A não ser para pagar o novo telhado da nossa casa, não toquei nele.

– Pensei que esse dinheiro estava sendo reservado para as crianças. Concordamos que era sagrado.

– Talvez signifique mais para eles o fato de a mãe fazer alguma coisa na vida, como escrever algo que seja importante algum dia, conseguir um bom emprego ou fazer qualquer coisa útil.

– Uma bela ideia, mas francamente acho que nossos filhos preferem ter mãe a um exemplo literário. – Cada vez mais irritado, não saiu do carro quando pararam na frente da casa. – Você já resolveu, não é mesmo, Sarrie? Vai fazer isso, certo? – Havia tanta tristeza na sua voz que dessa vez Sarah sabia que as lágrimas não eram provocadas pelo vento.

Ela hesitou, com os olhos úmidos também, olhou para a neve, depois voltou-se para ele.

– Acho que tenho de fazer, Ollie... Não sei se posso explicar... mas tenho de fazer. Não vai ser por muito tempo, eu prometo... Vou me esforçar para acabar o mais depressa possível. – Mas não estava enganando ninguém. Ambos sabiam que era um programa intensivo de dois anos.

– Como pode fazer isso? – Ele ia completar, "comigo", mas lhe pareceu egoísta demais.

– Tenho de fazer. – Sua voz era um murmúrio.

Um carro parou atrás deles e os faróis iluminaram os rostos dos dois. Sarah viu as lágrimas descendo pelo rosto dele e tudo que desejava naquele momento era abraçá-lo.

– Eu sinto tanto... Não queria dizer agora... Pensei em deixar para depois do Natal.

– Que diferença faz? – Ele olhou para trás e viu Benjamin e Melissa descendo do carro. Olhou outra vez para Sarah, a mulher que ele ia perder, que os estava abandonando para voltar a estudar e que talvez jamais voltasse. Nada mais seria o mesmo, eles sabiam.

– O que vai dizer a eles?

Melissa e Benjamin ficaram conversando na noite fria, esperando que os pais saíssem do carro. Sarah olhou para eles com o coração pesado.

– Ainda não sei. Vamos deixar passar as festas.

Com um gesto afirmativo, Oliver abriu a porta do carro, enxugando as lágrimas com as costas da mão, para que os filhos não percebessem.

– Oi, papai, como foi o jantar?

Benjamin parecia satisfeito, e Melissa sorria para eles, ainda com a maquiagem do ensaio geral do teatro da escola.

– Foi ótimo – disse Sarah, rapidamente, com um largo sorriso. – Num lugar muito agradável.

Oliver olhou para ela, perguntando-se como Sarah conseguia falar assim com os filhos, como podia fingir, encará-los. Talvez ele não a conhecesse tanto quanto pensava, e talvez não quisesse conhecer.

Ele entrou, disse boa-noite aos filhos e subiu devagar para o quarto, sentindo-se muito velho, cansado e desiludido. Sarah fechou a porta do quarto.

– Eu sinto muito Ollie... sinto mesmo.

– Eu também – retrucou ele.

Oliver ainda não acreditava. Talvez ela mudasse de ideia. Talvez fosse uma crise da idade. Ou um tumor cerebral. Ou sintoma de uma depressão profunda. Talvez Sarah estivesse louca, talvez sempre estivera. Mas ele não se importava. Era sua mulher e ele a amava. Queria que ela ficasse, que negasse tudo o que havia dito, que dissesse que não o deixaria por nada no mundo... a ele, não apenas os filhos... a ele... mas o olhar sombrio de Sarah dizia que isso não ia acontecer. Ela estava decidida. Ia voltar para Harvard. Ia deixá-los. E com essa certeza torturando seu coração, Oliver pensou no que ia fazer sem ela. Deitado na cama, naquela noite, sentindo o calor do corpo de Sarah ao lado do seu, ele queria chorar, queria morrer. Era como se ela já tivesse partido. Ali perto dela, ele quis voltar ao passado e embora a desejasse mais do que nunca, deu as costas para a mulher, para que ela não visse as lágrimas nos seus olhos e não a tocou.

3

Os dias que faltavam para o Natal pareciam se arrastar lentamente, e Oliver agora quase detestava ter de voltar para casa. Os sentimentos se alternavam dentro dele, ora odiando-a, ora amando-a mais do que nunca, enquanto tentava descobrir um meio de fazer com que Sarah mudasse de ideia. Falavam constantemente no assunto, tarde da noite, quando os filhos já estavam dormindo, e Oliver revia na mulher aquela obstinação quase brutal que ele pensava ter desaparecido havia muitos anos. Mas para Sarah, ela estava lutando pela própria vida.

Prometeu que nada ia mudar, que estaria em casa todas as sextas-feiras à noite, que o amava tanto quanto antes, mas ambos sabiam que ela estava tentando se enganar. Teria muito trabalho, provas, seria impossível viajar todos os fins de semana, e ficar em casa estudando seria mais frustrante para os filhos. As coisas *tinham* de mudar quando ela fosse para Harvard. Era inevitável, quer admitisse ou não. Oliver tentou convencê-la a ir para outra universidade, mais perto de casa. Até mesmo Columbia seria melhor do que Harvard. Mas Sarah estava decidida. Às vezes ele pensava se ela não estaria tentando recapturar a juventude, atrasar o relógio para um tempo mais simples. Porém, ele preferia a vida que levavam agora. Não compreendia como Sarah podia deixar os filhos.

As crianças não sabiam ainda do plano da mãe. Os mais velhos sentiam uma certa tensão no ar, e mais de uma vez Melissa perguntara se eles tinham brigado, mas Sarah negava, procurando aparentar despreocupação. Não queria estragar o Natal deles e sabia que a notícia ia perturbá-los. Resolveu só contar depois do Natal, e Oliver concordou, na esperança de que ela mudasse de ideia. Foram ver a peça de Melissa e armaram e decoraram a árvore, num ambiente que parecia de perfeita harmonia, cantando canções de Natal, rindo, enquanto Oliver e Benjamin se atrapalhavam com as lâmpadas e Sarah e Melissa não conseguiam enfiar as pipocas nos cordões porque Sam comia todas. Oliver olhou para os filhos e teve a impressão de que seu coração ia explodir. Sarah não podia fazer isso com eles, não era justo, e como ele ia tomar conta dos três? Por melhor e mais querida que fosse, Agnes não passava de uma empregada. E ele trabalhava o dia inteiro em Nova York. Imaginava Benjamin e Melissa sem nenhuma disciplina e Sam definhando, enquanto a mãe brincava de estudante em Harvard.

Na véspera de Natal, os dois sentaram-se na frente das chamas crepitantes da lareira. Oliver pediu a Sarah para desistir daquela ideia. Estava decidido a implorar, se fosse preciso.

– Você não pode fazer isso com eles. – Oliver tinha perdido cinco quilos em duas semanas e a tensão os estava matando.

Sarah não cedeu. Na semana anterior havia escrito aceitando a matrícula oferecida e devia partir dentro de 15 dias, para procurar um apartamento em Boston. As aulas começavam em 10 de janeiro. Tudo o que tinha a fazer era passar o Natal em casa, arrumar as malas e contar aos filhos.

– Ollie, não vamos mais falar nisso.

Ele teve vontade de levantar-se e sacudi-la. Mas Sarah parecia distante, como se não pudesse enfrentar a ideia da dor que estava causando.

Naquela noite, bem tarde, Oliver e Sarah levaram para a sala os presentes embrulhados e enfeitados por Sarah e Agnes. Nesse ano ela havia caprichado especialmente, como se fosse o último Natal que passavam juntos. Na semana anterior, Ollie havia comprado para ela um anel de esmeralda, no Van Cleef. Era lindo e algo que Sarah sempre quis ter. A esmeralda quadrada ficava no centro de pequenas fileiras de brilhante. Pensou em dar o anel naquela noite, mas de repente achou que ia parecer mais um suborno do que um presente e arrependeu-se de tê-lo comprado.

Quando foram se deitar, Sarah acertou o despertador para as 6 horas. Queria levantar cedo para preparar o peru. Agnes também estaria de pé para fazer todo o trabalho, mas Sarah queria fazer o peru sozinha, outro presente final para eles, e, além disso, era tradição da família.

Apagaram a luz e ela ficou ali deitada, pensando, ouvindo a respiração de Ollie. Sabia que ele estava acordado e podia imaginar seus pensamentos. Nas duas últimas semanas ele parecia desesperado. Tinham discutido, brigado, conversado, e Sarah continuava convencida de que estava fazendo a coisa certa, pelo menos para ela mesma. Agora, tudo que queria era começar a nova vida, afastar-se deles e da dor que estava provocando.

– Eu gostaria que você parasse de agir como se eu estivesse indo embora para sempre – falou baixinho, no escuro.

– Mas você está, não está? – Havia uma imensa tristeza na voz dele.

– Eu já disse. Virei nos fins de semana, sempre que for possível. E nas férias.

– E quanto tempo você acha que isso vai durar? Não pode ficar viajando e estudar ao mesmo tempo. Eu não compreendo como você pode fazer isso.

Oliver dissera isso dezenas de vezes naquelas últimas semanas, enquanto procurava algum motivo, alguma coisa que ele tivesse feito, ou que tivesse deixado de fazer. Tinha de ser isso. Sarah não podia simplesmente desejar uma vida longe deles, se o amasse de verdade.

– Talvez você compreenda quando tudo estiver terminado. Talvez eu venha a ser alguma coisa, possa fazer alguma coisa que mereça seu respeito. Se for assim, então valeu o sacrifício.

– Eu a respeito agora, sempre respeitei. – Voltou-se e olhou para ela, à luz da lua que entrava pela janela. Sarah estava tão bela quanto sempre, mais talvez agora porque a dor de perdê-la fazia com que a amasse mais. E já sofrendo pelos filhos, pelo que ele sabia e eles ignoravam, perguntou: – Quando vai contar para as crianças?

– Pensei em dizer tudo amanhã à noite, quando seus pais voltarem para casa.

– É um modo bem triste de acabar o Natal.

– Acho que não devo esperar mais. Eles sabem que alguma coisa está acontecendo. Mel está desconfiada, e Benjamin praticamente desapareceu. Isso é sinal de que sabe que há alguma coisa e está fugindo para não ter de enfrentar.

– E o que acha que vão sentir quando você contar?

– Provavelmente o mesmo que nós dois. Vão ficar assustados, confusos, talvez entusiasmados, por mim. Acho que Mel e Benjamin vão entender. Mas Sam me preocupa. – Olhou para Ollie, procurou a mão dele e continuou com a voz trêmula, pensando no filho mais novo. – Tome conta dele, Ollie... Sam precisa mais de você do que de mim...

– Ele precisa de você também. Só o vejo durante poucas horas do dia e só falamos de futebol, beisebol e dos deveres de casa.

– Já é um começo. Talvez vocês todos fiquem mais unidos agora.

– Sempre pensei que fôssemos unidos. – Era uma das coisas que mais o magoavam. Pensava que tinha tudo. Uma família perfeita. Uma vida perfeita. Um casamento perfeito. – Sempre achei que tudo estava tão certo entre nós... nunca compreendi o que você sentia sobre tudo isso... quero dizer... bem, compreendi quando você ficou grávida, mas sempre pensei que depois disso, mesmo antes de Sam, você fosse feliz. – A dor maior era pensar que não dera tudo que ela desejava.

– Eu estava... eu sempre estive... sempre quis uma coisa que você não podia me dar. Tem de vir de dentro e acho que nunca a encontrei. – Sentia-se culpada por dar a impressão de que ele havia falhado. Oliver sempre fora o marido perfeito.

– E se não encontrar agora?

– Acho que desisto.

Mas ela estava certa de que ia encontrar. Já havia encontrado, em parte. Só a decisão de ir para Harvard já a fazia sentir-se diferente.

– Acho que pode encontrar aqui mesmo. Talvez só precise de mais liberdade.

Sarah chegou mais perto dele, e Oliver a abraçou.

– Eu tinha toda a liberdade que podia desejar. Só não sabia o que fazer com ela.

– Oh, meu bem... – Escondeu o rosto nos cabelos dela com lágrimas nos olhos e sentiu o tremor dos ombros de Sarah e as lágrimas no rosto apoiado no seu peito. – Por que está fazendo isso? Não podemos atrasar o relógio algumas semanas e esquecer que aconteceu?

Sarah balançou a cabeça e olhou para ele.

– Acho que não. Eu sempre ia sentir que havia perdido alguma coisa. Vou voltar... eu prometo... eu juro. Eu te amo demais para não voltar.

Algo no coração dele dizia o contrário. O mais seguro era mantê-la em casa, não permitir que se fosse. Uma vez longe deles, qualquer coisa podia acontecer.

Ficaram assim abraçados por um longo tempo, os rostos encostados, os lábios se encontrando uma vez ou outra, e afinal o desejo dele foi maior. Pela primeira vez em duas semanas ele a possuiu com a paixão e o desejo que pareciam esquecidos. Havia desespero naquele ato de amor, um desespero que jamais existira, uma sede, uma solidão, uma fome insaciável. Sarah também sentia, além da culpa e da tristeza que quase a dominaram quando terminaram juntos. Depois, beijaram-se e ela dormiu nos braços dele... Oliver... o homem que ela amava desde que eram quase crianças... o homem que ele era agora... o amor que podia terminar em Harvard.

4

A manhã do dia de Natal foi movimentada. A mesa, o peru, os presentes, os telefonemas de Chicago e três dos Watson. George telefonou para dizer que Phyllis não estava muito bem e Oliver não deu muita atenção, atribuindo à mania do pai de se preocupar com pequenas coisas. Os Watson deviam chegar ao meio-dia, mas só apareceram às 14 horas, com presentes para todos, incluindo um xale de caxemira para Agnes e um enorme osso para Andy. Ao contrário do que George havia dito, Phyllis parecia ótima, muito bonita no vestido novo de lã lilás comprado no dia em que George havia se preocupado com seu atraso.

Levaram um tempo enorme para abrir todos os presentes, e Sarah estava encantada com o anel de esmeralda que Oliver lhe dera de manhã muito cedo, enquanto a via preparar o peru, sentado à mesa da cozinha. Sarah deu a ele um casaco de lã, alguns CDs que ele queria, gravatas e meias e outras pequenas coisas e uma bela pasta de couro preto. E, por brincadeira, Oliver deu a ela uma "mala escolar" pequena e vermelha, querendo dizer que, para ele, Sarah era "apenas uma criança", e uma bússola para que ela pudesse encontrar o caminho de volta, com uma gravação que dizia, *Volte logo para casa. Eu te amo, Ollie.*

– Para que isso, papai? – perguntou Sam, quando viu a bússola. – Você e mamãe vão acampar? É uma bússola muito chique.

– Sua mãe é uma mulher muito chique. Achei que pode ser útil, se ela se perder, algum dia.

Ele sorriu. Sam achou graça e Sarah, estendendo a mão, tocou carinhosamente o marido e o beijou. Depois foram para a cozinha, para destrinchar o peru.

A refeição foi tranquila, a não ser por Phyllis que, depois de um certo tempo, pareceu ficar nervosa e a todo momento levantava da mesa para tirar pratos que não precisavam ser retirados, trazer coisas da cozinha que não deviam ser trazidas, e perguntando a todos, inúmeras vezes, se queriam mais alguma coisa.

– O que há com a vovó? – perguntou Sam ao pai, em voz baixa, quando Phyllis saiu atrás de Agnes, dizendo que ia ajudá-la. – Ela nunca ajudou tanto na cozinha.

Oliver notou também, mas pensou que ela devia estar preocupada com alguma coisa. Parecia estranhamente agitada.

– Acho que ela só quer ajudar sua mãe e Agnes. Os velhos às vezes ficam assim. Querem que todos saibam que ainda podem ser úteis.

– Ah! – Sam fez um gesto afirmativo, satisfeito com a resposta, mas os outros também haviam notado.

Mel olhava preocupada para a avó, Sarah limitou-se a balançar a cabeça, procurando evitar perguntas. Ela podia ver que a sogra estava com algum problema.

Fora isso, tudo correu como sempre. Todos comeram bastante e depois praticamente desmaiaram na sala de estar, enquanto Sarah, Agnes e Phyllis arrumavam a cozinha. Melissa as ajudou um pouco, mas depois foi para a sala.

Sentou-se ao lado do avô e perguntou, com ar preocupado:

– O que há com a vovó? Ela parece tão nervosa.

– Às vezes ela fica assim, agitada. É difícil acalmá-la. É melhor deixar que tudo passe, desde que não esteja fazendo nada perigoso. Ela está bem, lá na cozinha?

– Acho que sim. Está correndo de um lado para o outro como um furacão.

Na verdade, Phyllis não estava fazendo coisa alguma, só falando sem parar e levando os pratos sujos de um lugar para outro. Sarah e Agnes notaram aquele comportamento estranho, mas não disseram nada e finalmente mandaram Mel voltar para a sala. Quando ouviu o nome da neta, Phyllis parou e olhou fixamente para ela.

– Mel? Ela está aqui? Ah, eu gostaria de vê-la, onde ela está?

Melissa ficou calada, atônita, e sua mãe fez sinal para ela sair da cozinha, mas, quando se sentou ao lado do avô, estava abalada.

– Ela está tão confusa. Eu nunca a vi assim antes.

– Está acontecendo cada vez com mais frequência. – George Watson olhou tristemente para o filho. Era exatamente o que estava tentando explicar havia algum tempo. Porém às vezes ela parecia perfeitamente bem, e ele pensava que estava imaginando coisas. Não sabia o que pensar. Num dia, ela parecia completamente descontrolada, no dia seguinte, estava bem, e às vezes mudava de uma hora para outra. – Não sei o que é, Mel. Gostaria de saber. Velhice, eu acho, mas ela parece muito nova para isso.

Phyllis Watson tinha apenas 69 anos, e o marido era três anos mais velho.

Logo depois, as duas mulheres voltaram para a sala, e Phyllis parecia mais calma. Sentou-se ao lado de Benjamin e conversou com ele sobre sua ida para Harvard. Ele ia tentar também Princeton e Stanford, na Costa Oeste, Brown, Duke e Georgetown. Com suas notas e bom desempenho nos esportes, podia escolher as melhores universidades. Mas queria mesmo ir para Harvard, como Sarah também queria, agora. Seria interessante estudar na mesma universidade que o filho. Talvez assim ele a perdoasse por sair de casa oito meses antes dele. Ollie chegou a sugerir que ela esperasse até Benjamin ir para a universidade, mas Sarah não queria adiar nada. Havia muitos anos que esperava por isso e não queria atrasar nem mais uma hora. Era o tipo de coisa que Phyllis havia previsto fazia muitos anos, mas agora ela provavelmente não se lembrava, nem compreendia.

– Quando vai ter resposta de todas essas universidades? – George Watson estava tão entusiasmado quanto o neto.

– Provavelmente não antes do fim de abril.

– É uma longa espera para um homem da sua idade.

– Sim, é mesmo. – Benjamin sorriu e olhou para o pai. – Nesta primavera, papai e eu vamos visitar as universidades enquanto eu espero. Conheço quase todas, mas nunca estive em Duke, nem em Stanford.

– Ficam muito longe. Ainda acho que você devia ir para Princeton.

Todos sorriram. Princeton era a menina dos olhos de George e ele achava que todo mundo devia estudar lá.

– Talvez eu vá, se não for aceito em Harvard. Talvez você possa conseguir que Mel estude em Princeton algum dia.

Mel fez uma careta e jogou um pedaço de biscoito no irmão.

– Você sabe que quero ir para a Universidade de Los Angeles, para estudar teatro.

– É, se não se casar antes. – Em geral Benjamin dizia "se não engravidar antes", mas não na frente dos pais.

Mel estava namorando um rapaz da turma dele, e embora Benjamin achasse que ela não havia "ido até o fim" , desconfiava que estava muito perto disso. Mas Mel sabia também do novo romance do irmão com uma bonita loura de corpo sensacional, Sandra Carter.

O tempo passou e finalmente George e Phyllis foram para casa. Assim que eles saíram, Oliver olhou para Sarah. Fazia meia hora que ela estava estranhamente calada, talvez pensando no que ia dizer aos filhos. Na verdade, estavam todos tão cansados que seria melhor deixar para outro dia, mas havia tanto tempo que ela estava pensando naquele momento que não queria adiar mais.

Benjamin ia pedir as chaves do carro, Melissa preparava-se para falar ao telefone, e Sam bocejava, cheio de sono, quando Agnes apareceu na porta.

– Está na hora de Sam ir para a cama. Eu o levo para cima, se a senhora quiser, Sra. Watson. – A cozinha estava arrumada, e ela queria ir para seu quarto e ligar a nova televisão, um presente de Natal dos Watson.

– Eu o levo daqui a pouco. Queremos conversar primeiro. Obrigada, Agnes.

Sarah sorriu, e Agnes teve a impressão de ver algo diferente nos olhos dela, mas apenas fez um gesto afirmativo e desejou Feliz Natal a todos. Sam voltou-se para a mãe, com ar cansado.

– Sobre o que vamos conversar?

– Mamãe... eu não posso... eu combinei sair... – Benjamin parecia apressado, consultando o relógio novo, mas Sarah balançou a cabeça.

– Eu gostaria que você ficasse. Quero conversar com vocês todos.

– Alguma coisa errada? – Benjamin estava intrigado, Mel parou no meio da escada e olhou para eles.

Sarah esperou que estivessem todos de novo na sala e sentou-se. Parecia uma conversa muito importante agora. Oliver sentou-se numa cadeira um pouco afastada, perto da lareira, imaginando o que ela ia dizer e como eles iam reagir.

– Não sei como começar. – De repente, Sarah teve a impressão de que lhe faltava o ar, olhando para todos eles, Benjamin, alto e bonito, a filha, tão crescida, mas ainda uma criança, e Sam, encolhido, sonolento no sofá, ao lado dela. – Há muito tempo que eu queria fazer uma coisa e vou fazer agora, mas não vai ser fácil para nenhum de nós. É uma grande mudança. Porém, primeiro quero que saibam o quanto os amo, o quanto me importo com vocês... mas nunca deixei de acreditar, e vocês sabem disso, que precisamos ser sinceros com nós mesmos. – Apertou a mão de Sam e evitou olhar para Oliver. – Temos de fazer o que achamos que é certo, mesmo que seja difícil. – Respirou fundo, e eles esperaram em silêncio.

Estavam com medo do que iam ouvir. Sarah parecia tão séria de repente, e Benjamin notou que o pai estava pálido. Talvez estivessem para se divorciar, ou iam ter outro filho. Um bebê não seria tão ruim, mas um divórcio representaria o fim do mundo. Nenhum deles tinha ideia do que podia ser.

– Vou voltar a estudar – disse Sarah, terminando a frase com um suspiro.

– Você? – Mel estava atônita.

– Onde? – perguntou Benjamin.

– Por quê? – quis saber Sam. Para ele parecia bobagem. Escola era para crianças e não via a hora de se livrar dela. Imagine, voltar depois de grande. Nunca faria uma coisa dessas, na idade dela. – Papai também vai voltar para a escola?

Sarah sorriu, mas Oliver continuou sério. Seria mais fácil para todos se ele também fosse. Então, os dois iriam para Cambridge. Mas era ela quem ia sair, todos eles continuariam ali, com suas vidas seguras e confortáveis. Só ela precisava deixar o porto seguro, saindo para o mar desconhecido. Mas a ideia a excitava mais do que assustava. Algum dia explicaria tudo aos filhos, mas não agora. Por enquanto eles precisavam saber como seriam afetados por essa decisão. E seriam afetados. Não havia dúvida. Especialmente Sam, que olhava interrogativamente para ela. Sarah olhou para o filho mais novo e sentiu o coração apertado. Mas sabia que precisava deixá-los.

– Não, papai não vai voltar para a escola. Só eu. Irei para Harvard dentro de duas semanas.

– Harvard? – Benjamin ficou chocado. – Você? Por quê? – Ele não compreendia. Como a mãe podia estudar em Boston? Então, lentamente entendeu. Voltou-se para o pai e viu nos olhos dele toda a solidão, toda a dor provocada pela mãe. Mas havia também angústia e tristeza nos olhos dela.

– Eu virei para casa sempre que puder. E vocês têm Agnes e seu pai.

– Quer dizer que vai nos deixar? – Sam sentou-se ereto no sofá com os olhos cheios de terror. – Para sempre?

– Não, não para sempre – disse ela, depressa. – Só por algum tempo. Posso voltar nos fins de semana e nas férias. – Resolveu então dizer toda a verdade. Devia isso a eles. – É um programa de dois anos.

– Dois *anos*? – Sam começou a chorar, e por um momento ninguém falou. Sarah tentou abraçá-lo, mas ele se esquivou e saltou do sofá, correndo para o pai. – Você vai embora e vai nos deixar? Por quê? Não gosta mais da gente?

Sarah levantou-se, com lágrimas nos olhos, e tentou se aproximar dele, mas Sam não permitiu. Ela sabia que ia ser difícil, mas não tanto, e de repente sentia a dor que estava causando. Mas tinha de fazer, para seu próprio bem.

– É claro que gosto de vocês, Sam... de vocês todos... Só que preciso fazer isso... por mim... – Tentou explicar, mas Sam, soluçando, não a ouvia.

Agora ele estava abraçado com Mel, que começou a chorar também. Os dois juntos, como se estivessem prestes a se afogar, lançavam um olhar acusador para a mãe.

– Por que, mamãe?

Foram as duas palavras mais dolorosas que ela já ouvira, e Sarah olhou para Oliver, pedindo ajuda, mas ele ficou calado. Estava tão magoado quanto os filhos.

– É difícil explicar. É uma coisa que quero fazer há muito tempo.

– É alguma coisa entre você e papai? – perguntou Mel, abraçada a Sam e com as lágrimas descendo pelo rosto. Vocês vão se divorciar?

– Não, não vamos. Nada vai mudar. Só preciso me afastar por um tempo para fazer algo para mim mesma, para ser eu mesma, sem todos vocês. – Não disse que eles a estavam puxando para baixo, que a impediam de criar alguma coisa que fosse só dela. Seria injusto, mas era verdade. Via claramente agora. De certo modo, Oliver estava certo, como sempre, mas Sarah sabia que ela também estava. Iam sobreviver, e ela voltaria para eles como uma pessoa melhor. Morreria se ficasse. Tinha certeza disso agora.

- Você não pode estudar aqui? - perguntou Benjamin em voz baixa.

Parecia chocado também, mas era crescido demais para chorar. Olhava para ela, procurando entender, certo de que devia haver outro motivo. Talvez fossem se divorciar e não queriam contar para os filhos. Mas então, por que não os levava com ela? Não fazia sentido. Só sabia que sua família estava se desmanchando, mas não sabia por quê. Queria acreditar que Sarah tinha uma boa razão. Ele a amava tanto! Queria compreender o lado dela, mas não podia.

- Acho que não conseguiria fazer nada aqui, Benjamin. Harvard é o lugar certo. - Sorriu tristemente. Os soluços de Sam eram uma dor quase física para ela, mas não ousava se aproximar dele. Toda vez que tentava, ele a repelia. Oliver também estava procurando ficar longe dele. - Talvez nós dois estejamos juntos em Harvard, no outono.

- Seria ótimo. - Benjamin sorriu. Sempre acreditara na mãe e nas coisas que ela fazia, mas no íntimo estava extremamente abalado. Era como se toda sua vida tivesse explodido de um momento para outro. Nunca imaginou que o pai ou a mãe pudessem sair de casa. Estavam ali para ficar... ou talvez não, afinal. Mas nunca podia imaginar que ela seria a primeira a partir. Mal conseguia pensar, procurando ficar calmo. Olhou para Oliver, no canto da sala, levantou-se e perguntou:
- Papai, o que você acha disso tudo?

- É a decisão da sua mãe, meu filho. Não podemos impedir. E ela não nos deu muita escolha. Acredita que está fazendo a coisa certa e temos de apoiá-la do melhor modo possível. - Seus olhos encontraram os de Sarah e para ele alguma coisa tinha mudado. Agora, ela havia magoado os filhos também, não apenas ele, e Oliver jamais se esqueceria disso, mesmo sabendo que sempre a amaria. - Vamos sentir saudades, Sarrie.

A beleza do Natal estava esquecida, o riso, a tradição, os presentes. Aquela foi a noite mais difícil da vida deles, mas podia ser pior. Podia ter acontecido alguma coisa irreparável. Mas isso era só por algum tempo, como ela dizia. Dois anos. Parecia uma eternidade para eles agora. Sarah tentou aproximar-se novamente de Mel e de Sam. Ele começou a chorar alto, outra vez, e Mel estendeu a mão para evitar que ela se aproximasse, olhando furiosa para a mãe e para o pai.

– Eu acho que vocês estão mentindo. Acho que você vai embora para sempre e não tem coragem de nos dizer. Mas, se é isso, por que não nos leva junto?

– Porque não é nada disso. E o que vocês iam fazer em Cambridge? Deixar todos os seus amigos? Ir para outra escola? Morar comigo num apartamento pequeno, enquanto eu trabalho e estudo para o mestrado? Benjamin está no último ano, e você no antepenúltimo. Gostaria de abandonar tudo isso agora? E eu não poderia cuidar de vocês enquanto estivesse estudando. Vão ficar muito melhor aqui com seu pai e Aggie, na casa de vocês, nas escolas de que gostam, com amigos de muitos anos, num ambiente que já conhecem.

– Você está nos abandonando. – A fúria e a dor cintilavam como lâminas afiadas nos olhos de Mel, e os soluços de Sam continuavam com a mesma intensidade. Mel voltou-se para o pai: – Você deve ter feito alguma coisa horrível para ela nos abandonar assim. – Ela os odiava, naquele momento, e sentia que ia odiá-los para sempre.

Sarah apressou-se em defender o marido.

– Não é verdade, Mel. Seu pai não tem nada a ver com isso.

– As pessoas não vão embora para estudar, assim sem mais nem menos. Não gente grande. Você deve nos odiar muito.

Sam começou a soluçar mais alto, e Mel, levantando-se, tomou-o nos braços. Ele olhou outra vez para a mãe, com o rosto inundado de lágrimas, e Sarah não procurou se aproximar dele. Sam não lhe pertencia mais. Era deles agora.

Ele mal podia falar no meio dos soluços.

– É... é verdade? Você... nos... odeia... mamãe?

Sarah balançou a cabeça, e seus olhos se encheram de lágrimas.

– Não, não odeio. Eu os amo de todo o meu coração... todos vocês e o papai também. – Agora ela estava chorando.

Oliver deu as costas aos quatro, que se entreolhavam sem saber o que fazer ou dizer. Sua família fora destruída com um só golpe. Então, ele aproximou-se de Mel, abraçou Sam e o menino agarrou-se a ele como quando era bebê.

– Tudo vai dar certo, meu filho... vamos ficar bem.

Inclinou-se para beijar Mel, mas ela recuou e correu para o quarto. Ouviram a porta bater com força. Oliver caminhou para a escada com Sam, e Sarah e Benjamin ficaram sozinhos. Ainda chocado, ele olhou para a mãe, sem poder acreditar, mas sabendo que era verdade.

– Mamãe... por quê? – Benjamin já tinha idade suficiente para que ela falasse abertamente, como sempre fazia.

– Não tenho certeza. Só sei que não posso continuar com essa vida, e essa me parece a coisa certa a se fazer. Quero ser mais do que isto. Mais do que uma pessoa que leva crianças para o colégio em determinados dias e espera que Sam chegue da escola todas as tardes.

Por um momento, Ben teve a impressão de que ela odiava ser mãe deles.

– Mas você não podia esperar? – Outras mães esperavam.

– Não, não posso esperar mais. Tenho de fazer isso agora. – Sarah assoou o nariz, mas as lágrimas continuaram a descer pelo seu rosto. Era horrível magoá-los assim, mas eles a estavam magoando também. Havia anos que a magoavam. Os filhos e Ollie.

Benjamin fez um gesto afirmativo, querendo compreender. Ele a amava e queria o melhor para ela, mas no íntimo achava que era uma coisa terrível. Não podia imaginar alguém abandonando um filho. Jamais pensou que Sarah fosse capaz disso. Mas era o que ela estava fazendo e agora tudo era diferente. O que restava? Nada. Um punhado de crianças. Um pai que trabalhava o tempo todo. E uma empregada que cozinhava para eles. De repente, sentiu-se ansioso para que o outono chegasse logo, para sair de casa. Se pudesse, sairia antes. Não tinha mais família. Só algumas pessoas que moravam na mesma casa. Era quase como se Sarah tivesse morrido, mas pior, porque ela podia ficar, se quisesse. E o que mais o machucava era saber que ela não queria. Toda aquela conversa do quanto os amava. Se se importasse com eles, não os estaria abandonando. Essa era a verdade. Benjamin olhou para o chão e depois para a mãe, sentindo-se culpado por seus pensamentos, desejando sair da casa o mais depressa possível. Sempre acreditara nela, mais do que no pai. E de repente ela estava destruindo a vida de todos eles. Assim, sem mais nem menos. A dele, de Mel, de Sam, até do pai. Tinha pena de Oliver, mas não podia fazer nada.

– Eu não queria pedir agora... mas estava pensando se... acha que papai se importaria se eu usasse o carro por pouco tempo?

Ela balançou a cabeça, tentando adivinhar o que Benjamin estava realmente pensando. Sempre tivera mais afinidade com ele.

– Tenho certeza de que ele não se importa.

Era como se já não tivesse nenhuma autoridade. Havia pegado suas chaves de volta. Era uma amostra do que seria quando voltasse nos fins de semana. Eles não estariam mais acostumados com sua presença, muito menos com sua autoridade. Não ia ser fácil.

– Você está bem? – Preocupava-se com ele. Sabia que Benjamin estava muito abalado. E só tinha 17 anos. Sarah não queria que ele fosse beber em algum lugar e voltasse depois, dirigindo o carro, ou qualquer coisa desse tipo. – Aonde você vai a esta hora?

Passavam das 22 horas, e era noite de Natal, uma ocasião nada aconselhável para dirigir nas ruas.

– Vou visitar um amigo. Volto logo.

– Tudo bem. – Sarah fez um gesto afirmativo. Benjamin voltou-se para sair, e instintivamente ela estendeu o braço e segurou a mão dele.

– Eu te amo... por favor, lembre-se sempre disso. – Sarah estava chorando outra vez.

Ele queria dizer alguma coisa, mas não disse. A mãe o havia ferido profundamente, a todos eles. Apenas acenou com a cabeça, pegou o sobretudo e num instante não estava mais ali. A porta da frente bateu, e com um estremecimento Sarah dirigiu-se para a escada. Mel soluçava no quarto. Sarah tentou a porta. Estava trancada, e Mel não respondeu quando ela chamou. O quarto de Sam estava silencioso, e Sarah não quis entrar para não acordá-lo. Entrou no seu quarto e sentou-se na beirada da cama, sentindo-se como se tivesse sido atropelada por um caminhão. Oliver só apareceu uma hora depois. Sarah estava deitada, olhando para a parede com os olhos cheios de lágrimas.

– Como ele está?

Sarah nem havia tentado ver o filho. Agora ele pertencia a Oliver, não mais a ela. Todos eles. Era como se já tivesse partido e compreendeu que devia sair o mais depressa possível. Talvez fosse melhor para eles, agora que já sabiam.

– Está dormindo.

Oliver deixou-se cair na cadeira com um suspiro de cansaço. Fora um longo dia, uma noite infindável, e não estava mais disposto àquele jogo. Sarah havia destruído suas vidas, só para ter o que queria. Sua mãe estava certa. Mas era tarde demais agora. Estavam mergulhados até o pescoço e, para que os filhos pudessem sobreviver, ele tinha de começar a nadar rapidamente. Já havia começado com Sam e restavam ainda Mel e Benjamin. Vira nos olhos do filho mais velho quanto ele estava chocado com a decisão da mãe.

– Não sei se algum deles vai se refazer disto.

– Não diga isso. Basta o que estou sentindo agora.

– Talvez não esteja sentindo o bastante para saber que devia desistir. Eles jamais confiarão em pessoa alguma, muito menos em mim. Se a própria mãe os abandona, o que podem esperar do resto do mundo? E você pensa que serão pessoas melhores por isso? É claro que não. Teremos sorte se conseguirmos sobreviver. Nós todos.

– E se eu tivesse morrido?

– Seria mais fácil para eles. Pelo menos não seria sua escolha, embora até mesmo a morte da mãe faça com que os filhos sintam-se rejeitados.

– Muito obrigada. Está dizendo que sou a pior pessoa do mundo, não é? – Sarah estava zangada outra vez. Ele tentava fazê-la sentir-se mais culpada do que já se sentia.

– Talvez eu esteja dizendo isso, Sarah. Talvez você seja. Talvez não passe de uma miserável egoísta, que não se importa nem um pouco conosco. Isso é possível, não é?

– Talvez. Está dizendo que não quer que eu volte?

– Não ponha palavras na minha boca.

No entanto, ele estava fazendo isso, e sempre faria, independentemente do que ela fizesse para as crianças, mas agora ele a odiava. Sam havia se agarrado ao pai como um náufrago prestes a se afogar. Ele ia sofrer por muito, muito tempo, e Oliver estava falando sério. Os filhos iam ficar marcados talvez para o resto de suas vidas. Pelo menos

Sam, se ela não voltasse para ficar, o que era possível, embora Sarah afirmasse o contrário agora. Mas, uma vez em Harvard, as coisas mudariam para ela. Outras pessoas entrariam em sua vida, e Oliver e os filhos estariam muito longe. Não havia garantias para nenhum dos dois.

– Acho que devo ir antes de duas semanas. Vai ser muito difícil para nós todos se eu ficar mais tempo.

– Isso é com você – retrucou ele.

Oliver entrou no banheiro para se despir. Não se sentia mais à vontade com ela. Tinham feito amor na noite anterior, e agora Sarah era uma estranha. Uma estranha que havia invadido sua casa e maltratado emocionalmente seus filhos.

– Quando pretende ir? – perguntou, sentando-se na beirada da cama.

– Depois de amanhã, talvez. Preciso me organizar.

– Acho que seria bom eu levar as crianças para algum lugar, assim não assistirão à sua partida.

– Talvez seja uma boa ideia. – Olhou tristemente para ele e então não tinha mais nada para dizer. Tudo estava dito, as mágoas, as acusações, as desculpas, as explicações e agora as lágrimas. – Não sei mais o que dizer a você. Especialmente depois dessa noite, depois de ver e ouvir o choro das crianças.

Mesmo assim, não ia desistir.

– Também não sei o que dizer a você.

Sarah parecia exausta e extremamente triste.

Ficaram deitados em silêncio, no escuro, e finalmente, às 2 horas da manhã, ele conseguiu dormir. Mas Sarah ficou acordada até muito mais tarde e ouviu quando Benjamin voltou para casa. Não precisava dizer nada a ele. Benjamin era um bom menino e estava sofrendo. Ia ser difícil para ele também. Afinal, era ainda uma criança, pelo menos era o que Sarah pensava.

Benjamin tornara-se homem naquela noite e foi uma experiência estranha e maravilhosa para ele. Os pais de Sandra não estavam em casa e eles fizeram amor pela primeira vez. Era como receber uma mulher só para ele, em troca da mãe que havia perdido. Foi uma noite amarga e doce, e depois eles conversaram longamente sobre o que estava acontecendo com sua família e sobre o que ele estava sentindo. Podia conversar com Sandra como não conversava com mais ninguém. Depois, fizeram amor outra vez e ele voltou para casa, para sua cama, para pensar naquele novo amor, no que ele significava, e na mãe que havia perdido. E, então, a partida de Sarah pareceu menos aterradora, por causa de Sandra.

Sarah ouvia os sons noturnos da casa, onde todos dormiam, desejando ser um deles outra vez. Mas não era possível. Sentia-se uma pessoa diferente, e tudo que tinha a fazer era seguir sua nova vida. Apesar do sofrimento, a ideia a entusiasmava. Enquanto todos dormiam, ela se levantou e começou a fazer as malas. Pôs tudo que precisava em três malas e quando Oliver acordou, de manhã, estava pronta, de banho tomado, vestida, com a passagem de avião reservada. Havia telefonado também para um hotel em Cambridge que ela conhecia. Resolveu partir até aquela tarde, no máximo.

– Aonde você vai a esta hora? – perguntou Oliver, surpreso, compreendendo que muita coisa tinha acontecido enquanto ele dormia.

– Por enquanto a lugar algum. Vou partir esta noite. Direi às crianças quando acordarem. Não podem ficar mais perturbados do que estão. Por que não os leva a algum lugar, para distrair?

– Vou tentar. Verei o que posso fazer – falou ele.

Oliver saiu do chuveiro, vestiu-se e deu alguns telefonemas. Quando tomavam café, disseram aos filhos que Sarah ia partir antes do que esperava e que ele ia levá-los para esquiar em Vermont. Pediu a Agnes para fazer as malas de Sam, e Benjamin disse que talvez não fosse, porque tinha alguns trabalhos da escola para fazer nas férias.

– Nas férias de Natal? – Oliver achou que devia haver alguma namorada.

– Quanto tempo vamos ficar em Vermont?

– Uns três ou quatro dias.

O suficiente para distraí-los um pouco, se fosse possível, e depois voltar para a casa vazia da presença dela. A notícia da partida antecipada chocou a todos, mas estavam tão abatidos com o golpe da noite anterior que nada mais os surpreendia. Aceitaram em silêncio e quase não tocaram a comida. Benjamin falou pouco, parecia cansado e quase não comeu, Mel não disse uma palavra, e Sam olhava constantemente para o pai, como para se certificar de que ele ainda estava ali.

No fim, Benjamin concordou em ir a Vermont e eles saíram às 16 horas, antes de Sarah partir para o aeroporto. As despedidas foram terríveis, e Sam partiu chorando. Agnes ficou na porta, atônita, e até Benjamin tinha lágrimas nos olhos. Sarah nem podia falar, e Oliver chorava abertamente. Ele olhou no retrovisor apenas uma vez e teve a impressão de que seu coração ia se partir quando a viu na frente da casa, com o braço erguido num adeus. Toda sua vida terminada, num momento, perdia a mulher que amava e tudo que havia construído. Por causa de um capricho insano. Estava certo de que as crianças não achavam estranho vê-lo chorar. Estava sofrendo tanto quanto eles. Olhou para Sam, sorriu entre as lágrimas e puxou o filho para perto dele, no carro.

– Vamos, campeão, nós vamos ficar bem, você sabe. E sua mãe também. – Com lágrimas nos olhos, tentou sorrir para os filhos.

– Vamos ver mamãe outra vez? – perguntou Sam.

Exatamente o que Ollie temia. Sam não confiava em nada e em ninguém agora e talvez o mesmo estivesse acontecendo com o pai. Quem podia culpá-lo?

– É claro que sim. E logo não vamos nos sentir tão mal. Mas agora, dói bastante, certo? – disse com voz trêmula.

Benjamin, no banco traseiro, assoou o nariz. Mel chorava também, mas, absorta nos próprios pensamentos, continuava calada.

Ia ser estranho ser pai e mãe, estranho fazer as coisas que ela fazia... levá-los ao médico... ao dentista... comprar tênis para Sam... quando ia achar tempo para tudo isso? Como ia se arranjar sem ela? Porém, o mais importante era como ia viver sem a mulher que amava, sua vida, seu conforto e seu riso? Foi uma viagem silenciosa até Vermont, e ninguém falou até pararem em Massachusetts para jantar.

Sarah já estava em Boston, a caminho de Cambridge, para começar a nova vida. A vida que tinha escolhido, sem eles.

5

Afinal, todos se divertiram e depois dos primeiros dias pareciam voltar à vida, uns mais lentamente do que os outros. Sam tinha pesadelos e chorava com facilidade, mas ria também e divertiu-se muito esquiando com o pai. Benjamin participou de uma competição, mas quando não estava esquiando, vivia telefonando para os amigos, como se eles tivessem a solução para seu problema. Só Mel continuava distante, esquiando sem entusiasmo e evitando o pai e os irmãos. Era a única mulher na família agora e, embora Oliver tentasse animá-la, ela fugia à aproximação do pai. Parecia não ter nada a dizer para eles. Falava só com Sam, mas mesmo com ele parecia sempre triste e desanimada.

Oliver desdobrava-se em cuidados, alugando esquis, carregando e descarregando o carro, organizando as refeições, levando Sam para a cama, tomando conta de Mel, verificando se estavam bem agasalhados, e às 20 horas estava exausto. Mal conseguia ficar acordado durante o jantar. Estava dormindo com Sam para que o filho não se sentisse muito sozinho. Sam molhou a cama duas noites, e Oliver teve de mudar os lençóis, virar o colchão e procurar cobertores secos. Sam estava muito deprimido, como todos eles, mas Ollie estava sempre tão ocupado que mal tinha tempo para pensar em Sarah. Só à noite, na cama, sentia o coração apertado, e de manhã, quando acordava, a ausência dela abatia-se sobre ele com o peso de uma montanha. Era como se Sarah estivesse morta, e, só no terceiro dia em Vermont, Ollie falou nela. Quando disse alguma coisa sobre a "mamãe", todos olharam rapidamente para ele, com os olhos cheios de dor e Ollie arrependeu-se de imediato de ter falado.

Voltaram no dia do Ano-novo, todos mais animados e com aparência saudável. Só quando chegaram em casa, a tristeza tomou conta deles. Tudo estava quieto, o cachorro dormia, e até Aggie tinha saído. Oliver compreendeu que todos eles, secretamente, esperavam encontrar Sarah à sua espera. Mas ela não estava lá. Oliver tinha o número do hotel em Cambridge, mas não telefonou naquela noite.

Levou Sam para a cama, depois de ter feito o jantar com a ajuda de Mel. Quando estavam sentados à mesa da cozinha, Benjamin apareceu vestido para sair.

– Já? – Ollie sorriu. Ninguém tinha desfeito as malas ainda. – Deve ser alguém muito especial.

Benjamin sorriu.

– Uma amiga. Posso usar seu carro, papai?

– Não volte tarde. E tenha cuidado. Tem muita gente bêbada nas ruas. – Sabia que Benjamin era cauteloso e nunca dirigia depois de beber. Mais de uma vez ele havia telefonado pedindo para o pai ir buscá-lo depois de uma ou duas cervejas com os amigos. Sarah tinha conseguido isso, isso e muitas outras coisas. Sua marca estava em todos eles, e agora ela não estava mais ali, e Oliver se perguntava quando iria passar o fim de semana em casa. Havia seis dias que ela partira, e para Oliver parecia uma vida.

Foi estranho deitar sozinho na cama, naquela noite, e Oliver pensou nela, como havia pensado todas aquelas noites, fingindo para si mesmo que não era isso que estava fazendo. À meia-noite, finalmente acendeu a lâmpada e começou a ler alguns papéis que havia levado do escritório. Conseguira aquelas férias de uma semana, de um dia para o outro, e agora sentia-se um pouco melhor, um pouco mais descansado. Estava acordado quando Benjamin chegou à 1 hora e parou na porta para dizer boa-noite. Oliver havia deixado a porta aberta para ouvir Sam, caso ele acordasse, e Benjamin ficou ali por um momento, olhando com tristeza para o pai, depois de pôr as chaves do carro na mesa.

– Deve ser duro para você, papai... quero dizer... sem a mamãe.

Oliver fez um gesto afirmativo. Não podia dizer muita coisa. Era difícil para todos eles.

– Acho que vamos nos acostumar, e logo ela estará em casa. – Mas não parecia convencido, e Benjamin apenas balançou a cabeça afirmativamente. – Divertiu-se esta noite? É um pouco tarde para quem tem aula amanhã.

– É... eu me esqueci da hora. Desculpe, papai. – Sorriu e disse boa-noite.

Uma hora depois Oliver ouviu Sam chorando e foi ao quarto dele. Ele estava dormindo, e o pai sentou-se na beirada da cama, acariciando sua cabeça. O cabelo escuro estava úmido. Depois de algum tempo ele se acalmou. Mas às 4 horas Sam foi para a cama de Oliver e aconchegou-se junto do pai. Oliver pensou em levá-lo de volta para o quarto, mas agradecia a presença do filho e, voltando-se para o lado, adormeceu. Pai e filho dormiram tranquilamente.

Na manhã seguinte, o café foi o caos de sempre. Aggie fez biscoitos e bacon para todos, o que em geral só fazia nos fins de semana, ou em ocasiões especiais. Certamente ela percebia a necessidade de alguma coisa especial, agora. Fez também um lanche caprichado para Sam, com tudo o que ele mais gostava. Era ela quem ia dirigir o carro nos dias marcados para Sarah levar as crianças do bairro à escola. Ollie saiu atrasado para pegar o trem, sentindo-se desorganizado, o que não era do seu feitio. Demorou-se dando instruções para todos, para que voltassem cedo para casa e fizessem os deveres. Era o que Sarah fazia. Ou não era? Tudo parecia tão calmo quando ela estava em casa, tudo sob controle, tudo tão feliz, quando ele saía para o escritório. E quando chegou, foi recebido por uma pilha de trabalho acumulado durante a semana, decisões e projetos para estudar. Saiu às 19 horas e chegou em casa quase às 21 horas. Benjamin já tinha saído outra vez. Mel estava ao telefone e Sam via televisão na cama do pai. Não havia feito o dever de casa, e Aggie não insistiu. Disse para Oliver que não quis pressioná-lo demais.

– Posso dormir com você, papai?

– Não acha que devia dormir na sua cama? – Temia que isso se tornasse um hábito.

– Só esta noite?... Por favor... Prometo que vou me comportar.

Oliver sorriu e beijou a cabeça do filho.

– Eu ficaria muito mais satisfeito se você tivesse feito seu dever de casa.

– Eu esqueci.

– É o que parece. – Oliver tirou o paletó e a gravata, pôs a pasta perto da mesa e sentou-se na beirada da cama, imaginando se Sarah teria telefonado, mas com medo de perguntar. – O que você fez hoje?

– Não muita coisa. Aggie me deixou ver televisão logo que cheguei em casa.

Ambos sabiam que Sarah não o deixava fazer isso. As coisas estavam mudando depressa demais para Oliver.

– Onde está Benjamin?

– Saiu.

– Foi o que imaginei. – Teria que se preocupar com isso também. Benjamin não tinha ordem para sair à noite durante a semana, nem mesmo no último ano do ensino médio. Tinha só 17 anos, e Ollie não pretendia deixar que ele começasse a fazer o que não fazia quando Sarah estava em casa. – Vamos fazer uma coisa, campeão. Pode dormir aqui esta noite, mas amanhã você volta para a sua cama, combinado?

– Combinado. – Sam apertou a mão do pai com um largo sorriso, e Ollie apagou a luz.

– Vou descer para comer alguma coisa. Trate de dormir.

– Boa noite, papai. – Parecia feliz, aninhado na metade da cama que pertencia a Sarah.

– Durma bem... – Oliver ficou na porta, olhando para o filho, depois murmurou: – Eu te amo. – E foi ver Mel.

Ela havia levado o telefone para o quarto, que estava numa tremenda desordem com roupas, livros, patins e sapatos por toda a parte. Mel olhou para o pai com expressão curiosa enquanto ele esperava que ela acabasse a conversa ao telefone. Finalmente, cobriu o bocal com a mão.

– Quer alguma coisa, papai?

– Sim, quero. Um oi e um beijo seriam ótimos. Fez seu dever de casa?

– Oi. Sim, eu fiz. – Parecia aborrecida com a pergunta.

– Quer me fazer companhia enquanto janto?

Depois de uma pequena hesitação, Mel fez um gesto afirmativo, sem nenhum entusiasmo. Certamente preferia ficar ao telefone, mas o tom do pai parecia mais uma ordem do que um convite. Na verdade, Oliver não queria jantar sozinho, e ela era a única candidata disponível na casa, além de Aggie.

– Está bem. Desço num minuto.

Oliver saiu do quarto, abrindo caminho por entre a desordem e desceu. Aggie tinha deixado o prato no forno, coberto com papel-alumínio. Oliver tirou o papel e não sentiu vontade de comer. As costeletas de carneiro estavam muito passadas, a batata estava dura e o brócolis parecia feito havia muitas horas. Nem o cheiro da comida abriu-lhe o apetite. Jogou tudo fora e fritou ovos, fez um suco de laranja e esperou por Mel. Finalmente desistiu, e quando ela desceu, ele estava acabando de comer.

– Onde está Benjamin? – Pensou que ela soubesse, mas Mel apenas ergueu os ombros.

– Com amigos, eu acho.

– Numa noite de quarta-feira? Não me parece uma atitude muito inteligente.

Ela deu de ombros outra vez, aborrecida por ter de fazer companhia ao pai.

– Você tem passado algum tempo com Sam, quando voltam da escola? – Oliver preocupava-se com Sam o tempo todo, especialmente quando chegava tarde em casa. O menino agora precisava de algo mais do que Aggie.

– Tenho sempre muito dever de casa, papai.

– Não me pareceu que estivesse fazendo o dever, há pouco no quarto.

– Ele já está na cama, não está?

– Não estava quando cheguei. Ele precisa de você agora, Mel. Nós todos precisamos – falou com um sorriso. – Agora que a mamãe se foi, você é a dona da casa.

Essa era uma responsabilidade que Mel não queria. Queria liberdade para estar com as amigas, ou pelo menos para falar com elas. A falta da mãe não era culpa sua. Era dele. Se ele não tivesse feito, fosse o que fosse, provavelmente Sarah jamais os teria deixado.

– Quero que passe algum tempo com Sam. Fale com ele, faça companhia, verifique seu dever de casa.

– Por quê? Ele tem Aggie.

– Não é a mesma coisa. Ora, vamos, Mel, seja boa para ele. Você sempre o tratou como se fosse seu bebê.

Mel havia até embalado Sam nos braços na noite em que Sarah disse que ia partir. Mas agora era como se não quisesse saber de nenhum deles. Oliver imaginou se Benjamin não estaria reagindo do mesmo modo. Ao que parecia, ele procurava ficar em casa o menor tempo possível e isso tinha de acabar também. Gostaria de ter mais tempo para ficar com eles, ajudá-los, ouvir seus problemas. O telefone tocou, e Oliver quase suspirou quando ouviu a voz do pai. Estava cansado demais para falar com ele agora. Passavam das 22 horas e ele queria tomar um banho e ir para a cama. Fora um dia cansativo no escritório, e nada melhorou quando chegou em casa.

– Oi, papai, como vai?

– Estou bem. – Ele hesitou, e Oliver viu Mel escapar para o quarto. – Mas sua mãe não está.

– Ela está doente? – Pela primeira vez sentia-se cansado demais para se preocupar.

– É uma longa história, meu filho. – George suspirou, e Oliver esperou. – Ela fez uma tomografia do cérebro esta tarde.

– Meu Deus... para quê?

– Ela tem estado confusa... e na semana em que você viajou, ela se perdeu. Depois tropeçou na escada e distendeu o tornozelo.

Oliver sentiu-se culpado por não ter telefonado de Vermont, mas na verdade seu tempo era curto demais.

– Teve sorte, eu acho, nessa idade, podia ter quebrado o quadril ou coisa pior. – Mas não podia ser pior do que o que os médicos haviam dito.

– Papai, eles não fazem tomografias do cérebro por causa de distensão no tornozelo. O que há? – O pai parecia também um tanto confuso, e Oliver estava cansado demais para ouvir uma história longa.

George hesitou outra vez.

– Eu estava pensando se... eu podia ir vê-lo para conversarmos.

– Agora? – Oliver ficou atônito. – Papai, o que há?

– Preciso conversar, é tudo. E nossa vizinha, Margaret Porter, pode cuidar de sua mãe. Ela tem ajudado muito. O marido teve o mesmo tipo de problema.

– Que problema? Do que está falando? O que foi que eles descobriram? – Oliver falou com impaciência, o que era raro nele, mas estava cansado demais e, de repente, muito preocupado.

– Nada de tumores, ou coisa assim. Essa era uma possibilidade, é claro. Escute... se é muito tarde... – Mas estava claro que ele precisava conversar com alguém, e Oliver não teve coragem de negar.

– Não, está tudo bem, venha então, papai.

Ligou a cafeteira elétrica e serviu-se de uma xícara, imaginando outra vez onde estaria Benjamin e quando ele voltaria para casa. Era muito tarde para estar na rua num dia de semana e era exatamente o que pretendia dizer ao filho. Mas o pai chegou primeiro, pálido e abatido. Parecia muito mais velho do que na noite de Natal, e Oliver lembrou outra vez do coração fraco. Talvez não fosse prudente ele dirigir à noite, sozinho. Mas não disse nada, para não o perturbar ainda mais.

– Entre, papai. – Esperava que a campainha não tivesse acordado Sam. Foram para a cozinha. O pai não aceitou o café, quis apenas uma xícara de descafeinado instantâneo e sentou-se lentamente numa das cadeiras ao lado da mesa. – Você parece exausto – disse Ollie, pensando que não devia ter deixado que o pai saísse àquela hora. Mas ele precisava conversar com alguém e contou a Oliver os resultados do exame de Phyllis.

– Ela está com Alzheimer, meu filho. O exame mostra um encolhimento visível do cérebro. É claro que eles não têm certeza ainda, mas, aliado ao seu comportamento nos últimos meses, parece que o diagnóstico está certo.

– Isso é ridículo. – Oliver não queria acreditar. – Procure outro médico.

Mas George Watson apenas balançou a cabeça. Ele sabia do que estava falando.

– Não adianta. Eu sei que estão certos. Não pode imaginar o que ela tem feito ultimamente. Ela se perde, fica confusa, esquece como fazer coisas que fez a vida inteira, como usar o telefone, os nomes dos amigos. – Seus olhos encheram-se de lágrimas. – Às vezes ela não sabe nem quem eu sou. Não sabe se sou eu ou você. Passou quase toda a semana me chamando de Oliver, e quando eu a corrigia, ficava furiosa. Usa palavras que eu nunca a ouvi dizer. Às vezes fico constrangido na frente dos outros. Ela chamou a caixa do banco, que vemos toda semana, de "cretina de merda". A pobre mulher quase desmaiou.

Oliver sorriu, mas na verdade não era engraçado. Era triste.

De repente, George olhou em volta interrogativamente.

– Onde está Sarah? Deitada?

Por um momento, Oliver pensou em dizer que Sarah tinha saído, mas era tolice esconder a verdade agora. O pai teria de saber, mais cedo ou mais tarde. O mais estranho é que estava com vergonha de dizer, como se tivesse falhado de algum modo, como se tudo fosse sua culpa.

– Ela se foi, papai.

– Foi para onde? – O pai não entendeu. – Saiu?

– Não, voltou para a universidade. Para Harvard.

– Ela o deixou? – George ficou atônito. – Quando aconteceu? Ela estava aqui, com vocês, no Natal... – Parecia impossível de compreender, mas então ele viu o sofrimento nos olhos do filho e compreendeu. – Oh, Ollie... meu Deus, eu sinto muito... Quando foi isso?

– Ela me contou há três semanas. Entrou para o programa de mestrado no outono passado, mas acho que é mais do que isso. Ela diz que vai voltar, mas não estou tão certo. Acho que Sarah está enganando a si própria mais do que a nós. Não sei ainda no que devo acreditar. Temos de esperar para ver o que acontece.

– E as crianças, como estão reagindo?

– Aparentemente, muito bem. Eu os levei para esquiar na semana passada e foi ótimo para todos nós. Por isso não telefonei. Ela nos deixou um dia depois do Natal. Mas na verdade acho que ainda estamos em estado de choque. Mel acha que a culpa é minha, Sam tem pesadelos todas as noites e Benjamin parece que procura se esconder e sai com os amigos todas as noites. Não sei se posso culpá-lo. Talvez eu tivesse feito a mesma coisa na idade dele. – Mas a ideia de Phyllis abandoná-los era inconcebível para os dois, e isso os levou a pensar nela outra vez. – O que você vai fazer com mamãe?

– Não sei ao certo o que posso fazer. Disseram que, se continuar como está, ela pode degenerar rapidamente. No fim, não vai reconhecer ninguém, nem mesmo a mim. – Seus olhos encheram-se de lágrimas. Era doloroso demais. Ele a estava perdendo dia a dia, e isso fazia com que sentisse mais a dor de Oliver. Mas ele era jovem, e podia encontrar outra pessoa. Phyllis era a única mulher que George havia amado, e depois de 47 anos não suportava a ideia de perdê-la. Tirou um lenço de linho do bolso, assoou o nariz, respirou fundo, e continuou: – Disseram que pode levar seis meses ou um ano, ou muito menos, para ficar completamente ausente. Eles não sabem ao certo. Mas acham que vai ser difícil mantê-la em casa quando isso acontecer. Não sei o que vou fazer... – Sua voz embargou.

O coração de Oliver ficou apertado. Segurou a mão do pai. Era difícil acreditar que estavam falando da sua mãe, aquela mulher sempre tão inteligente e tão forte que agora estava esquecendo tudo o que sabia e partindo o coração do seu pai.

– Você não pode se entregar, do contrário vai ficar doente também.

– É isso que Margaret diz. A vizinha de quem falei. Sempre foi muito boa para nós. O marido teve Alzheimer durante anos e no fim ela teve de interná-lo. Margaret teve dois infartos e não podia cuidar dele. Ele passou seis anos naquele estado e morreu em agosto do ano passado. – Voltou os olhos tristes para o filho. – Ollie... não suporto a ideia de perdê-la... de ela não lembrar mais nada... é como vê-la murchar aos poucos, e está tão difícil agora. Ela, que sempre teve um ótimo gênio.

– No Natal eu a achei um pouco agitada, mas nem pensei numa coisa dessas. Acho que estava absorto demais no meu problema. O que posso fazer para ajudar? – Era horrível. Estava perdendo a mãe e a mulher, e a filha mal falava com ele. As mulheres da sua vida estavam desaparecendo rapidamente, mas precisava pensar no pai agora. – O que posso fazer por você, papai?

– Apenas estar aqui, eu acho. – Seus olhos se encontraram e Oliver sentiu-se mais perto do pai do que se sentia havia anos.

– Eu te amo, papai. – Não tinha vergonha de dizer isso agora, embora, havia alguns anos, sem dúvida, o pai se sentiria constrangido com essas palavras. George era muito severo quando Oliver era jovem. Mas havia abrandado com os anos e agora precisava desesperadamente do filho, mais do que já havia precisado de alguém.

– Eu também te amo, meu filho.

Estavam chorando abertamente. George assoou o nariz outra vez, e Oliver ouviu a porta da frente ser aberta e fechada, em silêncio. Benjamin foi direto para a escada, e o pai o chamou.

– Não com tanta pressa, rapaz. Onde esteve até onze e meia da noite no meio da semana?

Benjamin voltou-se, corado de frio e de constrangimento, e ficou surpreso ao ver o avô.

– Saí com amigos... desculpe, papai. Pensei que você não ia se importar. Oi, vovô, o que está fazendo aqui? Alguma coisa errada?

– Sua avó não está bem. – Oliver falou com voz firme, sentindo-se forte outra vez. A presença do pai parecia dar-lhe novas forças. Pelo menos alguém ainda se importava com ele. E o pai precisava dele, bem como seus filhos, mesmo que Sarah não precisasse mais. – Você sabe muito bem que não pode sair à noite durante a semana. Se fizer isso outra vez vai ficar duas semanas sem sair de casa. Entendeu bem?

– Tudo bem, tudo bem... Eu pedi desculpas – disse Benjamin, fazendo um gesto afirmativo.

Ele parecia estranho, pensou Oliver. Não bêbado ou drogado, mas como se tivesse algo diferente. Parecia mais homem e sem nenhuma disposição para discutir.

– O que a vovó tem?

O avô ergueu os olhos tristes, e Oliver disse, rapidamente:

– Sua avó tem tido alguns problemas.

– Ela vai ficar boa? – De repente ele parecia um menino assustado, como se não pudesse suportar a ideia de perder mais alguém. Olhou preocupado para os dois homens.

Oliver bateu de leve no seu ombro.

– Ela vai ficar boa. Seu avô precisa de ajuda, isso é tudo. Talvez você arranje algum tempo livre para estar com ele, longe desses seus amigos tão tentadores.

– É claro, vovô. Vou visitá-los neste fim de semana.

Benjamin gostava do avô, e George Watson era louco pelos netos. Às vezes Oliver tinha a impressão de que gostava mais deles do que do filho, quando era pequeno. George estava menos severo agora e podia dedicar-se mais aos netos.

– Sua avó e eu vamos gostar disso. – Levantou-se, sentindo-se cansado e muito velho e tocou o braço do neto, como se com isso pudesse recuperar um pouco de juventude. – Muito obrigado a vocês dois. Acho melhor eu voltar para casa agora. A Sra. Porter está à minha espera. Deixei sua avó com ela. – Caminhou devagar para a porta, seguido por Benjamin e Oliver.

– Você está bem, papai? – Oliver pensou que talvez o pai não devesse dirigir o carro, mas ele insistiu, dizendo que preferia ser independente. – Então, telefone quando chegar, está bem?

– Não seja tolo! – disse George, irritado. – Estou ótimo. Quem está doente é sua mãe. – Mas logo sorriu para o filho. – Obrigado, meu filho... por tudo... e... eu sinto muito... – Olhou para Benjamin e depois para Oliver – ... sobre Sarah. Telefone se precisar de alguma coisa. Quando sua mãe estiver um pouco melhor, talvez Sam possa passar um fim de semana conosco. – Mas no fundo sabia que ela não ia ficar melhor.

Pai e filho viram o carro de George se afastar, e Oliver fechou a porta com um suspiro. Nada mais era simples. Para ninguém. Era triste pensar no problema da mãe. Então olhou para Benjamin, pensando o que estaria acontecendo na vida do filho.

– Então, por onde você anda até tarde da noite? – Olhou para ele com atenção, enquanto apagavam as luzes e dirigiam-se para a escada.

– Por aí com amigos. Os de sempre.

Entretanto, alguma coisa dizia a Oliver que ele estava mentindo.

– Eu gostaria de acreditar que está dizendo a verdade.

Benjamin sobressaltou-se e olhou para o pai.

– Por que diz isso?

– É uma namorada, não é?

Oliver estava sendo mais esperto do que pensava, e Benjamin desviou os olhos com um sorriso.

– Talvez seja. Nada importante.

Só que era muito importante. Sua primeira namorada, e ele estava louco por ela. Passavam todo o tempo possível na cama. Os pais dela estavam sempre fora de casa. Os dois trabalhavam, saíam muito, e ela era a única filha que ainda estava em casa. Sabiam muito bem o que fazer com todo o tempo que tinham. Tinham muito tempo para ficar juntos. Sandra era seu primeiro grande amor, uma bela colega da escola. Estavam na mesma turma de química e ele a ajudava nos estudos. Ao contrário de Benjamin, ela vivia precisando melhorar as notas e não se importava muito com isso. Estava mais interessada em Benjamin e adorava a sensação das mãos dele no seu corpo. Benjamin amava tudo nela.

– Por que não a traz aqui algum dia? Mel a conhece? Eu gostaria de conhecê-la.

– É... talvez... algum dia... Boa noite, papai. – Entrou no quarto rapidamente.

Oliver, sorrindo, abriu a porta do quarto de Sam quando o telefone tocou. Aproveitando o fio longo mandado instalar por Sarah para poder falar enquanto estava na banheira, atendeu com voz baixa, pensando que era o pai. Mas seu coração parou. Era Sarah.

– Alô?

– É você?

– Sim. – Uma longa pausa, para recobrar a compostura. – Como vai, Sarah?

– Estou ótima. Encontrei um apartamento hoje. Como vão as crianças?

– Vão indo. – Ele ouviu, desejando-a mais do que nunca e ao mesmo tempo odiando-a. – Não está sendo fácil para eles.

Sarah ignorou a observação.

Como foi o esqui?

– Ótimo. Eles se divertiram. – *Mas não é o mesmo sem você...* era o que queria dizer, mas o que disse foi exatamente o que estava resolvido a não dizer. – Quando vem passar o fim de semana em casa?

– Estou aqui só há uma semana.

Desaparecia a promessa de voltar todos os fins de semana. Oliver sabia que ia ser assim, mas Sarah havia negado com tanta veemência. Era difícil acreditar que os dois haviam chorado juntos quando ela partiu. Agora ela falava como uma simples conhecida telefonando para dizer olá, não sua mulher há 18 anos que acabara de se mudar para um hotel em Boston.

– Achei que devíamos dar a todos um tempo para se ajustar. Depois do último fim de semana, precisávamos respirar um pouco.

Para isso ela os havia deixado, em primeiro lugar, para "respirar".

– E de quanto tempo precisamos? – Oliver detestava a si mesmo por pressioná-la, mas não podia se conter. – Uma semana? Um mês? Um ano? Acho que as crianças precisam ver você.

– Eu também preciso vê-los. Mas acho que devemos esperar algumas semanas, dar a eles uma chance para entrar na nova rotina.

E eu? Ele queria perguntar, mas não perguntou.

– Eles sentem muito sua falta.

E ele também.

– Sinto falta deles. – Sarah parecia pouco à vontade, como se quisesse desligar depressa. Não podia suportar o sentimento de culpa, ouvindo a voz dele. – Só queria dar o endereço do meu novo apartamento. Vou me mudar no sábado e logo que o telefone estiver ligado, eu dou o número.

– E até lá? Se houver alguma emergência com as crianças? – A ideia quase o fez entrar em pânico, mas tinha direito de saber onde ela estava. Precisava saber.

– Não sei. Pode deixar recado no hotel. E depois disso, acho que podem transferir para o apartamento, se for preciso. Acho que logo terei o telefone.

O frio da voz dele era só para disfarçar a dor.

– Acho isso ridículo.

– É o melhor que posso fazer. Escute, preciso desligar agora.

– Por quê? Tem alguém à sua espera? – Mais uma vez detestou a si mesmo por dizer isso, mas a verdade era que, ouvindo a voz de Sarah, sentia um ciúme enorme.

– Não seja bobo. É tarde, só isso. Escute, Ol... estou com saudades de você... – Era a coisa mais cruel que podia ter dito. Não precisava estar em Boston. A escolha era dela e por causa disso havia ferido profundamente os que amava, e agora ousava dizer que estava com saudades dele.

– Precisa ter coragem para dizer isso, Sarah. Ainda não entendi qual é o jogo.

– Não há jogo algum. Você sabe exatamente por que estou aqui. Preciso fazer isto.

– Disse também que viria para casa todos os fins de semana. Você mentiu.

– Não menti. Mas pensei melhor e acho que vai ser mais difícil para todos. Para você, para mim, para as crianças.

– Esse seu descanso ridículo da família também é difícil para todos e o que acha que devo fazer enquanto você estiver longe? Me trancar no banheiro com uma *Playboy*?

– Ollie... por favor... não... é difícil para nós dois.

Mas era sua escolha, não dele.

– Eu não a abandonei. Nunca faria uma coisa dessas.

– Não tive escolha.

– Você tem minhoca na cabeça. Minha mãe estava certa quando nos casamos. Você é egoísta.

– Não vamos começar isso outra vez. Droga, Ollie, já passa da meia-noite. – Então, de repente, ficou curiosa. – Por que você está falando tão baixo? – Quando telefonou, pensou que ele devia estar na cama, mas agora havia um eco diferente.

– Sam está na nossa cama. Estou no banheiro.

– Ele está doente?

A preocupação sincera na voz dela só serviu para irritá-lo. O que ela ia fazer, se ele estivesse doente? Voar de volta para casa? Talvez fosse melhor dizer que Sam estava doente. Mas a verdade era pior.

– Ele tem pesadelos todas as noites. E tem molhado a cama. Quis dormir comigo esta noite.

No longo silêncio que se seguiu, Sarah podia ver os dois na cama que até pouco tempo era sua também.

– Ele tem sorte por ter você – disse Sarah em voz baixa. – Cuide-se. Eu ligo logo que tiver meu telefone.

Oliver queria falar mais, porém era evidente que Sarah não queria.

– Cuide-se bem.

Queria dizer que ainda a amava, mas não disse. Sarah estava enganando a si mesma quando dizia que ia voltar, que não ficaria muito tempo longe deles, que estaria em casa nos fins de semana e nas férias. Acabara de abandoná-los, essa era a verdade. E o pior de tudo era que Oliver sabia que, não importava o quê, por que, ou como, ele sempre a amaria.

6

As primeiras semanas sem ela foram muito difíceis. O café da manhã parecia sempre um desastre. Os ovos nunca estavam no ponto, o suco de laranja muito espesso, a torrada muito clara ou muito escura, e até o café tinha um gosto diferente. Sabia que era ridículo. Aggie cozinhava para eles havia dez anos e sempre gostaram do que ela fazia, mas Oliver estava acostumado com o café que Sarah preparava. Sam parecia estar sempre choramingando, e mais de uma vez Oliver o viu chutar o cachorro. Mel não dizia uma palavra, e Benjamin nem aparecia. Sempre saía apressado, dizendo que nunca comia nada de manhã. E, de repente, Oliver parecia estar sempre discutindo com eles. Mel queria sair duas noites nos fins de semana, Benjamin continuava chegando muito tarde em casa, nos dias de aula, e o sono de Sam continuava inquieto e ele sempre acabava na cama do pai, o que, a princípio, era reconfortante, mas agora o irritava. A família calma e pacífica tinha desaparecido.

Sarah só conseguiu o telefone duas semanas depois do esperado. Telefonou para eles, mas não os visitou. Achava que era muito cedo para isso, e agora as conversas eram breves e amargas. Era como se ela tivesse medo dos filhos, como se não tivesse forças para consolá-los. Procurava manter a fantasia de que ia voltar algum dia, mais inteligente, mais culta, e vitoriosa. Porém, Ollie sabia que não passava de um sonho. Do dia para a noite, o casamento reverenciado durante 18 anos fora jogado no lixo. E isso afetava seu modo de ver tudo, a casa, os filhos, os amigos, até os clientes do escritório. Estava zangado com o mundo, com ela, é claro, com ele mesmo, convencido dentro de si mesmo, como Mel, de que tinha feito alguma coisa errada, e que era o culpado de tudo.

Os amigos telefonavam e o convidavam para sair. Aos poucos todos ficaram sabendo, quando Agnes começou a dirigir o carro nos dias de levar as crianças para a escola. Mas ele não queria ver ninguém. Eram todos curiosos, fofoqueiros e intrometidos. E, no meio de tudo isso, George telefonava noite e dia, com informações terríveis sobre a degeneração da mente de Phyllis. Ela estava perigosamente esquecida, e George, arrasado, procurava conforto no filho. Mas Oliver mal estava conseguindo manter o ritmo da própria vida. Não era fácil tomar conta das crianças. Pensou em levar os três a um psicanalista, mas quando telefonou para a professora de Sam para falar no assunto, ela disse que o que eles estavam sentindo era perfeitamente normal. Era compreensível que Sam estivesse difícil, agressivo e manhoso. Suas notas estavam baixando, bem como as de Mel. Era mais do que claro que Mel ainda culpava o pai pela deserção da mãe. O psicólogo da escola disse que isso também era normal. Ela precisava culpar alguém, não a si mesma, e Oliver era o bode expiatório mais lógico. Era normal também Benjamin procurar refúgio com os amigos, para fugir da casa que estava tão diferente sem a mãe. Tudo ia passar com o tempo, diziam os entendidos, todos iam se ajustar. Mas, em certos momentos, Oliver imaginava se ele sobreviveria até lá.

Todas as noites chegava em casa exausto e encontrava os filhos infelizes e brigando. Não conseguia mais jantar, o prato coberto com papel-alumínio e guardado no forno por tanto tempo. Quando

Sarah telefonava, tinha vontade de atirar o telefone contra a parede e gritar. Não queria saber das aulas que ela estava tendo, nem por que não podia ir para casa *outra vez* naquele fim de semana. Queria que ela voltasse para dormir com ele e tomar conta dos filhos. Aggie era ótima, mas o que podia oferecer nem se comparava com o tratamento especial que Sarah proporcionava.

Certa tarde, no escritório, ele olhava a chuva de granizo, típica do fim de janeiro em Nova York, imaginando se Sarah ia voltar algum dia. Naquele momento, ele se contentaria com um fim de semana. Sarah estava em Boston fazia um mês e Oliver perguntava a si mesmo se ia aguentar aquela terrível solidão.

– Que cara de felicidade... posso entrar?

Era Daphne Hutchinson, vice-presidente da agência. Eles se conheciam havia anos e estavam trabalhando juntos na conta de um novo cliente. Daphne era uma mulher bonita, e usava o cabelo preto preso num coque. Vestia-se com elegância e tudo nela era discreto e de bom gosto. Tinha sempre com ela uma echarpe longa, sapatos simples e uma joia bonita e discreta. Oliver gostava dela. Era uma mulher inteligente, eficiente e, por algum motivo, solteira. Tinha 38 anos e seu interesse em aprofundar uma amizade com Oliver, durante todos aqueles anos, sempre foi platônico. Desde o começo ela deixara bem claro que um romance com alguém do trabalho não fazia seu gênero e, apesar de certas tentativas insistentes, jamais se afastou desse princípio. Oliver a respeitava por isso, o que facilitava o trabalho dos dois.

– Tenho algumas peças piloto para a semana que vem. – Tinha nas mãos uma pasta. Hesitou. – Mas acho que você não está disposto. Quer que eu volte mais tarde? – Daphne sabia da partida de Sarah e vira o desespero no rosto de Oliver durante aquelas semanas, mas nunca falaram no assunto.

– Tudo bem, Daphne, entre. Acho que agora é um momento tão bom quanto qualquer outro.

Daphne entrou, olhando preocupada para ele. Oliver estava mais magro, pálido e parecia extremamente infeliz. Sentou-se e mostrou as peças publicitárias, mas ele aparentemente não conseguia se concentrar. Afinal, ela sugeriu que deixassem tudo para depois e ofereceu-lhe uma xícara de café.

– Posso ajudar? Talvez eu não pareça grande coisa – disse com um largo sorriso –, mas tenho ombros enormes.

Oliver sorriu. Ela era grande sob muitos aspectos e tinha muita classe, e ele quase esquecia o quanto ela era pequena. Era uma mulher formidável e mais uma vez ele imaginou por que nunca havia se casado. Muito ocupada, talvez, ou dedicada demais ao trabalho. Acontecia com muitas mulheres e então, quando chegavam aos 40, entravam em pânico. Daphne parecia satisfeita e muito segura. Oliver voltou para sua cadeira, balançou a cabeça e disse:

– Não sei, Daph... você deve ter ouvido...

Era tão grande a dor nos olhos verdes de Ollie que Daphne teve de se conter para não abraçá-lo.

– Sarah partiu no mês passado para estudar... em Boston...

– Isso não é o fim do mundo, você sabe. Pensei que fosse algo muito pior. – Não falou sobre os comentários de que estavam se divorciando.

– Acho que provavelmente é muito pior do que isso, mas Sarah não tem coragem de admitir. Há quase cinco semanas não a vemos, e as crianças estão perdendo a paciência. Eu também. Todas as noites penso que vou enlouquecer, com pressa de sair do escritório, isso às seis ou às sete horas. Chego em casa às oito, e a essa altura está tudo fora de controle, meu jantar frio, todos gritando uns com os outros, depois vem o choro, e, na manhã seguinte, recomeça tudo outra vez.

– Não parece muito divertido. Por que você não aluga um apartamento em Nova York, por algum tempo? Pelo menos estaria mais perto do seu trabalho e seria uma mudança para seus filhos.

Oliver nem havia pensado nisso, mas agora não via nenhuma vantagem. Ia submeter os filhos ao trauma da mudança de escola e dos amigos. E sabia que eles ainda precisavam da segurança do ambiente familiar.

– Mal estou conseguindo manter nossas cabeças fora d'água. Não é hora de pensar em mudanças.

Falou da fúria de Mel contra ele, do desaparecimento constante de Benjamin. Contou que Sam molhava a cama uma vez ou outra e que dormia com ele todas as noites.

– Você precisa de um descanso. Por que não os leva para algum lugar? Uma semana no Caribe, ou no Havaí, um lugar quente, ensolarado e feliz?

Existiria esse lugar? Algum deles seria feliz outra vez? Parecia impossível. Oliver sentiu-se constrangido por estar descarregando suas mágoas, mas aparentemente Daphne não se importava.

– Acho que tenho esperança de que ela volte, se ficarmos exatamente onde estamos, e de que poderemos voltar no tempo.

– Em geral não é assim que funciona.

– Eu sei. – Ele passou a mão no cabelo. – Já notei. Desculpe se a aborreci com meus problemas. Mas às vezes parece demais para mim. Não consigo me concentrar no trabalho. Mas pelo menos é uma boa desculpa para sair de casa. As noites são tão deprimentes, e os fins de semana, piores ainda. É como se tivéssemos sido separados à força e não conseguimos mais nos encontrar. Não era assim antes... – Mas agora, ele mal se lembrava de como era antes. Era como se sempre tivesse vivido a agonia da ausência de Sarah.

– Posso fazer alguma coisa? – Gostaria de conhecer os filhos dele. Sempre tinha muito tempo livre nos fins de semana. – Eu gostaria de conhecer seus filhos. Talvez fosse bom para eles, ou você acha que iam pensar que estou tentando roubar você da mãe deles?

– Acho que nem vão notar. – Mas os dois sabiam que isso não era verdade. Oliver sorriu, agradecido. – Talvez você possa passar um dia conosco, quando as coisas estiverem mais calmas, se esse tempo chegar. Vai ser agradável para todos nós. Minha mãe está doente também. É como se quando alguma coisa sai errada todo o restante desmoronasse. Já notou isso?

Daphne viu o sorriso de garoto que derretia os corações das mulheres e riu.

– Está brincando? É a história da minha vida. Como vai o cachorro?

– O cachorro? – Olhou para ela, surpreso. – Vai bem. Por quê?

– Fique de olho nele. Está na hora de ele ter diarreia e morder uns 14 vizinhos.

Os dois riram, e ele suspirou outra vez.

– Nunca pensei que isso podia nos acontecer, Daph. Ela me pegou completamente de surpresa. Nem eu nem as crianças estávamos preparados. Eu estava certo de que nossa vida era perfeita.

– Isso acontece às vezes. As pessoas ficam doentes, morrem, mudam, apaixonam-se de repente por outras pessoas, ou fazem coisas malucas. Não é justo, mas é assim. Você tem de fazer o melhor possível e, então, um dia vai olhar para trás e talvez possa compreender o que aconteceu.

– Acho que fui eu. – Oliver ainda acreditava nisso, só podia ser. – Talvez ela tenha se sentido negligenciada, ou ignorada, ou tida como uma coisa certa, que eu não podia perder.

– Ou abafada, entediada, ou talvez ela não fosse tão especial assim. – Estava mais perto da verdade do que pensava, mas Oliver não podia admitir isso ainda. – Talvez quisesse uma vida só dela, para variar. É difícil saber por que as pessoas fazem as coisas. Deve ser mais difícil ainda para seus filhos compreender o que aconteceu.

Daphne era uma mulher sensata e estava oferecendo uma amizade sólida e valiosa. Fazia anos que ele não tinha uma amiga, desde o casamento.

– Se eu não compreendo, não é de admirar que eles não possam compreender. E ela não está melhorando as coisas passando tanto tempo sem nos ver. Quando partiu, prometeu voltar todos os fins de semana.

– Isso também é difícil, mas talvez seja melhor para todos. Quando ela vier, estarão mais calmos.

Oliver riu com amargura. Isso não parecia nem um pouco provável.

– Não existe isso em nossa casa. Todo mundo começa a se queixar no café da manhã e quando eu chego, à noite, é muito pior. Nunca pensei que fosse tão trabalhoso cuidar dos filhos. Sempre foram tão bons, tão bem-ajustados e felizes. E agora... Eu mal os reconheço quando chego em casa à noite: as queixas, o mau humor, as discussões, a choradeira. Não vejo a hora de voltar para o escritório. – E também não aguentava ficar no escritório. Talvez ela estivesse certa. Talvez fosse melhor tirarem outras férias.

– Não deixe que sua vida se resuma a isso – disse ela, como se soubesse do que estava falando. – Você paga um preço por isso, também. Dê uma chance a ela. Se ela voltar, ótimo. Se não voltar, arrume sua vida. Sua vida *verdadeira*. Não esta bobagem. Não há um substituto para uma pessoa de verdade. Falo por experiência própria, pode ter certeza.

– Por isso nunca se casou, Daphne? – Agora não parecia indelicado fazer essa pergunta.

– Mais ou menos. Isso e mais algumas complicações. Jurei a mim mesma fazer uma carreira antes dos 30 anos, e, depois disso, aconteceram certas coisas e resolvi me refugiar outra vez no trabalho. E então... bem, é uma história muito longa, mas basta dizer que estou satisfeita. Gosto do meu trabalho, ele me faz bem. Mas não é o bastante para a maioria das pessoas. E você tem filhos. Precisa de mais do que isso, na vida. Seus filhos irão embora algum dia, e essa mesa não é grande companhia depois da meia-noite.

Todos sabiam que Daphne trabalhava às vezes até as 22 horas. Por isso, seu trabalho era o melhor. Ela trabalhava arduamente e era brilhante.

– Você é uma mulher sensata. – Oliver sorriu e consultou o relógio. – Acha que podemos dar mais uma olhada no que você trouxe? – Ele estava pensando em ir para casa, mas eram só 17 horas, cedo demais.

– Por que não vai para casa mais cedo, para variar? Pode ser bom para as crianças e para você também. Leve todos para jantar fora.

A ideia o surpreendeu. Nem havia pensado nisso, procurando se agarrar desesperadamente à antiga rotina das crianças.

– Uma grande ideia. Obrigado. Não se importa de deixar esse trabalho para amanhã?

– Não seja bobo. Tenho muito mais para mostrar. – Ela levantou-se e foi até a porta. Então olhou para ele: – Aguente firme, garoto. As tempestades podem vir todas juntas, mas a boa notícia é que não duram para sempre.

– Você jura?

Ela ergueu dois dedos e sorriu.

– Palavra de escoteiro.

Quando ela saiu, Oliver ligou para casa. Aggie atendeu.

– Oi, Aggie. – Há muito tempo não se sentia tão satisfeito. – Não precisa fazer o jantar. Vou chegar mais cedo e levar as crianças a um restaurante. – Uma ideia maravilhosa. Daphne era uma mulher muito inteligente.

– Oh. – Agnes pareceu surpresa.

– Alguma coisa errada? – A realidade atacava outra vez. Nada era fácil agora. Nem mesmo levar os filhos para jantar fora.

– Melissa tem ensaio outra vez, e Benjamin tem treino de basquete esta noite. E Sam está de cama, com febre.

– Por Deus... tudo bem, não se preocupe. Iremos outro dia. – Então, ele franziu a testa. – Sam está bem?

– Não é nada. Só um resfriado, um começo de gripe. Ontem achei que ele não estava muito bem. Hoje, telefonaram logo depois que ele chegou à escola, de manhã, e fui buscá-lo.

E não telefonou para ele. Seu filho estava doente e ele nem sabia. Pobre Sam.

– Onde ele está?

– Na sua cama, Sr. Watson. Não quis ir para a cama dele, e achei que o senhor não ia se importar.

– Tudo bem.

Uma criança doente na cama com ele. Não tinha nada a ver com a vida que tinha antes e que estava tão longe agora.

Oliver desligou, aborrecido, e Daphne apareceu outra vez na porta.

– Ai, ai, está com cara de más notícias. O cachorro? – Ollie riu. Daphne tinha o dom de alegrá-lo, quase como uma irmã favorita.

– Ainda não. É Sam. Está com febre. Os outros não estão em casa. Jantar cancelado, hoje. – Então, teve uma ideia. – Escute, você gostaria de nos visitar no domingo? Podemos sair com as crianças.

– Tem certeza de que não vão se importar?

– Claro que não. Vão adorar. Iremos a um pequeno restaurante italiano que eles gostam. Tem ótimos pratos de frutos do mar e massas. Que tal?

– Parece divertido. Vamos fazer um trato. Se a mãe deles aparecer de surpresa, no fim de semana, cancelamos, sem preocupações nem ressentimentos. Certo?

– Srta. Hutchinson, você é uma pessoa de convivência muito fácil.

– É meu diferencial. Como pensa que cheguei até aqui? Não foi por minha beleza. – Era modesta, e além de inteligente, tinha senso de humor.

– Bobagem.

Com um aceno de mão, ela saiu da sala e enquanto se preparava para ir embora, Oliver perguntava a si mesmo por que não se sentia fisicamente atraído por ela. Daphne era bonita, tinha um belo corpo, e procurava disfarçar o fato de ser baixinha usando terninhos e vestidos discretos e elegantes. Talvez ainda não estivesse preparado. Afinal, estava casado com Sarah. Mas era mais do que isso. Era como se Daphne transmitisse a mensagem: "Serei sua amiga em qualquer circunstância, mas não se aproxime muito, companheiro. Não toque em mim." Oliver imaginava o que podia haver por trás disso, se é que havia alguma coisa. Se era apenas seu comportamento no trabalho, ou outra coisa também. Algum dia talvez perguntasse.

Chegou em casa às 19h15. Sam dormia profundamente na cama de casal com a cabecinha quente de febre. Os outros dois estavam fora, e Oliver desceu para mais uma vez preparar seus ovos fritos. Não havia nenhum jantar no forno. Aggie fizera canja de galinha com torrada para Sam e achou que Ollie podia se arranjar sozinho. Foi o que ele fez, e depois resolveu esperar a chegada dos filhos. Foi uma longa espera. Melissa chegou às 22 horas, feliz e entusiasmada. Estava adorando a peça e tinha um papel importante, mas assim que viu o pai, mudou de expressão e subiu apressada para o quarto, sem uma palavra. Oliver sentiu profundamente a solidão quando ela fechou a porta. Benjamin chegou depois da meia-noite. Oliver esperava, sentado na saleta.

Ouviu a porta da frente se fechando e foi ao encontro do filho com uma expressão que dizia tudo. Benjamin estava numa encrenca.

– Onde esteve?

– Tenho treino de basquete toda terça-feira.

Seus olhos não diziam nada, mas ele parecia forte e saudável, envolto numa aura de independência.

– Até meia-noite? – Ollie não ia acreditar nisso.

– Fui comer um hambúrguer depois. Nada de mais.

– Não, não é "nada de mais". Não sei o que está acontecendo com você, mas aparentemente pensa que, com sua mãe ausente, pode fazer o que bem entende. Muito bem, não é o caso. As normas antigas valem ainda. Nada mudou aqui, apenas ela se foi. Espero que você fique em casa à noite, durante a semana, que faça seu trabalho, conviva com o restante da família e esteja aqui quando eu chegar. Fui claro?

– Foi. Mas que diferença faz? – Benjamin estava furioso.

– A diferença é que ainda somos uma família. Com ou sem sua mãe. Sam e Mel precisam de você... e eu também...

– Isso é ridículo, papai. Sam só quer a mamãe. E Mel passa a metade do tempo ao telefone, e a outra metade trancada no quarto. Você nunca chega antes das nove, cansado demais até para falar. Então, por que preciso ficar aqui perdendo tempo?

O impacto dessas palavras aparecia claramente na expressão de Oliver.

– Porque você mora aqui. E não chego em casa às nove horas. Sempre chego no máximo às oito. Faço um esforço tremendo para pegar aquele trem todas as noites e quero encontrar você aqui. Se continuar assim, vai ficar um mês de castigo.

– Até parece que vou.

A fúria de Benjamin foi um choque para Oliver. O filho nunca havia respondido desse modo, nunca havia ousado. E de repente estava desafiando o pai.

– Isso basta. Você ganhou o prêmio. A partir deste minuto, está de castigo.

– Não estou! – Por um momento, parecia que Benjamin ia esmurrá-lo.

– Não discuta comigo. – Estavam falando alto e não viram Mel descendo a escada em silêncio. – Sua mãe pode não estar aqui, mas eu ainda dou as ordens.

– Quem disse? – Os dois voltaram-se surpresos com a fúria na voz de Melissa. – O que lhe dá o direito de mandar em nós? Você nunca está em casa. Não se importa nem um pouco conosco. Se se importasse, não teria obrigado mamãe a ir embora. A culpa é toda sua, e agora quer se redimir.

Oliver sentiu vontade de chorar. Eles não compreendiam nada. Como podiam compreender?

– Escutem, quero que vocês dois fiquem sabendo de uma coisa. – Olhou para os filhos, com os olhos cheios de lágrimas: – Eu teria feito qualquer coisa para que sua mãe não saísse de casa e mesmo me culpando pelo que ela fez, acho que uma parte dela sempre quis isso, voltar a estudar, fugir de nós e ter sua vida. Mas, seja ou não minha culpa, eu amo muito vocês. – Sua voz tremeu, e Oliver pensou que não poderia continuar. Mas continuou: – E eu a amo também. Não podemos deixar que esta família se desfaça agora, ela significa muito para todos nós... eu preciso de vocês... – Começou a chorar, e de repente Mel ficou horrorizada. – Eu preciso muito de vocês... e amo vocês. – Virou o rosto e sentiu a mão de Benjamin no seu ombro. Logo depois, Melissa estava ao seu lado e o abraçou.

– Nós te amamos, papai – murmurou ela, com voz rouca.

Benjamin não disse nada.

– Desculpe se fomos tão cruéis.

Mel olhou para o irmão e viu as lágrimas nos olhos dele também. Porém, por mais que amasse o pai e se importasse com ele, tinha sua vida agora, e seus problemas.

– Desculpem – disse Oliver, depois de alguns minutos. – É difícil para todos nós. E, provavelmente, para ela também. – Queria ser justo, não fazer com que os filhos se voltassem contra Sarah.

– Por que ela não veio nos fins de semana, como prometeu? Por que quase nunca telefona? – perguntou Melissa, enquanto os três caminhavam para a cozinha. Sarah havia telefonado muito pouco para os filhos.

– Eu não sei, meu bem. Acho que tem mais trabalho do que pensava. Eu imaginei que isso podia acontecer. – Mas nunca pensou que Sarah podia ficar longe deles por cinco semanas seguidas. Era cruel para Sam, para todos eles. Oliver sempre dizia isso ao telefone, mas Sarah repetia que não estava preparada ainda. Por mais dolorosa que fosse a separação, agora ela estava livre. – Ela virá um dia desses.

Com expressão pensativa, Melissa balançou a cabeça afirmativamente e sentou-se.

– Mas não vai mais ser a mesma coisa, vai?

– Talvez não. Mas acho que algo diferente não vai ser tão ruim. Um dia, quando tudo tiver passado, as coisas vão melhorar.

– Mas tudo estava muito bem antes. – Ela olhou para o pai, e Oliver concordou com um gesto.

Pelo menos estavam outra vez em contato. Ele olhou para o filho.

– E você? O que está acontecendo com você, Benjamin? – Oliver sentia que estava acontecendo muita coisa e tinha certeza de que Benjamin não ia contar. Isso também era novo para ele. Sempre fora tão franco e despreocupado.

– Nada de mais. – Um pouco constrangido, disse: – Acho melhor eu ir para a cama, agora.

Quando ele se virou para sair, Oliver teve vontade de estender o braço e detê-lo. Mas disse apenas:

– Benjamin...

Ele parou. O pai devia ter percebido.

– Alguma coisa errada? Quer conversar só comigo, antes de ir para a cama?

Benjamin hesitou, depois balançou a cabeça.

– Não, obrigado, papai. Estou bem. – Depois, com expressão ansiosa, perguntou: – Ainda estou de castigo?

Oliver não hesitou um segundo. Era importante que compreendessem que ele controlava as coisas agora, do contrário a desordem seria completa, e para o bem deles, Oliver não podia deixar que isso acontecesse.

– Sim, está, filho. Sinto muito. Em casa na hora de jantar, todas as noites, incluindo os fins de semana. Durante um mês. Eu avisei antes.

Estava sendo inflexível, mas sua expressão dizia ao filho que fazia isso para o bem dele.

Com um gesto de assentimento, Benjamin saiu da cozinha e ninguém podia imaginar seu desespero. Precisava estar com ela à noite... tinha de estar... ela precisava dele. E ele dela. Não sabia como iam sobreviver àquele mês.

Oliver olhou para Mel e inclinou-se para beijá-la.

– Eu te amo muito, meu bem, muito mesmo. Acho que precisamos ter paciência neste momento. As coisas vão melhorar.

Mel fez um gesto afirmativo, olhando para o pai. Sabia mais sobre Benjamin do que estava disposta a contar. Ela o vira milhares de vezes com Sandra e sabia também que ele estava faltando às aulas. As notícias corriam depressa na escola, mesmo entre os alunos do segundo e os do terceiro ano. E ela suspeitava que o caso era bem sério, o bastante para que Benjamin desafiasse o pai.

Sam dormiu calmamente a noite toda e de manhã estava sem febre. Todos pareciam mais calmos, e Oliver saiu para o trabalho com o coração mais leve. Sentia ter imposto o castigo a Benjamin, mas era para o bem dele e tinha certeza de que o filho compreendia isso. A conversa com Mel valia todas as agonias da noite anterior. Quando chegou no escritório e encontrou um recado sobre a mesa, lembrou-se do convite que havia feito a Daphne para visitá-los no domingo, e pela primeira vez naquele mês pensou com satisfação no próximo fim de semana.

7

No domingo, Oliver buscou Daphne na estação de trem e a caminho de casa falaram sobre as crianças. Mel estava mais acessível havia uma semana, Sam ainda um pouco resfriado e Benjamin mal falava com ele. Mas agora respeitava a decisão do pai. Jantava todas as noites em casa e depois subia para o quarto.

– Quero avisar-lhe que não estão muito fáceis ultimamente, mas são boas crianças. – Sorriu, feliz com a presença dela. Há dias Sarah não telefonava e todos sentiam a tensão desse silêncio, especialmente Ollie.

– Vou tentar fazer com que saibam que não sou uma ameaça. – Daphne estava com uma elegante calça de couro preto e um pequeno casaco de pele.

– Por que diz isso?

Ele não tinha certeza, mas parecia que ela fazia questão de deixar claro que não tinha nenhum interesse romântico nele.

– Porque gosto das coisas claras e francas.

– Tem algum motivo especial para não se interessar por nenhum homem? – Tentou falar com naturalidade. Também não pensava em romance, mas seria bom saírem juntos algum dia. Daphne tinha muito para oferecer, inteligência, encanto, senso de humor. Gostava muito dela. – Sei que faz questão de nunca sair com ninguém do escritório.

– Isso porque há muito tempo aprendi minha lição. Do modo mais difícil. – Resolveu contar. Queria contar, talvez por achar Oliver atraente. – Estava há três anos no meu primeiro emprego, depois de me formar na Smith, e me apaixonei por um dos diretores da agência. – Daphne sorriu.

Oliver assobiou baixinho, olhando para ela.

– Você não se contenta com pouco, não é?

– Ele era um dos homens mais fantásticos no ramo da publicidade. Ainda é. Tinha 46 anos naquela época. Casado, dois filhos. Morava em Greenwich. E era católico.

– Nada de divórcio.

– Absolutamente certo. Pode pegar seu prêmio: duzentos dólares. – Não havia amargura em sua voz. Queria que Oliver soubesse a história que nunca havia contado a ninguém. Algumas pessoas sabiam, outras não. – Na verdade, a empresa era da família dele. É um homem fantástico. E eu me apaixonei perdidamente, tentando me convencer de que não importava o fato de ser casado. – Ela parou de falar e observou a paisagem com olhar distante.

Oliver insistiu para que continuasse. Queria saber o que aquele homem havia feito para que ela tivesse tanto medo dos homens. Era um desperdício, embora Daphne não parecesse infeliz.

– E então? Quanto tempo durou? O que aconteceu?

– Nós nos divertimos muito. Viajamos bastante. Costumávamos nos encontrar às terças e quintas, à noite, num apartamento que ele tinha na cidade. Não parece muito bonito, mas acho que pode dizer que eu me tornei sua amante. E, finalmente, ele me demitiu.

– Encantador.

– Ele disse que alguém podia descobrir, e realmente algumas pessoas descobriram. Mas foram poucas, nós éramos muito discretos. E ele sempre foi sincero comigo. Amava a mulher e os filhos, ainda pequenos naquele tempo. A mulher dele era pouco mais velha do que eu. Mas ele me amava também. E eu o amava, e estava disposta a me contentar com o pouco que ele podia me dar.

Ollie ficou surpreso com a calma na voz dela, sem mágoa nem revolta.

– Quando foi a última vez que você o viu?

Daphne riu e olhou para ele.

– Há três dias. Ele me arranjou outro emprego. Temos um apartamento. Agora passamos juntos três noites por semana e nunca teremos mais do que isso. Em março vai fazer 13 anos e, você pode não acreditar, mas sou feliz e o amo.

Oliver estava atônito. Ela parecia perfeitamente satisfeita. Tinha um caso com um homem casado e parecia feliz.

– Está falando sério? Você não se importa, Daphne?

– É claro que me importo. Os filhos dele estão na universidade agora, e a mulher sempre ocupada com o clube de jardinagem e mais umas 16 obras de caridade. Acho que há alguma coisa na vida dos dois que o agrada, porque ele jamais teve dúvidas. Sei que nunca vai deixar a mulher.

– Mas é um péssimo negócio. Você merece mais do que isso.

– Como você sabe? Se eu me casasse com outra pessoa, podia acabar divorciada ou muito infeliz. Não tenho nenhuma garantia. Eu pensava que queria filhos mas tive um problema há alguns anos e agora não posso. O que tenho é o bastante para mim. Talvez eu seja diferente, ou anormal, mas funciona para nós dois. E essa, meu amigo, é minha história. Achei que você deveria saber. – Sorriu. – Porque eu gosto de você.

– Eu também gosto de você. – Oliver sorriu. – Acho que acaba de partir meu coração. – Mas, de certo modo, estava satisfeito. Podiam ser amigos sem nenhuma pressão. – Acha que algum dia ele vai deixar a mulher?

– Duvido. Não tenho nem certeza de que me casaria com ele se a deixasse. Estamos muito bem assim. Tenho minha vida, minha carreira, meus amigos e ele. Às vezes fica um pouco difícil, nos fins de semana e feriados. Mas talvez o que temos seja mais precioso para nós, porque conhecemos as limitações.

Era mais sensata do que ele havia imaginado, e Oliver a admirou por isso, por sua franqueza.

– Eu gostaria de encarar as coisas com esse tipo de filosofia.

– Talvez consiga, algum dia.

Oliver imaginou se ficaria satisfeito com dois dias por semana com Sarah. Não, não ficaria. Queria muito mais do que isso. Queria o que tinham antes, e tudo indicava que jamais ia ter.

Parou o carro na frente da casa e voltou-se para ela.

– Obrigado por me contar – disse, com sinceridade.

– Confio em você. – Era um modo de pedir a ele para guardar seu segredo, mas Daphne sabia que não precisava dizer isso. – Achei que você devia saber. Não quero que seus filhos se preocupem conosco.

– Ótimo – disse ele, com um largo sorriso. – O que vou dizer a eles? "Oi, meninos, está tudo bem, ela tem um caso com um homem casado e o ama muito."? – Ficou sério. – Você é uma mulher formidável, Daph. Se alguma vez precisar de algo, de um amigo... é só chamar...

– Não se preocupe, eu chamo. Às vezes sinto-me muito sozinha. Mas aprendi a me defender, a não telefonar para ele no meio da noite, quando penso que estou tendo uma crise de apendicite. Falo com amigos; sei me cuidar. Acho que tem sido bom para mim.

Ele balançou a cabeça.

– Acho que eu nunca serei tão maduro.

Aos 44 anos, queria ainda que Sarah tomasse conta dele quando tinha uma dor de cabeça.

– Não se preocupe com isso. Talvez eu seja meio louca. Meus pais acham que sou.

– Eles sabem? – Oliver espantou-se. Evidentemente eram muito liberais.

– Contei-lhes há alguns anos. Minha mãe chorou durante meses seguidos, mas agora estão acostumados. Graças a Deus, meu irmão tem seis filhos. Isso tira o peso das minhas costas.

Rindo, saíram do carro, e Andy imediatamente pulou na calça de couro de Daphne.

Quando entraram, Sam estava vendo televisão e Mel na cozinha, com Agnes. Oliver a apresentou a Sam. Daphne parecia muito à vontade, e o menino a olhou com interesse.

– Você trabalha com meu pai?

– Trabalho. E tenho um sobrinho da sua idade. Ele também gosta de ver luta livre.

Aparentemente ela estava a par dos interesses de meninos de 9 anos, e Sam aprovou, com um gesto afirmativo. Estava tudo bem.

– Meu pai me levou para ver uma luta, no ano passado. Foi muito bom.

– Eu também levei Sean uma vez. Ele adorou. Eu achei horrível.

Sam riu, e Melissa entrou na sala.

– Daphne Hutchinson, minha filha, Melissa. – Oliver a apresentou.

As duas trocaram um aperto de mãos formal, e Agnes desapareceu da porta em silêncio, perguntando-se se ele já estava se envolvendo com outras mulheres. As coisas tinham mudado muito, mas depois do que a Sra. Watson havia feito, não podia culpá-lo. Ele precisava de uma mulher e se ela era bastante tola para abandonar uma boa coisa, na certa outra pessoa merecia essa sorte.

Enquanto as duas conversavam, Oliver notou que Melissa observava Daphne com cuidado. Aprovou a calça de couro, o cabelo brilhante, a jaqueta de pele e a bolsa preta Hermès. Daphne era muito elegante fora do escritório também, notou Oliver, e ele agora sabia por quê. Um homem mais velho a presenteava e a ensinava a apreciar coisas finas. Até suas joias eram caras demais para uma mulher solteira. A história dela era incrível. E interessante. Era como se Melissa compreendesse que aquela mulher não representava uma ameaça, que não havia nada além de amizade entre ela e seu pai.

– Onde está Benjamin? – perguntou Oliver.

– Saiu, eu acho – disse Mel. – O que você esperava? Ergueu os ombros e sorriu para Daphne.

– Também tenho um irmão mais velho. Odiei-o durante mais ou menos 18 anos. Mas ele melhorou muito com a idade.

Seu irmão tinha exatamente a idade de Oliver, o que podia ser uma das razões por que gostava dele.

Os quatro conversaram descontraidamente, depois deram um passeio com Andy, e pouco antes do jantar Benjamin chegou. Disse que estava jogando futebol com os amigos, mas claro que tinha acabado na casa de Sandra. Os pais dela também estavam separados, agora, o que facilitava as coisas para os dois. A mãe dela quase nunca ficava em casa, e o pai mudara-se para a Filadélfia.

No início, Benjamin tratou Daphne friamente e mal falou no caminho para o restaurante italiano, mas os outros divertiram-se e conversaram alegremente e, no fim, até Benjamin se animou um pouco, sempre lançando olhares interrogativos para o pai e para Daphne.

Voltaram para casa para a sobremesa prometida por Agnes. Com Andy deitado na frente da lareira, comeram a torta e biscoitos feitos em casa. Foi um dia perfeito, o primeiro em muito tempo, e todos pareciam felizes.

Sam estava contando histórias de fantasmas, quando o telefone tocou e Oliver atendeu. Era seu pai. Todos ouviram o que Oliver dizia.

– Sim... está bem, papai... calma... onde ela está? Você está bem?... Vou agora mesmo... Não saia daí. Eu o busco. Não quero que você volte para casa dirigindo. Deixe o carro onde possa apanhar amanhã. – Desligou com ar preocupado e as mãos trêmulas. Viu que os filhos pareciam assustados, procurou acalmá-los. — Está tudo bem. É sua avó. Sofreu um pequeno acidente. Ela saiu sozinha com o carro e atropelou um vizinho. Ninguém está seriamente ferido. Ela está abalada, e eles resolveram deixá-la no hospital esta noite, em observação. Seu avô está nervoso. Felizmente o homem que ela atropelou foi rápido e saltou sobre o capô do carro. Só fraturou o tornozelo. Podia ter sido muito pior para os dois.

– Pensei que ela não pudesse mais dirigir – disse Melissa, preocupada.

– Não pode. Seu avô estava guardando algumas ferramentas na garagem, e ela resolveu fazer umas compras. – Não contou que ela dissera ao médico que fora buscar o filho na escola, nem que George estava chorando ao telefone. Os médicos achavam que estava na hora de interná-la numa clínica.

– Eu sinto muito, Daphne, mas preciso buscar meu pai. Acho que deve estar mais abalado do que ela. Quer que eu a deixe na estação?

O primeiro trem passaria dentro de uma hora, mas ele não queria deixá-la sem condução.

– Posso pegar um táxi. Vá sossegado. – Olhou para os três meninos. – Posso ficar mais um pouco, se eles quiserem.

Mel e Sam ficaram satisfeitos, e Benjamin não disse nada.

– Seria ótimo. – Oliver sorriu e pediu a Melissa para chamar o táxi às 21 horas. Assim ela teria tempo para pegar o trem das 21h30. – Benjamin pode levá-la.

– Um táxi será ótimo. Tenho certeza que Benjamin tem coisas melhores para fazer do que levar velhas senhoras à estação.

Percebendo a reserva de Benjamin, ela não queria se impor a ele. Logo que Oliver saiu, Benjamin subiu para o quarto, deixando-a com os dois mais novos.

Sam foi apanhar mais torta na cozinha, e Mel subiu para pegar o roteiro da peça, que queria mostrar a Daphne. Agnes já fora para o quarto, como sempre fazia, logo que acabava de arrumar a cozinha. Daphne estava sozinha na sala quando o telefone tocou. Olhou em volta, nervosa, depois resolveu atender. Podia ser Ollie, e ficaria preocupado se ninguém atendesse. Talvez tivesse esquecido alguma coisa. Depois de um silêncio no outro lado da linha, uma voz de mulher perguntou por Ollie.

– Sinto muito, mas ele saiu. Quer deixar recado? — Seu tom era profissional, alguma coisa lhe dizia que era Sarah ao telefone. Estava certa.

– As crianças estão em casa? – Parecia aborrecida. – Sim, estão. Quer que vá chamá-las?

– Eu... sim... – E, depois de hesitar: – Desculpe-me, mas quem é você?

Mel entrou na sala, e Daphne apressou-se a responder.

– A babá. Melissa vai falar com a senhora. – Estendeu o telefone para Melissa, com um sorriso, e foi para a cozinha. Sam estava destruindo a torta com a faca, enfiando os pedaços na boca. Começou a cortar um pedaço para Daphne.

– Acho que é sua mãe ao telefone. Ela está falando com Mel.

– Está?

Sobressaltado, ele correu para a sala. Dez minutos depois, os dois voltaram, cabisbaixos, e o coração de Daphne se apertou. Era evidente o quanto sentiam falta da mãe. Sam enxugou os olhos com a manga da camisa.

– Alguém mais quer torta? – Daphne queria distraí-los, mas não sabia como. Mel olhou para ela interrogativamente.

– Por que você disse que era a babá?

Daphne olhou para ela, e foi sincera, como fora com Ollie.

– Porque não quis aborrecê-la. Seu pai e eu somos apenas amigos, Mel. Há alguém na minha vida que eu amo muito, e seu pai e eu nunca seremos mais do que amigos. As coisas já estão muito difíceis para vocês e não precisam de mais problemas.

Mel fez um gesto afirmativo com uma expressão agradecida.

– Ela disse que não vem no próximo fim de semana porque tem de "fazer um trabalho".

Sam começou a chorar em silêncio. Daphne o abraçou com carinho. Falando do homem que amava, Daphne havia afastado qualquer temor que eles pudessem ter e ficou satisfeita por ter contado tudo a Ollie. Não eram pessoas para serem feridas, mas amadas e protegidas. Revoltava-a a ideia de que a mãe os havia abandonado.

– Talvez seja muito doloroso para ela voltar agora. – Tentava ser justa, mas Mel parecia zangada.

– Então por que não podemos ir visitar nossa mãe? – perguntou Sam.

– Não sei, Sam. – Daphne enxugou as lágrimas dele e ficaram ali sentados, o apetite perdido, a torta esquecida.

– Ela disse que o apartamento ainda não está pronto e não tem lugar para a gente dormir, mas isso é bobagem.

Ele parou de chorar e conversaram. A hora passou sem que notassem.

– Oh, meu Deus! – Daphne olhou o relógio. Eram 21h30. – Tem outro trem?

Podia pegar um táxi até Nova York, se fosse preciso. Melissa fez um gesto afirmativo.

– Às onze.

– Acho que vou pegar esse, então.

– Ótimo. – Sam segurou-lhe a mão, mas os dois pareciam exaustos.

Logo depois, Daphne levou Sam para a cama e conversou com Mel até pouco depois das 22 horas. Então sugeriu que a menina fosse se deitar, dizendo que podia se arranjar sozinha. Mel subiu para o quarto. Ollie chegou às 22h30 e ficou surpreso quando viu Daphne sentada na sala, lendo.

– Como está seu pai?

– Acho que está bem.

Ollie parecia cansado. Depois de levar o pai para casa, prometeu voltar no dia seguinte para resolverem o que iam fazer com Phyllis.

– É uma situação difícil. Minha mãe está com Alzheimer e isso está acabando com meu pai.

– Meu Deus, isso é horrível. – Daphne lembrou dos seus pais, com 70 e 75 anos, ambos aparentando 50, saudáveis e jovens. Então lembrou-se do telefonema de Sarah. – Sua mulher telefonou.

– Oh, meu Deus... – Ele passou a mão na cabeça, imaginando se as crianças haviam dito que Daphne estava ali. – O que eles disseram?

– Não sei. Eu não estava na sala quando falaram com ela. Mas quando o telefone tocou não tinha ninguém por perto e atendi e disse que era a babá. – Ela sorriu e ele retribuiu o sorriso.

– Obrigado. – Outra vez preocupado, perguntou: – Como estavam as crianças, depois de falar com ela?

– Perturbadas. Parece que ela disse que não pode vir no próximo fim de semana e que eles não podem visitá-la. Sam chorou. Mas estava bem, quando o levei para a cama.

– Você é realmente uma mulher fantástica. – Consultou o relógio. – É uma pena, mas acho melhor levá-la agora até a estação. Vamos chegar em cima da hora.

– Tive um dia maravilhoso, Oliver – disse ela, já no carro, a caminho da estação.

– Eu também. Sinto muito ter precisado sair.

– Não se preocupe. Você está atravessando uma fase difícil. Mas as coisas vão melhorar.

– Se eu sobreviver até lá – disse ele, com um sorriso cansado.

Quando o trem chegou, ele a abraçou fraternalmente. Daphne acenou quando partiu, e Oliver voltou para casa, desejando que as coisas fossem diferentes. Talvez se ela estivesse livre, pensou ele, mas sabia que não era verdade. Por mais livre que ela fosse, mais atraente, mais inteligente, tudo que ele queria era Sarah. Telefonou para ela, quando chegou em casa, mas ninguém atendeu.

8

George Watson pôs Phyllis numa casa de repouso especializada em pacientes com Alzheimer e outros tipos de doenças neurológicas. Por fora, era alegre e agradável, mas Oliver ficou deprimido quando viu os pacientes, na sua primeira visita. Phyllis não o reconheceu e pensou que George era seu filho, não seu marido.

Quando saíram para o vento frio e cortante, George enxugou os olhos, e Oliver segurou-lhe o braço e o levou para casa. À noite, quando o deixou para voltar para os filhos, teve a impressão de o estar abandonando.

Era estranho pensar que ele e o pai estavam perdendo suas mulheres ao mesmo tempo, embora de modos diferentes. Era doloroso para ambos. Mas Oliver tinha os filhos e o trabalho. O pai não tinha coisa alguma, a não ser solidão, as lembranças e as tristonhas visitas a Phyllis, todas as tardes.

Então chegou a grande ocasião. No Dia dos Namorados, Sarah telefonou dizendo que queria ver os filhos em Boston, no próximo fim de semana.

– Por que você não vem até aqui?

Sarah estava em Boston fazia sete semanas e, como as crianças, Oliver queria vê-la em casa.

– Quero que eles vejam onde estou morando. Oliver queria pôr alguma objeção, mas não o fez. Concordou e depois telefonou para dizer a que horas chegariam em Boston.

– Devemos chegar ao seu apartamento no sábado, mais ou menos às onze da manhã, se embarcarmos no voo das nove. – Oliver gostaria de ir na sexta-feira, mas os horários da escola e do seu trabalho eram muito complicados, e Sarah havia sugerido o sábado. – Você tem lugar para nós todos? – Ele sorriu pela primeira vez em muitas semanas, e Sarah ficou em silêncio por um longo tempo.

– Eu não estava... Pensei que Mel e Benjamin podiam dormir nos dois sofás velhos da sala. E... Sam ficaria comigo...

A mão de Oliver crispou-se no telefone e as palavras ecoaram em sua mente. Sam... ficaria comigo... não conosco.

– Onde ficamos nisso tudo, ou devo dizer, onde *eu* fico? – Resolveu falar claramente. Queria saber, de uma vez por todas, onde ele estava. Não podia mais suportar a tortura de não saber.

– Eu pensei que talvez... – Sua voz era pouco mais do que um murmúrio – ... você quisesse ficar num hotel. Será... mais fácil assim, Ollie. – Quando disse isso, Sarah estava com os olhos cheios de lágrimas e o coração de Oliver ficou pesado como chumbo.

– Mais fácil para quem? Se não me engano, foi você quem prometeu que nada ia mudar. Não faz muito tempo, disse que não estava indo embora para sempre. Ou já esqueceu?

– Não esqueci. As coisas mudam quando estamos longe e vemos tudo por outra perspectiva.

Então, por que as coisas não haviam mudado para ele? Por que ainda a desejava tanto? Teve vontade de sacudi-la, depois vontade de beijá-la até ela pedir para fazerem amor. Mas Sarah nunca mais ia fazer isso. Nunca mais.

– Então quer dizer que está tudo acabado de verdade. É isso, Sarah? – Falou alto demais, com o coração disparado.

– Só estou pedindo para você ficar num hotel, Ollie... desta vez...

– *Pare com isso!* Que droga, pare de brincar comigo. – Era uma coisa que Oliver não conhecia em Sarah, a crueldade.

– Desculpe... Estou tão confusa quanto você. – E, naquele momento, estava sendo sincera.

– Não está, não, Sarah. Você sabe *exatamente* o que está fazendo. Sabia no dia que saiu de casa.

– Só quero ficar sozinha com as crianças nesse fim de semana.

– Ótimo. – A voz dele estava fria. – Eu os deixo no seu apartamento às onze horas.

Oliver desligou antes que ela pudesse torturá-lo mais. Ia ser um fim de semana muito solitário para ele, enquanto ela e as crianças realizavam seu feliz reencontro.

Podia deixar que viajassem sozinhos, mas não desejava isso. Queria estar com eles, especialmente depois, na viagem de volta. Sabia também que queria estar perto dela. Preocupava-se especialmente com Sam. Benjamin não demonstrou muito entusiasmo, mas Oliver achava que ele devia ir. Mel estava satisfeita e Sam extasiado. Mas Oliver pensava em como estariam na volta.

A viagem tinha um ar de festa e quando se dirigiam para o apartamento, na Brattle Street, Oliver ficou nervoso. Dissera que ia deixar as crianças, e, quando ela abriu a porta, pensou que seu coração ia parar. O cabelo de Sarah estava solto e mais comprido e vestia uma calça jeans tão justa que foi difícil para Oliver manter a compostura na frente das crianças. Ela o beijou de leve no rosto, abraçou os filhos e os levou para dentro, para o almoço que havia preparado. Oliver partiu no mesmo táxi, com cada centímetro do seu corpo ansiando por ela.

O apartamento tinha uma sala confortável, um quarto pequeno e, nos fundos, um jardinzinho. As crianças comeram com apetite, falando todas ao mesmo tempo, olhando felizes para ela, com o alívio de quem se liberta de temores e emoções há muito tempo recalcados. Sam ficou o tempo todo grudado na mãe, e Benjamin parecia mais relaxado do que nunca. Todos estavam felizes, menos Oliver, no quarto de hotel.

Finalmente tinha acontecido. Sarah o estava abandonando. Não o amava mais. E essa realidade quase o estava matando. Oliver caminhou durante horas pelo *campus* de Harvard, lembrando o passado, com os olhos cheios de lágrimas. Foi a todos os lugares que eles tinham ido juntos e quando voltou para o hotel ainda estava chorando. Não podia compreender. Sarah dissera que nada ia mudar entre eles, mas agora o estava afastando da sua vida. Tudo acabado, e eram dois estranhos. Oliver sentiu-se como um filho abandonado. E naquela noite telefonou para ela.

Ouviu a música, as vozes e o riso no apartamento e sentiu-se mais sozinho do que nunca.

– Desculpe, Sarah. Eu não queria interromper seu momento com as crianças.

– Tudo bem. Eles estão fazendo pipoca na cozinha. Que tal eu telefonar logo mais?

Ela telefonou depois da meia-noite.

– O que está acontecendo conosco? – Oliver tinha de perguntar, precisava saber. Depois de dois meses, só pensava nela e a queria de volta. Se Sarah não ia mais voltar, ele tinha de saber. – Eu não compreendo. Quando você partiu, disse que voltaria todos os fins de semana. Agora, depois de quase dois meses, você me afasta e age como se estivéssemos divorciados.

– Eu também não sei, Ollie.

Ele procurava ignorar a carícia da voz dela, mas não podia.

– As coisas mudaram para mim, depois que cheguei aqui – continuou Sarah. – Compreendi o quanto eu desejava isto e que não podia voltar ao que tinha antes. Talvez eu possa, um dia... mas tem de ser diferente.

– Como? Diga... preciso saber. – Oliver estava chorando outra vez. Havia acontecido uma coisa terrível naquele fim de semana. Sarah tinha nas mãos tudo que ele amava e desejava, e ele não podia fazer nada para levá-la de volta para casa.

– Eu também não tenho as respostas. Só sei que preciso estar aqui – disse ela.

– E nós? Por que isto? Por que não posso ficar com vocês? – Estava abdicando de todo seu orgulho. Amava-a demais e a queria de volta.

– Acho que tenho medo de ver você.

– Mas isso é loucura. *Por quê?*

– Não sei. Talvez você queira muita coisa de mim, Oliver. É quase como se eu fosse outra pessoa agora. A pessoa que eu era antes e que eu ia ser. Alguém que esteve adormecida durante muito tempo, guardada num canto, esquecida, mas agora estou viva outra vez. E não quero desistir disso. Por ninguém. Nem mesmo por você.

– E as pessoas com quem convivíamos? Já as esqueceu tão depressa? – Só sete semanas, e ela falava como se fosse uma vida.

– Não sou mais a mesma pessoa. Acho que nunca mais serei. Por isso, tenho medo de ver você. Não quero desapontá-lo. Mas não sou mais a mesma pessoa, Ollie. Creio que não sou há muito tempo, mas apenas não sabia.

Com esforço, Oliver perguntou:

– Existe outra pessoa? – Já? Tão depressa? Mas era possível. E ela estava linda. Era como se tivesse deixado alguns anos em Purchase, ele a achava linda então, mas agora estava muito mais.

– Não, não há. – Mas ela hesitou e depois disse: – Ainda não. Mas quero ter liberdade para sair com outras pessoas.

Por Deus! Ele não podia acreditar que ela estivesse dizendo aquilo. Mas era verdade. Tudo acabado.

– Acho que isso diz tudo, não é mesmo? Você quer o divórcio? – A mão dele tremeu no telefone.

– Ainda não. Não sei o que quero.

"Ainda não." Ele queria ouvi-la negar apavorada, mas era evidente que estava pensando no assunto. E era evidente também que sua vida com ela estava acabada.

– Avise-me quando descobrir. Acho que você é uma grande tola, Sarah. Tivemos um relacionamento maravilhoso durante 18 anos e você está jogando tudo pela janela — falou ele com amargura e tristeza, enxugando as lágrimas, com um misto de mágoa e fúria.

– Ollie... – Ela chorava também. – Eu ainda te amo.

– Não quero ouvir isso. – Era muito doloroso agora, demais para ele. – Pego as crianças amanhã às quatro horas, na porta do prédio. Estarei esperando no táxi.

De repente, não queria mais vê-la. Quando desligou o telefone, foi como se estivesse desligando também seu coração. A mulher que ele havia amado, a Sarah Watson que ele conhecia, não existia mais. Estava morta. Se é que tinha existido algum dia.

9

Na tarde seguinte, Oliver mandou o táxi esperar, e desceu com o coração disparado. Tocou a campainha e voltou para o carro. Estava ansioso para vê-los novamente, para tê-los de novo ao seu lado, para não ficar nem mais um minuto sozinho. O domingo, em Boston, sem eles, foi terrível. Jamais se esqueceria daquele fim de semana.

Melissa foi a primeira a aparecer, com um ar confiante e amadurecido, muito bonita. Acenou para o pai e ele viu, com alívio, que ela estava de bom humor. Foi bom para ela ver a mãe. Benjamin, sério e compenetrado, mas estava sempre assim ultimamente. Sofrera uma mudança drástica naqueles dois meses. Talvez estivesse apenas crescendo. Oliver não tinha certeza e preocupava-se com ele. Então, Sam apareceu, arrastando uma coisa grande e desajeitada. Sarah dera a ele um urso de pelúcia, sem saber ao certo se ele ia gostar, mas Sam tinha dormido com ele naquela noite e agora o segurava como se fosse um tesouro secreto.

Benjamin sentou-se no banco da frente, e Mel já estava no táxi quando Sam ergueu para o pai seus olhos tristes. Era evidente que tinha chorado.

– Oi, garotão, o que você tem aí?

– Mamãe me deu um urso. Só para dar sorte... você sabe... – Não queria admitir o quanto tinha gostado do presente.

Sarah, instintivamente, escolheu a coisa certa. Ela os conhecia muito bem, e Oliver sentiu seu perfume no filho, quando o abraçou. Seu coração parecia querer se partir, de saudade e desejo. E, então, quando Sam passou por cima dele, batendo com a mochila nas pernas do pai, ele a viu de pé à porta, acenando. Por um instante, Oliver teve vontade de saltar do carro e carregá-la com eles. Talvez ainda a fizesse mudar de ideia, mas se não fosse possível, pelo menos poderia tocá-la outra vez e aspirar seu perfume. Mas desviou os olhos e com voz rouca mandou o motorista levá-los para o aeroporto. Porém, não resistiu e olhou para trás. Ela continuava acenando, linda e jovem, e então Melissa pôs alguma coisa na mão dele. Era uma bolsinha branca de seda. Dentro dela estava o anel de esmeralda que ele havia dado a Sarah no Natal. Um bilhete pedia que ele o guardasse para Melissa. Uma afirmação definitiva. Aquele fim de semana fora brutal para ele. Oliver guardou o anel no bolso e olhou pela janela sem dizer uma palavra, com os músculos tensos e os olhos frios.

Durante um longo tempo, Oliver ouviu em silêncio a conversa dos filhos, falando sobre o jantar feito pela mãe, a pipoca e o quanto tinham gostado do apartamento. Até Sam parecia mais descontraído agora. Era óbvio que a visita fora ótima para ele. Todos estavam bem-arrumados e o cabelo de Sam penteado exatamente como Oliver gostava. Era doloroso vê-los assim, como que renascidos pelo toque das mãos dela. Não queria ouvir o quanto tudo fora maravilhoso, como ela estava bonita, como era belo o jardinzinho, nem como era difícil o curso que ela estava fazendo. Só queria saber do quanto ela sentia falta de todos, especialmente dele, quando ela ia voltar, o quanto ela detestava Boston, e que fora um erro ter ido para lá. Mas sabia que não ia ouvir nada disso.

As crianças nem notaram a turbulência no voo de volta. Chegaram em casa às 20 horas. Aggie os esperava e ofereceu-se para fazer o jantar. Então, eles contaram a ela tudo sobre Boston, o que a mãe tinha feito, o que tinha dito, o que ela pensava, e tudo que estava fazendo. Finalmente, no meio do jantar, Ollie não aguentou. Levantou-se e jogou o guardanapo na mesa. Os três olharam para ele, atônitos.

– Estou farto de ouvir tudo isso! Estou satisfeito porque vocês se divertiram, mas que droga, não podem falar de outra coisa? – Então, notando o espanto deles, ficou envergonhado. – Desculpem... eu... esqueçam...

Subiu para o quarto e sentou-se no escuro, olhando para o luar, lá fora. Mas era doloroso demais ouvir os filhos falar dela o tempo todo. Eles a haviam reencontrado. E ele a havia perdido. Não era mais possível voltar no tempo, nem fugir da realidade. Sarah não o amava mais, não importava o que tinha dito ao telefone. Estava tudo acabado. Para sempre.

Ficou sentado na beirada da cama durante um longo tempo. Então deitou-se no escuro e olhou para o teto. Depois de muito tempo bateram à porta. Mel espiou para dentro do quarto.

– Desculpe... não queríamos aborrecer você... só que...

– Eu sei, meu bem, eu sei. Vocês têm todo direito de estarem entusiasmados. Ela é sua mãe. Fiquei meio louco por um minuto. Até os pais ficam meio doidos às vezes. – Sentou-se na cama, sorriu e acendeu a luz, constrangido por ela tê-lo encontrado assim, no escuro. – Eu sinto muita falta dela... como vocês...

– Ela disse que ainda te ama, papai. – Mel sentiu uma pena imensa dele, daqueles olhos tão tristes.

– Isso é bom, minha querida, eu também a amo. Às vezes é difícil entender certas mudanças... – quando se perde alguém que se ama... quando sentimos que nossa vida acabou. – Mas vou me acostumar.

Melissa fez um gesto afirmativo. Havia prometido à mãe fazer o possível para ajudar e ia cumprir a promessa. Naquela noite levou Sam para a cama, com o urso de pelúcia, e mandou que ele deixasse o pai em paz e dormisse na própria cama.

– Papai está doente? – perguntou Sam, muito preocupado. Ela balançou a cabeça. – Ele estava estranho hoje.

– Está só aborrecido, nada mais. Acho que foi duro para ele ver a mamãe.

– Eu achei muito bom. – Sorriu, abraçando o urso, e Mel sorriu também, sentindo-se como se tivesse mil anos.

– Eu também, mas acho que é mais duro para eles.

Sam fez um gesto afirmativo, como se compreendesse, mas na verdade não compreendia. E, então, perguntou à irmã o que não tinha coragem de perguntar aos pais:

– Mel... você acha que ela vai voltar? Quero dizer, como antes... para cá, com papai e tudo o mais?

Mel hesitou antes de responder, indagando o coração e a mente, mas, como o pai, já sabia a resposta.

– Eu não sei... mas acho que não.

Sam fez outra vez um gesto afirmativo, mais preparado para aceitar, agora que tinha visitado a mãe, e com a promessa de que podia repetir a visita dentro de algumas semanas.

Sarah não falou em visitá-los em Purchase.

– Você acha que papai está zangado com ela?

– Não. – Mel balançou a cabeça. – Acho que ele só está triste. Por isso fez aquilo no jantar.

Sam acomodou-se na cama.

– Boa noite, Mel... eu amo você.

Ela inclinou-se para beijá-lo e acariciou a cabeça dele, como Sarah havia acariciado em Boston.

– Eu também amo você, mas às vezes você é uma peste.

Os dois riram. Ela apagou a luz, fechou a porta e quando chegou no seu quarto, viu Benjamin pulando a janela em silêncio. Mel não disse nada, nem deixou que ele soubesse que o havia visto. Fechou a cortina e deitou-se. Precisava pensar. Naquela noite, foi o que todos fizeram. Ficaram acordados até tarde, pensando em Sarah. Não sabia para onde Benjamin tinha ido, mas era problema dele. Podia adivinhar. Apesar do castigo que ainda estava em vigor, ele fora se encontrar com Sandra.

10

Na manhã seguinte, Daphne entrou no escritório de Oliver pouco depois das 10 horas, e a princípio teve a impressão de que ele estava bem. Sabia que tinha levado os filhos a Boston, no fim de semana.

– Como foi a viagem? – Viu imediatamente a resposta nos olhos dele. Oliver parecia atingido por um raio.

– Não pergunte.

– Desculpe. – Daphne sentiu sinceramente, por ele e pelas crianças.

Naquela noite, Oliver chegou em casa às 21 horas e depois disso, cada vez mais tarde. Estavam preparando uma apresentação urgente para um novo cliente. Porém, as crianças pareciam bem. Três semanas depois, Sarah convidou os filhos para outra visita a Boston, mas dessa vez Oliver não os acompanhou. Mel foi com Sam. Benjamin já havia combinado de esquiar com amigos e não quis cancelar o programa.

Quando Oliver chegou tarde, na sexta-feira, encontrou a casa silenciosa e escura. Aggie estava passando uns dias com a irmã em Nova Jersey. Era estranho e ao mesmo tempo repousante. Sarah havia partido havia três meses, três meses de sofrimento, de preocupação com os filhos, sentindo-se responsável por cada minuto da vida deles, correndo de casa para o escritório e do escritório para casa. Às vezes, pensava que Daphne tinha razão. Teria sido mais fácil mudar-se para Nova York, mas os filhos não estavam prontos para isso. Talvez dentro de um ou dois anos... era estranho fazer planos para o futuro sem Sarah. Sua vida parecia uma terra vazia e árida.

No sábado jantou com o pai, e domingo à tarde foi visitar a mãe. Foram momentos deprimentes para Oliver. Ela só falava em voltar para casa e cuidar do jardim. Não sabia onde estava, mas em certos momentos parecia mais lúcida.

– Você está bem, papai? – perguntou Oliver, na noite que jantaram juntos.

– Mais ou menos. – George sorriu. – Sinto-me muito sozinho sem ela.

Ollie suspirou e disse, sorrindo também:

– Sei o que é isso, papai.

Parecia irônico que estivessem perdendo suas companheiras ao mesmo tempo. Irônico, trágico e infinitamente doloroso.

– Pelo menos você tem a companhia dos seus filhos.

– Você devia visitá-los com mais frequência. Sam está sempre perguntando por você.

– Talvez amanhã à tarde.

Mas Oliver disse que eles estavam em Boston, com a mãe.

Mel e Sam voltaram satisfeitos outra vez, mas ela avisou ao irmão para não falar muito sobre a visita na frente do pai. E especialmente não mencionar Jean-Pierre, o amigo da mãe, que havia aparecido para conhecê-los no sábado à noite. Mel achava que ele estava apaixonado por sua mãe. Jean-Pierre tinha 25 anos, era formado na França e fazia uma pizza ótima. Sam achou que ele era legal, mas Mel garantiu que o pai não ia querer saber.

– Você acha que ele está saindo com mamãe? – Sam, sempre curioso, teve a impressão de ver os dois se beijando quando foi apanhar um refrigerante na cozinha.

Mas Mel foi categórica:

– Não seja bobo.

Estavam entusiasmados, porque Sarah havia prometido viajar com eles nas férias.

– Aonde você acha que vamos? – perguntou Sam.

– Não sei, vamos ver.

Finalmente resolveram passar uma semana esquiando em Massachusetts. Dessa vez Benjamin concordou em ir também. Cinco dias antes de eles partirem, Oliver recebeu um telefonema da escola de Benjamin. Há meses ele vinha faltando às aulas e queriam que Oliver soubesse que ele teria de fazer um curso nas férias.

– Benjamin? – Oliver, que tinha saído de uma reunião para atender ao telefone, ficou atônito. – Não posso acreditar. Ele sempre esteve entre os melhores da turma.

– Não está mais, Sr. Watson – disse o assistente do diretor da escola. – Desde janeiro, mal o vemos na escola e ele está devendo créditos em quase todas as matérias deste semestre.

– Por que não me avisaram antes? Por que esperaram tanto? – Oliver estava chocado e furioso com o filho, com ele mesmo, com a escola, e com Sarah por ter começado tudo aquilo. Era como se os problemas jamais fossem acabar.

– Há três meses estamos enviando avisos, mas o senhor nunca respondeu.

– Filho da mãe... – Oliver compreendeu imediatamente o que tinha acontecido. Benjamin havia interceptado os avisos da escola. – E seus pedidos de inscrição para as universidades?

– Eu não sei. Teremos de notificar as universidades para as quais ele escreveu, é claro, mas Benjamin sempre foi um ótimo aluno. Existem fatores atenuantes. Talvez, se ele concordar em fazer o curso de verão... e naturalmente vai depender das suas notas a partir de agora. O último semestre é muito importante.

– Compreendo. – Oliver fechou os olhos. – Existe algum outro problema na escola que eu devo saber? – Estava quase certo de que havia, e tinha medo de ouvir.

– Bem, algumas coisas não são exatamente de nossa jurisdição...

– O que quer dizer?

– Estava me referindo à jovem Carter. Achamos que ela é parte do problema de Benjamin. Ela teve problemas pessoais este ano, o lar desfeito e ela não é... bem, não é tão boa aluna quanto Benjamin, ou quanto ele era e achamos que o relacionamento o está afastando dos estudos. Comentam até que ela vai deixar a escola. Mas já avisamos a mãe que ela não vai se formar com a turma...

Droga. Benjamin... cumprindo o castigo, jantando em casa todas as noites e ao mesmo tempo faltando às aulas para ficar com uma namoradinha ignorante, que talvez fosse deixar a escola.

– Eu tomo conta disso. Ficaria muito grato se pudermos fazer alguma coisa que não prejudique os requerimentos de Benjamin para as universidades. – Benjamin devia ter as respostas muito em breve... Harvard... Princeton... Yale... e agora estava em recuperação.

– Talvez se o senhor pudesse passar mais tempo em casa com ele. Sabemos o quanto é difícil, agora que a Sra. Watson se foi...

As palavras o atingiram em cheio. Estava fazendo tudo que podia para estar sempre com os filhos. Lembrou-se do que Benjamin havia dito... *você nunca chega em casa antes das nove horas...*

– Vou fazer o possível. E falo com ele esta noite.

– Muito bem, nós o informaremos sobre a situação dele na escola.

– Da próxima vez, telefone para o escritório.

– É claro.

Oliver desligou e ficou sentado por algum tempo, de cabeça baixa, respirando com dificuldade. Então, sem saber o que mais podia ser feito, telefonou para Sarah. Felizmente, não a encontrou em casa. De qualquer modo, não era problema dela. Sarah os tinha abandonado. O problema era unicamente seu.

Naquela tarde, saiu do escritório às 16 horas e chegou em casa antes das 18 horas. Benjamin chegou, com ar satisfeito, carregando os livros, e o pai o chamou.

– Venha para a saleta, por favor, Benjamin.

– Alguma coisa errada?

A expressão de Oliver era resposta suficiente, mas Benjamin nem podia imaginar do que se tratava. Assim que ele entrou na saleta foi recebido com uma tremenda bofetada. Era a primeira vez que Oliver batia num filho, a não ser uma leve palmada quando Benjamin tinha 4 anos e enfiou um garfo na tomada da sala. Naquele dia, ele queria causar uma impressão duradoura, e agora também. Porém, mais do que isso, foi movido pelo sentimento de culpa e de frustração. Benjamin cambaleou com a violência da agressão e com a marca vermelha no rosto sentou-se, em silêncio. Oliver fechou a porta. Seu pai havia descoberto afinal, ou pelo menos uma parte da verdade, e agora ele sabia o que o esperava.

– Desculpe... eu não queria fazer isso... mas estou me sentindo enganado. O Sr. Young, da sua escola, telefonou hoje... o que você anda fazendo?

– Eu... sinto muito papai... – Olhou para o chão, depois para o pai. – Eu apenas não podia... eu não sei.

– Sabe que está em recuperação? – Benjamin fez um gesto afirmativo. – Sabe que pode não ser aceito em nenhuma universidade decente, depois disso? Ou talvez tenha de repetir um ano, ou fazer o curso de verão. E o que aconteceu com todos os avisos que a escola me mandou?

– Eu joguei fora. – Estava sendo sincero e parecia dez anos mais velho. Ergueu os olhos magoados para o pai. Pensei que ia conseguir arrumar tudo outra vez, sem que você precisasse saber.

Oliver deu alguns passos pela sala, depois parou na frente dele.

– E o que essa menina tem a ver com tudo isso? Se não me engano, o nome dela é Sandra Carter. – Na verdade, o nome estava gravado em sua mente e havia algum tempo desconfiava que o romance tinha ido longe demais, mas nem por um momento pensou que pudesse chegar a isso. – Suponho que você está dormindo com ela. Há quanto tempo?

Benjamin olhou para o chão e não disse nada.

– Responda! O que está acontecendo com ela? Young disse que ela está pensando em deixar a escola. Que tipo de moça ela é, e por que ainda não a conheço?

– É uma boa moça, papai. – Benjamin ergueu os olhos, agora com desafio. – Eu a amo e ela precisa de mim. – Achou melhor não responder à segunda pergunta.

– Isso é ótimo. Como um companheiro para abandonar a escola?

– Ela não vai sair... não ainda... acontece que ela teve problemas... o pai abandonou a mãe e... ora, esqueça. É uma longa história.

– Muito comovente. E sua mãe o abandonou, então vocês dois caminham ao pôr do sol, de mãos dadas e repetem o ano. Depois, o que acontece? Você vai trabalhar num posto de gasolina pelo resto da vida, enquanto ela vai ser garçonete? Não é exatamente o que espero de você, nem o que você quer. Você merece mais do que isso e provavelmente ela também. Pelo amor de Deus, Benjamin, procure se controlar.

Era a primeira vez que Benjamin via aquela expressão dura no rosto do pai, mas os três últimos meses tinham deixado sua marca.

– Quero que deixe de ver essa moça. Agora! Está ouvindo? E se não deixar, eu o mando para a escola militar, se for preciso. Não vou permitir que jogue sua vida fora desse modo, só porque está aborrecido e estamos passando por uma fase difícil. Vai ter muitas dificuldades na vida, meu filho. O modo como você as enfrenta é que vai fazer com que as resolva ou seja derrotado por elas.

Benjamin ergueu os olhos, tão teimoso quanto o pai, ou pior, tão obstinado quanto Sarah.

– Vou conseguir melhorar minhas notas, papai, e não vou mais faltar às aulas. Mas não vou deixar de ver Sandra.

– É o que você pensa. Vai fazer exatamente o que estou mandando. Compreendeu?

Benjamin levantou-se e olhou furioso para o pai.

– Não vou deixar de vê-la. Estou dizendo com toda a franqueza. E você não pode me obrigar. Eu saio de casa.

– É sua última palavra?

Benjamin fez um gesto afirmativo.

– Ótimo. Está proibido de sair até o fim das aulas, até que suas notas voltem a melhorar, até a escola me informar que você não perdeu um segundo de nenhuma aula, nem para ir ao banheiro, até você se formar e ser aceito pela universidade, como merece. Então, veremos sobre Sandra. – Os dois se entreolharam desafiadoramente. – Agora, vá para seu quarto. E estou avisando, Benjamin Watson, vou vigiá-lo noite e dia, portanto, nada de bobagens. Se for preciso, telefono para a mãe de Sandra.

– Não se dê ao trabalho, ela nunca está em casa.

Oliver fez um gesto afirmativo, sentindo-se extremamente infeliz e espantado com a devoção do filho.

– Ela parece encantadora.

– Posso ir agora?

– Por favor... – Quando Benjamin chegou na porta, Oliver disse, em voz baixa: – Sinto muito ter batido em você. Acho que também cheguei ao meu limite e essa loucura sua não está ajudando.

Benjamin fez um gesto afirmativo e saiu da sala, fechando a porta. Oliver sentou-se devagar, com o corpo trêmulo.

Porém, na semana seguinte, depois de pensar muito, ele descobriu um meio de pelo menos melhorar a situação. Foi falar com o diretor da escola. A princípio, a diretoria da escola ficou em dúvida, mas depois disseram que concordariam se Oliver conseguisse passar Benjamin para uma escola do mesmo nível. Era a única coisa que ele podia fazer e no começo ia ser duro para as crianças, mas talvez fosse justamente o que todos precisavam. Os três foram passar os feriados em Boston. Benjamin primeiro se recusou a ir, mas Oliver o convenceu. E enquanto eles estavam fora, Oliver, depois de falar com quatro escolas, encontrou uma disposta a aceitar Benjamin para terminar o semestre. Muito em breve, todos iam se mudar para Nova York, logo que ele encontrasse um apartamento e escolas para os dois menores. Isso afastaria Benjamin de Sandra e dos amigos que talvez o estivessem distraindo dos estudos. Além disso, Oliver poderia chegar em casa todos os dias às 18 horas. Era o que Daphne havia sugerido havia dois meses, o que ele não pretendia fazer antes de alguns anos, mas era agora uma solução surgida do desespero.

As duas escolas concordaram com o plano, e a de Purchase ofereceu-se até para permitir que ele se formasse com sua turma, se fosse bem nos estudos em Nova York, nos dois meses que faltavam, se passasse em todas as provas e concordasse em fazer o curso de verão em Purchase. Era perfeito. Mel foi aceita sem problemas por uma escola feminina no Upper East Side e Collegiate aceitou Sam. Embora um tanto apressada, era uma solução ideal. Dois dias antes da volta dos filhos, Oliver e Daphne andaram pela cidade e finalmente encontraram um bom apartamento. Pertencia a um banqueiro que estava se mudando para Paris com a família, e Oliver o alugou por um ano.

Tinha quatro amplos quartos e uma bela vista, ascensorista, porteiro, uma cozinha grande e bem equipada e uma suíte perfeita para Agnes. Ia custar uma fortuna, mas Oliver achava que valia a pena. Em dez dias tinha resolvido tudo. Só faltava agora dar a notícia aos filhos, quando voltassem das férias com a mãe.

Depois que ele assinou o contrato, ele e Daphne sentaram-se na sala de estar. Ela olhou preocupada para Oliver. Para um homem que até dois meses atrás não estava disposto a nenhuma mudança, ele estava agindo muito depressa. Isso, desde que teve certeza de que Sarah não ia mais voltar.

– Acho que vai ser bom para nós todos. – Estava se defendendo, mas não precisava.

– Eu também acho. O que será que eles vão dizer?

– O que podem dizer? Não posso controlar Benjamin vindo para Nova York todos os dias. E se até junho verificar que foi um desastre, podemos voltar para Purchase e eles para suas escolas, no outono. Talvez eu devesse ter feito isso desde o começo.

Ela concordou. Oliver não estava preso a Purchase e era uma boa tentativa de mudar a maré que estava quase afogando Benjamin.

– Não acha que está sendo muito radical?

– Quer dizer que me acha louco? – Oliver olhou para ela com um sorriso nervoso, imaginando se não estaria realmente assombrado com tudo que havia feito, enquanto os filhos estavam em Boston com a mãe. Temia contar a eles, mas ao mesmo tempo sentia-se ansioso por esse momento. Era uma vida nova para todos, independentemente dos motivos que o haviam levado a isso. E parecia a melhor solução para os problemas de Benjamin.

– Acho que fez a coisa certa, se é que minha opinião pode ajudar. Mas acho também que, para eles, vai ser outro período de adaptação.

– Talvez um bom período, para variar.

Oliver deu uma volta pela sala. O apartamento era muito bonito e esperava que os filhos gostassem dos novos quartos, especialmente Melissa. Ficava na rua 48 Leste, ladeada de árvores e a dois quarteirões do Central Park. Era tudo que ele queria, desde o momento em que resolveu se mudar para a cidade.

– O que você acha, Daph? Acha mesmo que estou doido? – De repente sentiu medo de dizer às crianças. E se eles se descontrolassem outra vez? Mas quando tomara a decisão tinha achado que era a melhor coisa a fazer.

– Não acho que esteja doido, e acredito que tudo vai dar certo. Mas não espere que eles deem pulos de alegria. Vão ficar um pouco assustados, no começo. Dê-lhes tempo para se adaptar.

– Eu sei. Estava justamente pensando nisso.

Mas não estava preparado de modo algum para a violência da reação. Apanhou os filhos no aeroporto e foi direto para a cidade, dizendo que tinha uma surpresa para eles. Os três estavam alegres, contando tudo que haviam feito e visto, como fora bom esquiar com a mãe. De repente, Oliver não via a hora de mostrar o que tinha para eles em Nova York.

– Nós vamos visitar Daphne, papai? – perguntou Melissa.

Oliver balançou a cabeça. Naquela manhã tinha contado para Agnes. Ela ficou um pouco espantada, mas concordou em ir com eles. Não se importava de ir para Nova York, desde que pudesse ficar com as crianças.

Oliver estacionou na frente do prédio e os fez entrar, os três curiosos e intrigados.

– Quem mora aqui, papai? – perguntou Sam.

Oliver balançou a cabeça, entraram no elevador e ele pediu para o ascensorista levá-los ao sétimo andar.

– Sim, senhor – disse o homem, sorrindo.

O porteiro o reconheceu na entrada e não perguntou aonde eles iam. Sabia que eram os novos moradores do 7H.

Oliver tocou a campainha do apartamento e como ninguém atendeu, deu de ombros e tirou a chave do bolso. Abriu a porta, convidando-os a entrar, com um gesto largo. Olharam para ele, como se o pai estivesse louco.

– Entrem, entrem.

– De quem é este apartamento? – indagou Mel em voz baixa, com medo de entrar.

Sam entrou direto e olhou em volta. Não tinha ninguém em casa. Fez sinal aos outros, avisando que estava tudo bem.

Então, de repente, Benjamin compreendeu e entrou, carrancudo. Mel estava encantada com os objetos antigos do apartamento.

– Ainda bem que gosta, minha querida. – Ollie sorriu.

– Esta é sua casa em Nova York. Que tal a decoração?

– Nossa! – disse ela, extasiada. – Quando vamos usar isto, papai?

Nunca haviam tido um apartamento em Nova York, e Sam começou a ficar preocupado.

– Você não vai mais voltar para casa durante a semana, papai?

– É claro que vou. Muito mais cedo do que antes. Nós todos vamos morar aqui até o fim das aulas, e depois, voltaremos em setembro. – Tentava fazer com que parecesse uma aventura, mas aos poucos, eles começavam a compreender e ficaram assustados.

– Quer dizer que vamos nos mudar para cá? – Mel estava apavorada. – E os nossos amigos?

– Pode vê-los nos fins de semana e no verão. E se não gostarmos, não precisamos voltar no ano que vem. Mas acho que devemos pelo menos tentar.

– Está dizendo que temos de mudar de escola, *agora*?

– Mel não podia acreditar.

Oliver fez um gesto afirmativo. Sam estava atônito, e Mel sentou-se e começou a chorar. Benjamin não disse nada, mas seu rosto parecia um bloco de gelo. Sabia que aquela mudança era, em parte, por causa dele e nada podia mitigar sua fúria. O pai não tinha direito de fazer isso com eles. Não bastava a mãe ter ido embora, tinham agora de mudar de escola e morar em Nova York. Tudo ia mudar de repente. Mas era isso que Oliver queria. Especialmente para ele, Benjamin.

– Ora vamos, vai ser divertido. Pensem nisso como uma vida nova e interessante.

– E Aggie? – Sam ficou mais preocupado ainda. Não queria perder mais ninguém, mas o pai o tranquilizou.

– Ela vem conosco.

– E Andy?

– Pode vir também, desde que se comporte. Se começar a roer os móveis, teremos de deixá-lo com seu avô e apanhá-lo nos fins de semana.

– Ele vai ser bom, eu juro. – Os olhos de Sam pareciam muito grandes, mas pelo menos não estava chorando. – Posso ver meu quarto?

– Claro. – Ollie ficou satisfeito. Sam estava tentando, ao contrário dos outros dois. Melissa continuava no seu papel de Dama das Camélias e Benjamin olhava pela janela, em silêncio. – Não está grande coisa agora, mas quando trouxermos um pouco das suas coisas, vai ficar perfeito.

Por sorte, o dono do apartamento tinha dois filhos e uma filha, assim havia dois quartos "masculinos" e um cor-de-rosa. Mas Melissa não quis nem ver. Era duas vezes maior do que seu quarto em Purchase, e muito mais sofisticado. Foi o que Sam disse a ela, quando voltou para a sala.

– É bonito, Mel... é cor-de-rosa... você vai gostar.

– Eu não quero saber. Não vou mudar para cá. Vou ficar com Carole e Debbie.

– Não vai não – disse Oliver, em voz baixa e firme. – Você vem conosco. E já arranjei uma ótima escola. Sei que é uma mudança difícil, mas neste momento é a melhor coisa que podemos fazer. É verdade, Mel, acredite.

Benjamin voltou-se rapidamente, quando o pai terminou de falar.

– Ele está dizendo que quer me vigiar de perto e me manter longe de Sandra. E os fins de semana, papai? Ela é área proibida também nesses dias? – perguntou zangado e com amargura.

– Ela é área proibida até você melhorar suas notas. Eu já disse, não estou brincando. Todas as suas chances de ser aceito por uma boa universidade estão indo por água abaixo.

– Não me importo. Não significa coisa alguma.

– Significava muito quando mandou seus pedidos de inscrição, ou já esqueceu?

– As coisas mudaram muito desde então – resmungou ele, voltando para a janela.

– Muito bem, todos já viram tudo que queriam ver? – Apesar de tudo, Oliver conseguiu falar com animação, mas só Sam estava disposto a acompanhar seu bom humor.

– Tem quintal?

Oliver sorriu.

– Não exatamente. Mas o Central Park fica a dois quarteirões. Acho que pode substituir o quintal. – Sam concordou. – Vamos, então?

Melissa correu para a porta e Benjamin a seguiu, mais devagar, com ar pensativo. A viagem para Purchase foi silenciosa, todos absortos nos próprios pensamentos, e apenas Sam fez uma ou duas perguntas.

Agnes os esperava com o jantar, e Sam contou a ela tudo sobre o apartamento.

– Eu posso jogar bola no Central Park... e tenho um quarto grande e bonito... e vamos voltar para cá nas férias de verão. Como se chama a minha escola, papai?

– Collegiate.

– Collegiate – repetiu ele.

Agnes ouvia atentamente, observando também os outros dois. Benjamin e Mel não tinham dito uma palavra.

– Quando mesmo vamos nos mudar? – perguntou Sam.

– Na semana que vem.

Ouvindo isso, Melissa começou a chorar outra vez e pouco depois Benjamin saiu da mesa. Pegou as chaves na mesa do hall e sem uma palavra saiu com o carro. Oliver apenas observou.

Mel subiu para o quarto e não saiu mais naquela noite. Quando Oliver tentou abrir a porta, viu que estava trancada. Só Sam se sentia feliz com a mudança. Para ele, era uma coisa nova e estimulante. Oliver o levou para a cama e depois desceu para esperar por Benjamin. Iam ter uma conversa muito séria sobre toda aquela sua atitude de desafio.

Às 2 horas da manhã, Benjamin ainda não tinha chegado, e Oliver o esperava, cada vez mais preocupado. Finalmente ouviu as rodas do carro nos cascalhos lá fora. A porta se abriu em silêncio, e Oliver foi ao encontro do filho.

– Quer vir até a cozinha para conversarmos um pouco? – Uma pergunta puramente retórica.

– Não temos nada para conversar.

– Pois eu acho que temos, e muito, o bastante para fazer com que você fique fora de casa até as duas horas da manhã, ou será que isso é outro tipo de conversa? – Caminhou para a cozinha, sem esperar resposta e puxou duas cadeiras.

Benjamin hesitou antes de sentar-se.

– O que está acontecendo, Benjamin?

– Na verdade nada que eu queira comentar com você.

De repente, da noite para o dia, eram inimigos, uma situação dolorosa e inesperada para ambos.

– Por que está tão zangado comigo? Por causa de sua mãe? Ainda acha que eu tive culpa?

– Isso é assunto seu. O que eu faço é assunto meu. Não gosto que você me diga o que devo fazer. Estou muito crescido para isso.

– Você tem 17 anos, não é adulto ainda, mesmo que queira ser. E não pode andar por aí, quebrando todas as regras. Mais cedo ou mais tarde vai pagar um preço alto por isso. Sempre temos regras para seguir, durante toda a vida, quer você goste ou não. Neste momento, é possível que você nem consiga ir para a universidade.

– A universidade que se dane.

Ollie ficou chocado.

– O que está acontecendo?

– Tenho coisas mais importantes para pensar.

Por um momento, Oliver imaginou se ele estaria bêbado, mas não parecia.

– Como o quê? Aquela moça?... Sandra Carter? Na sua idade, é coisa passageira, Benjamin. E se não for, vão ter de esperar muito tempo antes de tomar qualquer decisão. Você precisa terminar o ensino médio, depois a universidade, arranjar um emprego e ganhar o bastante para manter mulher e filhos. Tem um longo caminho à sua frente, e é melhor seguir a linha agora do que se enterrar na merda mais tarde.

Enquanto o pai falava, Benjamin parecia diminuir de tamanho. Ergueu os olhos para Oliver.

– Não vou para Nova York com você. Não quero mesmo ir.

– Não tem escolha. Vou fechar a casa, e só abrir nos fins de semana. E não vou deixar você morando aqui sozinho, não é tão simples assim. Se quer saber a verdade, em parte estamos mudando por sua causa, para que possa entrar na linha antes que seja tarde e para que eu possa passar mais tempo com vocês à noite.

– É tarde demais para isso. E eu não vou.

,Por quê?

Fez-se um longo silêncio, e Oliver esperou. Finalmente, Benjamin respondeu.

– Não posso deixar Sandra.

– Por que não? Que tal se eu deixar que a veja nos fins de semana?

– A mãe dela vai se mudar para a Califórnia e ela não vai ter onde ficar.

Oliver quase deu um gemido, imaginando o quadro que o filho descrevia.

– Sandra não vai com ela?

– Elas não se dão bem. E Sandra detesta o pai. Também não quer morar com ele, na Filadélfia.

– Então, o que ela vai fazer?

– Deixar a escola, arranjar um emprego e ficar aqui, mas não quero deixá-la sozinha.

– Muito nobre da sua parte. Mas ela me parece bastante independente.

– Não é. Ela precisa de mim.

Era a primeira vez que ele falava de Sandra, e Oliver ficou comovido e ao mesmo tempo assustado. Sandra não parecia o tipo de pessoa com que seu filho devia se envolver. Ela anunciava encrenca.

– Não posso deixá-la, papai.

– Vai ter de deixar no outono, quando for para a universidade. Acho melhor tratar disso agora, antes que se torne um problema muito maior.

Mas Benjamin apenas sorriu com a ironia dessas palavras.

– Não posso ir.

Ele estava decidido, e Oliver de repente ficou confuso.

– Para a universidade ou para Nova York? – Sem dúvida era uma novidade.

– Para nenhum dos dois. – Benjamin parecia obstinado, quase em desespero.

– Mas *por quê?*

Outro longo silêncio e finalmente Benjamin olhou para o pai e resolveu contar tudo. Estava enfrentando sozinho há muito tempo e se o pai queria saber, então, ele ia contar.

– Porque ela está grávida.

– Oh, meu Deus... meu Deus!... por que não me contou?

– Não sei... achei que você não queria saber... e de qualquer modo, é problema meu. – Abaixou a cabeça, sentindo todo o peso da situação, como vinha sentindo havia meses.

– Por isso a mãe a está deixando e se mudando para a Califórnia?

– Em parte. Mas elas também não se dão bem, e a mãe tem um novo namorado.

– E o que ela acha do fato de a filha estar grávida?

– Ela acha que é problema de Sandra, não dela. Mandou que ela fizesse um aborto.

– E... ela quer?

Benjamin balançou a cabeça e nos seus olhos estava tudo em que ele acreditava, todos os valores do pai.

– Eu não permitiria.

– Pelo amor de Deus, Benjamin... – Oliver levantou-se e começou a andar pela cozinha. – Você não permitiria? Por quê? O que uma menina de 17 anos vai fazer com um filho? Ou ela está disposta a dar para adoção?

Benjamin balançou outra vez a cabeça.

– Ela diz que quer ficar com ele.

– Benjamin, por favor, seja sensato. Vocês estão arruinando três vidas, não uma só. Convença a menina a fazer o aborto.

– Ela não pode.

– Por quê?

– Está grávida de quatro meses.

Oliver sentou-se pesadamente na cadeira.

– Você se meteu num problemão. Não admira que esteja faltando às aulas e tirando notas baixas, mas vou dizer uma coisa, vamos resolver isso juntos. Mas você vai comigo para Nova York, na próxima semana, independentemente do que acontecer.

– Papai, eu já disse. – Benjamin levantou-se, impaciente. – Não vou deixar Sandra. Ela está sozinha e grávida; e é meu filho. Gosto dela e do bebê. – Então, seus olhos se encheram de lágrimas. Estava cansado, esgotado e não queria mais discutir. As coisas já estavam difíceis demais. – Papai, eu a amo... por favor, não interfira. – Não disse que tinha se oferecido para se casar com Sandra, mas ela achava o casamento uma bobagem. Não queria acabar divorciada como seus pais.

Oliver aproximou-se do filho e pôs o braço nos ombros dele.

– Você tem de ser sensato... precisa fazer as coisas certas... para vocês dois. Arruinar sua vida não vai ajudar ninguém. Onde ela está morando agora? – Milhares de possibilidades passavam por sua mente e uma delas era pagar para que Sandra ficasse no lar das mães solteiras.

– Em casa, mas vai se mudar para um apartamento em Port Chester. Eu estou ajudando a pagar o aluguel.

– É muito nobre da sua parte, mas logo ela vai precisar muito mais do que isso. Tem ideia do quanto custa ter um bebê?

– O que você sugere, papai? – Havia outra vez amargura na sua voz. – Um aborto, porque é mais barato? Estamos falando do meu filho. Eu amo a criança e amo Sandra, e não vou desistir de nenhum dos dois, você compreende? E não vou para Nova York. Vou me formar aqui, sem ir para outro lugar. Posso ficar com ela, se for preciso.

– Não sei mais o que dizer. Tem certeza de que ela está de quatro meses?

Benjamin fez um gesto afirmativo, e Oliver pensou com amargura que o pequeno "acidente" coincidia com a partida de Sarah. Todos tinham ficado desnorteados por algum tempo, mas a inconsequência de Benjamin iria acompanhá-lo pelo resto da vida.

– Ela desistiria do bebê?

Benjamin balançou a cabeça.

– Não, não vamos desistir, papai. É engraçado, sempre pensei que você fosse contra o aborto.

O golpe o acertou em cheio. Ele era o homem que havia lutado com Sarah para terem os três filhos e agora queria que Sandra abortasse o filho de Benjamin. Mas isto era tão diferente.

– Na maior parte dos casos, eu sou contra. Mas o que você está fazendo vai destruir sua vida e eu me preocupo muito mais com você do que com o bebê.

– Aquele bebê é uma parte de mim e parte de você, de mamãe... e de Sandra... e não vou deixar que ninguém o mate.

– Como vai sustentar seu filho?

– Posso arranjar um emprego depois das aulas, se for preciso. E Sandra pode trabalhar também. Ela não está fazendo isto para tirar alguma coisa de mim, papai. Apenas aconteceu, e agora estamos tentando fazer o melhor possível. – O que não era muito, Benjamin sabia.

– Há quanto tempo você sabe? – Isso explicava seu ar sério nos últimos meses, e as ausências, a atitude de desafio.

– Faz algum tempo, uns dois meses, eu acho. No começo, ela não tinha certeza, porque nunca foi muito regulada, mas eu a mandei a uma clínica.

– Isso já é alguma coisa, eu acho. E agora? Ela está com assistência médica?

– Eu a levo ao médico uma vez por mês.

Era incrível... seu filho... seu primogênito... ia ser pai.

– Isso é bastante, não é? – De repente, Benjamin ficou preocupado outra vez.

– Por enquanto. Acha que ela aceitaria ir para um lar de mães solteiras? Podem tomar conta dela e depois ajudar a resolver o que fazer com o bebê.

– Fazer o quê? – Benjamin ficou logo desconfiado.

– Isso depende dela... e de você... mas seria um lugar decente, com moças na mesma situação.

Benjamin fez um gesto afirmativo. Era uma ideia.

– Vou falar com ela.

– Quando ela deve ter o filho?

– No fim de setembro.

– Você vai estar na escola.

– Talvez.

Só que essa era outra luta, e estavam muito cansados naquele momento. Eram mais de 4 horas da manhã.

– Vá para a cama. Conversaremos amanhã. – Tocou o ombro de Benjamin, com um gesto de carinho e pena. – Eu sinto muito, meu filho. Sinto que isso tenha acontecido a vocês dois. Vamos resolver de algum modo.

– Obrigado, pai.

Mas nenhum deles parecia convencido. Subiram a escada, com seus pensamentos e seus problemas, e a portas dos quartos fecharam-se em silêncio.

11

Naquela semana, pai e filho conversaram todas as noites, até tarde, mas não resolveram nada. Oliver quis conhecer Sandra e ficou triste quando a viu. Ela era bonitinha, não muito inteligente, estava assustada e sozinha. E pertencia a um mundo diferente. Agarrava-se a Benjamin como se ele fosse a única pessoa capaz de salvá-la. Além disso, estava decididamente resolvida a ter o filho.

No fim, desesperado, Oliver telefonou para Sarah.

– Você tem ideia do que vai ser a vida do seu filho mais velho? – Mesmo para ele, soava como a novela, mas precisavam fazer alguma coisa. Benjamin não podia passar o resto da vida com aquela moça e com o filho dos dois.

– Ele me telefonou ontem à noite. Acho que você não deve interferir.

– Está louca? – Teve vontade de estrangular Sarah. – Não compreende o que isso vai fazer com a vida dele?

– O que você quer que ele faça? Que mate a moça?

– Ora, por favor, não seja cretina. – Não podia acreditar que ela estivesse dizendo aquilo. – Ela devia se livrar do bebê, ou pelo menos dá-lo para ser adotado. E Benjamin deve tomar juízo.

– Não parece o Oliver que eu conheço... desde quando se tornou um defensor tão ardente do aborto?

– Desde que meu filho de 17 anos engravidou a namorada da mesma idade e está resolvido a arruinar vidas para ser nobre.

– Você não tem o direito de interferir no que ele acha certo.

– Não acredito no que estou ouvindo. O que aconteceu com você? Não se preocupa com os estudos dele? Não entende que ele quer desistir da escola agora, deixar os estudos e esquecer a universidade?

– Ele vai pensar melhor. Espere até o bebê começar a gritar dia e noite, como ele fazia. Vai implorar sua ajuda para escapar, mas até lá ele tem de fazer o que acha certo.

– Você é tão louca quanto ele. Deve ser hereditário. É esse tipo de conselho que está dando a ele?

– Eu disse a e ele para fazer aquilo que acredita ser certo.

– Isso é bobagem.

– O que foi que você disse para ele fazer?

– Endireitar as meias, melhorar as notas, pôr o traseiro nas carteiras da escola, deixar que a menina vá para o lar das mães solteiras e dar o bebê para adoção.

– Pelo menos é bonito e limpo. Uma pena que ele não concorda com você.

– Ele não precisa concordar comigo, Sarah. Benjamin é menor de idade. Tem de fazer o que eu mandar.

– Não se ele o mandar para o inferno, o que vai fazer se o pressionar demais.

– Exatamente como você fez?

Ficou furioso. Sarah estava brincando com a vida de Benjamin, experimentando suas malditas ideias liberais.

– Não estamos falando de nós e sim de Benjamin.

– Estamos falando sobre um dos nossos filhos arruinar a própria vida e você está falando besteira.

– Encare a realidade, Oliver, é o filho dele, a vida dele, e ele vai fazer exatamente o que quer, quer você goste ou não; portanto, não arranje úlceras por causa disso.

Era inútil falar com ela. Oliver finalmente desligou, mais frustrado do que antes.

No sábado de manhã, Benjamin aproximou-se do pai quando o caminhão de mudança parou na frente da casa. Iam levar pouca coisa para Nova York, roupas de cama e de uso pessoal.

– Pronto para ir, meu filho? – Oliver procurou falar naturalmente, como se não houvesse nada errado e como se isso fizesse diferença e convencesse o filho.

Mas Benjamin estava decidido.

– Vim para me despedir de você, papai.

Fez-se um longo silêncio.

– Você tem de vir conosco, meu filho. Para o seu bem, e talvez para o bem de Sandra.

– Eu não vou. Vou ficar aqui. Já resolvi. Não vou mais à escola. Arranjei um emprego num restaurante e posso ficar no apartamento de Sandra.

De certo modo, a mudança para Nova York havia precipitado as coisas e Oliver estava quase arrependido.

– E se eu deixar que fique na casa? Você volta para a escola?

– Estou cansado da escola. Quero tomar conta de Sandra.

– Benjamin, por favor... pode tomar conta dela muito melhor se estudar.

– Posso voltar a estudar mais tarde.

– A escola já sabe?

O gesto afirmativo do filho apagou a última esperança de Oliver.

– Avisei ontem à tarde.

– O que disseram?

– Eles me desejaram boa sorte. Sandra já tinha contado tudo para a orientadora.

– Não posso acreditar que você esteja fazendo isso.

– Quero ficar com ela... e com meu filho... papai, você teria feito a mesma coisa.

– É possível, mas não do mesmo modo. Você está fazendo a coisa certa do modo errado e pelas razões erradas.

– Estou fazendo o melhor que posso.

– Sei que está. Que tal fazer um teste de equivalência na escola, descansa por um tempo agora e no outono vai para a universidade? Ainda pode fazer isso, você sabe.

– Sim eu sei, mas não é mais o que quero, papai. Quero viver no mundo de verdade. Tenho responsabilidades e uma mulher que eu amo... e terei um filho em setembro.

Era ridículo, mas real. Ali no jardim da sua casa, Oliver olhou para os homens que carregavam as caixas, orientados por Agnes e sentiu vontade de chorar. Era loucura. Em quatro meses Sarah havia destruído suas vidas, e, agora, nada mais seria o mesmo. De repente perguntou a si mesmo por que estava se mudando para Nova York, se Benjamin não ia com eles. Porém, havia certas coisas que o agradavam na mudança, como chegar mais cedo em casa e passar mais tempo com Mel e Sam. Mel estava mais calma, sabendo que só ficariam dois meses em Nova York, assim mesmo, a título de experiência e que voltariam para Purchase nos fins de semana e nas férias de verão. O que fazia tudo mais interessante era o fato de suas amigas estarem impressionadas e morrendo de vontade de visitá-la na cidade.

– Papai, tenho de ir. Começo a trabalhar às duas horas, e Sandra está à minha espera no apartamento.

– Vai telefonar?

– É claro. Venha nos visitar quando estiver em Purchase.

– Benjamin, eu te amo. Eu te amo de verdade.

Abraçou o filho e os dois choraram.

– Obrigado, papai. Tudo vai dar certo...

Oliver fez um gesto afirmativo, mas não acreditava. Nada ia dar certo outra vez, pelo menos não por muito tempo.

Oliver viu o carro do filho se afastar, com as lágrimas descendo pelo rosto, e então o carro desapareceu e ele entrou em casa. Tinha forçado a barra sem querer, e agora Benjamin havia abandonado a escola, estava trabalhando num restaurante e morando com uma menina frívola, mas talvez saísse alguma coisa boa de tudo isso, algum dia... num dia muito distante...

A casa estava um verdadeiro caos. Havia carregadores por toda a parte, o cachorro latia freneticamente e Sam, entusiasmado, corria de um lado para outro, agarrado no urso de pelúcia. Mel ficou ao telefone até o ultimo momento, e Aggie insistiu em deixar tudo arrumado. Finalmente saíram e, com um olhar para a casa que amavam, seguiram o caminhão de mudanças, para a aventura em Nova York.

No apartamento encontraram uma planta, presente de Daphne, frutas e biscoitos para as crianças e uma caixa de biscoitos para Andy. Uma acolhida perfeita. Mel gritou de alegria quando viu seu quarto e correu para o telefone.

Enquanto se instalavam, Oliver só pensava em Benjamin e na sua nova vida, uma vida da qual ele ia se arrepender amargamente algum dia, mesmo que levasse muito tempo. E Oliver sentia que estava perdendo, uma a uma, as pessoas que ele mais amava.

12

A mudança para Nova York foi a melhor coisa que Oliver fez para os filhos. Isso ficou claro em poucos dias. Sam adorava a nova escola e fazia amigos com facilidade. Mel também estava encantada com a sua, passava muito tempo com Daphne, fazendo compras na Bloomingdale's e depois telefonava para as amigas, contando tudo sobre sua vida sofisticada em Nova York. O melhor de tudo era que Oliver conseguia chegar em casa antes do jantar e passava com os filhos exatamente o tempo que queriam passar com ele. Mel vivia ao telefone, mas sabia que o pai estava ali. Oliver e Sam tinham horas para ler, conversar, jogar e no começo de maio, quando ficou mais quente, às vezes iam jogar bola no parque, depois do jantar. Era uma vida perfeita. Exceto pela falta que sentia de Benjamin, que não lhe saía da lembrança. Tinha perdido duas pessoas agora, embora fizesse questão de visitar o filho, nos fins de semana, quando iam a Purchase. Queria que ele os visitasse, mas Benjamin estava trabalhando à noite. Oliver certa vez foi até o restaurante e ficou com o coração apertado. Benjamin trabalhava como auxiliar de garçom com um salário ridículo. Renovou a oferta de deixá-lo morar na casa, por mais que o desagradasse a ideia de deixá-lo sozinho e mais uma vez pediu que ele voltasse aos estudos, mas Benjamin não queria deixar Sandra agora. E quando Oliver a viu numa tarde de sábado, ficou chocado. Ela estava com um barriga que parecia de mais de sete meses, e Oliver imaginou se o bebê era realmente do seu filho. Fez essa pergunta a Benjamin e ele, ofendido, insistiu em afirmar que era seu. Disse que tinha certeza. Oliver não quis pressioná-lo mais.

O pior golpe foi quando começaram a chegar as respostas das universidades. Oliver as encontrava em Purchase, nos fins de semana. Benjamin queria que toda sua correspondência continuasse a ser enviada para a casa. A escola não chegou a informar que Benjamin havia abandonado os estudos e ele foi aceito em todas, exceto na Duke. Podia ter ido para Harvard, Princeton ou Yale, mas estava limpando pratos num restaurante e ia ser pai aos 18 anos. Oliver sofria muito pensando nisso. Respondeu pessoalmente a todas as cartas, explicando que, devido a problemas de família, Benjamin não podia aceitar, mas que se inscreveria no próximo ano. Oliver esperava ainda convencê-lo a terminar o curso em Nova York. Assim, ele perderia apenas um ano de sua vida. Não falou mais nisso com o filho. Era um assunto delicado, e ele parecia completamente absorto em sua vida com Sandra.

– Que tal passar alguns dias em Nova York? – Oliver faria qualquer coisa para conseguir isso, mas Benjamin estava encarando seriamente suas novas responsabilidades e sempre recusava o convite, explicando que não podia deixar Sandra sozinha. Oliver jamais estendia o convite a ela. Desde que saiu de casa, Benjamin nunca mais visitou a mãe em Boston também, mas falava com ela ao telefone, uma vez ou outra. Mel e Sam visitaram-na logo depois de se instalarem no apartamento. Voltaram mais quietos dessa vez, e Oliver teve a impressão de que alguma coisa estava preocupando Sam. Perguntou a Mel uma vez, mas ela foi muito vaga, dizendo apenas que a mãe estava muito ocupada com os estudos. Mas para Oliver havia outra razão e certa noite, quando jogava cartas com Sam, ficou sabendo do que se tratava. Era uma noite calma e os dois estavam sozinhos. Mel estudava no quarto.

– O que você acha dos franceses, papai?

Era uma pergunta estranha, e Oliver ergueu os olhos com expressão intrigada.

– Os franceses? São legais. Por quê?

– Nada. Eu só estava pensando.

Oliver percebeu que havia mais e que Sam queria falar, mas estava com medo.

– Tem algum menino francês na sua escola?

Sam balançou a cabeça, descartou e acariciou a cabeça de Andy enquanto esperava que o pai jogasse. Ele gostava daquelas horas que passava com o pai. Começava a gostar realmente da nova vida. Mas ainda sentia falta da mãe e de Benjamin, como todos sentiam.

– Mamãe tem um amigo... – começou ele, olhando para as cartas.

Oliver logo ficou interessado. Então era isso. Sarah tinha um namorado.

– Que tipo de amigo?

Sam ergueu os ombros e comprou uma carta.

– Eu não sei. Acho ele legal.

Mel naquele momento passava por eles e parou, tentando chamar a atenção de Sam, mas ele não olhou para ela. Oliver viu a expressão da filha que se aproximou dos dois com passos lentos.

– Quem está ganhando? – perguntou ela, tentando mudar o assunto da conversa. Sabia que não deviam falar naquilo, embora Sarah não tivesse dito nada.

– Sam. Estávamos conversando um pouco.

– É – disse Mel, com ar desaprovador. – Eu ouvi.

– Sua mãe tem um novo amigo francês?

– Oh, ele não é novo – disse Sam, rapidamente. – Ele estava lá antes. Nós o conhecemos na outra vez. Mas agora ele está morando com mamãe. Você sabe, assim como amigo. Ele é da França e se chama Jean-Pierre. Tem 25 anos e está aqui num programa de intercâmbio, de dois anos.

– Que bom para ele. – Com os lábios cerrados, Oliver comprou uma carta, sem ver qual era. – Acho que é bom para sua mãe também. Como ele é? – Detestava interrogar os filhos, mas queria saber. Sarah estava vivendo com um homem de 25 anos, expondo os filhos à presença dele. Oliver ficou furioso.

– Não é grande coisa, papai. Ele dormiu no sofá da sala, enquanto estivemos lá.

E quando vocês não estão, Oliver queria perguntar, onde ele dorme? Mas eles sabiam. Sam havia comentado com Mel, quando voltaram de Boston, perguntando se ela achava que a mãe estava apaixonada por ele. Mel o fizera prometer, mais uma vez, não contar nada ao pai.

– Isso é ótimo – disse Oliver. – Ele é um cara simpático?

– É. – Sam não parecia muito entusiasmado. – Ele paparica muito a mamãe. Acho que é o jeito dos franceses. Compra flores e coisas assim e nos fez comer croissants. Prefiro muffins, mas não são ruins. Nada de especial.

Exceto para Oliver, que tinha a impressão de estar soltando fumaça pelas orelhas. Mal podia esperar que Sam fosse para a cama, e a espera lhe pareceu uma eternidade. Então, Mel aproximou-se dele, sabendo o que o pai devia estar sentindo.

– Ele não devia ter contado. Eu sinto muito, papai. Acho que ele é só um amigo da mamãe. Só que foi um pouco esquisito vê-lo morando lá.

– Aposto que sim.

– Ele disse que seu contrato de aluguel venceu, e mamãe estava deixando que dormisse no sofá, até encontrar outro apartamento.

Foi muito delicado conosco. Acho que não significa nada. – Mel parecia assustada, e os dois sabiam que significava muito mais do que ela queria admitir para o pai. Significava que Sarah tinha saído de casa e que havia outro homem em sua vida, ao contrário de Oliver, que não tinha saído com mulher alguma e ainda não sentia vontade de sair.

– Não se preocupe com isso, Mel. – Procurou parecer mais calmo do que estava. – Sua mãe tem direito de fazer o que ela quiser, agora. É uma mulher livre. Nós dois somos, eu acho.

– Mas você nunca sai, papai. – Olhou para ele com orgulho, e Oliver sorriu.

Era um motivo estranho para orgulho.

– Acho que ainda não tive oportunidade. Estou muito ocupado, preocupando-me com vocês.

– Talvez fosse bom você sair um pouco. Daphne diz que ia fazer bem.

– Ela acha? Pois pode dizer a ela para cuidar da própria vida. Já tenho muita confusão por aqui.

Então Melissa olhou para ele, como se soubesse a verdade e sentisse pena do pai.

– Você ainda ama a mamãe, não é?

Oliver hesitou por um longo momento, depois fez um gesto afirmativo e disse, sentindo-se muito tolo:

– Sim, Mel, eu ainda a amo, e às vezes penso que sempre a amarei. Mas não adianta mais. Está tudo acabado entre nós.

Estava na hora de ela saber, e Oliver suspeitava que eles já sabiam. Cinco meses e nada estava sendo como Sarah havia prometido. Nenhum fim de semana, nada de férias. Ultimamente ela telefonava poucas vezes. Agora ele sabia por quê. Ela estava vivendo com um garoto de 25 anos, francês, que se chamava Jean-Pierre.

– Foi o que pensei – disse Mel, com tristeza. – Vocês vão se divorciar?

– Qualquer dia destes, eu acho. Não estou com pressa. Veremos o que sua mãe quer fazer.

Quando Mel foi se deitar, ele telefonou para Sarah, lembrando-se do que Sam havia dito. Foi direto ao assunto. Não tinha motivo para rodeios, agora. O tempo dos jogos tinha acabado.

– Não acha que é uma falta de pudor ter um homem em casa quando as crianças a visitam?

Não falou com raiva, apenas com desprezo. Sarah não era mais a mulher que ele conhecia e amava. Era outra pessoa. E pertencia a um garoto chamado Jean-Pierre. Mas era a mãe dos seus filhos também, e isso o preocupava mais.

– Oh... isso... ele é só um amigo, Ollie. E dormiu na sala. As crianças dormiram no quarto, comigo.

– Pois você não enganou ninguém. Os dois sabem o que está acontecendo. Pelo menos Mel sabe, pode estar certa e acho que Sam tem uma boa ideia também. Isso não a preocupa? Não acha embaraçoso estar morando com seu amante? – Agora era uma acusação e o que realmente o enfurecia era a idade do homem. – É como se eu não a conhecesse mais. E acho que nem quero conhecer.

– Isso é assunto seu, agora, Oliver. Como e com quem eu vivo é assunto meu. Seria bom para eles se a sua vida fosse um pouco mais normal.

– Compreendo. O que você quer? Que eu traga meninas de 19 anos para casa, para provar a eles minha masculinidade?

– Não estou querendo provar nada. Somos bons amigos. A idade não importa.

– Isso não me interessa. Mas me preocupo pelo menos com um pouco de decência, quando meus filhos estão com você. Procure fazer isso.

– Não me ameace, Oliver. Não sou sua filha. Não sou sua empregada. Não trabalho mais para você. E se é isso que quer dizer, quando alega que não me conhece mais, está certo. Você nunca me conheceu. Eu não passava de uma empregada contratada para cuidar dos seus filhos e da sua roupa suja.

– Está me ofendendo por nada. Tínhamos muito mais, e você sabe disso. Não teríamos ficado juntos por mais de vinte anos se você fosse apenas uma empregada.

– Talvez nenhum de nós tenha notado antes.

– E o que está diferente agora, a não ser o fato de ter abandonado seus filhos? O que há de muito melhor em sua vida? Quem cozinha? Quem arruma a casa? Quem leva o lixo para fora? Alguém tem de fazer isso. Eu fazia o meu trabalho. Você fazia o seu. E juntos construímos uma coisa especial e maravilhosa, até você a demolir e pisar nos escombros e em nós, antes de ir embora. Foi uma sujeira para nós todos, especialmente para mim. Mas pelo menos sei o que nós tínhamos. Era algo muito belo, valioso e decente. Não queira negar isso só porque foi embora.

Sarah ficou em silêncio por um longo tempo, e Oliver não sabia se ela estava chorando.

– Desculpe... talvez você tenha razão... eu... sinto muito, Ollie... eu não podia continuar...

– Eu sinto muito por isso – disse ele, com voz mais suave, e depois, rouca e carinhosa: – Eu a amava tanto, Sarah. Quando você partiu, pensei que ia morrer.

Ela sorriu, entre as lágrimas.

– Você é muito bom e muito forte para deixar que qualquer coisa o arrase por muito tempo, Ollie; você não sabe, mas é um vencedor.

– Então, o que aconteceu? – Ele sorriu com amargura. – Não me parece que ganhei alguma coisa. Da última vez que olhei, você não estava exatamente andando pelo meu quarto.

– Talvez você tenha ganhado. Talvez agora consiga alguma coisa melhor. Alguém melhor para você, mais perto do que você quer. Você devia ter se casado com uma mulher inteligente e alegre, disposta a construir um lar e lhe dar muitos filhos.

– Era isso que eu tinha com você.

– Mas não era real. Eu só fazia porque tinha de fazer. Esse foi o erro. Eu queria estar fazendo isto, levar uma vida boêmia, sem ser responsável por ninguém a não ser eu mesma. Não quero possuir nada e ninguém. Nunca quis. Só queria ser livre. E agora eu sou.

– O pior de tudo é que eu nunca desconfiei... nunca compreendi...

– Eu também não, durante muito tempo. Acho que por isso você não podia notar.

– Você está feliz agora? – Ele precisava saber, para sua própria paz de espírito. Sarah tinha virado sua vida de cabeça para baixo, mas se tivesse encontrado o que procurava, talvez valesse a pena. Talvez.

– Acho que estou. Pelo menos, mais feliz. Ficarei muito mais quando realizar alguma coisa de valor.

– Você já realizou... só que não sabe. Deu-me vinte anos maravilhosos e três belos filhos. Talvez eu deva me contentar com isso. Não se pode contar com coisa alguma para sempre.

– Com algumas coisas estou certa de que podemos. Da próxima vez você vai saber o que está procurando e o que você não quer, e eu também.

– E seu amigo francês? É o que você estava procurando? – Oliver não entendia como ele podia ser, com apenas 25 anos, mas Sarah era uma mulher estranha. Talvez fosse o que ela queria agora.

– Por enquanto, serve. É um arranjo muito existencial.

Oliver sorriu. Ouvira essa palavra havia muito tempo.

– Está falando exatamente como quando morava no SoHo. Acho bom verificar se não está andando para trás. Você não pode voltar no tempo, Sarrie. Não funciona.

– Eu sei. Por isso não voltei para casa.

Agora ele compreendia, com muita tristeza, mas pelo menos compreendia.

– Quer que eu entre com a ação de divórcio? – Era a primeira vez que ele perguntava diretamente e pela primeira vez não sofria com isso. Talvez ele estivesse pronto, finalmente.

– Quando você tiver tempo. Não há pressa.

– Eu sinto muito, minha querida... – Seus olhos encheram-se de lágrimas.

– Não sinta. – Ela deu boa-noite.

Oliver ficou sozinho com suas lembranças, seus remorsos e suas fantasias sobre Jean-Pierre... o filho da mãe felizardo...

Naquela noite, Sam voltou para a cama do pai, a primeira vez desde que estavam em Nova York e Oliver não se importou. Era reconfortante ter o filho ao seu lado.

Naquele fim de semana foram a Purchase, mas não viram Benjamin. Mel e Sam passaram o tempo todo com os amigos, o jardim de Sarah estava florido, e Aggie passou o tempo escolhendo o que queria levar para a cidade. No sábado, quando Oliver ainda estava na cama, o telefone tocou.

Era George, e ao ouvir as primeiras palavras do pai, Oliver sentou-se rapidamente na cama. O pai não estava muito coerente. Ele conseguiu entender que Phyllis fora atropelada por um ônibus e estava em coma. Ela estava no hospital, e George falava com a voz entrecortada por soluços.

– Estou indo, papai. Quando aconteceu?

Às 8 horas daquela manhã.

Oliver chegou ao hospital em menos de uma hora, despenteado, com a calça cáqui e a camisa que tinha usado na véspera. O pai estava chorando discretamente e quando o viu lançou-se nos seus braços como uma criança perdida.

– Meu Deus, papai, o que aconteceu?

– Foi tudo culpa minha. Ela estava melhor nestes últimos dias, e eu insisti em trazê-la para passar o fim de semana em casa.

Sentia tanta falta dela, queria senti-la ao seu lado na cama que haviam compartilhado por quase meio século e quando ela melhorou, enganando a si mesmo, achou que podia levá-la para casa. Os médicos procuraram fazer com que desistisse da ideia, mas George insistiu, dizendo que podia cuidar tão bem de Phyllis quanto eles, no hospital.

– Ela se levantou enquanto eu estava dormindo. Quando acordei, já estava vestida. Parecia um pouco confusa e disse que ia preparar o café. Achei que seria bom para ela fazer alguma coisa que sempre havia feito. Levantei, fui para o chuveiro, fiz a barba, vesti-me e desci para a cozinha. Ela não estava. Vi a porta da frente aberta e não consegui encontrá-la. Procurei por toda a parte, no jardim, no galpão. Peguei o carro e percorri toda a vizinhança e então... – Começou a soluçar outra vez. – ... vi a ambulância... o motorista do ônibus disse que ela praticamente se atirou na frente dele. Ele freou rapidamente, mas não conseguiu parar a tempo. Ela estava quase morta quando chegou ao hospital, e eles não sabem... Oh, Ollie, é como se eu a tivesse matado. Eu queria tanto voltar no tempo, fingir que ela estava bem outra vez, mas na verdade ela não estava, e agora...

Oliver ficou bastante chocado quando viu a mãe na UTI. Ela sofrera várias contusões na cabeça e estava com quase todos os ossos quebrados. Os médicos garantiram que estava inconsciente desde o momento do acidente, o que não deixava de ser um consolo.

Os dois esperaram no corredor, e ao meio-dia Oliver insistiu em levar o pai para almoçar na lanchonete. Eles a viam de hora em hora, por alguns momentos, e não houve nenhuma mudança no seu estado. À meia-noite convenceram-se de que sua vigília era inútil. Os médicos não alimentavam nenhuma esperança, e de madrugada Phyllis sofreu um derrame. George tinha ido para casa, mas Oliver ainda esperava, no hospital, tendo telefonado várias vezes para Aggie. Não queria que ela contasse nada para as crianças, ainda. Aggie disse que o pai tivera de voltar à cidade por causa de uma emergência no escritório. Oliver não queria perturbar os filhos.

Às 6 horas, Oliver cochilava no corredor quando o médico foi falar com ele. Tinha visto a mãe fazia duas horas. Na UTI não havia noite nem dia, apenas as luzes muito claras e os aparelhos sussurrantes, o bombear dos aspiradores e um ou outro ruído do computador, além de alguns gemidos tristes e solitários. Mas sua mãe estava completamente imóvel.

O médico tocou no braço dele, e Oliver acordou imediatamente.

– Sim?

– Sr. Watson... sua mãe teve uma hemorragia cerebral. – Ela está... ela...

Era horrível dizer as palavras. Aos 44 anos, Oliver ainda queria a mãe. Viva. Para sempre.

– O coração ainda está funcionando, e a colocamos no respirador. Mas não tem mais ondas cerebrais. A luta terminou. – Legalmente ela estava morta, mas tecnicamente, com a ajuda dos aparelhos, respirava ainda. – Podemos mantê-la com os aparelhos o tempo que vocês quiserem, mas na verdade é inútil. Depende de vocês agora.

Oliver pensou se o pai queria que ele decidisse, mas de repente, compreendeu que George teria de resolver.

– O que devemos fazer? – perguntou o médico. – Podemos esperar, se quiser consultar seu pai.

Oliver fez um gesto afirmativo, sentindo a solidão como uma faca em suas entranhas. A mulher o havia abandonado fazia cinco meses e agora ia perder a mãe. Mas não podia pensar assim. Tinha de pensar em George e no que significava para ele perder a companheira de 47 anos. Ia ser brutal. Mas, na verdade, Phyllis havia partido havia alguns meses, quando sua mente começou a ser destruída. Muitas vezes ela nem sabia quem ele era. E no ano seguinte ia piorar rapidamente. Talvez esse terrível acidente fosse melhor.

– Vou telefonar para ele.

Mas quando se dirigia para o telefone, pensou melhor e, saindo do hospital, caminhou para seu carro na suave manhã de primavera. O dia estava lindo, o ar limpo, o sol quente e os pássaros cantando. Era difícil acreditar que, para todos os efeitos, ela já estava morta e que agora ele tinha de contar ao pai.

Entrou na casa dos pais com a chave que tinha, para um caso de emergência. O quarto dos pais estava como sempre, a não ser pela falta da mãe na cama com dossel que eles usavam desde o dia do casamento.

– Papai? – murmurou ele. George se mexeu, e Oliver o tocou de leve. – Papai...

Tinha medo de assustá-lo. Com 72 anos, George tinha problemas cardíacos e pulmonares, mas conservava ainda a dignidade e o respeito do filho. Acordou de repente e olhou para Oliver.

– Ela... ela está...? – Sentou-se na cama, apavorado.

– Ainda está lá, mas precisamos conversar.

– Por quê? O que aconteceu?

– Por que você não acorda primeiro?

George tinha ainda a expressão confusa de quem acorda de um sono profundo.

– Estou acordado. Aconteceu alguma coisa?

– Mamãe teve um derrame. – Com um suspiro, Ollie sentou-se na beirada da cama e segurou a mão do pai. – Eles a estão mantendo viva com a ajuda de aparelhos. Mas, papai... é tudo que resta... – Era difícil, mas tinha de dizer a verdade. – O cérebro dela está morto.

– O que eles querem que eu faça?

– Podem desligar os aparelhos, mas isso depende de você.

– E, então, ela morre?

Ollie fez um gesto afirmativo, e com as lágrimas descendo pelo rosto, George recostou no travesseiro outra vez.

– Ela era tão bonita, Oliver... tão doce quando jovem... tão encantadora quando nos casamos. Como podem me pedir para matá-la? Não é justo. Como posso fazer isso com ela?

Oliver teve de se conter para não chorar também, ouvindo o doloroso soluço do pai.

– Quer que eu me encarregue disso? Achei que você devia saber... Eu sinto tanto, papai.

Os dois estavam chorando, mas a mulher que eles amavam estava morta fazia algum tempo. Não restava nada mais agora.

George sentou-se outra vez, enxugando os olhos.

– Eu quero estar lá quando acontecer.

– Não – disse Oliver rapidamente. – Não quero que faça isso.

– Isso quem resolve sou eu, não você. Devo a ela. Durante quase cinquenta anos eu estive presente sempre que ela precisou, e não vou desapontá-la agora. – Começou a chorar outra vez. – Oliver, eu a amo.

– Eu sei. E ela sabia também. E o amava. Você não precisa fazer isso.

– Tudo aconteceu por minha culpa.

Oliver segurou as mãos do pai.

– Agora, escute. Não existe nada mais de mamãe, nada do que conhecemos e amamos. Ela se foi faz muito tempo, e o que aconteceu ontem não foi culpa sua. Talvez, de certa forma, tenha sido melhor assim. Se ela tivesse vivido, ia murchar e morrer, sem reconhecer ninguém, sem lembrar das coisas de que gostava e das pessoas que amava... você... os netos... eu... os amigos... a casa... o jardim. Seria um vegetal numa casa de repouso e, se pudesse saber, teria odiado isso. Ela foi poupada. Aceite isso como a mão do destino, vontade de Deus, se quiser, e deixe de se culpar. Você não controla nada disso. Seja o que for que faça agora, aconteça o que acontecer, é porque tinha de ser assim. E quando a deixarmos ir, ela estará livre.

George assentiu, balançando lentamente a cabeça, agradecido pelas palavras do filho. Talvez ele estivesse certo. De qualquer modo, nada podia ser mudado agora.

George Watson vestiu um terno escuro risca de giz, camisa branca engomada e uma gravata azul-marinho que Phyllis havia comprado para ele dez anos antes. Estava elegante e parecia calmo quando saíram de casa e ele olhou em volta, como que esperando vê-la, depois olhou para o filho e balançou a cabeça.

– É tão estranho pensar que ela estava aqui ontem de manhã.

Ollie balançou a cabeça também.

– Não, não estava, papai. Fazia muito tempo que ela não estava mais aqui e você sabe muito bem disso.

Seguiram para o hospital, em silêncio. A manhã estava linda, uma bela manhã para morrer, pensava Oliver. Pegaram o elevador até o quarto andar e pediram para ver o médico de plantão. Era o mesmo que havia falado com Oliver às 6 horas. O estado da Sra. Watson continuava inalterado, ela apenas tivera várias convulsões, o que era comum depois da hemorragia. Nada importante tinha mudado. Seu cérebro estava morto e ia ficar morto para sempre, e só os aparelhos a mantinham viva no momento.

– Meu pai fez questão de estar presente – explicou Oliver.

– Eu compreendo. – O jovem médico era delicado e compreensivo.

– Quero estar lá quando vocês... quando... – Sua voz tremeu e ele não pôde continuar.

O médico fez um gesto afirmativo. Havia passado por aquilo inúmeras vezes, mas não conseguia encarar com frieza.

Quando eles entraram, uma enfermeira estava com ela e os aparelhos pulsavam e apitavam. A linha no monitor era horizontal e lisa, a condenação final. Mas Phyllis parecia adormecida num sono tranquilo. Os olhos estavam fechados, os cabelos, limpos. George segurou a mão dela, que estava ao lado do corpo, levou-a aos lábios e beijou-a.

– Eu amo você, Phyllis... Sempre amarei... e algum dia estaremos juntos de novo.

Ollie e o médico desviaram os olhos, os de Oliver marejados de lágrimas e ele desejou que tudo fosse diferente, que ela pudesse ter vivido por muito, muito tempo, que nada tivesse mudado, que ela visse Sam crescido e com filhos.

– Durma em paz, meu amor – disse George pela última vez e depois ergueu os olhos para o médico.

Continuou segurando a mão dela e os aparelhos foram desligados. E assim, calma e em paz, com o marido segurando-lhe a mão, na morte, como tinha segurado em vida, Phyllis Watson parou de respirar.

George fechou os olhos por um longo momento, depois inclinou-se para beijá-la, soltou a mão dela, tocou-lhe o rosto levemente e olhou para ela por muito, muito tempo, como para imprimir aqueles traços para sempre na memória. Então, saiu para o corredor, com os olhos cheios de lágrimas. Quarenta e sete anos juntos, o amor que fazia dos dois uma só pessoa tinha acabado. Mas havia certa beleza naquela morte, por causa das pessoas que eles eram. Até o médico estava comovido quando os levou para assinar os papéis. Oliver fez o pai sentar-se na sala de espera e depois o levou para casa. Ficou com ele até o meio-dia e depois foi para casa, para tomar as providências necessárias.

Mel e Sam o esperavam, e a menina percebeu imediatamente que tinha acontecido alguma coisa. Oliver parecia exausto e a história de Aggie era muito estranha para se acreditar.

– O que aconteceu, papai?

– Sua avó morreu há pouco, meu bem. Foi muito triste e muito belo ao mesmo tempo. Vai ser difícil para seu avô.

Mel começou a chorar, e logo depois Sam, percebendo que alguma coisa estava errada, aproximou-se deles. Ollie contou-lhe, e ele chorou também. Ia sentir muita falta da avó.

– Podemos ir visitar o vovô?

– Mais tarde. Preciso fazer umas coisas antes.

Tinha de tratar do funeral, dos últimos detalhes no hospital. E naquela tarde resolveu mandá-los de trem para Nova York, com Agnes. Telefonou para Daphne pedindo a ela para passar no apartamento. Ela disse que sentia e que não era justo que tanta coisa acontecesse a ele ao mesmo tempo. Oliver agradeceu, comovido.

Telefonou também para Benjamin, sugerindo que ele fosse ver o avô quando tivesse tempo. Disse que o enterro talvez fosse na quarta-feira, mas que avisaria antes.

Então voltou para a casa do pai e ficou satisfeito ao encontrar a vizinha, a fiel Sra. Porter, fazendo companhia a George. Ela o tratava com muita delicadeza e carinho. Finalmente, quando voltou para casa, sozinho e exausto, Sarah telefonou. Disse que sentia muito, pediu desculpas por não poder comparecer ao enterro porque tinha provas.

– Eu explico ao papai.

– Diga a ele que eu sinto muito. – Sarah estava chorando.

– Obrigado, Sarah. – Pela primeira vez não sentiu nada por ela. Só pensava na expressão de amor e ternura no rosto do pai quando segurou a mão de Phyllis no hospital. Era isso que Oliver queria em sua vida e esperava encontrar algum dia. Mas agora sabia que não ia ser com Sarah.

Voltou para a casa do pai de manhã e todas as providências já estavam tomadas. Mel e Sam voltaram a Purchase na noite de terça-feira, e o funeral foi na quarta, uma cerimônia discreta e simples, com a música de que sua mãe gostava e muitas flores do jardim dela. O caixão foi descido lentamente, e depois Oliver levou o pai para casa, para que pudesse viver com a dor daquela perda, sozinho, para terminar seus dias sem a mulher que ele amava.

Podemos ir visitar o vovô?
Mais tarde. Preciso fazer umas coisas antes.
nha de tratar do funeral, dos últimos detalhes no hospital. E na-
arde resolveu mandá-los de trem para Nova York, com Agnes.
ou para Daphne pedindo a ela para passar no apartamento.
se que sentia e que não era justo que tanta coisa acontecesse a
nesmo tempo. Oliver agradeceu, comovido.
fonou também para Benjamin, sugerindo que ele fosse ver
uando tivesse tempo. Disse que o enterro talvez fosse na
eira, mas que avisaria antes.
o voltou para a casa do pai e ficou satisfeito ao encontrar a
a fiel Sra. Porter, fazendo companhia a George. Ela o tratava
ita delicadeza e carinho. Finalmente, quando voltou para
inho e exausto, Sarah telefonou. Disse que sentia muito,
culpas por não poder comparecer ao enterro porque tinha

xplico ao papai.
a ele que eu sinto muito. – Sarah estava chorando.
gado, Sarah. – Pela primeira vez não sentiu nada por ela. Só
a expressão de amor e ternura no rosto do pai quando
mão de Phyllis no hospital. Era isso que Oliver queria
a e esperava encontrar algum dia. Mas agora sabia que
om Sarah.
ara a casa do pai de manhã e todas as providências já esta-
s. Mel e Sam voltaram a Purchase na noite de terça-feira,
oi na quarta, uma cerimônia discreta e simples, com a
e sua mãe gostava e muitas flores do jardim dela. O cai-
o lentamente, e depois Oliver levou o pai para casa, para
iver com a dor daquela perda, sozinho, para terminar
a mulher que ele amava.

– Mamãe teve um derrame. – Com um suspiro, Ollie sentou-se na beirada da cama e segurou a mão do pai. – Eles a estão mantendo viva com a ajuda de aparelhos. Mas, papai... é tudo que resta... – Era difícil, mas tinha de dizer a verdade. – O cérebro dela está morto.

– O que eles querem que eu faça?

– Podem desligar os aparelhos, mas isso depende de você.

– E, então, ela morre?

Ollie fez um gesto afirmativo, e com as lágrimas descendo pelo rosto, George recostou no travesseiro outra vez.

– Ela era tão bonita, Oliver... tão doce quando jovem... tão encantadora quando nos casamos. Como podem me pedir para matá-la? Não é justo. Como posso fazer isso com ela?

Oliver teve de se conter para não chorar também, ouvindo o doloroso soluço do pai.

– Quer que eu me encarregue disso? Achei que você devia saber... Eu sinto tanto, papai.

Os dois estavam chorando, mas a mulher que eles amavam estava morta fazia algum tempo. Não restava nada mais agora.

George sentou-se outra vez, enxugando os olhos.

– Eu quero estar lá quando acontecer.

– Não – disse Oliver rapidamente. – Não quero que faça isso.

– Isso quem resolve sou eu, não você. Devo a ela. Durante quase cinquenta anos eu estive presente sempre que ela precisou, e não vou desapontá-la agora. – Começou a chorar outra vez. – Oliver, eu a amo.

– Eu sei. E ela sabia também. E o amava. Você não precisa fazer isso.

– Tudo aconteceu por minha culpa.

Oliver segurou as mãos do pai.

– Agora, escute. Não existe nada mais de mamãe, nada do que conhecemos e amamos. Ela se foi faz muito tempo, e o que aconteceu ontem não foi culpa sua. Talvez, de certa forma, tenha sido melhor assim. Se ela tivesse vivido, ia murchar e morrer, sem reconhecer ninguém, sem lembrar das coisas de que gostava e das pessoas que amava... você... os netos... eu... os amigos... a casa... o jardim. Seria um vegetal numa casa de repouso e, se pudesse saber, teria odiado isso. Ela foi poupada. Aceite isso como a mão do destino, vontade de Deus, se quiser, e deixe de se culpar. Você não controla nada disso. Seja o que for que faça agora, aconteça o que acontecer, é porque tinha de ser assim. E quando a deixarmos ir, ela estará livre.

George assentiu, balançando lentamente a cabeça, agradecido pelas palavras do filho. Talvez ele estivesse certo. De qualquer modo, nada podia ser mudado agora.

George Watson vestiu um terno escuro risca de giz, camisa branca engomada e uma gravata azul-marinho que Phyllis havia comprado para ele dez anos antes. Estava elegante e parecia calmo quando saíram de casa e ele olhou em volta, como que esperando vê-la, depois olhou para o filho e balançou a cabeça.

– É tão estranho pensar que ela estava aqui ontem de manhã.

Ollie balançou a cabeça também.

– Não, não estava, papai. Fazia muito tempo que ela não estava mais aqui e você sabe muito bem disso.

Seguiram para o hospital, em silêncio. A manhã estava linda, uma bela manhã para morrer, pensava Oliver. Pegaram o elevador até o quarto andar e pediram para ver o médico de plantão. Era o mesmo que havia falado com Oliver às 6 horas. O estado da Sra. Watson continuava inalterado, ela apenas tivera várias convulsões, o que era comum depois da hemorragia. Nada importante tinha mudado. Seu cérebro estava morto e ia ficar morto para sempre, e só os aparelhos a mantinham viva no momento.

– Meu pai fez questão de estar presente – explicou Oliver.

– Eu compreendo. – O jovem médico era delicado e compreensivo.

– Quero estar lá quando vocês... quando... – Sua voz tremeu e ele não pôde continuar.

O médico fez um gesto afirmativo. Havia passado por aquilo inúmeras vezes, mas não conseguia encarar com frieza.

Quando eles entraram, uma enfermeira estava com ela e os aparelhos pulsavam e apitavam. A linha no monitor era horizontal

e lisa, a condenação final. Mas Phyllis parecia ado
sono tranquilo. Os olhos estavam fechados, os ca
George segurou a mão dela, que estava ao lado do
aos lábios e beijou-a.

– Eu amo você, Phyllis... Sempre amarei... e alg
juntos de novo.

Ollie e o médico desviaram os olhos, os de O
lágrimas e ele desejou que tudo fosse diferente, qu
vido por muito, muito tempo, que nada tivesse m
Sam crescido e com filhos.

– Durma em paz, meu amor – disse Geor
depois ergueu os olhos para o médico.

Continuou segurando a mão dela e os ap
dos. E assim, calma e em paz, com o marido
na morte, como tinha segurado em vida, Pl
respirar.

George fechou os olhos por um longo mo
para beijá-la, soltou a mão dela, tocou-lhe o ro
ela por muito, muito tempo, como para
para sempre na memória. Então, saiu par
cheios de lágrimas. Quarenta e sete anos j
dois uma só pessoa tinha acabado. Mas ha
te, por causa das pessoas que eles eram. A
quando os levou para assinar os papéis.
sala de espera e depois o levou para casa.
depois foi para casa, para tomar as prov

Mel e Sam o esperavam, e a menin
tinha acontecido alguma coisa. Olive
Aggie era muito estranha para se acr

– O que aconteceu, papai?

– Sua avó morreu há pouco, m
belo ao mesmo tempo. Vai ser difí

Mel começou a chorar, e logo
ma coisa estava errada, aproxim
chorou também. Ia sentir muita

–
–
Ti
quela
Telefo
Ela dis
ele ao
Tel
o avô
quarta-
Entã
vizinha,
com mu
casa, soz
pediu de
provas.
– Eu e
– Diga
– Obri
pensava n
segurou a
em sua vid
não ia ser c
Voltou p
vam tomada
e o funeral f
música de qu
xão foi descid
que pudesse
seus dias sem

13

Junho chegou antes que tivessem tempo de parar para pensar. As aulas terminaram e voltaram para Purchase, a fim de passar o verão. George os visitava uma vez ou outra e parecia cansado, muito mais velho e desesperadamente só, muito mais do que quando Phyllis estava na clínica. Pelo menos, então, podia vê-la, mas agora só lhe restava lembrar dela, nas conversas em família e com os amigos.

Oliver estava outra vez viajando de trem todos os dias para o trabalho. Ia fazer isso durante todo o verão. Sentia-se duplamente satisfeito por ter alugado o apartamento em Nova York. No verão não era tão inconveniente chegar tarde em casa. Nadavam na piscina quando ele chegava, e os filhos iam dormir mais tarde.

Ofereceram um churrasco aos amigos para comemorar o feriado de 4 de julho e dentro de duas semanas, Mel e Sam iam para Boston, passar o fim das férias com a mãe. Sarah ia levá-los à França, onde passariam um mês, na companhia de Jean-Pierre. Sarah telefonou, informando sobre esses planos, e Oliver permitiu que os filhos fossem. Já estavam com idade para compreender as coisas. Mel tinha 16 anos, Sam ia fazer 10, e estavam entusiasmados com a ideia.

George também compareceu ao churrasco, com Margaret Porter, a simpática vizinha que eles já conheciam. Era uma mulher atraente, com cabelos grisalhos e mente muito ativa. Fora enfermeira quando jovem, e seu marido, médico, e ela parecia cuidar muito bem do pai de Oliver. Discretamente fazia com que ele descansasse quando precisava, servia a comida para ele, conversava alegremente com George e com os amigos, e ele parecia satisfeito. George falou bastante sobre Phyllis, e Oliver percebeu que o pai ainda sentia-se culpado do acidente. Mas parecia estar se recuperando. Todos estavam, cada um a seu modo. O próprio Oliver era mais ele próprio agora. Havia entrado com a ação de divórcio em junho e, por insistência de Daphne, saiu com uma mulher, mas foi um desastre. Ela era do tipo criativo e trabalhava para outra agência de publicidade. Depois, Oliver afirmou que a mulher era viciada. Insistiu que ele experimentasse cocaína, e seu esporte favorito era luta livre de mulheres. Daphne zombou dele durante muito tempo, mas pelo menos era um começo.

Benjamin e Sandra, agora aos sete meses de gravidez, também foram ao churrasco. Oliver sentiu pena dela. Sandra não era inteligente, e o rosto infantil parecia ridículo naquele corpo imenso. Ela falou muito sobre o bebê, e por um momento Oliver ficou apavorado, pensando que eles iam se casar. Mas Benjamin disse que não tinham planos para isso ainda. Achava que eram muito jovens.

Mel tentou falar com ela várias vezes, mas Sandra aparentemente não tinha nada a dizer, e Mel acabou desistindo e voltou para suas amigas. Daphne também foi ao churrasco e passou muito tempo conversando com Margaret Porter ao lado da piscina.

– Eu achei ótimo – disse Daphne para Oliver, quando se despediram. – Um 4 de julho realmente à moda antiga, com bons amigos. Não se pode desejar nada melhor do que isso na vida.

Ambos riram, lembrando os dias passados.

– Eu posso, mas acho que não vou desejar. Outro encontro como aquele e eu morro. – Riram outra vez, agora lembrando da mulher que gostava de luta livre feminina.

– Seu pai parece ótimo e gosto da amiga dele. É uma mulher muito interessante. Ela e o marido viajaram muito pelo Extremo Oriente e durante dois anos tiveram uma clínica no Quênia.

– Ela parece boa companhia para meu pai. Pelo menos é alguma coisa. Eu gostaria que Benjamin se libertasse de algum modo. Aquela moça é boazinha, mas vai destruir a vida dele, se ele deixar.

– Dê uma chance a ele. Está tentando fazer a coisa certa. Só que não sabe ainda o que isso significa.

– E difícil imaginar Benjamin com um filho. Ele ainda é uma criança e ela parece ter 14 anos. Além disso, Daphne, ela é pateticamente burra.

– Porque está se sentindo uma estranha fora do ninho e, você tem de admitir, numa situação bastante desvantajosa. Ela sabe o que vocês todos pensam a respeito dela, sabe do que Benjamin desistiu para ficar com ela. Deve ser um peso tremendo.

Oliver sorriu.

– Por falar em peso, parece que ela vai ter trigêmeos.

– Não seja maldoso – censurou ela.

– Por que não? Ela está arruinando a vida do meu filho.

– Talvez não. Talvez tenham um bebê maravilhoso.

– Mesmo assim, eu gostaria que se desfizessem dele.

Daphne balançou a cabeça. Tinha falado com Benjamin e com Sandra e sabia que isso não ia acontecer.

– Acho que Benjamin não vai deixar. Ele é muito parecido com você, com princípios de moral, muito decente, ansioso demais para defender as coisas em que acredita e em fazer o que é certo para todos. É um garoto formidável. Tudo vai dar certo.

– Por que está tão convencida disso?

– Ele é seu filho, não é? – falou Daphne.

Então ela voltou para Nova York e os outros convidados saíram logo depois. Oliver ajudou Agnes a arrumar tudo e, depois, deitado ao lado da piscina, tarde da noite, pensou em Sarah, imaginando o que ela estaria fazendo naquele momento. O feriado de 4 de julho sempre foi especial para eles. E naquele verão iam completar 19 anos de casados. Isso o levou a pensar em outras coisas também... seus pais... e seu pai... e Margaret Porter. Imaginou se George estaria interessado nela, ou apenas agradecido por sua ajuda, feliz por ter com quem conversar. Talvez um pouco das duas coisas. Era estranho pensar no pai interessado em outra pessoa que não fosse sua mãe.

Era engraçado, mas todos eles tinham outra pessoa agora... Sarah tinha Jean-Pierre, seu pai, Margaret, e até Benjamin tinha a jovem que ia lhe dar um filho. E Oliver estava sozinho, à espera que alguém entrasse em sua vida para torná-la completa outra vez. Imaginou se isso ia acontecer algum dia.

– Papai? – Era Mel, falando baixinho, no escuro. – Você está aí?

– Estou na piscina. O que há?

– Eu só queria saber se você estava bem. – Aproximou-se e sentou-se ao lado dele.

– Estou bem, minha querida. – Tocou os longos cabelos louros e sorriu. Mel era um amor, e tudo estava bem entre eles agora. Ela parecia ter crescido muito depois da mudança para Nova York e havia se aproximado mais dele. Mais do que de Sarah. – Foi muito bom hoje, não foi?

– Foi sim. – E então, como um eco dos pensamentos do pai: – O que você acha da amiga do vovô?

– Margaret? Eu gosto dela.

– Acha que vão se casar? – Mel parecia intrigada e Oliver sorriu.

– Duvido. Ele amava demais sua avó. Esse tipo de amor só se encontra uma vez na vida.

– Eu estava só pensando. – E então, com ar preocupado, perguntou: – Acha que a mamãe vai se casar com Jean-Pierre? Ele é jovem demais para ela... – Mel jamais diria isso para a mãe.

– Acho que não, meu bem. Acho que ela está só se divertindo.

Melissa fez um gesto afirmativo e de alívio.

– Meu Deus, a pobre Sandra não é horrível?

Oliver concordou, balançando a cabeça. Era engraçado os dois comentando sobre os convidados, depois da festa, como faziam os casais. Isso aliviava sua solidão.

– Quando vejo Benjamin desperdiçando a vida por ela, trabalhando como auxiliar de garçom para sustentá-la, fico louco de raiva.

– O que eles vão fazer com o bebê?

– Só Deus sabe. Acho que deviam dar para adoção, mas Benjamin insiste em ficar com ele. E depois, o que vai acontecer? De jeito nenhum vou permitir que se casem.

– Acho que ele não quer se casar. Só está tentando ser bom para ela. Mas parece bastante aborrecido, quando estão juntos. E Sandra está sempre olhando para os outros homens. Para mim, ela não sabe o que quer. Meu Deus, papai... imagine ter 17 anos e estar esperando um filho!

– Lembre-se disso, minha querida, se alguma vez sentir o chamado da natureza! – Sacudiu o dedo em riste, e Mel riu, corando, no escuro.

– Não se preocupe. Não sou tão boba.

Oliver não sabia ao certo o que ela queria dizer. Se nunca ia fazer aquilo ou se teria cuidado. Anotou mentalmente que precisava pedir a Daphne para ter uma conversa com Melissa, antes de ela ir para a França, naquele verão.

– Sam está dormindo?

– Dormiu assim que chegou à cama.

– Acho melhor fazermos o mesmo. – Oliver levantou-se, espreguiçou-se, e os dois entraram em casa, de mãos dadas. Depois do belo dia, quente e ensolarado, a noite estava fresca. Exatamente como Oliver gostava.

Beijou a filha na porta do quarto dela e depois, acordado na cama, recordou tudo que havia acontecido naquele último ano. Ele estava mudado, todos estavam. Havia um ano, no 4 de julho, tudo fora diferente. Sarah em casa, sua mãe... Benjamin parecia uma criança. Todos tinham crescido naquele ano, ou pelo menos alguns deles. Tinha dúvidas quanto a Sarah. Ela parecia estar ainda à procura de alguma coisa, no escuro. Mas Oliver estava finalmente com os pés no chão. Quase dormindo, pensou outra vez no pai e em Margaret Porter.

14

Em julho, Mel e Sam partiram para a Europa com Sarah e Jean-Pierre, e Oliver voltou para o apartamento em Nova York. Não fazia sentido voltar para Purchase todas as noites, agora. Era mais fácil ficar no escritório até mais tarde e voltar para a rua 84. Ele e Daphne passavam muito tempo trabalhando juntos, e às segundas e sextas-feiras iam comer espaguete. Nos outros dias da semana ela passava as noites com o amigo e uma vez ou outra falava sobre ele com Oliver.

– Por que faz isso com sua vida? – perguntou ele mais uma vez. – Na sua idade, devia se casar com alguém que pudesse lhe dar mais do que três noites por semana. Você merece isso.

Ela sempre dava de ombros e ria. Sentia-se feliz assim. Ele era um homem maravilhoso e tudo que ela queria. Era inteligente, bom e generoso e ela o amava. Além disso, o casamento sem filhos não parecia importante.

– Vai se arrepender algum dia.

Daphne não concordava. Estava muito bem assim, embora sentisse falta dele, quando não estavam juntos.

– Acho que não, Ollie.

Ele falava do quanto se sentia sozinho, sem os filhos. Queria ter alguém com quem conversar à noite e o companheirismo que tivera durante mais de vinte anos, com Sarah.

Agora só ia a Purchase para visitar Benjamin e o pai. Sandra parecia crescer de hora em hora, e Oliver notou que Benjamin estava pálido, pela primeira vez na vida. Não tomava mais sol. Vivia trabalhando. Agora tinha dois empregos. Um no posto de gasolina e o outro, à noite, como auxiliar de garçom. Queria economizar o suficiente para o parto, pagar o apartamento e dar ao bebê tudo que fosse preciso. Oliver se ofereceu para ajudar, mas Benjamin recusou.

– Agora é minha responsabilidade, papai, não sua.

– Isso é ridículo. Você é uma criança. Devia estar na escola, com tudo pago, instruindo-se.

Benjamin estava aprendendo outras coisas. Como era dura a vida para um homem de 18 anos com uma família para sustentar, sem ter sequer terminado o ensino médio. Sandra não podia mais trabalhar. Seus tornozelos estavam inchados como dois melões, e o médico temia uma eclâmpsia. Benjamin ia para casa no meio do dia para preparar o almoço, enquanto ela ficava deitada no sofá, vendo televisão e reclamando que quase não o via mais. Benjamin chegava em casa, à noite, o mais cedo possível, mas em geral trabalhava até as 2 horas da manhã. Só de pensar nisso, Oliver ficava possesso. Queria dar algum dinheiro ao filho, para aliviar um pouco a situação, e finalmente descobriu um meio. Passou a dar a Sandra, que aceitava alegremente. Insistia para que o visitassem em casa, nem que fosse só para usar a piscina, mas Sandra não queria ir a lugar algum, e Benjamin não tinha tempo. Estava muito ocupado trabalhando.

Em muitas coisas, ele era como a mãe, pensou Oliver, certo dia, depois de entregar a Sandra um cheque de quinhentos dólares para comprar o que fosse preciso para o bebê. Sarah não aceitou nem um centavo dele depois que saiu de casa. Estava vivendo com o dinheiro deixado pela avó e dizia que não achava certo Oliver sustentá-la. As coisas não eram fáceis para ela, e muitas vezes as crianças falavam sobre o que não podiam fazer quando estavam em Boston porque "mamãe não podia pagar". Mas esse era o tipo de vida que Sarah sempre desejara. O que tivera com Oliver durante todos aqueles anos não a interessava mais. Deu montanhas de roupas para Mel e o resto deixou em Purchase. Usava sempre jeans, camiseta e sandálias. Ela e Jean-Pierre orgulhavam-se em dizer que estavam viajando pela Europa com pouco dinheiro. Oliver havia recebido vários cartões-postais dos filhos, mas eles nunca telefonavam e não podia saber exatamente onde estavam. Às vezes isso o deixava nervoso, mas Sarah havia dito que iam ficar com parentes de Jean-Pierre, na França, e em albergues, nos outros países. Seria uma nova experiência para Mel e Sam, e sem dúvida muito proveitosa. Oliver sabia que Sarah ia tomar conta deles. Afinal, era mãe dos dois, e ele sempre confiara nela. Mas agora, com os três ausentes, era incrível a falta que sentia dos filhos. Quando voltava, à noite, para o apartamento vazio, o que sentia era quase uma dor física. Deu férias para Aggie por todo o resto do verão e contratou um serviço de limpeza que fazia a faxina no apartamento uma vez por semana. A casa em Purchase estava fechada, e Andy ficara com seu pai. Era uma companhia para ele. Certo domingo, Oliver foi de trem visitar George e encontrou-o cuidando carinhosamente do jardim de Phyllis. George detestava jardinagem, mas agora era importante conservar as rosas que ela tanto amava.

– Você está bem, papai?

– Muito bem. Tudo está muito quieto por aqui, especialmente sem você e as crianças. Uma vez ou outra, Margaret e eu jantamos fora, mas tenho sempre muito que fazer, cuidando dos bens da sua mãe.

O inventário para registro do espólio tomava quase todo o tempo dele e estava tratando também de transferir algumas ações para os filhos de Oliver.

Oliver passou a tarde com ele e voltou de trem para Nova York, triste e pensativo. Sentou-se para ler, e só muitas paradas depois o lugar ao seu lado foi ocupado por uma jovem, de cabelos longos e escuros e a pele bastante bronzeada de sol.

– Desculpe – disse ela, quando sua bolsa bateu no braço de Oliver.

Ela carregava um equipamento completo para férias, e uma raquete de tênis, com o cabo dentro de uma sacola, que ficou batendo na perna de Oliver até ela perceber.

– Desculpe toda esta tralha.

Oliver tranquilizou-a com um gesto e voltou ao livro.

Ela tirou da bolsa o que parecia um manuscrito e começou a fazer anotações. Mais uma vez Oliver percebeu que ela o observava. Finalmente, ele ergueu os olhos e sorriu. Viu então que era uma mulher muito atraente. Olhos azuis e uma constelação de sardas no rosto que não demonstrava mais de 25 anos. O cabelo estava penteado para trás, e ela não usava maquiagem.

– Está gostando do livro? – perguntou ela, quando o trem parou numa estação.

– Não é ruim. – Era o sucesso da temporada, e Oliver estava gostando, embora raramente lesse ficção. Fora presente de Daphne, e ela garantiu que Oliver ia gostar. – Está trabalhando num manuscrito? – perguntou, curioso.

Ela riu, balançando a cabeça, e por um momento pareceu mais velha. Na verdade tinha 30 anos, mas a aparência geral o fazia lembrar as amigas de Mel. Sua voz era suave e agradável e os olhos inteligentes. Explicou o que estava lendo e por quê.

– Sou editora, e publicamos o livro que você está lendo. Por isso perguntei se estava gostando. Você mora aqui?

Parecia extrovertida, franca e natural. Oliver notou os braços e ombros muito bonitos.

– Eu morei no subúrbio. Agora estou na cidade. A maior parte do tempo, pelo menos.

Ah, pensou ela, um pai de fins de semana.

– Visitando seus filhos?

Oliver balançou a cabeça, achando graça nas perguntas diretas que ela fazia.

– Não, meu pai.

– Eu também. – Ela sorriu. – A mulher dele acaba de ter um bebê. – Explicou então que o pai tinha 63 anos e era casado pela terceira vez. Sua mãe tinha se casado também e morava em Londres.

– Parece uma família interessante.

– Somos mesmo. – Deu um sorriso largo. – A mulher dele é quatro anos mais nova que eu. Papai nunca foi homem de perder tempo.

Não disse que a mãe era casada com lorde Bronson e que o casal era famoso em toda a Europa, com seus castelos, casas de campo e festas sofisticadas. Para fugir de tudo isso, ela foi trabalhar em Nova York, como fazia o resto do mundo. Não gostava muito da vida no *jet-set*.

– E você, faz o quê?

Oliver riu. Era uma mulher engraçada. Engraçada e franca, simpática e muito atraente.

– Trabalho com publicidade.

Ela gostaria de saber se era casado, mas não perguntou.

– Meu pai também. – Isso, aparentemente, a divertia. – Robert Townsend, talvez você conheça.

Então ela era filha de Townsend, um dos homens mais importantes da publicidade.

– Já o encontrei. Não posso dizer que o conheço. – Então, resolveu se apresentar. – Oliver Watson.

Trocaram um aperto de mãos, o dela firme e decidido.

– Megan Townsend.

Ela guardou o manuscrito e conversaram durante o resto da viagem. Oliver gostou da companhia, e quando chegaram no terminal Grand Central ofereceu-lhe uma carona.

Megan morava na Park Avenue com a rua 69, a 15 quarteirões do apartamento de Oliver. Depois de deixá-la na porta do prédio, Oliver dispensou o táxi e foi a pé para casa. Era uma noite quente, e ele gostava de Nova York no verão. A cidade estava quase deserta, a não ser por aqueles que realmente a amavam, os que não estavam de férias, como Oliver e alguns turistas.

Quando entrou em casa, o telefone estava tocando. Deve ser Daphne, pensou. Ninguém telefonava, agora que as crianças não estavam, a não ser o pai, uma vez ou outra. Mas, quando atendeu, ouviu a voz da mulher que acabara de deixar em casa, Megan Townsend.

– Oi, tive uma ideia. Quer vir tomar um drinque e comer uma salada? Não sou grande cozinheira, mas me arranjo. Eu pensei... – De repente, sentiu-se insegura. E se ele fosse casado? Homens daquela idade, em geral, eram. Mas se ela estivesse batendo na porta errada, sem dúvida ele ia dizer. Parecia um homem sincero.

– Seria ótimo. – Era uma experiência nova para ele ser paquerado e convidado para um jantar de domingo. Nem tinha pensado em pedir o telefone dela. Daphne tinha razão, estava extremamente destreinado.

– Quer que eu leve alguma coisa?

– Não, tenho tudo. Que tal às oito horas?

– Ótimo. Foi muito bom você ter telefonado.

– Acho que não fiz a coisa certa – disse ela, rindo, perfeitamente à vontade com o que acabara de fazer, e Oliver imaginou se fazia sempre isso –, mas a vida é muito curta. Gostei de conversar com você no trem.

– Eu também gostei da sua companhia.

Então ela resolveu perguntar, antes de perder muito tempo. Homens casados não eram seu forte, a não ser para um jantar uma vez ou outra.

– A propósito, você é casado?

– Eu... – Oliver hesitou. Era casado, mas não de um modo que seu casamento importasse agora. Resolveu dizer a verdade. – Sou... mas estamos separados há sete meses.

Resposta satisfatória.

– Quando o vi, hoje, achei que tinha ido visitar seus filhos.

– Eles estão passando o verão na Europa. Dois deles, pelo menos. O outro está trabalhando em Port Chester.

Mas não disse que Benjamin tinha 18 anos e havia deixado a escola para morar com uma moça enquanto esperavam o nascimento do seu primeiro filho.

– Então, às oito.

Ela desligou, com um sorriso satisfeito. Meia hora depois, Oliver caminhava pela Park Avenue, também sorrindo satisfeito.

O apartamento dela era de cobertura e tinha um bonito jardinzinho. O prédio era pequeno e exclusivo, e Oliver supôs – corretamente – que pertencia a ela. Megan não era exatamente o tipo comum da mulher que trabalha, e ele sabia que Robert Townsend não era apenas uma figura importante no mundo da publicidade, mas pertencia também a uma família proeminente de Boston. Tudo isso estava claramente estampado em Megan, dos cabelos aos sapatos, na voz educada, na camisa cara de seda branca que estava usando com calça jeans. O cabelo estava solto, e Oliver gostou do modo como ele descia pelas costas e sobre os ombros. Megan era uma mulher muito bonita e de muita presença. Estava maquiada agora e levou-o para a sala de estar, toda em cromo e branco, com chão de mármore também branco e dois tapetes de pele de zebra sob a enorme mesa de vidro. Uma parede espelhada refletia a vista, e a mesinha de vidro, na pequena sala de jantar, estava arrumada para dois. Mesmo de calça jeans e a camisa simples, de seda, envolvia-a uma aura de sofisticação.

– Grande lugar este! – Oliver encantou-se com a vista. Foram para o terraço e ela serviu-lhe de gim-tônica.

– É o único luxo extra que me permito.

Seu pai havia se oferecido para comprar uma casa de dois andares na cidade quando ela completou 30 anos, mas Megan não aceitou. O apartamento tinha todo o espaço necessário, e ela gostava dele. Oliver, naturalmente, compreendeu por quê.

– Passo grande parte do meu tempo aqui. Quase todos os fins de semana trabalho em casa, lendo manuscritos – disse ela, rindo.

– Posso imaginar destinos piores. – Oliver sorriu, disposto a fazer o jogo dela. Queria saber muita coisa sobre Megan Townsend. – Você é casada? Divorciada? Tem doze filhos? – Mas esta última suposição parecia pouco provável. Tudo nela indicava uma pessoa solteira e sem maiores responsabilidades.

– Nunca me casei. Não tenho filhos. Nem gatos, cães ou passarinhos. E no momento nenhum amante casado.

Eles riram, e então Oliver disse, em tom de zombaria: – Acho que isso me deixa fora da competição.

Sentaram-se nas espreguiçadeiras Brown Jordan, na varanda, e ela perguntou:

– Você vai voltar para sua mulher?

– Não, não vou.

Seus olhos se encontraram, e ele não disse que até bem pouco tempo gostaria de poder voltar.

– Nossas vidas seguiram rumos diferentes. Ela agora está fazendo mestrado em Harvard e preparando-se para ser escritora.

– Isso parece admirável.

– Na verdade, não é. – Havia ainda um vestígio de amargura em sua voz, quando falava de Sarah para estranhos.

– Ela abandonou a mim e aos nossos três filhos para chegar lá.

– Parece que foi barra-pesada.

– Foi.

– E ainda é? – Megan percebia as coisas com rapidez e estava realmente interessada em conhecê-lo.

– Às vezes. Mas muito menos ultimamente. Não se pode viver com raiva para sempre – sorriu tristemente –, como tentei fazer durante muito tempo. Ela insistia em dizer que ia voltar, mas acho que tudo isso já passou. E meus filhos estão se adaptando... e eu também... – Deu uma risada. – Porém, devo confessar que este é o primeiro encontro que tenho com uma mulher nos últimos vinte anos. Com certeza vai notar que estou um pouco enferrujado.

– Não saiu com ninguém, desde que ela se foi? – Megan estava impressionada. A mulher dele devia ser muito especial. Ela jamais havia passado mais de um mês sem um homem e não queria passar. Seu último caso tinha terminado havia três semanas, depois de seis meses muito agradáveis, durante os quais ele ia diariamente da sua casa na cidade para a cobertura dela e vice-versa. Megan frequentava um ambiente sofisticado, mas Oliver a intrigava, com seu rosto bonito, seu encanto e algo parecia dizer que ele estava muito sozinho.

– Está falando sério?

Então, Oliver lembrou-se da mulher que gostava de luta livre e riu.

– Não, eu menti... há alguns meses saí com uma mulher e foi um desastre. Isso quase me curou completamente.

– Meu Deus, Oliver. – Ela riu e pôs o copo de gim-tônica na mesa. – Você é praticamente virgem.

– Sim, acho que pode dizer isso. – Oliver riu, imaginando se dessa vez tinha passado da conta.

Havia sete meses que não fazia amor e de repente surpreendeu-se perguntando o que aconteceria se tentasse. Talvez nada. Durante sete meses ele só havia desejado Sarah. E antes disso tinha dormido só com ela por mais de vinte anos seguidos. Nunca enganou Sarah, e aquela mulher parecia o tipo que conseguia qualquer homem que desejasse. De repente, o garoto que havia nele pensou em fugir para casa o mais depressa possível e quando se levantou para admirar a vista, mais uma vez, sentiu-se como se fosse Sam. Ela entrou para preparar a salada prometida.

– Quero avisar que não sei cozinhar. Salada Cesar e carpaccio são os limites das minhas habilidades culinárias. Fora isso, é só pizza e comida chinesa para viagem.

– Mal posso esperar. Gosto de tudo isso. – E gostava dela também, embora Megan o assustasse um pouco.

Enquanto jantavam, falaram sobre suas profissões, e ele começou a se sentir mais à vontade outra vez. Finalmente, ela perguntou sobre seus filhos, e Oliver tentou descrevê-los.

– Ficaram muito abalados com a partida da mãe, e eu também. Mas acho que estão se recuperando agora. – Todos, menos Benjamin e seu desastre com Sandra.

– E você? Como se sente agora?

Depois do bom vinho branco francês, estavam mais à vontade. Era mais fácil conversar agora, e eles continuaram a falar sobre suas vidas.

– Não sei. Já não penso tanto. Procuro me manter ocupado, no trabalho e com as crianças. Há algum tempo não paro para pensar no que estou sentindo. Talvez seja um bom sinal.

– Ainda sente falta dela?

– É claro. Mas, depois de 22 anos, eu seria louco se não sentisse. Fomos casados por 18 anos e namoramos 4 anos antes disso. É um longo tempo na vida de qualquer pessoa. No meu caso, é a metade da minha vida.

– Você tem 44 anos? – Ela sorriu, e Oliver fez um gesto afirmativo. – Imaginei que tivesse menos.

– Eu pensei que você tivesse 25.

– Tenho 30.

Os dois riram.

– E que tal ter 30 anos? É tão apavorante quanto dizem? Sarah detestou fazer 30 anos, como se toda sua vida já tivesse passado. Mas não foi nada comparado com os 39... e 40... e 41... Acho que foi a causa de tudo. Entrou em pânico, pensando que não ia fazer nada de importante antes de ficar velha demais, por isso fugiu. O pior de tudo é que ela já havia realizado muita coisa, pelo menos na minha opinião, mas Sarah não queria reconhecer.

– Acho que não entendo muito dessas coisas, talvez porque nunca me casei e nunca me senti presa por causa de filhos. Sempre fiz exatamente o que quero. Pode-se dizer que fui completamente mimada. – Ela falou com um sorriso satisfeito.

Oliver, olhando para a sala luxuosa e sofisticada, concordou, rindo também.

– O que é importante para você? Quero dizer, com o que você se importa de verdade?

Megan quase disse "comigo mesma", mas resolveu não ser tão franca.

– Meu trabalho, eu acho. Minha liberdade. Ser dona da minha vida para fazer tudo que quero. Não sei compartilhar, e não me preocupo em corresponder às expectativas dos outros a meu respeito. Nós todos jogamos seguindo nossas próprias regras, e tenho as minhas. Não sei por que alguém *tem* de fazer alguma coisa, casar, ter filhos, conformar-se com certas regras. Faço tudo a meu modo e gosto disso.

– Você é mimada – disse ele, com ar despreocupado, mas naquele momento não estava muito interessado nisso.

– Minha mãe sempre me disse para não obedecer às normas de ninguém e eu segui o conselho. Sempre consigo ver muito além. Às vezes isso é uma força, outras vezes uma fraqueza terrível. E outras vezes ainda é uma desvantagem, pois não consigo compreender por que as pessoas complicam tanto a vida. Você tem de fazer o que você quer, só isso importa.

– E se magoar as pessoas no processo?

Ela estava andando sobre um terreno muito delicado, mas era inteligente e sabia disso.

– Às vezes é o preço que temos de pagar. Precisamos viver com isso, mas temos de viver com nós mesmos também e isso às vezes é mais importante.

– Acho que Sarah pensou assim. Mas eu não concordo. Às vezes devemos mais a outras pessoas do que a nós mesmos e precisamos ter força suficiente para fazer o que é certo para elas, mesmo que nos custe muito.

Era a diferença básica entre ele e Sarah, e possivelmente a diferença entre ele e Megan.

– A única pessoa a quem devo alguma coisa é a mim mesma e para mim isso está ótimo. Por isso não tenho filhos e não sinto vontade de me casar, embora esteja com 30 anos. Acho que é disso que estamos falando. De certo modo, concordo com você. Se você tem filhos, deve muito a eles, e não apenas a você mesmo. Se não quer reconhecer isso e agir de acordo, não deve tê-los. Não quero toda essa responsabilidade. Mas sua mulher teve filhos. Acho que o erro básico que ela cometeu foi casar e ter filhos.

Ela era inteligente e tinha acertado em cheio quando definiu a filosofia de Sarah, pensou Oliver, atônito.

– A culpa foi minha, eu acho. Eu a convenci a fazer tudo isso. E então... vinte e dois anos depois, ela voltou a ser o que era antes de nos conhecermos... e fugiu...

– Não pode se culpar por isso. Foi responsabilidade dela também. Você não a obrigou a se casar apontando uma arma para ela. Estava fazendo o que você acreditava ser certo, para você. Não podemos ser responsáveis pelo comportamento de outras pessoas.

Megan era uma mulher totalmente independente, sem nenhum elo emocional, mas pelo menos era sincera a esse respeito.

– O que a sua família acha do seu modo de vida? – Oliver queria realmente saber.

Megan ficou pensativa por um momento.

– Ah, acho que não gostam. Mas já desistiram de mim. Meu pai está sempre casando e descasando e tendo filhos. Teve dois com minha mãe, quatro com a segunda mulher e acaba de ter o sétimo. Minha mãe só se casa, mas se esquece de ter filhos, o que é uma felicidade, porque na verdade ela não os quer. Minha irmã e eu passamos grande parte da nossa vida em colégios internos muito caros, desde os 7 anos. Eles nos teriam mandado antes, mas as escolas não aceitavam.

– Isso é horrível. – Oliver não podia nem imaginar mandar os filhos para longe. Aos 7 anos, Sam era quase um bebê. – Não teve um efeito negativo? – Mas, nem bem acabou de falar, compreendeu que era uma pergunta tola. Evidentemente por isso Megan não tinha nenhuma ligação emocional com coisas nem pessoas.

– Acho que sim. Não sou muito boa para manter relacionamentos estáveis. As pessoas vêm e vão. Sempre foi assim na minha vida, e estou acostumada... com poucas exceções. – De repente sua expressão mudou e ela começou a tirar os pratos da mesa.

– Você e sua irmã são amigas?

Ela ficou imóvel e olhou para ele com uma expressão estranha.

– Éramos. Muito amigas. Ela era a única pessoa com quem sempre contei na vida. Éramos gêmeas idênticas, imagine só. Problema dobrado, pode-se dizer. Só que ela era tudo que nunca fui. Boa, delicada, comportada, decente, jogava sempre de acordo com as regras e acreditava em tudo que lhe diziam. Apaixonou-se por um homem casado quando tinha 21 anos. E cometeu suicídio quando ele não quis abandonar a mulher.

Oliver viu nos olhos dela que tudo tinha mudado para Megan depois disso.

– Que coisa terrível.

– Sim. Nunca tive outra amiga como minha irmã. Foi como perder metade de mim mesma. A melhor metade. Ela era tudo que é bom, todas as coisas boas que nunca fui e nunca serei.

– Está sendo muito severa consigo mesma. – A suavidade da voz dele fazia aquilo mais doloroso para ela.

– Não, não estou. Estou sendo sincera. Se fosse comigo, eu teria matado o filho da mãe e a mulher dele também. Não teria cometido suicídio. – E com um olhar angustiado, acrescentou: – A autópsia revelou que ela estava grávida de quatro meses. Ela não me contou. Eu estava na universidade aqui e ela em Londres, com minha mãe. – Voltou para ele o rosto agora inexpressivo: – Quer café?

– Sim, por favor.

Uma história espantosa. Era incrível pensar nas coisas que aconteciam às pessoas, as tragédias, a dor, os milagres, os momentos que mudavam uma vida para sempre. Provavelmente Megan era muito diferente antes da morte da irmã, mas Oliver jamais saberia.

Os dois foram para a cozinha, e ela ergueu os olhos para ele com um sorriso.

– Você é um homem bom, Oliver Watson. Não costumo contar a história da minha vida, pelo menos não logo que conheço uma pessoa.

– Fico muito honrado com isso. – Explicava muita coisa sobre ela.

Voltaram para o terraço para tomar o café espresso feito na máquina e Megan sentou-se bem perto dele. Oliver sentiu que não estava preparado para dar o que ela queria. Era cedo demais para ele e ainda tinha medo de procurar uma mulher que não fosse Sarah.

– Quer almoçar comigo esta semana?

– Eu gostaria muito – disse Megan, com um sorriso.

Ele era tão doce e inocente e ao mesmo tempo tão forte, tão correto e tão bom. Tudo que ela sempre havia temido e nunca desejado.

– Gostaria de passar a noite aqui, comigo? – perguntou ela.

A pergunta direta pegou-o de surpresa. Oliver pôs a xícara na mesa e olhou para ela com um sorriso que o fazia parecer muito bonito e jovem.

– Se eu disser que não, vai compreender que não a estou rejeitando? Não gosto de me precipitar. Você merece mais do que isso. Nós dois merecemos.

– Não quero nada mais do que isso. – Estava sendo sincera com ele. Era uma das suas poucas virtudes.

– Pois eu quero. E você devia querer. Passamos a noite juntos, nos divertimos um pouco, nos separamos, e depois? O que recebemos com isso? Mesmo que passemos só uma noite juntos, será melhor para nós dois se significar alguma coisa.

– Não dê tanta importância a tudo isso.

– Seria mais simples se eu dissesse que não estou preparado ainda? Ou isso me faz parecer um fracassado?

– Lembra-se do que eu disse, Oliver? Você deve jogar de acordo com as suas regras. Essas são as suas. Eu tenho as minhas. Contento-me com o almoço, se meu convite o deixa tão chocado.

Oliver riu, mais à vontade agora. Para ela, qualquer coisa parecia aceitável. Megan era flexível, pouco exigente e tão sensual que parecia cretinice dele não aceitar o convite ali, naquele momento, antes que ela mudasse de ideia.

– Telefono amanhã. – Oliver levantou-se. Precisava ir agora, antes de fazer alguma coisa de que se arrependesse mais tarde. – Obrigado pelo maravilhoso jantar.

– Sempre às ordens. – Ela o acompanhou até a porta e ergueu os olhos com uma expressão que poucos homens haviam visto. Embora tivesse dormido com muitos, poucos a conheciam

– Oliver... obrigada... por tudo...

– Não fiz nada além de comer, falar e sentir prazer com sua presença. Não precisa me agradecer.

– Obrigada por ser quem você é... mesmo que nunca mais me procure.

Estava acostumada com isso, quase sempre depois de uma noite de paixão desenfreada. Como tinha dito, as pessoas em sua vida iam e vinham. Mas se Oliver não a procurasse, ia sentir falta dele.

– Vou telefonar.

Oliver tomou-a nos braços e a beijou. Era a primeira vez que beijava uma mulher depois da partida de Sarah. Os lábios de Megan eram convidativos e mornos, e seu corpo forte e sedutor. Oliver desejou ardentemente fazer amor com ela, mas sabia que precisava ir. Queria pensar. Megan era uma mulher muito forte para ser tratada com leviandade.

– Boa noite – murmurou ela.

Ele entrou no elevador, sorriu, seus olhos se encontraram e as portas se fecharam. Megan ficou ali parada por um longo tempo, depois voltou com passos lentos para o apartamento e fechou a porta. Sentou-se na varanda, pensando nele... e na irmã, na qual havia anos ela não falava. E sem saber por quê, nem por qual dos dois, ela começou a chorar em silêncio.

15

Na manhã seguinte ele telefonou, como havia prometido, e a convidou para almoçar no Four Seasons, naquele mesmo dia. Na noite anterior, Oliver, acordado na cama, durante muito tempo pensou nela e censurou-se por não ter aceito seu convite. Tinha recusado o que ela oferecia numa bandeja de prata. Sentiu-se como um idiota completo e tinha certeza de que Megan também pensava assim.

Encontraram-se no Four Seasons ao meio-dia. Ela estava com um vestido vermelho de seda brilhante e sandálias pretas de salto alto.

Oliver pensou que era a mulher mais sensual que já tinha visto em toda sua vida. Logo que se sentaram, ele disse que se sentia um tolo por ter fugido dela. A fonte, no meio do restaurante, espalhava uma garoa fina e delicada no ar. O restaurante estava cheio de pessoas do ramo de publicidade e de editoras. Não era um lugar discreto para os dois, mas não tinham motivo para se esconder.

Ela falou sobre o novo livro que pretendia publicar e ele sobre um dos seus novos clientes. Às 15 horas, olharam em volta e verificaram que estavam a sós no restaurante. Megan riu, e Oliver ficou um pouco constrangido.

– Que tal jantar amanhã? – perguntou ele, quando saíam.

– Você sabe cozinhar?

– Não. – Oliver riu. – Mas posso fingir. O que você vai querer? Pizza? Comida chinesa? Sanduíche de pastrami? Cheesebúrger do Hamburger Heaven?

– E se eu comprar alguma coisa na minha delicatéssen favorita? Podemos misturar tudo.

– Seria ótimo. – Oliver gostou da ideia, da implicação de intimidade e em especial da expectativa de estar com ela outra vez.

– Você gosta de *moussaka?*

– Adoro.

Mas estava mais interessado nela do que no jantar. Beijou-a no rosto antes de ela entrar no táxi e voltou para o escritório.

– Cliente nova? – perguntou Daphne, às 16 horas, entrando no escritório dele com algumas provas.

– Quem?

– Aquela bonitona com quem você estava almoçando. – Daphne sorriu satisfeita, do outro lado da mesa, e Oliver, corando, fingiu estudar as peças do comercial trazidas por ela.

– O que você está fazendo, me vigiando?

– Será que sinto cheiro de primavera no ar? Ou é só o perfume dela?

– Cuide da sua vida. Provavelmente é cheiro de inseticida. Encontrei uma barata debaixo da minha mesa esta manhã.

– Uma boa história. Nem as plantas de plástico conseguem respirar neste lugar, quanto mais uma bela e saudável barata. Ela é linda. Quem é?

– Só uma mulher que conheci há poucos dias.

– Isso é ótimo. É sério?

Oliver a amou por aquele interesse fraterno.

– Ainda não. Provavelmente nunca. Ela é uma dessas grandes mulheres independentes como a minha ex-mulher, acredita em carreiras e liberdade e em não se prender a ninguém. – Era a primeira vez que chamava Sarah de "ex", o que sem dúvida significava um passo na direção certa.

– Para mim parece encrenca da grossa. Trate de aproveitar antes que ela parta seu coração.

– Estou chegando lá.

– Parabéns.

– Obrigado. Agora, se importa de voltarmos ao trabalho, ou prefere dar conselhos aos namorados?

– Não seja tão sensível.

Mas naquela noite dispensaram o jantar e os dois trabalharam até tarde. Quando chegou em casa, Oliver telefonou para Megan. Ela não estava, e ele deixou recado na secretária eletrônica. Disse que estava telefonando só para dar um oi e confirmou o encontro para a noite seguinte.

Ela chegou às 20h em ponto, com as compras nos braços, e os dois desempacotaram juntos na cozinha dele.

– É um apartamento bonito – disse ela, delicadamente. Mas nem se comparava ao dela e conservava ainda a impessoalidade de uma casa alheia. Só os quartos das crianças tinham as marcas deles, mas Oliver não fizera nada no restante e, com a ausência de Aggie, não havia nem flores. Oliver lembrou-se disso muito tarde, depois que chegou em casa e estava abrindo uma garrafa de vinho para o jantar.

– Como foi seu dia?

– Nada mau. E o seu?

Megan parecia calma e feliz. Estava com uma saia de seda branca, aberta na lateral e uma blusa turquesa que lhe acentuava o bronzeado da pele.

Oliver descreveu o que havia feito durante o dia. Era agradável ter alguém para contar, enquanto comiam *moussaka* na mesa da cozinha.

– Você deve se sentir muito sozinho aqui, sem seus filhos. — Oliver sorriu, pensando se era um convite para irem ao apartamento dela.

– Sim, mas tenho trabalhado até tarde todas as noites. — De repente, Oliver sentiu que não ia mais fazer isso durante algum tempo.

Falaram sobre vários assuntos: polo, beisebol, os pais dela e do quanto ela detestava os ingleses. Oliver supôs que era por causa do homem que havia provocado o suicídio da irmã. Megan tinha opinião formada sobre quase tudo. Quando estavam lavando os pratos, ele notou a abertura na saia dela e foi dominado por um desejo irresistível.

Sentaram-se na sala de estar, tomando vinho e conversando. De repente, sem que ele pudesse explicar como tinha acontecido, estavam se beijando, deitados no sofá, e Oliver desejava desesperadamente fazer amor com ela. A saia de Megan estava erguida até a cintura. Acariciando a pele macia, Oliver notou que ela não usava nada sob a saia e gemeu de desejo. Seus dedos encontraram o que procuravam, e ela gemeu baixinho. O peso dos anos foi tirado dos ombros dele e Oliver era jovem outra vez, jovem, apaixonado e dominado pelo desejo. Megan tirou a saia, enquanto ele se encarregava da blusa e ali estava ela, nua e esplêndida sob suas mãos, bela de tirar o fôlego.

– Meu Deus, Megan... meu Deus...

E então, tentadora e sensualmente, ela o despiu e fizeram amor, como Oliver jamais havia feito antes. Megan provocava sensações que ele jamais tinha experimentado e um desejo tão forte que ele a penetrou quase com violência e se satisfez como um terremoto dentro dela. Depois continuou deitado em cima dela, sentindo o tremor do corpo sob o seu. Megan começou a se mover outra vez, lentamente, e Oliver não podia acreditar que ela quisesse mais, mas ela guiou as mãos dele, depois empurrou sua cabeça para baixo e Oliver a acariciou com a língua. Ela gemia, gritava e estremecia, e logo ele a penetrou de novo e ficaram fazendo amor durante horas e horas. Megan o puxou para o chão e depois Oliver a levou para o quarto. Finalmente, quando estavam exaustos, com sua risada rouca e sensual, Megan o puxou para ela outra vez.

– Meu Deus, mulher, você vai me matar.

– Mas que modo maravilhoso de morrer!

Eles riram e mais tarde Megan preparou um banho e fizeram amor na banheira. Foi uma noite inesquecível para os dois, e quando o sol nasceu, estavam felizes, mergulhados no banho quente. Oliver jamais tinha conhecido ninguém como Megan, completamente dominada pelo desejo e provocando o mesmo nele. Nunca pensou que fosse capaz de fazer o que fizera naquela noite, e era fantástico.

– Sabe que fizemos amor durante dez horas seguidas? São sete da manhã. – Oliver estava surpreso e satisfeito com o desempenho dos dois. Nem se comparava com o que fazia com Sarah, e ele sempre pensou que o que tinham era perfeito.

– Depois de sete meses, não acha que você merecia? – disse ela, sorrindo.

– Eu não estava pensando nisso – respondeu Oliver, retribuindo o sorriso. – Acho que devemos tentar outra vez.

Ele estava brincando, mas ela não. Megan sentou-se sobre ele na banheira e rolaram dentro d'água. Finalmente, Oliver a prendeu contra um dos lados da banheira e a penetrou, enquanto Megan gemia descontrolada, pedindo a ele para não parar e depois gritando, quando os dois explodiram dentro da água morna.

– Oh, Megan... o que você me faz sentir!... – disse Oliver, com voz baixa e rouca, beijando-a no pescoço. Ela abriu os olhos e acariciou os cabelos louros de Oliver, despenteados. – Jamais conheci alguém igual a você.

– Nunca me senti assim também. – Era a primeira vez que ela dizia isso, e estava sendo sincera. – Você é o máximo, Oliver.

– Você também é fantástica.

Oliver vestiu-se com dificuldade e quando estavam prontos para sair ela começou a acariciá-lo e excitá-lo.

– Não acredito... Megan... nunca vamos sair daqui.

Oliver começava a pensar que não deviam sair.

– Acho que devemos telefonar e dizer que estamos doentes – murmurou ela, puxando-o para o chão, mordiscando-lhe o pescoço, o rosto, provocando-o.

Oliver a tomou outra vez com ímpeto, com muito mais força do que pensou ter ainda, depois de quase 12 horas fazendo amor com Megan Townsend.

No fim, fizeram exatamente o que ela havia sugerido. Telefonaram para seus escritórios, disseram que estavam doentes e passaram o dia na cama e no chão, no sofá e na banheira. Fizeram amor até encostados na parede da cozinha, quando, finalmente, resolveram esquentar o *moussaka* da véspera. Estavam dominados por uma espécie de loucura e naquela noite, na cama, ele a abraçou, enquanto Megan punha em sua boca biscoitos de chocolate.

– Acha que devemos chamar um médico? – perguntou ele, feliz – Talvez seja uma doença... ou fomos drogados...

– Talvez sejam os biscoitos de chocolate.

– Hummm... ótimo... quero mais.

Era difícil imaginar viverem separados, ou vestidos. E então ele se lembrou de uma coisa que devia ter perguntado na véspera: se ela não tinha medo de engravidar.

– Nada disso – riu ela, tranquila. – Liguei as trompas há nove anos.

– Com 21 anos? – Oliver ficou chocado e então lembrou. Exatamente quando a irmã morreu, grávida de quatro meses.

– Eu sabia que nunca ia querer filhos e não ia deixar que algum babaca fizesse comigo o que fizeram com Priscilla.

– E nunca se arrependeu? E se quiser filhos, algum dia?

– Não vou querer. Mas posso adotar. Porém, duvido que chegue a fazer isso. Não quero esse tipo de problema. Por quê? Você quer mais filhos?

– Eu queria. Mas Sarah não. Ela também ligou as trompas quando Sam nasceu. Sempre senti que ela tivesse feito isso, mas Sarah não.

– Você gostaria de ter mais filhos, agora? – Megan não estava preocupada, apenas curiosa. Não podia imaginar querer mais filhos, ou um filho, só para ter.

– Não tenho certeza. É um pouco tarde agora. Mas acho que não me importaria se acontecesse.

– Pois não conte comigo – disse ela, com um grande sorriso, recostando nos travesseiros.

Então, sentindo-se à vontade com ela, falou de Benjamin.

– Meu filho de 18 anos vai ser pai em setembro. É uma maldita confusão. Ele está trabalhando como ajudante de garçom e sustentando a moça. Os dois deixaram o ensino médio, quando ele podia ter ido para Harvard.

– Talvez ele vá, algum dia. – Mas Megan sentiu pena de Ollie. Era evidente que ele se preocupava demais com o filho. – Eles vão ficar com o bebê?

– É o que querem. Já fiz o possível para convencê-los do contrário. Pelo menos não vão se casar, graças a Deus. — Oliver era grato a Sandra por sua persistência contra o casamento.

– Talvez eles abram os olhos quando caírem na real. Bebês só são interessantes nos anúncios de fraldas. O resto do tempo são uns monstrinhos.

– E quantos bebês já conheceu, Srta. Townsend?

– O menor número possível, muito obrigada. – Ela girou o corpo, segurou seu membro favorito e o acariciou com a ponta da língua. – Pessoalmente, prefiro os papais...

– Sorte minha. – Oliver sorriu, fechou os olhos e depois a puxou para ele e retribuiu a carícia.

Naquela noite, finalmente, eles adormeceram exaustos logo depois da meia-noite. Oliver jamais esqueceria aquela maratona. O milagre de Megan Townsend.

16

O romance crepitou durante o mês mais quente do ano. Uma paixão tórrida como aquele mês de agosto. Alternavam os encontros entre um apartamento e o outro, e chegaram a passar uma noite fazendo amor na varanda. Felizmente, estavam na cobertura.

Oliver quase não tinha tempo para estar com Daphne, mas ela sabia o que estava acontecendo e sentia-se feliz por ele. Oliver agora tinha um olhar distante, vago e distraído, e ela esperava que, para seu bem, ele estivesse recuperando o tempo perdido.

Certo dia foram a Purchase. Oliver deixou Megan na casa do pai, enquanto ia visitar Benjamin, e a pegou na volta. Mas não foram até a casa dele. Oliver não queria ir lá com Megan. Estava ainda repleta de lembranças de Sarah.

Quase não pensava mais em Sarah. Estava obcecado com Megan, com o sexo, com o corpo dela. Naquela tarde de domingo, quando estavam os dois nus, no apartamento de Oliver, o telefone tocou. Provavelmente era Daphne, embora ela raramente ligasse para não os incomodar.

Oliver atendeu, ouviu os estalidos característicos da ligação internacional e mais nada. O telefone tocou outra vez, e a telefonista internacional informou que era uma chamada de San Remo a cobrar. Oliver não estava ouvindo nada e sorriu para Megan, nua, na sua frente. Por um momento foi invadido por uma grande tristeza, pensando nas mudanças que teriam de fazer quando os filhos voltassem, na semana seguinte.

– Alô? – Ouvia um som distante que parecia choro, mas sabia que era só interferência. – Alô? – gritou ele.

E então ouviu Mel, chorando e repetindo. – Papai... papai.

– Melissa? Melissa! Fale comigo!

O som quase desapareceu, depois voltou, com um eco, mas um pouco mais claro.

– O que foi? O que aconteceu?

– ... um acidente..

Oh, meu Deus!... não... não Sam... nem Sarah...

– Meu bem, não estou ouvindo! Fale mais alto! – Oliver esperou, com os olhos cheios de lágrimas.

Megan o observava, completamente esquecida por ele. Oliver só queria entender o que a filha estava dizendo.

– ... um acidente... matou... mamãe...

Meu Deus!... foi Sarah...

Oliver ficou de pé, como se isso pudesse melhorar a ligação, gritando ao telefone. Na Itália era meia-noite.

– O que aconteceu com sua mãe?

– ... um carro... dirigindo... estamos em San Remo... Jean-Pierre...

– Melissa, sua mãe está ferida?

Megan, observando-o, compreendeu que ele ainda a amava. Mas, depois de vinte anos, quem podia culpá-lo por isso? Sentiu-se paralisada de medo também, lembrando o telefonema, quase dez anos atrás, de sua mãe... "Querida... oh, querida... é Priscilla..."

– Mamãe está bem...

As lágrimas desceram pelo rosto de Oliver.

– Sam? Como está Sam?

– ... Sam quebrou o braço... papai, foi horrível... – Ela começou a chorar outra vez, e Oliver não conseguia entender nem uma palavra. Mas, se Sam estava vivo... ele estava vivo, não estava? ... e Sarah... e Melissa estava ao telefone...

– Um carro bateu no nosso... em cheio... o homem que estava dirigindo morreu... e duas crianças... e Jean-Pierre... Jean-Pierre morreu na hora... oh, papai... foi horrível...

Meu Deus! Pobre homem... mas ao menos as crianças estavam vivas. Os seus filhos, não as outras duas. Era terrível, egoísta, mas Oliver dava graças a Deus.

– Meu amor, você está bem... está ferida?

– ... estou bem...

– Onde está sua mãe?

– No hospital... mandou telefonar para você... temos de voltar para a França para o enterro... Estaremos em casa na sexta-feira.

– Mas você está bem? Tem certeza? Mamãe está muito ferida?

– ... um olho roxo... muitos cortes... mas ela está bem...

Era como se estivessem brincando de telefone sem fio, mas estavam todos vivos, mesmo machucados, e Sam com o braço quebrado. E tinham visto o amante da mãe morrer, o outro homem e duas crianças. Oliver estremeceu.

– Quer que eu vá até aí?

– ... acho que não... vamos ficar... na casa dos pais de Jean-Pierre... voltamos esta noite... mamãe disse que você tem o telefone.

– Sim, tenho. Eu telefono. E, meu bem... – Oliver começou a chorar, segurando o telefone com a mão trêmula. – Eu amo você... diga a Sam que eu o amo também... e diga à sua mãe que sinto muito.

Mel estava chorando outra vez. Finalmente, a ligação ficou péssima e tiveram de desligar. Profundamente chocado, Oliver olhou para Megan. Havia se esquecido completamente dela, enquanto falava com a filha.

– Eles estão bem? – perguntou Megan, bela e nua, estendendo um copo de conhaque para ele.

– Acho que sim. Uma ligação horrível. Houve um acidente... várias pessoas morreram, pelo que consegui entender. O amigo da minha mulher morreu na hora. Ele estava dirigindo. Em San Remo.

– Meu Deus! Isso é terrível. – Sentou-se ao lado dele e tomou um gole do conhaque que Oliver não havia tocado. – As crianças estão feridas?

– Sam quebrou o braço. Acho que Melissa está bem. Sarah sofreu algumas contusões, mas acho que estão todos bem. Deve ter sido impressionante. – E então, trêmulo ainda, olhou para ela. – Quando Mel começou a falar eu pensei... pensei que Sam... ou talvez até mesmo Sarah... É horrível dizer isso, sabendo que outras pessoas morreram, mas estou feliz por não ter sido nenhum deles.

– Eu sei – disse ela, abraçando-o.

Ficaram ali sentados por um longo tempo. Passaram a noite no apartamento de Oliver, para o caso de Melissa ligar outra vez e pela primeira vez, em trinta dias, não fizeram amor. Oliver só pensava nos filhos. E, lentamente, o choque os fez voltar à realidade. Aquele idílio ardente ia mudar quando as crianças voltassem para casa. Ele não podia mais passar as noites fora e ela não podia ficar no apartamento dele. Teriam de ser mais discretos na frente das crianças. Por um lado, isso os fazia querer aproveitar o máximo enquanto podiam, mas, por outro, a ideia do que logo ia acontecer já mudava tudo.

Na terça-feira, ambos estavam nervosos e deprimidos. Passaram a noite toda fazendo amor e conversando, desejando que as coisas fossem diferentes.

– Podemos nos casar, algum dia – disse ele, meio de brincadeira.

– Não seja tolo – disse Meg, com uma expressão zombeteira de horror. – É um tanto extremo, não acha?

– Seria mesmo? – Oliver não conhecia ninguém igual a ela e no momento estava completamente enfeitiçado.

– Seria para mim, Oliver. Não posso me casar com ninguém. Não faço o tipo, e você sabe disso.

– Você sabe requentar um *moussaka* muito bem.

– Então case com o cara da delicatéssen.

– Não pode ser tão engraçadinho quanto você, embora eu não o conheça.

– Fale sério. O que eu ia fazer com um marido e três filhos?

Oliver fingiu pensar no assunto e depois deu uma risada.

– Posso sugerir uma ou duas coisas...

– Felizmente, não precisamos estar casados para isso.

Fora um mês glorioso, mas ela estava falando como se tudo estivesse acabado.

– Não quero nada além disso – disse ela.

– Talvez queira, algum dia.

– Nesse caso, você será o primeiro a saber. Eu prometo.

– Fala sério?

– Tanto quanto é possível, tratando-se desse assunto. Como eu já disse, casamento não é para mim. E você não precisa de outra mulher fugindo aos berros porta a fora. Precisa de uma mulher boa, inteligente e bonita que o ame desesperadamente, tome conta dos seus filhos e lhe dê mais 14 bebês.

– Que ideia. Acho que está me confundindo com seu pai.

– Não exatamente. Mas não sou o que o médico recomendaria para você. Sei o que sou, e em alguns dias está tudo bem, em outros não. De certo modo, provavelmente estou tão perdida quanto sua ex-mulher e isso é exatamente o que você não precisa na vida. Seja sincero.

Oliver perguntou a si mesmo se ela não estaria certa, se acabava de encontrar uma versão mais nova e mais ousada de Sarah. Era uma ideia deprimente, mas possível.

– O que acontece agora?

– Aproveitamos o que temos, o maior tempo possível e quando ficar muito complicado para um de nós, dizemos adeus com um beijo, um abraço e um "muito obrigado".

– Tão simples assim?

– Tão simples assim.

– Não acredito. As pessoas apegam-se umas às outras. Não acha que depois de um mês juntos o tempo todo, estamos unidos de algum modo?

– Certo. Mas não confunda sexo com o verdadeiro amor. Os dois nem sempre andam juntos. Gosto de você, o quero bem, talvez até o ame. Mas tudo vai ser diferente quando seus filhos voltarem. Talvez diferente demais para nós dois, e nesse caso teremos de aceitar e seguir nossas vidas. Não podemos nos matar por coisas como essa. Não vale a pena.

Megan falava descontraída, calma, exatamente como quando se conheceram no trem e quando o convidou para jantar. Enquanto fosse divertido, tudo bem, quando acabava o divertimento, adeus. Ela estava certa. Oliver dizia a si mesmo que estava se apaixonando. Mas talvez Megan tivesse razão nisso também. O que ele amava era seu corpo.

– Você pode estar certa. Eu não sei.

Fizeram amor naquela noite, mas foi diferente. Na manhã seguinte ela voltou para seu apartamento, levando todos os vestígios da sua presença na casa de Oliver. A maquiagem, o desodorante, os comprimidos para dor de cabeça, o perfume — presente de Oliver —, o secador de cabelo, os absorventes e os poucos vestidos que estavam no armário. Olhar para aquele espaço vazio o fez sentir-se só outra vez, e Oliver lembrou-se da dor de quando perdera Sarah. Por que tudo tinha de acabar? Por que tudo mudava e seguia seu curso? Oliver queria que tudo permanecesse inalterado, para sempre.

No entanto, ele se convenceu de que aquele era o caminho certo quando viu os filhos descendo do avião, acompanhados por Sarah. A expressão de choque e de dor no rosto dela era algo que Oliver jamais vira antes. Era algo muito mais profundo do que qualquer coisa que ela podia ter sentido por ele. Sarah estava com olheiras profundas e um curativo no queixo que cobria 14 pontos. Sam, ainda assustado, não largava a mão da mãe. Um dos seus braços estava engessado até o ombro. Melissa começou a chorar logo que viu o pai. Atirou-se nos braços dele, soluçando, incoerente, e logo depois Sam fez o mesmo, tentando abraçá-lo com um braço só.

Então, Oliver olhou para a mulher que fora sua, e compreendeu com um choque o quanto ela havia amado o jovem morto em San Remo.

- Sinto muito, Sarrie... sinto muito mesmo... - Vê-la assim tão abatida era como perder uma parte dele mesmo. - Posso fazer alguma coisa?

Dirigiram-se lentamente para a área de bagagem. Sarah balançou a cabeça, e Melissa falou sobre o enterro. Jean-Pierre era filho único, e foi horrível.

Oliver procurou consolá-los, depois olhou para Sarah.

- Você quer ficar na casa, em Purchase? Podemos ficar na cidade, até o feriado do Dia do Trabalho.

Ela balançou a cabeça, com um sorriso. Parecia mais calada, não mais velha, mais experiente.

- Minhas aulas começam na segunda-feira. Quero voltar. Tenho muito que fazer. - Não contou que naquele verão tinha começado a escrever seu livro. - Muito obrigada, assim mesmo. As crianças vão me visitar dentro de algumas semanas, e tudo vai ficar bem.

Sarah temia voltar para o apartamento em Cambridge, onde estavam as coisas de Jean-Pierre. De certo modo, podia compreender melhor o que Oliver havia sofrido. Era como se tivesse morrido um pouco. Amara Jean-Pierre como um filho e um amigo, um amante e um pai, dando a ele tudo que havia negado a Oliver nos últimos anos, porque Jean-Pierre não exigia nada dela. Aprendeu com ele muita coisa sobre dar e amar... e morrer...

Sarah pegou um avião para Boston, e Oliver e os filhos foram de táxi para a cidade. Eles estavam quietos e abatidos. Oliver perguntou a Sam se estava sentindo dor no braço. Já havia marcado uma consulta no médico para o dia seguinte, e o ortopedista garantira que haviam feito um bom trabalho em San Remo. Mel estava mais alta, mais loura e mais bonita, apesar do choque.

Era tão bom estar com eles outra vez! Oliver lembrou-se então do quanto havia sentido falta dos filhos. Pensou também na loucura do seu caso com Megan. Iam passar o fim de semana em Purchase, e ele convidou Megan para visitá-los no domingo e conhecer seus filhos. Aggie ia voltar na segunda-feira. Até lá teriam de se arranjar sozinhos. Quando chegaram ao apartamento, Oliver fez ovos mexidos com torrada para todos. Aos poucos, Mel e Sam falaram sobre as férias. Tinham se divertido muito, até o acidente. Ouvindo-os, Oliver percebia o quanto Sarah estava longe dele agora. Não tinha certeza de que ainda a amava.

Sam adormeceu sentado à mesa da cozinha, e ele e Mel foram logo para a cama. Estavam exaustos, sob o efeito do fuso horário.

Oliver ajeitou Sam na cama, com o braço engessado sobre um travesseiro, como o médico havia recomendado, depois foi ver Melissa. Ela estava olhando intrigada para um misterioso objeto que tinha na mão.

– O que é isso?

Era uma blusa de mulher, com o sutiã enrolado nela e quando Melissa a ergueu, Oliver sentiu o perfume de Megan. Tinham esquecido a noite em que ela fugiu para o quarto de Mel e ele a alcançou, quase rasgando-lhe a roupa, depois voltaram para o quarto dele e acabaram fazendo amor na banheira.

– Não sei... – Oliver não sabia o que dizer. Não podia explicar aquele último mês para a filha de 16 anos. – Não é seu? – Melissa, na sua juventude, quase acreditou no ar inocente do pai.

– Não, não é – disse ela, com o tom acusador de uma esposa.

Em seguida, Oliver bateu com a mão na testa, sentindo-se como um idiota de comédia de televisão.

– Já sei de quem é. Daphne ficou aqui no último fim de semana, quando vim a Purchase. Estavam pintando o apartamento dela.

Melissa ficou aliviada, Oliver a beijou no rosto e foi para seu quarto, como um condenado que acabava de receber o perdão.

Mais tarde, naquela noite, telefonou para Megan e disse que sentia muito sua falta, que mal podia esperar até domingo. No dia seguinte, os três foram para Purchase. Abriram a casa, que cheirava a mofo e umidade, ligaram o ar-condicionado, fizeram compras e depois do almoço foram pegar Andy na casa de George. Oliver encontrou o pai muito bem-disposto, cuidando do jardim, mas dessa vez com a ajuda da vizinha, Margaret Porter. O cabelo dela estava com um corte diferente, e George vestia um blazer de linho azul-claro. Quando Oliver chegou com as crianças, os dois estavam rindo. Era bom ver o pai feliz outra vez, pensou Oliver, com alívio. Toda vez que o via agora, lembrava-se dele acariciando e beijando a mão da mulher morta e sentia o coração apertado. Mas nesse dia, depois de três meses, George estava muito melhor.

– Bem-vindos de volta! – disse George para os netos, e Margaret foi buscar limonada e biscoitos caseiros.

Era quase como antes, mas Sam disse que os biscoitos eram melhores. Margaret sorriu e defendeu a amiga morta.

– Sua avó era a melhor cozinheira que conheci. Fazia a melhor torta de limão com merengue do mundo.

George sorriu, lembrando, e Oliver pensou na sua infância.

– O que você andou fazendo, papai? – perguntou Oliver, quando os dois se sentaram na sombra de uma árvore.

George não tinha piscina em casa. Ele sempre dizia que se quisesse nadar podia visitar os netos, em Purchase.

– Estivemos muito ocupados. O jardim toma muito tempo. E fomos a Nova York, na semana passada. Margaret tinha uns negócios para tratar e fomos ao teatro, na Broadway. Na verdade, foi muito bom – disse isso com ar de surpresa, olhando para Margaret, e Oliver surpreendeu-se também. Seu pai detestava teatro. Então, George olhou para Sam: – Como você fez isso, meu filho?

Sam contou tudo sobre o acidente, e Melissa ajudou nos detalhes. George e Margaret ficaram horrorizados e, como Oliver, agradecidos porque Melissa e Sam estavam vivos.

– Isso nos faz pensar no quanto a vida é preciosa – disse George para os netos. – E como é curta. Seu amigo tinha só 25 anos. Uma pena... terrível...

Oliver viu o pai segurar a mão de Margaret e imaginou o que aquilo podia significar. Logo depois, ela levou Sam e Mel para dentro, para que bebessem mais limonada e comessem mais biscoitos.

– Você está com ótima aparência, papai – disse Oliver, imaginando se havia uma razão para isso e lembrando da sua aventura com Megan. Talvez o pai estivesse namorando a vizinha. Não havia nenhum mal nisso. Eram ambos solitários, na casa dos 70 anos e tinham direito a uma companhia amiga uma vez ou outra, e ele sabia quanto o pai sentia a falta de Phyllis.

– Tenho passado muito bem, meu filho. Margaret sabe cuidar de mim. Ela foi enfermeira, você sabe. E o marido era médico.

– Sim, eu me lembro.

– Gostaríamos que fosse jantar fora conosco um dia destes. Talvez na cidade. Margaret gosta de ir a Nova York uma vez ou outra. Ela diz que a mantém jovem. Não sei se é por isso, mas a verdade é que ela tem muita energia para uma moça da sua idade. É uma moça formidável.

Oliver sorriu à ideia de chamar de moça uma mulher de 70 e tantos anos, mas que importância tinha isso? Então ele quase caiu da cadeira quando o pai sorriu para ele com um olhar malicioso.

– Vamos nos casar no próximo mês, Oliver. Sei que é difícil para você compreender isso. Mas não somos jovens. Não temos muito tempo. E não queremos desperdiçar o que nos resta. Acho que sua mãe compreenderia.

– Vocês vão fazer o *quê*? – Oliver olhou para o pai. – Mamãe morreu há três meses, e você vai se casar com a vizinha? – Será que ele estava louco? Senil? O que estava acontecendo com ele? Como podia sequer pensar numa coisa daquelas? Era revoltante. – Não pode estar falando sério. – Oliver estava furioso.

– Estou falando sério. Tenho direito a mais alguma coisa do que ficar sentado sozinho, não acha? Ou será que ofende você pensar que pessoas da nossa idade possam estar "envolvidas", como vocês, os jovens, costumam dizer? Podíamos ter um caso, mas acho que devo a ela a decência de um casamento.

– Você deve à mamãe a decência de respeitar sua memória. Ela nem esfriou no túmulo! – Oliver levantou-se e começou a andar de um lado para o outro.

George o observava calmamente, e Margaret fazia o mesmo da janela da cozinha, com ar preocupado. Tinha avisado a George que ia ser assim, e ele respondeu que tinham direito às suas próprias vidas. Não estavam mortos ainda, mas logo estariam, e ele não queria desperdiçar o tempo que lhe restava. E embora fosse diferente do que sentia por Phyllis, ele a amava.

– Tenho o maior respeito por sua mãe, Oliver. Mas também tenho direito à minha vida. Como você. E algum dia você provavelmente vai se casar de novo também. Não pode passar o resto da vida chorando por Sarah.

– Muito obrigado pelo conselho. – Era incrível. Até algumas semanas atrás, ele estava vivendo em casto celibato, e seu pai estava tendo um *caso* com a vizinha. – Acho que você deve pensar muito antes de fazer qualquer coisa.

– Já pensei. Vamos nos casar no dia 14 e gostaríamos que você viesse com as crianças, se quiser.

– Não venho coisa nenhuma. E quero que você tome juízo. — Nesse momento Margaret aproximou-se com o chapéu de palha de George, um copo de refrigerante e o remédio que ele tomava para o coração, e Oliver notou o olhar carinhoso que eles trocaram.

Continuou implacável e rígido até o fim da visita. Fez as crianças entrarem apressadamente no carro, agradeceu com delicadeza a Margaret, e quando estavam na metade do caminho, perceberam que tinham esquecido Andy. Oliver telefonou para o pai e disse que buscaria o cachorro no próximo fim de semana.

– Está bem. Nós gostamos de tê-lo conosco. Desculpe se eu o aborreci, Oliver. Sei o que deve estar sentindo. Mas procure entender meu ponto de vista também. E ela é uma mulher maravilhosa.

– Estou feliz por você, papai – disse Oliver, com os dentes cerrados. – Mas ainda acho que está sendo precipitado.

– Talvez. Porém, temos de fazer o que achamos certo. Na nossa idade, não temos muito tempo. Não muito tempo aproveitável, pelo menos. Nunca se sabe o que nos espera amanhã.

– Mais uma razão para não apressar as coisas.

– Depende de como você vê o assunto. Diga isso quanto tiver a minha idade.

Oliver desligou o telefone e de repente compreendeu que a ideia de o pai fazer amor com Margaret Porter o revoltava. Disse isso a Megan naquela noite, por telefone.

– Não seja ridículo. Pensa que seu impulso sexual vai morrer antes de você? Eu espero que não. Ele está certo e está agindo com inteligência. Por que ficar sozinho? Você tem sua vida, seus filhos também. Ele tem o direito de fazer mais do que passar o resto da vida sozinho, lembrando da sua mãe. É isso que você quer que ele faça?

Não era, mas ao mesmo tempo se mostrava indeciso, e ficou aborrecido com o modo de Megan ver o problema.

– Você é tão ruim quanto ele. Acho que vocês dois são insaciáveis. – Contou então como Mel havia encontrado a blusa, e Megan riu.

– Lembro-me muito bem daquela noite – disse ela, em tom malicioso.

– Eu também. Como sinto falta de você. Praticamente estou com os sintomas de abstinência.

– Amanhã na piscina vamos pôr isso em dia.

Oliver estremeceu só de pensar nisso, na frente dos filhos. Sim, as coisas iam ser diferentes agora.

– Acho que temos de esperar até segunda-feira.

– Não conte com isso. Descobriremos um jeito.

Oliver desligou, sorrindo, pensando se ela não estaria certa sobre seu pai. Mas não queria nem pensar nisso. Imagine o pai se casar naquela idade! Só a ideia já era revoltante.

17

Oliver foi buscar Megan na estação. Ela vestia um short e um pequeno bustiê branco com bolinhas pretas e tudo que ele queria era arrancar aquela roupa e fazer amor com ela no carro, mas se controlou. Megan percebeu, riu e começou a acariciá-lo, por cima da calça.

– Pare com isso... Megan Townsend... está me deixando louco!

– Meu caro, é exatamente isso que quero. – E, então, como quem muda a marcha, ela começou a falar sobre o leilão de livros da sexta-feira...

Os meninos estavam na piscina quando eles chegaram, o braço de Sam protegido por um grande saco plástico. Mel estava deitada tomando sol com um biquíni mínimo comprado no sul da França. Os dois ergueram os olhos, interessados, quando viram o pai se aproximando com Megan. Oliver apresentou todo mundo e levou Megan para dentro para trocar de roupa, e quando chegaram ao pequeno vestiário, ela o puxou para dentro e começou a acariciá-lo, até Oliver dizer com um gemido.

– Megan... pare... as crianças...

– Quieto... eles nem vão notar.

Megan sentira tanta falta de Oliver quanto ele dela. Depois de um mês de orgasmos quase constantes, tinham passado três semanas sem nada. Num instante, ela trancou a porta, abaixou a calça dele e começou a lamber, chupar e beijar, enquanto Oliver tirava o bustiê branco de bolinhas pretas dela e o short. Como de hábito, Megan não tinha nada sob as duas peças. Em seguida, ela ajoelhou, beijando-o e ele a fez deitar-se e fizeram amor freneticamente no chão. Quando Megan, estremecendo e gemendo, atingiu o orgasmo com um prazer animal, ele ouviu Sam chamando-o e procurando-o pela casa toda e, finalmente, batendo com força na porta do vestiário.

Oliver, apavorado, ergueu-se. Levou um dedo aos lábios pedindo a ela para se controlar. Megan ria baixinho.

– Papai! Você está aí?

O quarto era pequeno, e Oliver tinha certeza que Sam podia ouvir sua respiração. Balançou a cabeça, para que Megan dissesse que ele não estava.

– Não, ele não está. Eu já vou sair. – Megan estava deitada no chão, com Oliver sobre ela, arregalado e apavorado.

– Tudo bem. Você sabe onde ele está?

– Não sei. Ele disse que ia apanhar alguma coisa.

– Tudo bem.

Ouviram Sam abrindo e fechando portas, e Oliver levantou-se de um salto, lavou o rosto com água fria, vestiu a calça e passou os dedos no cabelo, enquanto Megan ria.

– Eu disse que íamos dar um jeito.

– Megan, você é louca! – murmurou Oliver, certo de que o filho sabia o que estava acontecendo, mas ela não estava assustada.

– Fique calmo. Ele tem 10 anos, não tem ideia do que o pai anda fazendo.

– Não aposte nisso. – Ele a beijou rapidamente, enquanto Megan tirava o biquíni da bolsa. – Vejo você na piscina.

Oliver esperava que Megan se comportasse, do contrário Mel ia ficar escandalizada. Mas, pensando bem, ela havia passado o verão com a mãe e seu amante de 25 anos. Ele tinha direito à sua vida também, não tinha? E, então, ouviu o eco das palavras do pai... mas isto era diferente. Ou não era?

Sam o esperava na cozinha. Queria uma Coca-Cola e não sabia onde estava.

– Onde você estava, papai?

– Na garagem, procurando uma chave inglesa.

– Para quê? – *Oh, meu Deus, deixe-me em paz, não sei... era tão simples quando eles estavam longe e agora tudo parecia uma loucura.*

Deu a Coca-Cola para Sam e voltou para a piscina. Megan estava entrando vagarosamente na água com um biquíni vermelho minúsculo. O cabelo longo e escuro estava preso no alto da cabeça, e Mel a observava com expressão crítica.

As duas não conversaram, e Oliver sentia-se como um enorme filhote de cão, rodeando a piscina, observando as duas, prestando atenção em Sam e incrivelmente nervoso.

– Gosto do seu biquíni – disse Megan.

Era cor-de-rosa e muito discreto, comparado com o de Megan, que não passava de dois pedacinhos de pano sobre os seios e uma tanga. Mas ficava bem nela. Megan tinha um corpo incrível.

– Comprei na França.

– Você se divertiu na viagem?

– Foi boa. – Mel não queria mais falar sobre o acidente, e pensava que Megan não sabia de nada. Oliver dissera que ela era apenas uma amiga que ele não via havia tempos.

– Chegamos há dois dias.

Megan passou por ela nadando com braçadas longas e perfeitas, e logo depois Mel deixou o colchão e saiu da água para dar um mergulho espetacular. Era como se estivessem competindo, e a tensão durou a tarde toda, especialmente entre as duas mulheres.

Almoçaram cachorro-quente, e Megan começou a falar sobre o tempo que tinha morado na Inglaterra, quando era pequena. Mas, evidentemente, Mel não estava interessada. Megan não fez nenhum esforço para agradá-la, nem a Sam. Oliver os observava, tenso, e foi quase com alívio que a deixou na frente do seu prédio, naquela noite, na cidade. O olhar de Megan para Oliver valia por um beijo e, quando ela desapareceu, Mel deu um suspiro de alívio, e Sam fungou com desprezo.

– Ela é simpática, não é? – perguntou Oliver, arrependendo-se da pergunta antes mesmo de terminar a frase.

Mel voltou-se para ele como uma cobra, furiosa.

– Ela parece uma prostituta.

– Melissa!

– Você viu aquele biquíni?

– Se vi! – disse Sam, com um largo sorriso, depois ficou sério vendo o olhar furioso da irmã.

– Ela é uma moça muito boa – defendeu Oliver.

– Acho que ela não gosta muito de crianças – disse Sam.

– Por que diz isso?

– Não sei. – Ele deu de ombros. – Ela não falou muito. Mas é uma gata, não é, papai?

– É inteligente também. Trabalha numa grande editora.

– E daí? Ela só quer ficar exibindo aquele corpo. – Mel considerou Megan vulgar e a detestou, ao contrário do pai e do irmão que não tiraram os olhos dela a tarde toda.

Oliver não disse mais nada e, naquela noite, depois que Sam foi se deitar, Mel saiu do quarto com a testa franzida.

– Acho que você pode dar isto a ela. – Entregou para o pai a blusa e o sutiã. – São dela, não são, papai?

– Por que diz isso? – Era como se tivesse sido apanhado em flagrante, como se tivesse profanado seu lar, o que na verdade tinha acontecido. Mas era um homem adulto e tinha direito de fazer o que quisesse com sua vida, não tinha? – Eu disse que são de Daphne.

– Não são. Daphne tem muito mais busto do que isto. São de Megan.

O tom de Mel era acusador e Oliver corou.

– Escute Mel, certas coisas que os adultos fazem não interessam às crianças, e é melhor não falar nelas.

– Ela é uma vagabunda. – Mel olhou para ele, furiosa, mas agora Oliver estava zangado também.

– Não diga isso! Você nem a conhece.

– Nem quero conhecer. E ela não dá a mínima para nós. Só está com a língua de fora por você, como um cachorro, ou coisa assim. Eu a detesto.

Era estranho aquela rivalidade entre duas mulheres por causa dele, e Oliver perguntou a si mesmo por que Mel odiava Megan. Na verdade, ela não havia feito nada para ganhar a simpatia dos seus filhos. Falou quase só com ele e apenas ocasionalmente com Sam e Mel. Nada tinha saído como ele queria.

– Ela é só uma amiga.

Ouvir isso foi um alívio para Mel.

– É verdade?

– O quê?

– Você não está apaixonado por ela?

– Não sei. Eu gosto dela.

– Pois ela não gosta tanto de você. Gosta muito mais dela mesma.

Talvez Mel estivesse certa, pensou ele, e talvez com ciúmes, e era muito perspicaz.

– Não se preocupe com isso.

Quando Mel saiu do seu quarto, Oliver pensou outra vez no pai. Estaria sendo um filho ciumento como Mel, ou estava certo opondo-se ao casamento com Margaret Porter? Que direito tinha de interferir? Estava disposto a fazer companhia ao pai todas as noites e nos fins de semana? Estaria lá para lhe dar o remédio na hora certa? Oliver queria ter sua própria vida, e o pai tinha o direito de também ser feliz, mesmo que isso fizesse Oliver sentir mais saudade da mãe.

Resolveu telefonar para George, e Margaret atendeu. Oliver sobressaltou-se ao ouvir a voz dela, mas logo se acalmou e pediu para falar com o pai.

– Oi, papai... eu só queria dizer que... – Não sabia como dizer. – Eu te amo muito, só isso. Faça o que for certo para você e esqueça o resto. Já tem idade para saber o que quer e do que precisa. E se ela o faz feliz – seus olhos se encheram de lágrimas –, vá em frente! Tem a minha bênção.

Ouviu um soluço abafado, e, então, George Watson pigarreou e agradeceu.

– Ela é uma boa mulher, meu filho... não como sua mãe, de modo algum. – Esperava que Margaret não o ouvisse, mas devia isso ao filho. Phyllis era a mãe dele. – Mas é uma boa pessoa, e eu a amo.

– Boa sorte para vocês dois.

– Você vem ao casamento?

– Pode apostar que sim.

– Quatorze de setembro. Não vá esquecer.

Oliver riu, o pai parecia jovem outra vez, e isso o fazia feliz. Que droga, ele tinha direito. Era maravilhoso para ele ter encontrado uma mulher que amava e com quem podia ser feliz.

Telefonou depois para Megan, mas ela não estava. Com um aperto no coração, deixou recado na secretária, e deitou-se na cama agora outra vez vazia. Imaginou se não fora tudo um sonho louco e se Mel tinha razão. Mas Megan nunca procurou parecer o que não era. Queria se divertir, sem magoar ninguém. Nada mais do que isso... não queria nada que a prendesse... nem maridos... nem um lar... ou filhos... e Oliver, ali deitado, pensando nela, perguntava-se se seu romance de verão tinha chegado ao fim. Foi ótimo e não ia ser fácil agora. Megan não ia ficar esperando por ele. Além disso, as crianças não gostavam dela. Às vezes, a vida não era nem um pouco fácil.

18

O fim de semana do Dia do Trabalho foi uma agradável volta à casa para todos eles. Fizeram um churrasco ao lado da piscina, como de costume, e as crianças convidaram os amigos, e George compareceu com Margaret. Eles levaram doces e balas, pão caseiro e Andy também. Dessa vez Oliver deu os parabéns aos dois e deixou que o pai comunicasse seu casamento aos netos. A princípio ficaram um tanto espantados, mas depois, vendo a atitude do pai, acharam que, se ele achava certo, estava tudo bem. Daphne também compareceu e concordou em passar com eles o fim de semana. Só Megan não aceitou o convite. Ela foi para East Hampton. Oliver não gostou da ideia, mas não conseguiu convencê-la do contrário. Megan disse que não era exatamente seu ambiente, crianças, cachorros e churrascos, e não queria interferir na vida deles. Mas na realidade tudo isso a aborrecia. Não tinham se encontrado durante toda a semana, e Oliver estava ficando quase louco. Ela estava trabalhando até tarde, e ele também. As crianças estavam em casa, e ele esperava que se adaptassem outra vez, o que para ela não parecia importante.

Benjamin e Sandra também estavam lá, e agora ela parecia simplesmente patética. Seu rosto estava inchado, mal podia andar de tão volumosa que estava sua barriga, e era difícil acreditar que fora bonita algum dia. Benjamin estava magro e pálido, sentindo o peso dos dois empregos. Sandra passava o tempo todo se lamentando, e às vezes ele pensava que ia enlouquecer. Mel levou Sandra para dentro, para se deitar um pouco, e Oliver deu uma cerveja ao filho, olhando atentamente para ele, imaginando se Benjamin ia aceitar ajuda ou ia deixar que ela o matasse.

– Como vão as coisas, filho?

– Bem, eu acho. Logo vou ter de arranjar outro emprego. Vão fechar o posto de gasolina, e só trabalho mais algumas semanas. O restaurante paga pouco. Mas tenho alguma coisa em vista, e Sandra disse que, depois que o bebê nascer, vai voltar a trabalhar.

Benjamin procurava parecer esperançoso, mas era evidente para Oliver que o filho começava a se desencorajar, o que era mais do que normal naquela condição. Com 18 anos, prestes a ser pai, sustentando uma pseudoesposa de 17 anos, com dois empregos, não era exatamente a ideia de uma vida feliz, especialmente para Oliver.

– Vai deixar que eu o ajude antes que tudo isso acabe com vocês dois, ou vai continuar com sua teimosia?

Benjamin sorriu, parecendo muito mais velho e mais experiente. Tinha aprendido muito naqueles últimos meses, e o coração de Oliver se apertou.

– Vamos ver, papai. O bebê deve chegar dentro de três semanas, e depois disso tudo vai ficar bem.

– Não é fácil cuidar de um bebê.

– É, sei disso. Estamos tendo aulas na ACM para aprender, com o método Lamaze e tudo o mais. Quero assistir ao parto, para ajudar Sandra.

Oliver tinha de admirar o filho, embora isso não diminuísse sua preocupação. Benjamin estava cumprindo à risca o compromisso assumido.

– Você me procura, se precisar de ajuda para qualquer coisa?

– É claro.

– Promete?

Benjamin sorriu outra vez, e por uma fração de segundo Oliver viu o garoto de alguns meses atrás.

– É claro, eu procuro você, papai.

Depois disso, juntaram-se aos outros e comentaram o casamento de George. Benjamin prometeu comparecer, e Oliver ofereceu-se para entregar a noiva. Daphne estava feliz por eles e mais tarde, quando tudo estava mais quieto, perguntou a Oliver sobre Megan. Ele deu de ombros, com expressão de desgosto e disse que no momento não sabia.

– No último fim de semana ela esteve aqui, para conhecer as crianças, e não foi exatamente um sucesso. Esse tipo de coisa não é para ela, e no momento estou muito ocupado. Era diferente quando eles não estavam aqui. Mas agora, não sei, Daphne.

– Ela não me parece do tipo maternal e carinhoso, mas talvez não seja o que você está procurando especialmente.

Oliver sorriu para a amiga, depois deu uma risada.

– Sim, pode dizer isso.

– Bem, pelo menos o tirou de dentro da concha. Sem dúvida. — Ele sorriu outra vez. – Acho ótimo o casamento do seu pai.

– Parece uma loucura, não acha, Daph? Benjamin vai ser pai, meu pai vai se casar, e eu continuo sozinho.

– Isso vai mudar qualquer dia.

Oliver não estava com pressa. Se seu caso com Megan terminasse, não seria o fim do mundo. Não estava nem mesmo divorciado ainda e nem queria pensar em se casar de novo. Tinha uma vida ocupada, com os filhos e o trabalho. O resto podia esperar, por enquanto.

Nadaram na piscina tarde da noite, as crianças cantaram, seu pai voltou para casa, e Benjamin foi para o trabalho. Daphne ajudou Oliver a arrumar as coisas, e Aggie estava de volta depois de umas férias repousantes. Tinham vencido um longo caminho desde o começo do verão. E, com uma leve sensação de mágoa, Oliver lembrou o ano anterior, quando Sarah estava em casa e a vida era tão simples e normal. Nada mais era simples agora. E nada era seguro. Mas a vida era boa, e Oliver agradecia tudo que tinha. Mesmo que jamais tivesse nada além daquilo.

Quando voltaram para Nova York, Oliver foi ao apartamento de Megan. Fizeram amor durante horas e depois conversaram. Megan confessou que tinha ido a East Hampton com um antigo amante. Embora já suspeitasse disso, Oliver não gostou.

– Está acabado, não está?

– Não realmente. – Deitada languidamente na cama, Megan olhou para ele. – Terei prazer em vê-lo a qualquer hora. Mas não vou bancar a mamãe para seus filhos, se é isso que você quer. E agora você não tem mais tanto tempo para mim, como antes. As coisas são assim, às vezes, Oliver. Mas nada mudou entre nós.

Megan falava com tanta naturalidade. Para ela, tudo era fácil, sem compromissos, puramente sexual.

Oliver amou isso nela, quando a conheceu, mas agora não parecia suficiente. Não queria compartilhar Megan com ninguém, não queria viver longe dos filhos. Só que era difícil estar com alguém que não se importava com eles e de quem eles não gostavam. Oliver sabia agora que Megan não tinha nenhum interesse em conquistar a simpatia das crianças. Na verdade, ela não queria. Era parte do seu esforço constante para não se apegar a ninguém. No fim, ela ganhou. Mas era um jogo onde só havia perdedores.

– É uma pena que as coisas sejam assim – disse ele, vestindo-se. E dessa vez ela não tentou fazer com que ele tirasse a roupa novamente. As coisas tinham mudado para Megan também, quer ela admitisse ou não.

– Só podiam ser assim, Oliver, eu disse logo no começo. Você não precisa de uma mulher como eu. Merece coisa melhor. Sempre mereceu alguém melhor do que Sarah. Não se contente com pouco, desta vez, meu amigo. Do contrário sempre vai sair ferido, e você não merece.

– Por que você não quer mais do que isso? – Por que ela não quis? Por que eram tão diferentes?

– Acho que não fui feita para isso. Priscilla foi... mas não eu. Acho que é doloroso demais. Não estou disposta a enfrentar os riscos, empenhar meu coração, arriscar minha vida. Tudo que quero é me divertir, Oliver. Nada mais. É simples.

E tinha sido exatamente isso. Bons momentos. Momentos maravilhosos. Momentos de sublime loucura, e ele podia continuar assim para sempre. Só que o *moussaka* ia azedar. As pessoas precisam mais do que isso. Pelo menos ele precisava.

– O que devo dizer quando sair? – perguntou ele tristemente, no corredor, sabendo que não ia voltar. – Muito obrigado?

– Você diz "até logo", "a gente se vê", "obrigado pelos bons momentos".

– Obrigado por mais do que isso... obrigado por algo muito especial. Você é muito especial. Não se esqueça disso. E talvez algum dia destes você tome coragem.

– Não conte com isso. – Ela o beijou levemente nos lábios e apertou o botão do elevador.

Quando a porta se fechou, ele a viu pela última vez com um quimono de cetim branco, sorrindo, o cabelo negro emoldurando o rosto cor de marfim.

Sabia que ia sentir falta dela. A caminho de casa, Oliver teve pena de Megan. Pena por tudo que ela jamais teria, por tudo que ela não queria, por tudo que ela tinha medo de ter. E lá de cima, da varanda, ela ergueu o braço num adeus silencioso. Voltou para a sala e ligou o som. Terminou o conhaque deixado por ele e sentou-se no sofá, sozinha, lembrando a sensação do corpo de Oliver.

– Você teria gostado muito dele – murmurou Megan para a lembrança da sua irmã gêmea.

Oliver seria perfeito para ela, e Megan teria zombado da irmã por escolher um homem tão decente, tão quadrado, tão bom. Sorriu, pensando nos dois juntos e caminhou lentamente para o quarto. Tinha muito trabalho para fazer e um leilão de títulos no dia seguinte. Não adiantava pensar no passado. Tirou os dois do seu coração, como os móveis para os quais não se tem mais lugar, tomou um banho de chuveiro, escovou os dentes, apagou a luz e foi para a cama, sabendo que tinha sido muito bom com Oliver Watson, mas estava terminado. Megan não chorou, não se lamentou. Estava acostumada com essas situações e forçou-se a pensar em outra coisa quando o sono chegou. Seu momento com Oliver estava acabado.

19

O casamento de George Watson e Margaret Porter foi tudo que devia ser, terno, suave e simples, e os olhos de Daphne encheram-se de lágrimas quando os noivos receberam a bênção final. Ela sempre chorava em casamentos, talvez por nunca ter se casado. Mas esse era especial, de pessoas maravilhosas.

A noiva estava com um vestido simples de renda bege e levava um buquê de pequeninas orquídeas bege. O chapéu era pequeno e elegante. Oliver a entregou ao noivo, como havia prometido, depois ficou ao lado dos filhos com os olhos úmidos, enquanto o órgão tocava.

A cerimônia foi breve, e depois foram todos à recepção oferecida por Oliver em sua casa. Convidou apenas os amigos mais próximos. Muitos deles ficaram chocados, a princípio, mas depois, como Oliver, compreenderam. Era difícil negar a alegria do novo casal, uma alegria que ambos mereciam.

Era uma tarde ensolarada de setembro, e os noivos saíram de carro, às 17 horas. Iam passar a noite no Hotel Plaza, depois pegariam um avião para São Francisco, onde ficariam duas semanas. Margaret tinha parentes lá e, além disso, pretendiam ir à ópera. Passariam alguns dias em Carmel e depois, São Francisco, e o avião de volta. Era uma viagem ideal para eles, e embora Margaret não tivesse dito a ninguém, não queria ficar "longe da civilização". George tinha problemas cardíacos, e ela preferia estar sempre onde pudesse contar com assistência médica imediata. Mas ele não parecia precisar de nada disso quando saíram para a cidade, acenando e sorrindo para os convidados, que atiravam flores.

– Foi perfeito, absolutamente perfeito! – comentou Daphne feliz, na sala de estar de Oliver, mais tarde. – Talvez eu me case quando tiver a idade deles.

Oliver balançou a cabeça, com um largo sorriso. – Você é bem capaz. Eu a acompanho, se fizer.

Tinha contado a ela o fim do romance com Megan. Daphne não ficou surpresa, embora sentisse por ele. Foi uma boa distração durante dois meses e agora estava acabado, e Oliver outra vez com aquele ar solitário, embora afirmando que se sentia muito feliz.

– Você tem de começar tudo de novo.

– Que chateação. – A ideia de começar a sair com outra mulher o deixava desesperado. Mas reconhecia que a escapada com Megan fora mais do que exaustiva e sem dúvida fora do comum. Qualquer pessoa que seguisse normas de vida mais simples seria mais fácil agora.

Daphne insistiu em voltar para a cidade e, à noite, ele a levou até a estação. Ela disse que tinha um almoço no dia seguinte e, como a mulher do seu amigo estava fora da cidade, ia passar a noite com ele. Os dois nunca saíam juntos. Ele era muito cuidadoso. E Daphne aceitava isso, como tudo que vinha dele.

– Ele é um filho da mãe de muita sorte. – Oliver costumava dizer, e Daphne ria. Não queria nada mais além do que compartilhava com ele. Ela o amava completamente e aceitava todas as restrições daquele modo de vida. Oliver havia muito tempo desistira de convencê-la a procurar outra pessoa.

Mais tarde, ele estava na sala, conversando com Mel sobre o casamento, quando o telefone tocou e ela atendeu, certa de que era uma das suas amigas. Não era, e Mel estendeu o telefone para o pai, com um olhar surpreso. Benjamin queria falar com Oliver. Mel beijou o pai, antes de subir para seu quarto.

– Boa noite, papai.

– Vejo você de manhã, minha querida. Durma bem. – E voltou a atenção para o telefone. – O que houve, Benjamin?

Tinham estado juntos naquela tarde, no casamento. Benjamin tirou o dia de folga e foi sozinho. Sandra não estava bem. Estava com gripe, explicou Benjamin, o que era um problema, na sua condição. O bebê devia nascer dentro de uns dez dias, e Benjamin estava visivelmente nervoso.

– Oi, papai. – Sua voz estava tensa. – Ela está em trabalho de parto. Estamos no hospital desde as oito horas.

– Está tudo bem? – Oliver lembrou-se do nascimento dos filhos, da sua empolgação, mas Benjamin parecia mais assustado do que empolgado.

– Não muito. Ela não está fazendo nenhum progresso... e papai... ela está sofrendo tanto. Eles deram alguma coisa para a dor, mas não está adiantando.

– E o seu Lamaze?

– Ela não quer fazer. E... papai... eles acham que o bebê está tendo problemas.

Oh, meu Deus, um bebê doente ou anormal.

– Você quer que eu vá ao hospital?

– É isso... eu... desculpe. Sei que é tarde. Você vem?

– Claro que vou.

Benjamin disse o nome do hospital.

– Já estou indo.

Oliver saiu apressado, apanhando as chaves do carro na mesa, satisfeito por Benjamin ter telefonado. Pelo menos estava pedindo ajuda do pai, e agora talvez pudesse fazer alguma coisa por ele. Infelizmente não podia ajudar Sandra, e sentia pena dela, sem mãe, sem família, sem ninguém para segurar-lhe a mão. Mas pelo menos podia estar ao lado de Benjamin, e os médicos se encarregariam de Sandra.

Benjamin, de pijama verde, robe branco e um engraçado gorro verde na cabeça, andava nervosamente no corredor. Oliver sorriu, lembrando-se da festa do dia das bruxas em que ele tinha se fantasiado de médico. Benjamin tinha 4 anos naquela época e agora não parecia ter muito mais.

– Você parece o Dr. Kildare. Como ela está?

– Péssima. Não para de gritar. Eles me pediram para sair, para um exame mais completo e ela não queria que eu deixasse a sala de parto... Não sei o que posso fazer por ela, papai.

– Acalme-se, meu filho. Tudo vai sair bem. Quer um café?

Benjamin balançou a cabeça, mas Oliver foi pegar um café. Tinha tomado muito vinho no casamento e não queria adormecer agora que Benjamin precisava dele. Quando voltou com a xícara escaldante, Benjamin estava conversando com dois médicos. Oliver parou a certa distância dos três e viu Benjamin fechar os olhos e balançar a cabeça afirmativamente.

– Querem fazer uma cesárea. O bebê está com problemas agora. Sei que Sandra não queria isso, mas os médicos disseram que não temos escolha. – Tirou o gorro de plástico da cabeça. – Não me deixam ficar lá dentro com ela. Vão dar anestesia geral.

– Ela vai ficar bem. Pode ter certeza. – Com a mão no ombro do filho, levou-o até uma cadeira na sala de espera.

– E se o bebê não for normal? – perguntou Benjamin, sentindo-se péssimo.

– Resolvemos isso quando chegar o momento, mas aposto que vai ser um belo bebê. – Queria falar sobre a adoção, mas compreendeu que não era o momento adequado.

Esperaram durante horas. Os ponteiros do relógio na parede pareciam se arrastar. Já passava da 1 hora da manhã. Então apareceu uma enfermeira à procura do Sr. Watson. Os dois ficaram de pé e depois Oliver, sentindo-se tolo, voltou a sentar-se. Evidentemente estavam procurando por Benjamin. O rapaz correu para a porta.

– Sr. Watson?

– Sim?

– Tem alguém aqui que quer conhecê-lo.

E sem dizer mais nada, ali no corredor, entregaram para o rapaz de pijama verde e roupão branco um bebê enrolado num cobertor, que deu um grito estridente quando Benjamin o pegou e o aconchegou carinhosamente contra o peito. Ficou olhando para o filho, completamente extasiado, com as lágrimas descendo dos olhos. Então, com um largo sorriso, voltou-se para Oliver, segurando o bebê nos braços.

– É um menino, papai! É um *menino*!

Quando Oliver viu a criança seu coração deu um salto. Estava olhando para Benjamin quando ele nasceu. A mesma criança, o mesmo rosto, o mesmo cabelo vermelho e os olhos surpresos, e com tanta coisa de Sarah. Então, Oliver lembrou-se de algo em que não tinha pensado ainda. Não era apenas o filho de Sandra e Benjamin, era seu neto também. Era parte dele e de todos que tinham vindo antes... seu pai... sua mãe... e os pais deles. Era parte de todos eles, ninguém podia negar. Com lágrimas nos olhos, Oliver tocou gentilmente a criança que pertencia a todos eles agora.

– Como está Sandra?

Só então Benjamin lembrou-se dela e voltou-se para a enfermeira, com expressão de culpa.

– Ela está bem?

– Está. Vai ficar na sala de recuperação por algum tempo. Agora, quer vir ao berçário por alguns minutos? Pode segurar o bebê enquanto o registramos.

– Ele está bem?

– Está ótimo. Pesa quatro quilos e cinquenta, e seu Índice de Apgar está perfeito. Isso significa que é um menino esperto e saudável.

Tirou o bebê dos braços de Benjamin, e foram para o berçário.

Oliver ficou na sala de espera. Era um momento fantástico em sua vida. Com 45 anos, de repente virava avô. Estava ainda atônito com a semelhança do bebê com Benjamin. Precisava compartilhar com alguém. Foi até um telefone público e fez uma ligação a cobrar.

Quando ela atendeu, Oliver sorriu e com voz rouca e suave disse:

– Alô, vovó.

– Quem está falando? – Sarah pensou que era um trote e ia desligar.

– Você tem um neto, Sarah. – Oliver estava com os olhos cheios de lágrimas, lembrando-se dos filhos que os dois haviam tido.

– Ah, meu Deus, ele está bem?

– É perfeito. Quatro quilos e cinquenta, e é igualzinho a Benjamin quando nasceu.

– Como está Sandra?

– Não muito bem, eu acho. Tiveram de fazer cesárea. Mas vai ficar boa. O bebê é um encanto, Sarrie... você vai ver.

– Então, vão ficar com ele? – Sarah estava completamente acordada agora.

– Vão – disse ele, em voz baixa, sentindo de repente algo por aquela criança que tinha pensado nunca mais poder sentir na vida, quase como se fosse seu filho. – Acho que vão ficar com ele. – Era impossível não concordar com Benjamin, agora que tinha visto seu neto.

– Como está Benjamin?

– Estava muito nervoso, mas agora parece um papai orgulhoso. Oh, Sarah, você precisava ver. – Oliver estava orgulhoso do filho e ao mesmo tempo triste por ele.

– Você é um sentimental, Oliver Watson. Devia ter mais filhos.

Era estranho, vindo dela, mas estavam vivendo em mundos diferentes agora.

– Foi o que me disseram. E você, como vai?

– Estou bem.

– Seus olhos?

– Ainda um pouco roxos, mas bem melhores. Diga a Benjamin que eu o amo. Telefono para ele amanhã.

– Cuide-se, Sarah. – Sua voz estava triste outra vez. Ainda era difícil falar com ela, mas estava feliz por ter ligado. Era neto dela também. E ele quis ser o primeiro a contar.

– Meus parabéns – disse ela, sorrindo. – Vovô.

– O mesmo para você. Faz a gente se sentir muito velho, não acha?

– Não sei. Acho que gosto.

Oliver desligou e esperou que Benjamin voltasse do berçário. Levou-o para casa, em Purchase, e pela primeira vez em seis meses, ele dormiu no seu antigo quarto. Tinha partido com um desafio e voltava pai. Mundo estranho, pensou Oliver, pensando no bebê nascido naquela noite. Desejava a ele uma vida fácil, um berço feliz, e um caminho para a idade adulta mais fácil do que a do seu pai. Benjamin, na sua cama, dormiu finalmente, sorrindo, pensando no bebê.

20

Oliver os levou do hospital para o tristonho apartamento em Port Chester. Não conseguiu convencê-los a ir para Purchase. Tinha quase certeza de que Sandra aceitaria de bom grado, mas Benjamin insistiu em dizer que podiam se arranjar sozinhos. Ele ia tomar conta de Sandra e do bebê. Pediu duas semanas de folga no trabalho, e logo tudo estaria sob controle. Mas, depois disso, sempre que Oliver telefonava, o bebê estava berrando e, quando os visitou, na semana seguinte, Sandra estava péssima, pálida, com olheiras e sentindo dores. Benjamin parecia descontrolado, e o apartamento estava uma bagunça.

Quatro dias depois, o telefone tocou no meio da noite, no apartamento de Nova York. Era Benjamin. Sandra estava no hospital, com uma infecção da cesariana e ele sozinho com o bebê. Estava chorando. Oliver foi até Port Chester, apanhou todas as coisas do bebê e levou os dois para casa.

– Agnes pode tomar conta de Alex e você pode dormir um pouco.

Dessa vez não ia discutir com ele. Benjamin nunca estivera tão mal. Ficou aliviado por se livrar daquelas obrigações e no dia seguinte, quando Oliver voltou do escritório, pai e filho tiveram uma longa conversa. O bebê chorava o tempo todo, e Sandra se queixava amargamente. Ele não tinha arranjado outro emprego e mal tinham como viver. De repente tudo começava a desmoronar sobre sua cabeça, e ele estava quase em pânico. Por mais encantador que fosse o bebê, Benjamin arrependia-se de ter tido aquele filho.

– Meu filho, você tem de pensar nisso com muito cuidado. É realmente o que quer fazer da sua vida? Acha que pode ficar com o bebê? E o mais importante, o que você vai fazer? Quer trabalhar como auxiliar de garçom pelo resto da vida? E Sandra?

Essas eram as perguntas que havia meses atormentavam Benjamin e agora sentia-se arrasado. Disse ao pai que não amava mais Sandra, que talvez nunca a tivesse amado, pelo menos não a amava havia muito tempo. Não podia suportar a ideia de passar a vida com ela. Mas o que complicava tudo era que ele amava o bebê.

– Ele é meu filho, papai, não posso abandoná-lo. Não posso fazer isso com ele, nem comigo mesmo. Mas não acredito que possa ficar com Sandra por mais tempo... porém, se eu a deixar, tenho de deixar Alex com ela.

Benjamin duvidava que Sandra fosse capaz de cuidar do filho. Ela não parecia ter nenhum instinto materno. Só pensava em si própria, como antes, e nunca no bebê.

– Por que não dá a ela a chance de se refazer? Talvez você tenha de pensar então só em sustentá-la. Não precisa ficar com ela.

E como ele ia fazer isso? Lavando pratos? Vendendo gasolina?

– Farei o possível para ajudá-lo – continuou Oliver. – Por que não descansa por alguns dias para pensar no assunto?

Mas quando Benjamin começou a pensar, sentiu-se responsável outra vez. Sandra saiu do hospital, e com pena dela, ele voltou. Aggie ficou inconsolável por ele ter levado o bebê, e Oliver também, vendo o filho voltar para o que ele achava que era certo. Benjamin não queria deixar de cumprir o que julgava ser sua obrigação, e Oliver sofria só de pensar nos três naquele apartamento tristonho. Insistiu em dar cinco mil dólares para os dois, e Benjamin fez tudo para devolver o dinheiro.

– Tudo bem, então considere um empréstimo. Não vou deixar que vocês passem fome. Que droga, tenha juízo.

Finalmente Benjamin cedeu, prometendo pagar logo que pudesse.

Duas semanas depois, as coisas complicaram-se ainda mais. Oliver recebeu um pedido surpreendente do chefe da sua empresa. O diretor do escritório de Los Angeles estava doente, com câncer. Ia deixar a firma na próxima semana, com uma licença de saúde permanente, e alguém tinha de ocupar o cargo. Além disso, queriam ampliar aquela filial, elevando-a à importância do escritório de Nova York. Pretendiam criar um "equilíbrio entre os dois litorais", aproximando-se mais da indústria da televisão, que era muito importante para a agência, e conseguir clientes maiores e melhores na Costa Oeste. O diretor-presidente considerou Oliver o homem ideal para o cargo.

– Meu Deus... mas não posso... tenho dois filhos na escola, aqui, uma casa, uma vida... Não posso simplesmente arrancar essas raízes e levar tudo para milhares de quilômetros de distância.

E agora havia o problema de Benjamin e o bebê. Não podia abandoná-lo como Sarah havia feito com todos eles.

– Tenho de pensar um pouco.

Seria loucura recusar o salário, os termos do novo contrato e a participação nos lucros que a empresa oferecia.

– Ora, Oliver, seja sensato. Aceite! Nunca mais vai ter uma oferta como essa e algum dia você será diretor-presidente – disse Daphne, naquela noite, no escritório, muito tempo depois de todos terem saído.

– Mas, e meus filhos? Minha casa? Meu pai?

– Não seja ridículo. Seu pai tem a vida dele e uma mulher que o ama. E Benjamin também tem a vida dele. Mais cedo ou mais tarde as coisas vão melhorar para ele, quer você esteja aqui ou não. Benjamin é capaz disso. Exatamente como você. E Mel e Sam vão adorar Los Angeles. Você viu como se adaptaram logo à vida na cidade.

– Mas Daphne, isto é diferente. Nova York fica a 50 quilômetros de Purchase. Estamos falando de 5 mil quilômetros de distância.

– Não se você instalar sua casa lá. E Melissa, dentro de dois anos vai para a universidade. Não use seus filhos como desculpa. Vá em frente! É uma oferta fantástica.

Mas Los Angeles? Califórnia? Nova York era seu lar.

– Não sei. Tenho de pensar. Vou falar com as crianças para ver o que acham.

Os dois ficaram chocados, mas não apavorados como Oliver pensou que ficariam. Depois de pensar um pouco, começaram a achar a ideia agradável. Não gostavam de deixar os amigos, e Sam preocupava-se, pensando que não poderia ver Sarah com tanta frequência, mas Oliver garantiu que poderiam ir a Boston quantas vezes quisessem, e podiam também passar as férias com ela. Mas para Oliver era ainda uma ideia maluca e assustadora. Especialmente porque a empresa queria que ele estivesse instalado em Los Angeles no máximo dentro de um mês.

– Muito bem, pessoal – disse Oliver, depois de os filhos terem conversado muito sobre o assunto. Ele precisava dar a resposta até o fim da semana. – O que vocês resolvem? Vamos para a Califórnia, ou ficamos aqui?

Mel e Sam trocaram um olhar longo e cauteloso, e Oliver torceu para que dissessem não.

– Acho que devemos ir – disse Mel, surpreendendo-o.

Sam recostou-se na cadeira, com um largo sorriso.

– Isso mesmo, papai, vamos. Podemos ir à Disneylândia todos os domingos.

Oliver estava realmente surpreso com aquela decisão.

– Falam sério?

Os dois balançaram a cabeça afirmativamente e no dia seguinte, com a impressão de estar vivendo num sonho, Oliver disse ao chefe que aceitava. Naquele domingo pegou um avião para Los Angeles, procurou uma casa para alugar, passou três dias visitando escolas, outra semana conhecendo o pessoal do escritório e voltou a Nova York para os preparativos finais.

A fiel Aggie concordou em ir com eles, e Oliver resolveu não vender a casa em Purchase, mas conservá-la, até ter certeza de que estavam bem na Costa Oeste. O mais difícil foi dizer a Benjamin, mas chegaram a um acordo que tirou um peso da consciência de Oliver. Benjamin e Sandra concordaram em morar em Purchase. Oliver disse que eles podiam tomar conta da casa para ele e que ficaria muito mais tranquilo se quisessem "ajudá-lo".

– Tem certeza, papai? Não está querendo nos fazer um favor?

– Não, não estou, Ben. Há outra alternativa. – Oliver prendeu a respiração. – Pode deixar Sandra e Alex no apartamento e ir para a Costa Oeste conosco.

Benjamin balançou a cabeça, tristemente. Não ia abandonar Sandra e o filho. Sandra não era capaz de fazer nada sozinha, e Alex era seu filho.

– Ficaremos muito bem aqui. – Tinha arranjado outro emprego e agora não precisaria pagar aluguel.

Tudo aconteceu como um furacão. Fizeram as malas e partiram. Choraram, acenaram. E uma semana antes do Dia de Ação de Graças voaram para Los Angeles, para começar uma nova vida na Califórnia.

Quando o avião pousou no aeroporto de Los Angeles, Oliver olhou para Mel e Sam e perguntou a si mesmo o que tinha feito.

– Prontos? – Sorriu nervosamente, esperando que gostassem da casa que tinha alugado em Bel Air.

Era uma construção incrível, com deck, sauna, Jacuzzi em todos os banheiros e uma piscina duas vezes maior que a de Purchase. Pertencia a um ator falido que resolveu alugá-la por um tempo, até conseguir vender.

Apanharam Andy na área de bagagem, na grande jaula em que ele havia viajado, e Aggie sorriu, endireitando o chapéu.

Uma limusine os esperava. As crianças arregalaram os olhos, e Andy latiu, abanando a cauda. Pela centésima vez, Oliver imaginou se não estava fazendo uma loucura. Mas, se estava, ninguém parecia se importar. Pelo menos, ainda não. Sentou-se no banco traseiro da limusine e segurou as mãos dos filhos, um de cada lado dele.

– Espero que vocês gostem da casa.

– Vamos gostar. – Sam sorriu, olhando para fora, e Mel, de repente, parecia muito adulta.

Seguiram no meio do tráfego de Los Angeles para a casa que o pai havia escolhido, em Bel Air. Para os dois era um mundo completamente novo, uma nova vida, mas pareciam satisfeitos. Olhando também pela janela do carro, Oliver era o único apavorado com as consequências do que estavam fazendo.

21

A casa era exatamente o que as crianças esperavam. Era perfeita para eles, e Oliver ficou satisfeito. Dentro de poucas semanas os três estavam instalados e muito felizes. Até Agnes estava extasiada com sua nova casa. Depois de percorrer as lojas locais, verificou que tinham tudo de que ela precisava.

Mel adorou a escola, e Sam convidou dois novos amigos para nadar na piscina, no fim de semana do Dia de Ação de Graças. Porém o feriado parecia estranho sem Benjamin, sem o avô e tão longe de Sarah. Iam passar as férias de Natal com ela. Quando arrumaram as malas para a viagem, parecia incrível que estivessem só um mês em Los Angeles.

Oliver os levou ao aeroporto e, embora sabendo que sentiria falta deles, estava satisfeito por poder trabalhar até mais tarde nesses dias. Precisava de tempo para estudar todos os projetos que o estavam esperando. A pessoa de quem realmente sentia falta era Daphne, da sua visão, sua mente brilhante, o julgamento preciso, as soluções criativas para os problemas do trabalho. Mais de uma vez tinha telefonado pedindo a opinião dela, e enviava planos e projetos para novas campanhas, bem como apresentações para novos clientes para sua apreciação. Gostaria que a tivessem mandado para Los Angeles também, mas estava certo de que ela não iria. Seu relacionamento com o homem de Nova York era muito importante. Daphne teria preferido desistir do emprego a ter de deixar o homem ao qual dedicara quase 13 anos da sua vida.

As semanas passaram voando, e o Natal chegou. Sam e Mel decoraram a árvore antes de partir para Boston e trocaram presentes com o pai. No dia em que eles partiram, quando Oliver chegou em casa à noite, deu-se conta de que era a primeira vez que passava o Natal sozinho, o primeiro sem os filhos e sem Sarah. Seria mais fácil não pensar nisso e mergulhar no trabalho. Tinha muita coisa para fazer enquanto os filhos estivessem em Boston. Na tarde seguinte ficou surpreso quando uma funcionária da empresa bateu insistentemente na porta do seu escritório.

– Sr. Watson, Harry Branston achou que o senhor ia querer ver isto. – A jovem pôs um convite sobre sua mesa.

Oliver apenas olhou rapidamente para o papel. Estava muito ocupado e só viu do que se tratava algumas horas depois. Era um convite para a festa de Natal que uma grande rede de televisão oferecia todos os anos a seus atores, ao pessoal, amigos e principais agentes de publicidade. A rede pertencia a um dos maiores clientes da sua agência.

Oliver achou que seria boa política aceitar o convite, mas não tinha muito tempo e nem muita disposição. Resolveu deixar a decisão para mais tarde, dependendo do que pudesse resolver até o fim do dia. Quatro dias depois, na sexta-feira, o dia da festa, ele encontrou o convite sob uma pilha de papéis. Nem pensou em comparecer. Não conhecia ninguém e não iam notar sua ausência. Mas de repente teve a impressão de ouvir a voz de Daphne insistindo para que ele fosse. Era exatamente o tipo de coisa que ela aconselharia, para o bem da agência e para se apresentar como o novo diretor do escritório de Los Angeles.

– Tudo bem... tudo bem... – resmungou ele. – Eu vou.

E sorriu, lembrando-se de Daphne, sentindo sua falta e dos seus jantares de espaguete. Realmente foi a parte mais difícil da sua ida para Los Angeles. Não tinha amigos na cidade e, certamente, ninguém como Daphne.

Chamou a limusine da empresa, que raramente usava, mas que era útil para ocasiões como essa. O motorista ia saber onde ele estava, e Oliver não tinha de se preocupar em estacionar o carro.

A festa era num set do estúdio. Quando chegaram, um guarda, na porta, procurou o nome dele na lista e depois fez sinal para que entrasse. Para Oliver tudo era ainda como um sonho, ou como se estivesse trabalhando num filme que não conhecia.

Duas jovens o receberam e mostraram o caminho, e num instante Oliver estava no meio de centenas de pessoas vestidas com roupas de cores vivas, tomando champanhe, num set que parecia um imenso saguão de hotel. Uma árvore de Natal gigantesca erguia-se no centro, e os executivos da rede de televisão estavam recebendo os convidados. Oliver sentiu-se como um garoto numa escola nova, mas ninguém parecia notá-lo. Apresentou-se a algumas pessoas e ficou impressionado vendo os atores conhecidos, estrelas de programas de sucesso. As mulheres eram belíssimas e os homens bonitos. Oliver desejou que Mel estivesse com ele. Na certa ia ficar maravilhada e ia adorar. Viu até o ator favorito de Sam, um garoto sardento cujas piadas Sam vivia repetindo.

Recuou para dar passagem a um grupo de pessoas e pisou no pé de alguém, atrás dele. Saltou para o lado desculpando-se, e olhou para trás. Lá estava a mulher mais bonita que Oliver já havia visto em toda sua vida. O rosto era perfeito, os olhos verdes, o cabelo avermelhado.

– Desculpe... eu não a vi... – Percebeu que já vira aquele rosto antes, mas não sabia onde.

Ela sorriu, revelando os dentes perfeitos. Toda aquela beleza estava simplesmente vestida com uma calça de couro vermelho e suéter. Tinha um sorriso de menina, não de estrela de cinema. Era pequena, e tudo nela parecia pequeno e perfeito.

– Peço desculpas – repetiu ele.

Ela apenas sorriu, continuando a observar a multidão que os rodeava.

– Uma loucura, não é? Venho todos os anos e sempre me pergunto por quê. É como se eles telefonassem para a central de elenco, dizendo: "Tudo bem, Joe, mande um monte de gente para uma festa." Então, enfiam uma taça de champanhe nas mãos deles e dão ordem para que todos se divirtam. – Ela riu, observando o movimento, depois olhou para Oliver.

Para ele, ela pertencia a uma raça diferente, com o rosto perfeito e o cabelo bem penteado. Em Los Angeles todos pareciam tão "artificiais", tão maquiados, sempre vestidos para chamar a atenção. A aparência era seu modo de vida, mas essa jovem parecia diferente.

– Sei que não devia perguntar, eu devia saber a resposta, mas você trabalha aqui?

– Pode-se dizer que sim. Mas você não, certo?

Se trabalhasse, saberia quem ela era, mas isso não a preocupava. De certo modo, era muito mais interessante assim.

– Trabalho para uma agência de publicidade. – Não disse que era o diretor da agência. – Cheguei de Nova York há poucas semanas. Isto é muito diferente, mas eu gosto.

– Espere mais algum tempo. As coisas aqui são muito loucas. Estou em Los Angeles há dez anos e ainda me sinto como Alice no país das maravilhas.

Era uma sensação que Oliver começava a conhecer muito bem e imediatamente imaginou como ela seria sem o penteado e a maquiagem impecáveis.

– De onde você é?

– Nebraska. – Ela riu. – Dá para acreditar? Vim para cá para estudar na Universidade de Los Angeles e ser uma "estrela". Meus pais ainda acham que sou louca por ficar aqui. Às vezes eu concordo, mas depois de algum tempo, a gente fica presa. Adoro meu trabalho.

Oliver gostou da expressão de entusiasmo nos olhos dela. Era uma mulher cheia de vida e de alegria, e não parecia estar levando nada daquilo a sério. Então, alguém se aproximou dela e pediu um autógrafo. Ela assinou com naturalidade, sorriu, agradeceu e voltou-se outra vez para Oliver, que não conseguia disfarçar seu constrangimento, percebendo agora que devia saber quem ela era.

– Tudo bem. Amanhã vou ficar envergonhado. Vou descobrir quem você é e me sentir um perfeito idiota. Por que não me diz de uma vez para que eu possa me sentir como um ignorante agora, e o assunto fica liquidado? – Ele sorriu. – Quem é você?

– Chapeuzinho Vermelho – brincou ela. – Para ser franca, estava gostando do fato de não me conhecer. É uma pena estragar isso.

– Prometo esquecer assim que me disser.

– Ótimo. – Estendeu a mão para ele, num gesto formal. – Nesse caso, sou Charlotte Sampson.

A estrela de um dos principais programas da rede de televisão, uma série dramática semanal exibida no horário nobre. Era coestrelada por um ator e tinha uma audiência de quase 8 milhões de espectadores.

– Oh, meu Deus... – Sentiu-se realmente como um idiota, e Mel ia morrer quando soubesse disso. – Não acredito.

– Agora, que isso está resolvido, quem é *você*?

Oliver tinha apertado a mão dela, mas esqueceu de dizer seu nome. Era incrível que não a tivesse reconhecido. Porém nunca imaginara que ela fosse tão pequena, tão jovem, tão bonita e tão cheia de vida. No seu programa aparecia sempre muito séria e com um penteado diferente. Sentindo-se cada vez mais idiota, ele se apresentou.

– Desculpe. Na verdade, você me pegou de surpresa. Sou Oliver Watson. Tudo isto é muito Hollywood para nós lá do Leste. Não estou acostumado a conhecer estrelas todos os dias, muito menos a pisar no pé delas.

– Não se preocupe. Na última vez que meu pai veio me visitar, ele disse para Joan Collins que ela se parecia muito com uma professora da escola dominical que ele conheceu em Nebraska. Foi a primeira vez que a vi perder a fala. Meu pai deu umas pancadinhas amistosas nas costas dela e seguiu seu caminho.

– Talvez eu deva fazer o mesmo. Mas você não se parece com nenhuma professora de escola dominical.

Parecia mais a garota da casa ao lado. Mas extremamente bela. Era uma mulher encantadora, e Oliver notou que o vermelho do cabelo devia ser natural.

– Você não parece publicitário. Parece um dos caras do nosso programa – disse ela, rindo.

Oliver achou que ela devia rir com frequência. Era uma mulher extrovertida, sem os maneirismos e afetações de uma estrela importante.

– Desculpe, mas não concordo.

– A propósito, por que veio para Los Angeles?

As pessoas passavam e acenavam para ela, jogavam beijos, faziam sinais, mas Charlotte parecia contente em ficar ali, conversando com Oliver.

– Por causa da agência. Vim substituir uma pessoa que ficou doente. Foi tudo muito em cima da hora, mas deu certo. – De repente, Oliver sentiu-se extremamente culpado. – Srta. Sampson, não estou monopolizando sua companhia? Imagino que devia estar falando com pessoas muito mais importantes do que um publicitário.

– Já cumpri meu dever. Cheguei cedo, tomei uma taça de champanhe e beijei o diretor da rede. O que mais eles podem querer? Um pouco de sapateado? Já fiz isso no escritório. Agora é minha hora de folga. E gosto de conversar com você. É muito mais fácil do que falar com um bando de astros e estrelas nervosos, cujos programas estão com baixa audiência. – O dela não estava. Fora indicada para o

Emmy daquele ano, mas não ganhou. O que o fazia sentir-se muito mais idiota por não a reconhecer logo. – Oliver, o que tem feito em Los Angeles, desde que chegou?

– Trabalhado... trabalhado mais um pouco... mais trabalho... me instalando... para dizer a verdade, ainda não vi coisa alguma além da minha casa e do escritório.

– Não parece muito divertido. Já jantou em algum lugar?

– Não, só uma vez com meus filhos. Fomos ao Hard Rock Café, e eles adoraram. Eu me senti como se tivesse 400 anos e pensei que ia ficar surdo.

Ela riu. Gostava do Hard Rock, mas também se sentia assim, só porque a conversa era quase impossível. Mas a decoração era fabulosa e ela gostava de ver o velho carro de Elvis Presley que parecia atravessar o teto do restaurante. Voltava a ser criança toda vez que o via.

– Já foi ao Spago?

– Não.

– Precisamos ir algum dia.

Soava como a versão de Los Angeles do "vamos almoçar algum dia destes", e Oliver não considerou aquilo como um convite. Ela perguntou, parecendo realmente interessada:

– Que idade têm seus filhos?

– Tenho uma filha de 16, um filho de 10 e outro filho, que ficou no Leste, com 18.

– Parece ótimo. – Ela sorriu com uma leve expressão de pesar. Gostava dele. – Que idade tem sua mulher? – Seus olhos se encontraram.

Oliver riu da pergunta direta.

– Quarenta e dois, e somos divorciados.

Ou quase. O divórcio seria homologado dentro de oito semanas, mas no seu coração, onde realmente importava, tudo que os ligava havia desaparecido, finalmente.

– Puxa, que boa notícia! Eu começava a me preocupar – disse Charlotte Sampson, com um sorriso largo.

Oliver ficou lisonjeado com toda aquela atenção. Sinceramente, achava que não merecia. Talvez ela fosse tímida e não gostasse de festas tão badaladas.

– Seus filhos estão em Los Angeles agora?

– Não, foram passar o Natal com a mãe, em Boston.

– Pensei que você tivesse dito que morava em Nova York – disse ela, intrigada. – E por que não passam o Natal com você?

– Porque moram comigo. E nós morávamos em Nova York. Mas ela mora em Boston. Foi para lá há um ano, para estudar e... – Olhou para ela. Hollywood ou não, ia contar a verdade, mesmo sem saber se ela se interessava. Mas Charlotte parecia querer saber e parecia ser uma boa pessoa. – Ela nos deixou... a mim e aos filhos... por isso eles moram comigo agora.

Olhou para ele, muito séria, e afastou o longo cabelo dos ombros.

– Parece uma história longa e dolorosa.

– Sim, foi. Por algum tempo. Agora é uma história muito curta. Ela está feliz. Nós estamos bem. A gente se adapta às coisas, quando é preciso.

– As crianças também?

Ele fez um gesto afirmativo.

– Eles estão muito bem. A esta altura, acho que são capazes de enfrentar qualquer coisa. São muito bons.

– E você parece ser um bom pai.

– Muito obrigado, senhora – disse Oliver, com uma reverência.

Os dois riram. Um dos diretores da rede aproximou-se deles. Beijou Charlotte nos dois lados do rosto, apertou a mão de Oliver e disse que o estava observando havia uma hora.

– Quero apresentá-lo a alguns dos nossos amigos, mas vejo que já conhece minha dama favorita.

– Pisei no pé dela logo que cheguei, mas ela foi generosa e não mandou me expulsar da festa. Provavelmente ela nem pode andar direito, por isso ficamos aqui parados, batendo papo, enquanto eu a aborreço com histórias dos meus filhos.

– Gostei de conversar com você, Oliver. – Parecia magoada, e o outro homem riu. Voltou-se para ele, quase com um muxoxo: – Suponho que agora vai levá-lo embora.

– Preciso. Eu o trago de volta num minuto, se quiser. – Voltou-se para Oliver. – Cuidado com ela. Detesta astros do cinema, adora crianças e cães e nunca esquece suas falas. Não confio em mulheres assim, e você? O pior é que ela é muito bonita. Devia vê-la às quatro da manhã, deixa qualquer um doente, sem maquiagem e com um rosto de anjo.

– Ora, vamos, Howie, pare com isso! Você lá sabe como eu sou às quatro da manhã? – Ela ria, bem-humorada, e Oliver pensou que gostaria de vê-la às 4 da manhã, com ou sem maquiagem. – Tudo mentira dele, detesto crianças e cachorros.

Mas não parecia quando estavam falando dos filhos dele.

– Tudo bem, Charlie, vá se divertir, enquanto apresento Oliver aos outros. Eu o trago de volta logo.

Quando a deixaram, para desapontamento de Oliver, "Howie" o apresentou a todos os seres humanos importantes do set, e só uma hora depois ele voltou para onde tinham estado. É claro que não a encontrou. Não esperava encontrá-la... não mesmo... mas teria ficado muito feliz se isso ocorresse. Saiu e foi procurar sua limusine. Então, para seu espanto, ele a viu, ao longe, entrando num Mercedes vermelho. Estava com o cabelo em duas tranças e sem maquiagem, com um velho casaco de couro. Oliver acenou, ela respondeu e hesitou, como que esperando que ele se aproximasse. Oliver caminhou até ela, para dizer quanto tinha apreciado a conversa, e ela sorriu quando ele chegou perto.

– Está indo para casa? – perguntou ele.

Charlotte fez um gesto afirmativo e sorriu para ele. Parecia uma menina. Uma menina muito bonita.

– Tenho duas semanas de folga até o fim das festas. O programa não vai ser exibido durante esse tempo. E você? Já cumpriu sua obrigação por hoje? – perguntou com um sorriso.

Oliver queria convidá-la para sair, mas não tinha coragem. Então pensou que, droga, tudo que ela pode dizer era não, mesmo sendo Charlotte Sampson.

– Você já jantou?

Ela balançou a cabeça e sorriu.

– Quer comer uma pizza no Spago? Não sei se vamos conseguir um lugar, mas podemos tentar. Está sempre muito cheio.

Cheio era pouco para descrever a quantidade de pessoas que se comprimiam, dispostas a esperar a vida inteira para saborear as especialidades de Wolfgang Puck e ver, nem que fosse de relance, os astros e estrelas que frequentavam o restaurante.

– Eu gostaria muito. – Oliver olhou para sua limusine. – Quer uma carona? Ou prefere que eu a siga?

– Por que não vem comigo?

– Você não se importa? – Sem dúvida seria mais simples.

Ela sorriu. Gostava dele, do jeito dele, do que ele dizia. Gostava daquele ar descontraído e da impressão de calma e confiança. Parecia uma pessoa com quem se podia contar.

– É claro que não.

Oliver dispensou o motorista rapidamente, temendo que ela mudasse de ideia e entrou no Mercedes. Charlotte virou-se de repente para ele.

– Tenho uma ideia melhor. O Spago às vezes é muito barulhento. Conheço outro restaurante italiano em Melrose. Chama-se Chianti. É escuro, e não seremos vistos. Podemos telefonar e reservar uma mesa. – Apontou para o pequeno telefone vermelho no painel do carro e digitou os números com uma das mãos, enquanto ligava o motor. Oliver observava, sorrindo. – Alguma coisa errada?

– Não. Só estou impressionado.

– É isso aí – disse ela, com um sorriso largo. – Um longo caminho de Lincoln, Nebraska.

Atenderam ao primeiro toque e disseram que teriam muito prazer em reservar uma mesa para a Srta. Sampson. Fora uma escolha ideal. O restaurante era pequeno, escuro e acolhedor, sem nada *nouvelle* na decoração. Parecia exatamente um restaurante italiano, e os pratos oferecidos no cardápio eram deliciosos. O chefe dos garçons anotou o pedido rapidamente, e eles sentaram-se lado a lado na banqueta, enquanto Oliver procurava se concentrar naquela situação. Ia jantar com *a* Charlotte Sampson. Mas aquilo era Hollywood, não era? E por um segundo ele pensou em Megan, em Nova York. Tudo ali era diferente. Nova York era sofisticada e um pouco decadente e ali era tão simples. E Charlotte parecia extremamente real.

– Foi uma grande ideia – disse ele.

Estavam famintos e atacaram os palitinhos de massa de pão.

– É formidável não precisar ir para o trabalho às quatro horas da manhã. Esse horário às vezes atrapalha demais nossa vida social. Quase sempre estou cansada demais para sair à noite. Só quero ir para casa. Tomo um banho e vou para a cama com o roteiro do dia seguinte, e às nove horas estou dormindo e com as luzes apagadas.

– E as famosas festas de Hollywood?

– São para os idiotas. A não ser as obrigatórias, como esta noite. É perigoso não comparecer. Alguém pode ficar muito zangado no set. Mas o resto, não interessa.

– Foi o que me disseram. O ambiente é mesmo tão tenso?

– Às vezes, quando a audiência não é grande coisa. É uma droga de profissão. – Ela riu. – Mas eu adoro. Adoro a excitação, o trabalho árduo, o desafio dos roteiros mais difíceis. Existem outras coisas que eu preferia estar fazendo, mas tem sido uma experiência fantástica.

Charlotte fazia o programa havia dois anos.

– O que preferia fazer?

– Profissionalmente? – Uma pergunta interessante. – Shakespeare, talvez. Fiz muito repertório na faculdade e depois, no teatro de verão, quando não conseguia outro trabalho. Gosto do teatro ao vivo. Da pressão. Da obrigação de saber perfeitamente todas as falas, sem nenhum erro, noite após noite. Acho que para mim o máximo seria trabalhar numa peça na Broadway.

Oliver compreendia. Era o pináculo daquela forma de arte, mas o que ela fazia também tinha valor e ele admirava muito seu trabalho. Era mais duro do que parecia.

– Você fez algum filme?

– Um. – Ela riu. – Foi um desastre. A única pessoa que viu e gostou foi minha avó, em Nebraska.

O jantar foi servido, e os dois continuaram conversando sobre trabalho, os filhos dele, as pressões de suas carreiras e como ele se sentia dirigindo o escritório de Los Angeles.

– Publicidade deve ser difícil. Você comete um erro e perde o cliente. – Charlotte tinha ouvido verdadeiras histórias de horror a respeito.

Oliver, contudo, parecia muito calmo, considerando a pressão sob a qual trabalhava.

– Não é muito diferente do que você faz. Eles também não lhe dão grande margem de erro. Por isso precisamos de algo mais e na verdade não acho que meu trabalho seja tudo. Tem de haver alguma coisa mais importante na nossa vida.

– Por exemplo?

Charlotte não hesitou.

– Um marido, casamento, filhos. Pessoas para amar, outra coisa para fazer, porque chega o dia em que os programas, os autógrafos, o sucesso desaparecem e precisamos ter cuidado para não desaparecer com eles.

Era um modo inteligente de encarar o assunto, e Oliver a respeitou por isso. Mas havia algo mais nas palavras dela.

– Você está me escondendo alguma coisa, Srta. Sampson? Seu marido vai entrar por aquela porta e dar um murro no meu nariz?

Ela riu e balançou a cabeça, lembrando o passado.

– Não tem perigo. Fui casada uma vez, há muito tempo, quando tinha 21 anos. Durou cerca de dez minutos, quando saí da faculdade.

– O que aconteceu?

– Muito simples. Ele era ator de teatro. Morte súbita. E nunca mais encontrei ninguém com quem quisesse me casar. Na minha profissão não conhecemos muitos homens com quem se possa passar o resto da vida.

Saiu com um produtor, durante alguns anos, mas acabou em nada. Depois disso, passou muito tempo sozinha, ou saía com pessoas que nada tinham a ver com sua profissão.

– Acho que sou muito exigente – continuou ela. – Minha mãe diz que já passei da idade. – Olhou para ele séria, mas com expressão maliciosa. – Faço 34 no mês que vem. Um pouco madura demais para me casar, eu acho.

Oliver riu. Ela parecia ter 20 anos.

– Eu não diria exatamente isso, ou será que é assim que vocês veem as coisas por aqui?

– Se você tem mais de 25, está morto. Aos 30, faz a primeira plástica. Aos 35 já fez a segunda e já consertou os olhos pelo menos uma vez. Talvez duas. Aos 40, acaba tudo. Vê o que quero dizer? Precisamos de algo mais em nossa vida.

Ela parecia estar falando sério e Oliver prestou atenção.

– E se não for um marido e filhos, o que então?

– Alguma coisa para ocupar nossa mente. Eu costumava fazer muito trabalho voluntário com crianças carentes. Mas ultimamente não tenho tido muito tempo para isso.

– Posso emprestar meus filhos.

– Como eles são?

Ela parecia interessada. Era difícil acreditar que estava falando com uma atriz famosa, de sucesso. Era tão real, tão simples, e Oliver achou isso maravilhoso. Gostava de tudo que tinha visto até aquele momento. Quase esquecia a beleza dela que, de repente, parecia sem importância. Charlotte tinha beleza interior, o que era muito melhor. Pensando nisso, respondeu à pergunta sobre seus filhos.

– Mel é inteligente e responsável e quer desesperadamente ser atriz. Pelo menos é o que ela pensa agora. Só Deus sabe o que vai querer mais tarde. Mas quer se formar em artes dramáticas. Está terminando o ensino médio. É alta, loura e uma boa menina. Acho que você vai gostar dela. – Falou como se estivesse certo de que iam se conhecer. Mas então Oliver perguntou-se se não estava presumindo demais. Porém Charlotte ficou impassível. – E Sam é um garotinho interessante, tem 10 anos e é muito esperto. Todo mundo gosta dele. – Então ele falou de Benjamin e do bebê.

– Parece ser barra-pesada, e deve estar sendo difícil para ele.

– Sim, é. Benjamin está resolvido a fazer a coisa certa, nem que tenha de morrer por isso. Acho que não ama mais a moça, mas é louco pelo filho.

– Então, você é avô – disse ela, com uma expressão maliciosa nos olhos verdes. – Não me disse isso quando nos conhecemos.

Oliver riu.

– Isso faz muita diferença?

– Uma diferença tremenda. Espere até eu contar aos meus pais que saí com um avô. Vão ficar imaginando o que estou arranjando.

Ela parecia muito carinhosa com os pais, e Oliver falou então de George e Margaret.

– Eles devem vir em janeiro visitar os netos. Ela é a melhor coisa que podia ter acontecido para meu pai, embora eu não tenha pensado assim, a princípio. Foi um grande choque quando ele disse que ia se casar, logo depois da morte da minha mãe.

– É engraçado, não importa nossa idade, para nossos pais somos sempre crianças. Não acha?

– Sim, acho. No começo me ressenti muito contra ela. Mas papai tem direito à felicidade no fim da vida.

– Ele pode viver muito mais. – Ela sorriu.

– Espero que sim.

– E espero ter oportunidade de conhecê-los – disse Charlotte, com voz suave.

Terminaram de jantar, conversaram mais um pouco enquanto tomavam café, depois voltaram para o carro, e no caminho duas pessoas se aproximaram dela para pedir autógrafo.

Charlotte aparentemente não se incomodava. Tratou-as com simpatia e delicadeza e parecia quase agradecida. Oliver comentou isso, e voltando para ele os grandes olhos verdes, ela disse, séria:

– Na minha profissão, jamais devemos esquecer que são essas pessoas que fazem de nós o que somos. Sem elas, nada somos. Nunca me esqueço disso.

O sucesso não a deslumbrava. Charlotte era extremamente modesta, quase humilde.

– Muito obrigado por jantar comigo.

– Eu gostei muito, Oliver. – Ela parecia sincera.

Quando chegaram à casa de Oliver, em Bel Air, ele hesitou, sem saber se a convidava ou não para entrar. Finalmente resolveu, mas ela disse que estava realmente cansada. E então, de repente, lembrou.

– O que você vai fazer no feriado, sem os filhos?

– Não muita coisa. Tinha pensado em pôr em dia o trabalho, no escritório. Este vai ser meu primeiro Natal sem eles.

– Eu em geral também vou para casa. Mas este ano não vai dar. Gravarei um comercial na semana que vem, e quero estudar meus outros roteiros. Temos um novo roteirista. Gostaria de fazer alguma coisa no domingo?

Domingo era véspera de Natal, e Oliver estava procurando não pensar muito nisso, mas o convite era tentador demais para ser recusado.

– Eu gostaria muito. Podemos jantar aqui.

Agnes estava em casa, mesmo sem as crianças, mas Charlotte teve outra ideia.

– Que tal eu preparar um peru? De verdade? O que você acha?

– Acho ótimo.

– Depois, podemos ir à igreja. E costumo visitar uns amigos no dia de Natal. Gostaria de ir comigo?

– Charlotte, acho que seria muito bom. Mas tem certeza de que não prefere ir sozinha? Não quero atrapalhar. Vou ficar bem. – Bem, mas muito só.

– Mas eu não – disse ela, com um sorriso carinhoso. – Vou ficar muito desapontada se você não for. O Natal é muito importante para mim e gosto de passar com pessoas que significam alguma coisa. Não sou muito amiga de árvores falsas com enfeites prateados e toda essa bobagem, o típico Natal de Hollywood.

– Então estarei lá. A que horas?

– Chegue às cinco. Podemos comer às sete e ir à igreja à meia-noite. – Escreveu o endereço para ele.

Quando Oliver saiu do carro, ainda sem poder acreditar em tudo aquilo, ela agradeceu, acenou e partiu. Oliver ficou parado, vendo o carro vermelho descer a ladeira e desaparecer, perguntando a si mesmo se tinha acontecido. Tudo parecia um sonho. Mas o Natal com ela foi um sonho maravilhoso.

Charlotte o esperava com um vestido branco longo. A casa estava esplendidamente decorada. Ficava em Hollywood Hills, na Spring Oak Drive, e parecia uma velha fazenda. Rindo, Charlotte disse que a fazia lembrar de Nebraska. O assoalho era rústico, o teto com vigas de madeira e as lareiras enormes, uma em cada extremidade da sala, e na frente delas, poltronas confortáveis. A cozinha era quase tão grande quanto a sala, com outra lareira e uma mesinha posta para dois. A árvore de Natal cintilava num canto. No segundo andar ficavam dois belos quartos, um obviamente dela, todo em chintz rosa e estampado com flores. O outro era o quarto de hóspedes, em amarelo vivo, onde ficavam os pais quando a visitavam, o que, segundo Charlotte, era muito raro. Não chegava nem perto da sofisticação do apartamento de Megan, em Nova York, mas era muito mais acolhedor, e Oliver gostou muito.

O vinho branco estava no gelo e o peru no forno. Charlotte tinha feito purê de castanha, batata-inglesa e batata-doce, ervilhas, geleia de framboesa e vários recheios. Foi um verdadeiro banquete real, e Oliver lembrou-se dos Natais passados com Sarah e, antes disso, com os pais. Estava contando com um sanduíche de pastrami e café, no escritório, ou uma parada no Hamburger Hamlet, a caminho de casa. Nunca poderia ter imaginado aquilo, nem estar com Charlotte Sampson. Era como se ela tivesse caído nos seus braços como uma dádiva dos céus. Quando se sentaram, Oliver pôs um pequeno presente para ela sobre a mesa. Queria retribuir a gentileza do convite. Na véspera, havia passado pela Cartier e comprou uma pequena pulseira de ouro. Charlotte ficou profundamente comovida e sem graça por não ter comprado nada para ele.

– Este é meu presente, tolinha. Um jantar de Natal de contos de fadas.

Charlotte ficou feliz por ele dar tanto valor ao jantar e conversaram e riram, e mais tarde, Oliver telefonou para os filhos, na casa de Sarah. Era estranho falar com eles de tão longe, no Natal, mas os dois pareciam satisfeitos. Oliver ouviu muito riso, muita alegria e o telefone passava de um para o outro e foi fácil até mesmo falar com Sarah. Oliver desejou felicidades a ela e desligou. Telefonou para George também. Há muito tempo ele não parecia tão feliz. Comentou isso com Charlotte. Era fácil falar com ela. A sobremesa foi torta de maçã com creme e calda doce.

– Ainda sente falta dela, Oliver? – perguntou Charlotte, enquanto terminavam o jantar, olhando a paisagem.

Oliver balançou a cabeça e disse com sinceridade:

– Não. É estranho até lembrar meu casamento com ela. Sarah parece uma estranha agora, e acho que é mesmo. Mas no começo foi brutal. Pensei que não ia sobreviver. Mas precisava, pelos meus filhos. Acho que resisti só por causa deles.

Charlotte fez um gesto afirmativo, compreendendo e pensando que ele tinha sorte por ter os filhos.

– Acho que jamais quisemos as mesmas coisas – continuou Oliver. – E tentei ignorar isso durante todos aqueles anos. Mas ela nunca esqueceu do que realmente desejava.

– É engraçado, mas esse tipo de persistência às vezes é uma virtude, outras, um pecado, não é mesmo?

– No caso dela, acho que o grande erro foi se casar, mas estou feliz por ter casado com ela, do contrário não teríamos esses filhos.

– Eles são tudo para você, não são, Oliver?

– Sim, são – confessou ele –, talvez até demais. Neste último ano não fiz muita coisa além de cuidar deles. – Com exceção de Megan e aquilo foi uma aberração momentânea, um mês de loucura completa, total e deliciosa.

– Talvez você precisasse de tempo para pensar, descobrir o que quer agora.

– Acho que é isso. Creio que ainda não tenho a resposta, mas talvez não precise descobrir por enquanto – disse ele, sorrindo para ela.

Charlotte serviu o café delicioso e quente. Oliver pensou que ia explodir de tanto que tinha comido, mas essa era a finalidade dos jantares de Natal. Estava feliz, satisfeito e sentia-se muito bem com aquela mulher. Charlotte parecia feita para ele, exceto pelo fato de ser Charlotte Sampson.

– E você? Sabe o que está procurando, Charlotte?

– Sabe, gostaria que me chamasse de Charlie – disse ela, com um sorriso largo. – É como todos meus amigos me chamam.

Era maravilhoso ser considerado um amigo, e Oliver gostou da ideia.

– Sempre penso nisso no último dia do ano... para onde estou indo, o que gostaria de estar fazendo. A mesma coisa, eu acho, desde que tudo funcione bem. – Os dois sabiam que ela falava do seu trabalho. – Quanto ao resto, o que vier, o que for mais certo. Tenho meus sonhos, como todo mundo, e muitos deles já se realizaram. – Parecia contente com a vida que levava. Não estava procurando, nem lutando, nem desejando muito mais do que tinha agora. – Eu gostaria de me casar e ter filhos algum dia, mas se não estiver nas cartas, tudo bem. Não podemos lutar como loucos por coisas desse tipo, e elas só acontecem quando estão destinadas a acontecer. – Charlotte tinha uma estranha filosofia de vida e era maravilhosamente relaxante.

Lavaram os pratos e às 22 horas tomaram outra xícara de café. Pouco antes da meia-noite ele a levou a Beverly Hills, à igreja do Bom Pastor e assistiram à cerimônia da meia-noite, sentados muito juntos. Foi uma bela cerimônia, e no fim, com as luzes, as árvores e o incenso, todos cantaram canções de Natal. Era 1h30 quando saíram da igreja, e ele a levou de volta para casa, dirigindo devagar, sentindo-se feliz, aquecido e completo. Tanto que quase não sentiu falta dos filhos.

Oliver ia apenas deixá-la em casa, mas quando chegaram, Charlotte voltou-se para ele com um olhar estranho.

– Sei que pode parecer esquisito, Oliver, mas é tão triste entrar em casa sozinha na véspera de Natal. Não quer passar a noite no meu quarto de hóspedes?

Conheciam-se há dois dias, haviam feito juntos a ceia de Natal, e agora ela o convidava para sua casa, como um hóspede, não com o desejo ardente de Megan, mas com bondade, calor humano e respeito e, de repente, Oliver desejou aceitar o convite, mais do que tudo no mundo. Queria estar com ela, naquela noite, por uma semana, por um ano, talvez por uma vida inteira.

– Eu gostaria muito, Charlie.

Oliver a beijou, casta e delicadamente, e entraram na casa de mãos dadas. Charlotte o levou até o quarto de hóspedes. Tinha um banheiro só para ele, e Charlotte tinha roupas de dormir para os amigos. Ela providenciou tudo cuidadosamente, como uma mãe atenciosa, depois saiu com um sorriso e um "Feliz Natal". Oliver deitou-se e ficou acordado durante muito tempo, pensando nela, desejando estar com ela. Mas não era justo tirar vantagem da sua hospitalidade, e ele ficou ali deitado, como um garotinho que quer ir para a cama da mãe, mas não tem coragem.

Oliver acordou sentindo o cheiro de panquecas e café. Usou a escova de dentes nova que ela havia deixado, fez a barba e desceu, de roupão, curioso para ver o que ela estava fazendo.

– Feliz Natal, Oliver! – disse Charlotte, quando ele entrou na cozinha.

Dois minutos depois estava servido um magnífico café da manhã, com todas as coisas, cujo cheiro ele havia sentido, mais bacon, ovos, suco de laranja feito na hora e café.

– Feliz Natal, Charlie. Se continuar me alimentando desse jeito, nunca mais vou sair daqui. Você dirige um hotel, não uma casa.

Ela riu.

– Fico feliz por ter gostado, senhor.

Então, sem nenhum aviso, ele inclinou-se e beijou-a. Mas dessa vez foi um beijo muito mais ardente que o da noite anterior. E quando finalmente se separaram, os dois estavam sem fôlego.

– Nossa, Oliver, um grande bom-dia!

– É para combinar com o nível da refeição matinal.

Oliver comeu um pouco dos ovos e abraçou-a outra vez, incapaz de ficar longe dela. Charlotte era boa demais para ser verdade, e Oliver temia que ela desaparecesse de repente se não a segurasse o tempo todo.

– Seja um bom menino, Oliver – disse ela com um sorriso –, e tome seu café.

– Não sei o que quero mais. – Oliver sorriu como um garoto numa loja de brinquedos, no Natal. – Se este esplêndido café da manhã, ou você. No momento, você está ganhando.

– Comporte-se ou não vai ganhar nada do Papai Noel. Coma.

– Sim, senhora.

Na verdade, Oliver estava certo de que ela era seu presente do Papai Noel, e o chefe do estúdio estava certo; sem maquiagem, o cabelo penteado para trás, o rosto lavado, Charlotte era encantadora.

Quando acabaram de comer, ela saiu da cozinha e voltou com uma caixinha de veludo azul, que entregou a ele. Charlotte havia lembrado na noite anterior, quando saíram da igreja, e agora observava Oliver enquanto ele abria o presente. Era um belo relógio de bolso antigo com as horas em algarismos romanos. Oliver ficou atônito.

– Pertenceu ao meu avô, Ollie... você gosta?

– É claro que gosto! Mas você não pode me dar isto!

Ela mal o conhecia. E se ele fosse um aventureiro, um patife, ou se ela nunca mais o visse? Não parecia correto. Oliver quis devolvê-lo, mas Charlotte não aceitou.

– Quero que fique com ele. Você é um homem muito especial e este foi um Natal muito especial para mim. Como eu disse, costumo ir para casa todos os anos e este ano não pude ir. Eu não passaria o Natal com nenhuma das muitas pessoas que conheço, a não ser com você... Isso significa muito... portanto, isso é para você... guarde sempre... e lembre-se deste Natal.

Oliver sentiu que as lágrimas surgiam nos seus olhos e em vez de agradecer, puxou-a para ele e a beijou ternamente. Os lábios dela tinham sabor de suco de laranja, panqueca e salsicha, e ela cheirava a violeta e lavanda, e Oliver queria abraçá-la pelo resto da vida.

– Estou louco por você, Charlie – murmurou ele. – Acha que faz sentido, depois de três dias?.. perdão, quatro hoje. – Tinham se conhecido na quinta-feira e era segunda-feira.

– Não – disse ela, suavemente –, e me deixa morta de medo... mas sinto o mesmo e acho ótimo.

– O que vamos fazer, agir como dois garotos doidos? Mal a conheço e estou me apaixonando por você. E você é uma estrela famosa de televisão. O que vai fazer comigo? O que está acontecendo?

– Não sei – disse ela, pensativa, quase triste –, mas trabalhar na televisão não tem nada a ver com isso. Tenho certeza. Acho que somos apenas duas pessoas que se conheceram na hora certa. Tivemos muita sorte.

– Acha que é isso?

Ou seria mais? Destino? Desejo ou solidão? Independentemente do que fosse, achavam maravilhoso e pelo menos podiam falar a respeito, como seu pequeno segredo.

– Quer ir até a minha casa, para eu trocar de roupa? – perguntou ele, com um sorriso.

Charlotte concordou, feliz. Era Natal, e mais tarde ia levá-lo para conhecer seus amigos. Depois ela faria o jantar para os dois. Queria que aquilo não acabasse nunca, nem mudasse. Oliver só queria estar com ela. Charlotte se vestiu e foram para a casa dele em Bel Air. Agnes estava de folga naquele fim de semana. Oliver mostrou a casa, os quartos dos filhos, milhares de fotografias trazidas de Nova York e durante horas, como duas crianças, eles viram todas, enquanto ele explicava quem eram e onde estavam.

– Eles são muito bonitos, Oliver.

– Você também – murmurou ele, beijando-a. Não sabia até quando ia se controlar. Desejava-a tanto, ela era tão maravilhosa ali sentada ao seu lado, no sofá. – Quer ir até a piscina?

O dia estava lindo, quente e ensolarado, e talvez ele não a atacasse se fossem para fora. Oliver queria esperar até que ambos estivessem certos do que queriam. Deitaram-se à beira da piscina e conversaram por um longo tempo. Tinham tanto para dizer, tanto para saber, para explicar e para compreender!

Naquela tarde, ele telefonou para Benjamin, e Charlotte o ouviu falar com o filho, com um sorriso terno. O bebê estava bem. Sandra tinha saído. A casa estava em ordem. E eles também esperavam vê-lo em breve e não havia nada errado.

– Você é louco por ele, não é? – comentou Charlotte quando ele desligou.

– Sim, sou. – Oliver sorriu com tristeza. – Só queria que ele se livrasse dessa encrenca e viesse morar aqui para eu tomar conta dele. E fazer com que ele volte a estudar. Está desperdiçando a vida com aquela moça e, na sua idade, isso é um crime.

– Dê-lhe uma chance. Com o tempo, ele mesmo resolve tudo. É o que sempre acontece. – E, então, como se só agora tivesse pensado nisso: – Você acha que eles vão se casar?

– Acho que não. – Ele a abraçou, com um suspiro.

Foram visitar os amigos de Charlotte. Eram ambos diretores, haviam feito trabalhos interessantes e tinham amigos muito simpáticos. Havia gente muito conhecida, mas também muitos anônimos, e todos simples e descontraídos; ninguém pareceu estranhar ao ver

Charlotte com Oliver. Ele sentiu-se muito à vontade e se divertiu muito. Ficaram mais tempo do que haviam planejado, e às 21 horas, quando voltaram para Bel Air, resolveram entrar na piscina. Não tinham jantado, mas não sentiam fome, depois do café da manhã reforçado, o almoço e os salgadinhos na casa dos amigos de Charlotte.

Oliver emprestou-lhe um biquíni de Mel e entrou para vestir seu calção. Quando voltou, ela já estava na piscina nadando com braçadas graciosas.

– Você nada muito bem. Tem alguma coisa que não sabe fazer?

– Uma porção – disse ela, sorrindo. – Eu nado muito, é bom para manter a forma.

Sem dúvida, pensou Oliver. O corpo que ele viu quando ela subiu na prancha para um mergulho o surpreendeu. Era perfeito. Charlotte era uma mulher incrivelmente bela, na água ou fora dela, de manhã ou à noite, a qualquer hora do dia, sob qualquer tempo, em qualquer lugar, e ele a queria agora, ali, na piscina, mas sabia que não podia fazer isso. Haviam acabado de se conhecer e, em muitas coisas, ela era do tipo antigo. Charlotte mergulhou e subiu à tona perto dele.

– Quer apostar corrida?

Charlotte queria brincar, e Oliver sorriu. Cem anos atrás, ele fora capitão do time de natação na universidade, e ela não era páreo para ele. Oliver venceu com facilidade, depois ergueu-a para a borda da piscina e a beijou.

– Você também não é nada mau.

– A qual habilidade está se referindo, minha cara? – perguntou ele, brincando.

– Para ser franca, às duas. – Ela mergulhou atrás dele e nadou por baixo d'água, até o outro lado da piscina, como um peixinho.

Oliver sentiu, então, que não podia mais se controlar. Mergulhou também, segurou-a pela cintura e subiram juntos para respirar. Oliver a abraçou e beijou outra vez.

– Se quer saber a verdade, acho que não consigo me controlar mais. – Queria ser honesto com ela, desde o começo.

– Acho que não quero que se controle, Oliver. – Então ela o beijou apaixonadamente.

Oliver, dominado pelo desejo, despiu-a e passou as mãos pelo corpo macio. Logo estavam respirando e se movendo em uníssono. Charlotte abaixou o calção dele e o segurou com as duas mãos.

– Oh, meu bem... – gemeu Oliver. – Charlotte... eu te amo.

Logo ficou sem graça por ter dito isso, mas era verdade. Amava o modo como ela pensava, o que ela sentia e a sensação do seu corpo. Seus dedos penetraram nela e depois nadaram lentamente até os degraus da piscina, famintos de desejo. Ele a fez deitar, e enquanto Charlotte o beijava, Oliver a penetrou e ela arqueou as costas e começou a se mover com ele, rodeados pela água morna. Aquilo pareceu durar uma eternidade, suave, belo, como dois corpos unidos pelo tempo e pelo espaço, suspensos. Finalmente Oliver estremeceu e explodiram juntos no auge do prazer. Charlotte abriu os olhos, beijou-o outra vez, e disse tudo que ele queria ouvir desde o momento em que se conheceram, e por mais louco que parecesse, ele sabia que era verdade para os dois.

– Ollie – murmurou ela, no ar da noite –, eu te amo. – Ele a enrolou carinhosamente na toalha, e a levou para o quarto. E deitados na cama dele, murmurando noite adentro, rindo como duas crianças, compartilharam segredos e sonhos. E quando fizeram amor outra vez, convenceram-se de que era a coisa certa. Pela primeira vez em suas vidas estavam ambos onde queriam estar, com a pessoa certa, na hora certa, exatamente no modo certo.

– É como um sonho, não acha? – murmurou ela, antes de adormecerem como duas crianças felizes.

– Feliz Natal, Charlie – murmurou ele, com o braço envolvendo-a pela cintura, e beijou de leve seu pescoço.

Era o único Natal para eles, o único que queriam e sempre iam querer. Se aquilo era um sonho, Oliver não desejava acordar nunca mais.

22

Mel e Sam voltaram depois de duas semanas em Boston, e Oliver foi buscá-los no aeroporto, sentindo-se feliz e relaxado, aquecido por seu amor por Charlotte. Sentira falta deles, como sempre sentia, mas agora tinha sua própria vida, e os dias voaram, como num passe de mágica. Mas se sentia também nervoso, imaginando se eles iam gostar de Charlotte. Já tinha experimentado o fim de um romance, porque Megan não procurou cativá-los. Não gostava nem de pensar no dia em que apresentara Megan aos dois. Mas seu caso com Charlotte era completamente diferente. Ela era gentil, tinha muito calor humano, era boa e uma ótima companhia. Importava-se com o que ele sentia e, ao contrário de Megan, estava ansiosa para conhecer seus filhos e fazer amizade com eles.

Sam pulou nos braços dele, logo que desceu do avião, e Mel vinha logo atrás, com um largo sorriso e o rosto bronzeado de sol da montanha. Tinham esquiado em New Hampshire no fim de semana do Ano-novo.

– Puxa, vocês estão formidáveis!

Tinham se divertido muito e no carro, a caminho de casa, Melissa disse que a mãe estava se refazendo aos poucos da perda de Jean-Pierre. Sarah estava trabalhando assiduamente em seu livro, que pretendia dedicar a ele. Oliver não perguntou se havia outra pessoa na vida dela. Não queria saber. Isso agora era problema de Sarah, não dele.

– Então, papai – disse Sam, encostando-se carinhosamente em Oliver. – Sentiu muito a nossa falta?

– Está brincando, campeão? A casa parecia um túmulo sem vocês dois.

Mas nem sempre, pensou, com um sorriso, às vezes Charlotte estava lá.

– Fica muito solitário sem vocês. – Sorriu para Mel, por cima da cabeça de Sam, e notou o quanto ela estava crescida. Nos últimos meses, Melissa havia adquirido certa postura, e depois de duas semanas sem vê-la, Oliver notava outras mudanças.

– Como vai o Andy? – perguntou Sam.

– Desordeiro como sempre – disse Oliver, sorrindo. – Ele andou em cima do sofá branco, depois de nadar na piscina. Aggie foi para cima dele com uma vassoura, e não sei quem venceu. Depois disso, ele mastigou as cortinas dela. – Eles riram, e Oliver disse, procurando falar com naturalidade: – Convidei uma amiga para jantar hoje, só uma conhecida. – Sabia que não estava enganando ninguém. Seus filhos eram espertos. – Achei que vocês iam gostar de conhecê-la.

– Alguém especial, papai? – perguntou Mel, com um sorriso curioso e uma sobrancelha erguida.

Isso era também uma coisa nova. Seis meses atrás ela estaria preparada para odiar qualquer mulher que estivesse interessada no pai. Mas as coisas tinham mudado de repente. Mel estava crescendo, ia fazer 17 anos. Estava interessada num garoto da escola e, depois do verão passado com a mãe e Jean-Pierre, compreendeu que os pais jamais voltariam a viver juntos. Para Sam era um pouco mais difícil aceitar isso, mas ele ainda era inocente e não percebeu a tensão na voz do pai.

– Só uma amiga.

Mel insistiu.

– Quem é ela?

– O nome dela é Charlie... Charlotte, na verdade, e ela é de Nebraska.

Não sabia o que mais podia dizer e não quis dar a impressão de estar se promovendo, contando que ela era uma famosa atriz da televisão. De qualquer modo, eles iam descobrir. Como Aggie tinha descoberto. Seu queixo caiu de espanto quando viu Charlotte. Mas as duas logo fizeram amizade e, a pedido de Aggie, Charlie deu a ela fotografias autografadas para suas amigas e pequenas lembranças do programa. Quando as crianças voltaram, Charlie tinha a completa aprovação de Aggie.

Oliver parou o carro na frente da casa, onde Aggie os esperava para abraçá-los e oferecer os biscoitos que tinha feito. Andy ficou doido quando os viu. Só iam jantar dentro de duas horas, e Sam insistiu em dar um mergulho na piscina antes. Estava ansioso para chegar à Califórnia e entrar na piscina, depois de duas semanas no leste gelado. Disse que nunca havia sentido tanto frio na vida quanto naquelas duas semanas em Boston.

Mel, antes mesmo de desfazer as malas, foi para o telefone, a fim de saber o que as amigas tinham feito e o que ela havia perdido. Era evidente que estavam felizes por voltar para casa, e Oliver ficou satisfeito. Sentia apenas que não tivessem oportunidade de ver Benjamin, que voltara a trabalhar em dois empregos, e ele e Sandra estavam muito ocupados com o bebê. No carro, Oliver perguntou a Mel e ela disse que Benjamin parecia muito deprimido, ao telefone, mas talvez estivesse apenas cansado. Era mais de meia-noite, Sandra não estava em casa e Benjamin estava tomando conta do filho nas duas vezes que ela falou com ele.

Às 19 horas em ponto, Oliver, que esperava nervosamente na sala, ouvindo os sons familiares dos filhos, viu o Mercedes vermelho parar na frente da casa. Com o coração disparado, teve vontade de correr para Charlie e beijá-la. Mas se controlou e a viu descer do carro. Só então foi abrir a porta, procurando aparentar calma, imaginando se os filhos estavam observando os dois.

– Oi, amor – murmurou ele, beijando-a rapidamente no pescoço, depois no rosto. – Senti sua falta.

Era como se não se vissem há dias, quando na verdade tinham estado juntos naquela manhã.

– Também senti saudades – murmurou ela, como uma conspiradora. – Como eles estão?

– Ótimos. Divertiram-se muito, mas parecem satisfeitos por estar em casa. Falei a seu respeito na volta do aeroporto e, por enquanto, tudo bem.

Era pior do que apresentar uma namorada à própria mãe, mas ele sabia como crianças podiam ser críticas, especialmente seus filhos. Charlotte também estava nervosa. Pareciam dois garotos desajeitados quando entraram e sentaram-se um em cada extremidade da sala. Mas não enganavam ninguém. O olhar que trocaram era de pura adoração. Nas últimas duas semanas haviam descoberto uma coisa rara e preciosa, e ambos sabiam disso. Charlotte sabia também que era algo que devia ser compartilhado.

Então Oliver se levantou e subiu para chamar os filhos, enquanto Charlotte andava pela sala, tocando as coisas, olhando sem ver de verdade os quadros e o espaço vazio. E se eles a detestassem, se a menina fosse uma peste, e seu amado Sam um monstrinho? Mas antes que ela tivesse tempo de dar meia-volta e fugir, o cachorro entrou na sala, acompanhado por Sam, depois Mel e Oliver. Foi um ataque em massa, e de repente a sala se encheu de barulho, de conversa e de riso. Quando a viram, ficaram quietos.

Oliver adiantou-se e fez as apresentações. Mel apertou a mão dela com olhar avaliador e aparentemente aprovou o que viu. Na verdade, ficou impressionada. Sam a observava com os olhos semicerrados, como quem procura se lembrar de alguma coisa, mas não tem certeza do quê. Sim, ela era bonita. Charlotte tinha escolhido uma saia azul-marinho discreta, meias azul-escuras e sapatos baixos azul-marinho, um suéter branco de gola alta e um blazer. Estava menos maquiada do que Mel, o que não era quase nada, e o cabelo num rabo de cavalo. A primeira coisa que Mel notou foi a cor do cabelo dela, exatamente igual ao de Benjamin.

– É um prazer conhecer vocês dois – disse ela, com um sorriso. – Seu pai me falou muito de vocês.

– Foi mesmo? O quê, por exemplo? – perguntou Sam, com um sorriso largo e simpático. Ele era engraçadinho e ela resolveu que ia gostar. – Contou sobre minha experiência de ciências? – Ele se orgulhava muito desse trabalho, e Mel gemeu, só de lembrar.

– Não, por favor, você não vai contar isso. – Ela adivinhou exatamente o que ia acontecer.

– Você quer ver? – Sam sorriu feliz, e antes que Charlotte pudesse dizer algo coisa, Mel ergueu a mão.

– Ouça meu conselho e diga que não. Ele fez uma criação de vermes. É simplesmente nojento.

Ela e Aggie obrigaram Sam a deixar a experiência na garagem, e ele estava tão ansioso para se mostrar quanto para testar a amiga do pai.

– Fiz isso uma vez – disse Charlotte –, mas minha mãe jogou fora. Eu tinha cobras, ratos brancos... e... um porquinho-da-índia. Você já teve um porquinho-da-índia, Sam?

Ele balançou a cabeça, realmente impressionado. Ela era mesmo das boas.

– Eles são fantásticos – continuou Charlotte. – O meu tinha pelo comprido. Parecia uma mistura de cachorro com coelho.

– Puxa, devia ser muito legal. – Voltou-se para Oliver, com os olhos muito abertos. – Papai, posso ter um?

– Acho melhor perguntar para Aggie primeiro. Provavelmente ela é quem vai ter de cuidar do seu porquinho-da-índia.

Agnes avisou que o jantar estava servido. Sentaram-se à mesa, e Charlotte estendeu o guardanapo no colo, com um gesto elegante, sentindo o olhar de Mel no seu cabelo e nas suas unhas perfeitamente tratadas.

Comeram hambúrgueres e batatas fritas, a refeição favorita de Sam, além de uma grande salada verde e pãezinhos feitos em casa. Oliver lembrou-se das refeições simples que haviam preparado na cozinha de Charlotte. Compreendeu que ia sentir falta daqueles momentos a sós com ela, e prometeu a si mesmo que passariam juntos todo o tempo que fosse possível, mesmo com as crianças em casa. Tinha direito a isso, e eles teriam de se acostumar. Então, de repente, no meio do jantar, Sam deu um grito e olhou para Charlotte. Com a boca muito aberta e os olhos arregalados, ele balançou a cabeça... não podia ser... não era ela... ou era...

– Você é... alguma vez você... – Ele não sabia como perguntar, e Charlotte riu.

Tinha imaginado que eles iam reconhecê-la, mas pensou que seria Mel, não Sam.

– Acho que sou, Sam – disse ela, com um sorriso divertido –, se está querendo saber o que penso que é.

– Você trabalha na televisão! Puxa!... É você, não é? Quero dizer...

– Sim, isso mesmo. – Charlotte olhou para os dois, um tanto constrangida e com ar de quem se desculpa.

– Por que não disse? – Sam parecia quase ofendido, e Mel estava confusa. Ela tinha a impressão de conhecer Charlotte, mas não sabia de onde e não queria perguntar. Devia saber, e não sabia. Sentia-se uma tola.

– Não me pareceu muito importante, Sam. – E a beleza de tudo aquilo era o fato de estar sendo sincera.

– Você disse que teve um porquinho-da-índia! Por que não disse que tem um programa na televisão?

Todos riram da sua lógica. Charlotte balançou a cabeça.

– Não é exatamente a mesma coisa.

E então Mel se lembrou e arregalou os olhos.

– Oh, meu Deus! Você é *Charlotte Sampson*!

– Sim, sou eu – disse ela, enquanto Aggie passava mais pãezinhos deliciosos, olhando para ela com orgulho. Era como se ela e Charlie fossem velhas amigas. Charlotte olhou para Aggie e murmurou, tirando um pãozinho da cesta: – Obrigada, Aggie.

– Por que não nos contou? – Foi a vez de Mel perguntar.

Charlotte olhou séria para ela.

– Iam gostar mais de mim por isso? Não deviam, você sabe. É uma coisa agradável, mas não tão importante.

– Eu sei, mas... – Imagine quando contasse às amigas que tinha *jantado* com *Charlotte Sampson*. Muitas delas conheciam atores famosos em Los Angeles, algumas eram até parentes deles, mas para Melissa era a primeira vez, e ela olhou para Charlotte, achando que ela era fantástica.

Oliver também achava. Via com satisfação o modo com que ela estava tratando seus filhos, e amava tudo que ela dizia, seu rosto, os valores que faziam dela o que ela era, não apenas uma atriz famosa.

– Puxa! É demais conhecer você – disse Mel, com sinceridade.

Charlotte riu. Para ela, era um elogio muito valioso, porque vinha da filha de Oliver.

– Muito obrigada, Mel. É demais conhecer vocês também. Eu estava tão nervosa! Acho que troquei de roupa umas dez vezes!

Oliver ficou comovido, e Mel atônita.

– Você? Nervosa porque ia *nos* conhecer! Isso é fantástico! Como é trabalhar na televisão?

Depois disso, fizeram centenas de perguntas, quem ela conhecia, quem ela já havia visto, com quem ela trabalhava, como era aparecer na televisão, decorar os papéis, se ela ficava com medo, se gostava desse trabalho.

– Ei, pessoal, calma. – Oliver finalmente resolveu intervir. – Deixem Charlie jantar, pelo menos.

Não tinham dado trégua desde que descobriram quem ela era, e, no silêncio que se seguiu, Mel perguntou:

– Como foi que você conheceu nosso pai? – Estava curiosa, não mais crítica, e Charlie sorriu com ternura.

– Apenas sorte minha, eu acho. Há algumas semanas, numa festa de Natal da emissora.

Então Oliver achou que estava na hora de contar a verdade, ou pelo menos uma parte dela. Os dois estavam prontos para ouvir.

– Charlie fez a gentileza de me convidar para jantar na véspera de Natal.

Não contou que tinha passado a noite na casa dela, nem que tinham feito amor na piscina no dia de Natal, nem que ficara loucamente apaixonado por ela logo que se conheceram, mas Mel sentia, e até Sam suspeitava que era algo sério.

Eles se olhavam de modo esquisito, mais do que mamãe e Jean-Pierre. Mas para ele, tudo bem, pensou, Charlotte Sampson era fantástica.

Quando terminaram a sobremesa, Sam a convidou outra vez para ver sua experiência na garagem e, para horror de Mel, ela foi. Voltou dizendo que era muito melhor do que a sua. Sam disse, com orgulho, que havia ganhado o prêmio de ciências. Mel disse outra vez que era nojento.

Às 21 horas, Sam foi para a cama, e Mel ficou conversando sobre roteiros, agentes e a arte de representar. Charlotte disse que sempre desejou atuar na Broadway. Finalmente, consultou o relógio e, com pena, disse que tinha de estar no estúdio às 4 horas da manhã no dia seguinte para fazer uma cena difícil que ainda precisava rever quando chegasse em casa.

– É um trabalho muito árduo, Mel, quando se pretende fazer carreira nas artes cênicas. Mas confesso que adoro.

– Será que posso ir ver você no set, algum dia? – perguntou Mel, espantada com a própria coragem. Mas Charlie deixava todos tão à vontade que era quase como pedir a uma velha amiga. Charlotte fez um gesto afirmativo.

– Claro, se seu pai não se importar. Duas semanas atrás ele me viu fazer um comercial e foi divertido. – Sorriu timidamente para Oliver.

Ele tocou-lhe a mão que Mel não podia ver. Mel estava muito impressionada para perceber a eletricidade entre os dois.

– Puxa, papai, como foi?

– Interessante. Exaustivo. – Olhou para Charlie. – Quantas tomadas eles fizeram ao todo?

– Trinta e duas, eu acho. Talvez mais, não me lembro.

– O ator estava sempre errando as falas e tiveram de fazer várias tomadas – explicou Oliver para a filha. – Mas assim mesmo gostei de assistir. É incrível o número de pessoas envolvidas.

– Deviam ver o que acontece quando fazemos o programa, e por falar nisso...

Charlotte caminhou lentamente para a porta e acenou um boa-noite para Mel, que subiu correndo a fim de telefonar para as amigas. Oliver acompanhou-a até o carro, com um olhar de extrema admiração.

– Você é mesmo incrível, sabia? Criação de vermes, paciente com meninas adolescentes, há mais alguma coisa a seu respeito que devo saber?

– Sim, há. – Ergueu os olhos para ele, com uma expressão feliz. Foi uma noite maravilhosa e todos seus temores desapareceram. Esperava que Mel e Sam tivessem gostado dela. – Eu te amo muito, Oliver Watson.

– Eu também te amo, Charlie – murmurou ele, beijando-a.

Na janela do quarto, Sam viu a cena, espantado, e voltou-se para Aggie, que estava abrindo as cobertas da sua cama.

– Puxa, Aggie! Papai acaba de beijar Charlotte Sampson!

Era mesmo incrível, mas Aggie apenas riu.

– Trate da sua vida, garoto, e vá escovar os dentes!

– Você acha que ela gosta mesmo dele?

– Desconfio que sim. Seu pai é um bom homem, quem não ia gostar?

– Mas ela é uma estrela de cinema, Aggie... ou da televisão, ou... você sabe...

– Que diferença faz?

Quando ele foi escovar os dentes, balançando a cabeça, Aggie pensou que os dois tinham muita sorte, e os filhos dele também.

23

Naquele fim de semana, Charlotte estacionou o carro na frente da casa em Bel Air e tocou a campainha, com ar solene. Quando Sam abriu a porta, satisfeito por vê-la outra vez, ela lhe entregou uma gaiola coberta com um cobertor azul-claro. Do interior da gaiola vinham ruídos estranhos e agudos e um cheiro forte que não o incomodou. Sam tirou a coberta da gaiola e soltou um grito de satisfação. Era um porquinho-da-índia de pelo longo. Charlotte tinha razão, parecia uma mistura de cachorro com coelho.

– Puxa! *Puxa!...* veja isto, papai. – Oliver descia a escada, barbeado e de banho tomado. – Posso ficar com ele? – Olhou para Oliver e para Charlotte com ar suplicante.

– Acho que pode. – Oliver sorriu carinhosamente para ela. Charlotte fazia tudo para vê-los felizes.

– Posso guardar no meu quarto?

– Se você aguentar o cheiro, pode.

Oliver e Charlotte riram, e Sam, tirando a gaiola das mãos dela, subiu correndo a escada, antes que um deles mudasse de ideia.

Naquela tarde foram à praia de Malibu, e à noite, ao cinema ver um filme de terror, escolhido por Mel. Charlie disse que o filme a fazia lembrar alguns dos seus primeiros trabalhos. Depois do cinema foram ao Hard Rock Café e ninguém se incomodou com o barulho. Na semana seguinte foram à Disneylândia. Com ela, a vida era uma festa constante. Charlotte inventava coisas, descobria programas interessantes e até preparou um jantar em sua casa para eles. Sam admitiu que Agnes cozinhava melhor, mas que, em tudo o mais, ele preferia Charlie. O porquinho-da-índia chamava-se Charles, e o apelido era Charlie, em homenagem a ela. Mel já havia contado para todo mundo que seu pai estava saindo com Charlotte Sampson.

Os dois gostavam dela e não faziam nenhuma objeção quando o pai saía à noite, durante a semana, o que era raro porque Charlotte trabalhava muito e precisava sempre estar cedo no set. Duas vezes ela dormiu no quarto de hóspedes da casa em Bel Air. Fazia questão de um comportamento discreto e decoroso na frente das crianças. Assim, nenhum dos dois sabia que tarde da noite, seu pai, atravessando o corredor, pé ante pé, tinha entrado no quarto dela e deitado ao seu lado, enquanto Charlotte, rindo, pedia para ele não fazer barulho.

Era um arranjo perfeito para todos. George e Margaret visitaram-nos, um mês depois da chegada de Sam e Mel de Boston, e também gostaram dela. A princípio ficaram muito impressionados por conhecê-la pessoalmente. Mas logo esqueceram que ela era famosa. Charlotte era tão simples, tão discreta, tão cheia de calor, tão boa que as pessoas se apaixonavam pela mulher e não pela estrela de televisão. Como ela havia dito para Mel, seu sucesso era agradável, mas não representava a coisa mais importante em sua vida. O que realmente importava eram as pessoas que ela amava.

Não tinham como esquecer que ela era famosa porque, em todo lugar, as pessoas pediam autógrafos, ou aproximavam-se nos momentos mais impróprios, perguntando se era ela mesmo... dizendo o quanto gostavam do seu programa... perguntando quem eram Mel e Sam... Isso às vezes os aborrecia, e Oliver tentava não pensar muito no assunto. Mas Charlie era sempre delicada com seus fãs, paciente, compreensiva, dando a impressão de que esperava por eles para uma longa conversa e que estava feliz com sua presença. Às vezes Mel perguntava como ela podia suportar aquilo sem perder a paciência.

– Faz parte do trabalho. Aceitamos isso quando entramos para a profissão, do contrário, nunca se consegue muita coisa. Fazemos isto tanto para nós quanto para o público. E no dia que deixamos de nos importar com ele, nosso desempenho deixa de ter valor.

George, especialmente, a achou encantadora, a mulher mais bonita que já havia visto e torcia para que o filho se casasse com ela. Antes de partir, ele perguntou se Oliver já a havia pedido em casamento.

– Ora, papai. Nós nos conhecemos há menos de dois meses. Não me apresse. Além disso, ela tem de pensar na carreira. Não sei se quer se prender a um simples mortal com um bando de filhos.

Charlotte já havia dito que queria, mas Oliver tinha medo de falar em casamento.

– Acho que ela quer. Seus valores são honestos e decentes.

– Eu sei, mas Charlotte pode ter quem ela quiser em Hollywood. Dê-nos mais algum tempo. – Oliver ainda não podia acreditar na sua sorte, nem Charlie.

Certa noite, depois que George e Margaret voltaram para Nova York, Benjamin telefonou. Ele chorava tanto que Oliver mal podia entender o que dizia.

– Calma, meu filho, fale devagar... isso... respire fundo. – Olhou para Charlie, preocupado, temendo um acidente. Fazia semanas que não tinha notícias do filho, e ninguém atendia quando telefonava. Havia pedido a George para ir até Purchase a fim de ver se tudo estava bem. – Benjamin, fale comigo, o que há? – Tudo que ouvia era o choro do filho.

– Eu não aguento mais, papai... não aguento mais... eu a odeio...

– O que aconteceu?

– Nada. Só estou cansado... não faço outra coisa senão trabalhar para ela e para o bebê... Sandra deixou o emprego e pensou que tinha engravidado outra vez, mas foi alarme falso. – E dessa vez, o filho não seria dele. Havia dois meses que Benjamin nem tocava nela. – Ela está saindo com Billy Webb e Johnny Pierson... eu não sei, papai... ela nunca está em casa. Às vezes tenho de levar o bebê comigo para o trabalho. Eu amo Alex. Não quero deixá-lo... mas não posso... – Começou a chorar outra vez. – ... não posso continuar assim... simplesmente não posso. Na semana passada pensei em me matar. Fiquei sentado na garagem durante uma hora, tomando coragem para ligar o motor do carro, mas não consegui. Eu só pensava em Alex e no que aconteceria com ele se ficasse com Sandra. Ela não se importa com ele, papai. Às vezes esquece de alimentá-lo o dia inteiro, e quando chego em casa, ele está chorando desesperadamente de fome. No outro dia, ele quase caiu na piscina quando o deixei com ela por alguns minutos. Papai... me ajude, por favor... livre-me disso.

Os soluços pareciam nunca mais acabar, mas quando Oliver sugeriu que ele fosse para a Califórnia o mais depressa possível, Benjamin disse que não podia deixar o filho. Ele o amava muito e sabia que Sandra não ia tomar conta dele.

– Por que não traz Alex também?

– Ela diz que não vai permitir. Eu disse que ia levá-lo comigo, e ela ameaçou chamar a polícia. Diz que não tenho nenhum direito, que ela é a mãe. Se eu o tirar, todos vão pensar que ela fez alguma coisa errada e não fica bem para ela. Mas também não quer tomar conta dele.

– E a mãe de Sandra? Acha que ela poderia ajudar?

– Não sei. O namorado abandonou-a, e ela está morando em Bakersfield agora.

– Tem o telefone dela?

– Tenho. Sandra anotou na parede da cozinha. – Benjamin não estava mais chorando. Tinha 18 anos e cambaleava sob um peso enorme e injusto. – Sabe, desde ontem de manhã que ela não vem para casa. Logo depois que Alex nasceu, ela começou a transar com todo mundo. – Alex estava agora com cinco meses e meio. – Papai, tentei fazer com que isto desse certo, tentei mesmo, mas não posso mais... – E então, falou, meio envergonhado: – Eu a odeio.

Oliver não o culpava por isso e pensou que, no lugar de Benjamin, talvez a tivesse matado, ou pelo menos a abandonado, logo no início. Mas Benjamin estava tão resolvido a fazer a coisa certa, por ela e pelo filho. Ainda bem que não estavam casados. Pelo menos isso simplificava as coisas.

– Procure se acalmar. Por que não passa o fim de semana na casa do seu avô?

– O que vou fazer com Alex? – De repente, Benjamin parecia uma criança confusa e desamparada. Depois de trabalhar em dois empregos e sustentar uma mulher com quem não era casado, por quase um ano, e de tomar conta de uma criança durante seis meses, ele estava exausto e mal conseguia pensar.

– Leve-o com você. Margaret pode ajudá-lo, ela foi enfermeira. Arrume suas coisas e saia daí. Vou telefonar para eles, avisando. Agora, dê-me o número do telefone da mãe de Sandra.

Benjamin deu o número e desligou, depois de prometer que ia para a casa do avô, naquela mesma noite, com Alex.

Oliver telefonou para George e explicou a situação. Enquanto ele falava, o pai repetia suas palavras para Margaret e garantiu que iam fazer o possível para ajudar o neto.

– Você tem de tirá-lo dessa situação, Oliver.

– Vou fazer o possível. – Não contou que Benjamin tinha pensado em suicídio. Ainda estava chocado com a ideia.

Mas contou para Charlotte, e ela ficou horrorizada.

– Oh, meu Deus, Ollie, tire seu filho de lá imediatamente. Por que não pega um avião e vai buscá-los?

– Quero falar primeiro com a mãe da moça, para ver se ela concorda em ficar com Sandra e com o bebê.

Ligou para Bakersfield, e a mulher atendeu ao primeiro toque. Parecia bêbada e mais do que burra, mas sabia quem estava falando e também sobre Sandra, Benjamin e o bebê.

Oliver explicou pacientemente que ele e Benjamin achavam que estava na hora de pensar em outros planos. Perguntou se ela estaria disposta a ficar com Sandra e o bebê. Depois de alguns rodeios, ela finalmente perguntou a única coisa que a interessava.

– Você pagaria o sustento da criança? E de Sandra também?

– Talvez. – Oliver estava disposto a tudo para tirar Sandra da vida de Benjamin, mas não disse isso, para que ela não fizesse maiores exigências. – Depende de quanto estamos falando. E naturalmente Sandra terá de se sustentar também, a não ser que volte a estudar, é claro.

Mas a mulher não parecia interessada nos estudos da filha.

– De que quantia estamos falando?

– Digamos, quinhentos por mês para ela e para a criança. – Não era uma fortuna, mas o suficiente, se ela estivesse morando com a mãe.

– Acho que está bem. – Ela queria garantir o dinheiro, antes que ele mudasse de ideia. Não iam precisar de muito dinheiro para o bebê, pensou. Ele não comia tanto assim, e ela e Sandra podiam aproveitar bem o resto.

– Estaria disposta a assinar um acordo, aceitando essa quantia?

– É claro que sim.

– Quando acha que pode receber os dois?

– Não sei. No momento não estou trabalhando. Acho que posso ajudar com o bebê... – Sua voz pareceu se esvair no outro lado da linha. Não a agradava muito a ideia de tomar conta de uma criança, nem de se responsabilizar por Sandra outra vez, porém o dinheiro era muito tentador, e talvez pudesse fazer coisa melhor. – Pensando bem, que tal setecentos dólares?

– Seiscentos – disse Oliver, enojado. Detestava estar fazendo aquele tipo de acordo com ela e estremecia só em pensar que Benjamin estava vivendo com a filha daquela mulher.

– Tudo bem, eu aceito.

– Sandra e o bebê pegarão um avião para Bakersfield amanhã mesmo.

Depois disso, ele telefonou para Margaret e perguntou se ela podia ir a Purchase para ajudar Sandra a arrumar as malas e pegar o avião, com o bebê, e se eles ficariam com Benjamin naquele fim de semana. Queria que ele se acalmasse um pouco e não precisasse viajar no mesmo avião para Los Angeles.

Margaret foi um anjo e concordou imediatamente. Não parecia nervosa, nem confusa, mas perfeitamente calma e ansiosa para ajudar na medida do possível, sem perturbar o marido. Oliver agradeceu do fundo do coração, e Margaret ofereceu-se para fechar a casa em Purchase, depois que Benjamin fosse embora, ligar o alarme e tomar conta de tudo. Oliver não queria vender a casa enquanto não tivesse certeza de que iam ficar na Califórnia. Era sua retaguarda, por isso tinha apenas alugado a casa em Bel Air.

Então, telefonou para Benjamin que, aparentemente, estava esperando, ao lado do telefone.

– Tudo está providenciado, meu filho. Falei com a mãe de Sandra e ela concordou em ficar com eles. – Tentou parecer mais otimista do que se sentia e explicou que eles se encarregariam do sustento de Alex, portanto ele não precisava se preocupar com isso. – Amanhã uma passagem os espera no aeroporto, e Margaret vai a Purchase para ajudar Sandra a fazer as malas e levar você para a casa do seu avô. Achei que você podia passar uns dois dias com eles e depois vir para cá.

E, então, Benjamin estaria em casa. Depois de todo aquele tempo, de volta a casa para começar uma nova vida ou continuar com a que havia interrompido. Oliver sabia que nunca mais ia ser o mesmo para ele, não podia apagar o que tinha acontecido, nem esquecer o filho, mas tinha o direito de seguir em frente e não se enterrar vivo com uma mulher que não amava e um filho que na verdade nunca havia desejado. Já tinha sido nobre demais e agora abria uma nova porta, e Oliver ia tirá-lo daquela confusão o mais depressa possível, antes que ele mudasse de ideia. A princípio, Benjamin não queria deixar que Sandra ficasse com o bebê. Mas estava cansado e deprimido demais para lutar. Além disso, o pai garantia que a mãe de Sandra ia cuidar de Alex. Benjamin concordou com tudo como se estivesse num transe e, depois de alguns momentos de silêncio, agradeceu com uma voz triste.

– Vou sentir muita falta de Alex. Ele está tão engraçadinho agora, papai. Já está engatinhando. Eu não sei... – Hesitou outra vez. – Talvez esta não seja a melhor solução. – Mas uma parte dele queria se livrar das responsabilidades. Os últimos meses haviam sido um verdadeiro pesadelo.

– Você está fazendo a coisa certa – garantiu Oliver –, e pode visitar Alex em Bakersfield. Fica a duas horas daqui. É a melhor coisa que podia acontecer para vocês três. Não pode continuar essa luta. Fez um belo trabalho até agora, e me orgulho de você. Mas tem de pensar na sua vida também. Na sua idade, sem um diploma de ensino médio pelo menos, não pode oferecer muita coisa para seu filho.

– Eu sei. – E, então, em tom preocupado: – A mãe de Sandra disse mesmo que vai ajudar a tomar conta de Alex? Não confio nela.

– Disse que vai e que não está trabalhando. Agora, procure dormir um pouco. – Oliver ouviu o choro do bebê no outro lado da linha. Benjamin ia esperar que Sandra voltasse para casa, e Margaret estaria lá na manhã seguinte. – Falo com você amanhã à noite, na casa do seu avô.

Quando Oliver telefonou, no dia seguinte, Margaret disse que Benjamin estava dormindo. Ele ficou inconsolável quando Sandra partiu com o bebê. Insistiu em limpar a casa de Purchase e quando chegou na casa do avô, estava exausto, física e emocionalmente. A separação dos dois fora amarga e ruidosa. Margaret o levou para a cama, como se fosse uma criança, antes mesmo do jantar. Ela disse que ele poderia ficar mais alguns dias, mas Oliver queria que ele fosse para a Califórnia logo que estivesse bem para viajar. Benjamin precisava sair de Nova York e pôr muitos quilômetros entre ele e o pesadelo daquele último ano.

– Ele é um bom menino, Oliver. Deve se orgulhar do seu filho. Foi um homem até o fim. E ficou inconsolável pela separação.

– Eu sei. – Não esperava que Benjamin amasse tanto o filho, e isso podia complicar um pouco as coisas, mas com o tempo tudo podia mudar. Talvez esse amor não fosse tão intenso, ou talvez Sandra resolvesse abrir mão dos seus direitos e permitir que Benjamin ficasse com a guarda de Alex. Oliver tinha consultado um advogado e sabia que sem o consentimento da mãe, e no momento ela não queria, não podiam tirar o filho dela. Tinham feito a coisa certa, e agora o que tinham a fazer era garantir a Benjamin o direito de visita. – Mais uma vez obrigado por se encarregar de tudo, Margaret. Desculpe-me por lhe dar tanto trabalho. Eu não sabia a quem pedir. – Tinha pensado em telefonar para Daphne, mas ela estava muito longe, e sempre muito ocupada. Margaret fora uma dádiva do céu, e Oliver sentia-se profundamente agradecido a ela. George tinha razão. Era uma mulher e tanto.

– Seu pai diz que Benjamin se parece muito com você na idade dele. Forte, bondoso e obstinado. – Era estranho ouvir isso. Oliver sempre achou que Benjamin se parecia mais com Sarah. – Ele vai achar o caminho certo outra vez, não se preocupe e, amanhã ou depois, eu o ponho no avião para você.

Oliver agradeceu outra vez e desligou. Telefonou em seguida para a mãe de Sandra, em Bakersfield, para saber se Sandra e o bebê tinham chegado bem. Ela disse que estava tudo em ordem e perguntou quando ele ia mandar o primeiro cheque.

– Foi enviado ontem, Sra. Carter – disse Oliver, com desprezo. – O bebê está bem?

– É um garotinho muito bonito – disse ela, mais para agradar Oliver do que por entusiasmo pelo neto.

Finalmente Oliver relaxou e deitou-se no sofá, ao lado de Charlotte, que havia acompanhado quase todo o movimento com ele. O pesadelo estava quase no fim.

– Foi um ano de inferno para Benjamin, Charlie – disse, acariciando o cabelo dela, com um sorriso cansado. – Graças a Deus ele está livre agora. – Porém, Oliver não podia deixar de sentir pena do pequeno Alex. Estava muito mais distante deles.

– Deve ter sido duro para ele dar aquele telefonema. Você tem de dar crédito a Benjamin por ter jogado a toalha antes que fosse tarde demais.

– Eu dou. Tenho um grande respeito por ele. Só sinto que tenho tido de passar por tudo isso.

Naquela noite, os dois jantaram tranquilamente depois que Mel e Sam foram para seus quartos. Benjamin já havia telefonado, e todos sabiam que ele ia chegar no dia seguinte. Oliver avisou que ele havia passado por uma fase muito difícil da sua vida, e Mel prometeu fazer o possível para facilitar as coisas para ele. Estavam curiosos para saber se ele ia continuar a estudar.

Oliver levou Charlotte para casa bem tarde, naquela noite, e só entrou para um drinque rápido. Tudo que fizeram foi falar sobre Benjamin e se beijar por alguns minutos, na cozinha. Sem dúvida era muito diferente da sua louca aventura com Megan. Antes de sair, Oliver sorriu tristemente e pediu desculpas por toda aquela confusão.

– Meu amor, infelizmente quando se trata de filhos nem sempre as coisas saem como esperamos. Acho que já me acostumei, mas para você não deve ser muito divertido. Não fui boa companhia nestes últimos dias.

– Você foi ótimo, e eu não queria que fosse diferente. – Então, Charlotte pensou que gostava de estar com ele e com seus filhos, e que seu coração estava todo com aquele que não conhecia ainda. – Quer que eu vá com você ao aeroporto amanhã à noite, ou prefere ficar sozinho com ele? – Charlotte procurava sempre respeitar o tempo de que ele precisava para os filhos, e Oliver apreciava isso também. Ela parecia compreender tudo e estava sempre pronta para ajudar.

– Teremos muito tempo para conversar quando chegarmos em casa. Quero que vá comigo, Charlie. – Beijou-a outra vez, com um sorriso, e logo depois voltou para casa, exausto.

Oliver podia imaginar o que Benjamin estava sentindo depois de todo aquele sofrimento, mas não estava preparado para o garoto pálido, emaciado e angustiado que buscou no aeroporto. Tudo que pôde fazer foi abraçá-lo, enquanto Benjamin chorava. Charlotte esperou a uma certa distância. Finalmente, Benjamin enxugou os olhos e olhou para o pai como quem vê um amigo há muito tempo perdido. Charlotte virou o rosto para que não vissem suas lágrimas.

– Charlotte, quero que conheça meu filho, Benjamin – disse Oliver em voz baixa.

Era uma noite sombria para eles, mas o rapaz fez o possível para disfarçar a angústia e sorriu, apertando a mão dela.

– Minha irmã me falou muito a seu respeito, e vi seu programa muitas vezes. Sam me contou do porquinho-da-índia. Realmente conquistou minha família, Srta. Sampson.

Lisonjeada com o pequeno discurso, ela o beijou no rosto, e Oliver notou como os dois se pareciam. Qualquer pessoa pensaria que eram parentes, os dois com cabelos ruivos e brilhantes, pele macia e as sardas.

– Estou lisonjeada, Benjamin. Mas ficaria mais feliz se me chamasse de Charlie. Como foi a viagem?

– Muito boa, eu acho. Dormi quase o tempo todo. Estava ainda física e emocionalmente abalado e exausto. – Dormira até o meio-dia, e Margaret o havia levado de carro ao aeroporto. Voltou-se para o pai e perguntou, em voz baixa: – Você falou com Sandra ontem à noite? Alex está bem?

– Estão bem.

Foram para a área de retirada de bagagem, Oliver vendo com tristeza a preocupação de Benjamin com Sandra e o filho. Alex significava muito para ele, e era doloroso ver o quanto sentia falta do bebê. Quando foram levar as malas de Benjamin para o quarto dele, Oliver comentou isso com Charlotte.

– Ele não vai esquecer o filho, Ollie.

– Sei disso. Mas está na hora de pensar um pouco na própria vida.

– Vai pensar. Dê tempo a ele. Está ainda em estado de choque, depois de tanto sofrimento.

Desceram para se juntar aos outros. Estavam todos na cozinha, inclusive Benjamin. Quando Oliver chegou, com Charlotte, ele comia um sanduíche e biscoitos de chocolate feitos por Aggie. Mel falava sem parar, e Sam empurrava o porquinho-da-índia para cima do irmão para que ele visse como era bonito. Benjamin ouvia, sorrindo. Era bom estar em casa, melhor do que eles podiam imaginar. Era como ter passado um ano em outro planeta.

– Que tal a escola, Mel?

– Ótima. Você vai adorar. – Então, ela desejou ter engolido a língua. Seu pai tinha avisado para não pressionar o assunto de estudos.

– Não se preocupe, não estou tão tenso assim – disse Benjamin ao perceber. – Mas ainda não resolvi o que vou fazer. Quero ir até Bakersfield para ver como está Alex, depois vou ver se faço um teste de equivalência na escola. Acho que posso tentar a Universidade de Los Angeles, se me aceitarem. – Lá se ia o sonho de Princeton e Yale. A Universidade de Los Angeles era boa, e ele queria ficar perto de casa por uns tempos. Agora, era tudo que desejava.

Quando os irmãos subiram, ele disse a mesma coisa para o pai. Charlie disse que estudara lá e ofereceu-se para dar uma carta de recomendação, se ajudasse.

– Seria ótimo – agradeceu Benjamin, procurando não olhar para ela com muita insistência. Mas estava impressionado com a delicadeza de Charlotte, sua beleza e com o amor que demonstrava por seu pai.

Ela insistiu em ir sozinha para casa a fim de que os dois pudessem ficar a sós. Depois que ela saiu, Benjamin a elogiou sinceramente, e isso deixou Oliver muito feliz.

– Parece que você tirou a sorte grande, papai. Ela é fantástica.

– Também acho – disse Oliver, com um sorriso. Depois, olhou para o filho, preocupado, como se estivesse à procura de cicatrizes. Mas não havia nenhuma visível, a não ser nos olhos, que pareciam ter cem anos. – Você está bem? Quero dizer, bem de verdade?

– Dá para o gasto. Papai, pode me emprestar o carro amanhã? Vou a Bakersfield para ver Alex.

– Acha que deve? Quero dizer, tão cedo? Pode ser difícil para Sandra. Talvez seja melhor dar um tempo para vocês dois.

Com um suspiro, Benjamin recostou na poltrona confortável, esticando as pernas.

– Você é louco por ele, não é? – Era exatamente o que Oliver sentia pelos filhos, mas pensou que este caso seria diferente; estava vendo que não.

– Ele é meu filho, papai. Não queria que eu sentisse algo diferente, certo? – Parecia surpreso. Para ele, legítimo ou não, era seu filho, e ele o amava.

– Acho que não. Foi o que senti por você quando nasceu. – Oliver teria morrido se tivesse abandonado o filho ou se o deixasse com uma pessoa em quem não pudesse confiar. E, de repente, compreendeu o que Benjamin estava sentindo. – Pode levar a caminhonete, se quiser. Avise Aggie, porque ela pode precisar para fazer compras ou para bucar Sam.

– Obrigado. Prometo acertar minha situação na escola, logo que tiver resolvido isso. Como sei que vou esperar bastante para entrar na Universidade de Los Angeles, pretendo arranjar um emprego. Quero agradecer tudo que fez por mim, papai.

Com os olhos cheios de lágrimas, Oliver bateu de leve no joelho dele e levantou-se, cansado e satisfeito por ter o filho finalmente de volta em casa.

– Procure construir uma boa vida para você, Benjamin. Terá tudo que deseja, algum dia. Uma boa mulher, todos os filhos que desejar, na hora certa, com a mulher certa, se tiver sorte.

Benjamin sorriu e perguntou, curioso:

– Vai se casar com ela, papai? Estou falando de Charlie.

– Percebi de quem você está falando. – Oliver sorriu e foi sincero, de homem para homem. Benjamin não era mais criança. – Eu gostaria, mas não temos tido muito tempo para falar no assunto.

Oliver vinha evitando falar nisso com Charlotte. Sabia quanto a carreira era importante para ela e tinha medo de ser rejeitado. Não queria estragar tudo, propondo casamento cedo demais, mas sabia que era a coisa certa desde a primeira noite. Agora, era só uma questão de tempo. Era uma situação diferente em sua vida e tinha por ela sentimentos que jamais tivera por Sarah. Sempre fora difícil com ela, compreendia agora, uma pessoa completamente fora do seu ambiente. Mas Charlotte adaptava-se perfeitamente. Era tudo com que ele sempre havia sonhado.

– Charlotte é muito legal. Eu gosto dela.

– Eu também. – Oliver sorriu e acompanhou Benjamin até seu quarto. Estava feliz por ter o filho sob o mesmo teto outra vez. Suas três crianças, que estavam crescendo tão depressa. Sam nunca mais dormiu na cama do pai. Ficava muito satisfeito no próprio quarto, com Charlie.

24

No dia seguinte Benjamin foi a Bakersfield e não ficou satisfeito com o que viu, mas Alex estava bem, Sandra em casa e a mãe parecia controlar a situação, o que era o melhor que ele podia esperar. Mas a casa era muito velha e malcuidada, o ar-condicionado não funcionava, e Alex dormia na sala de estar com a televisão aos berros ao lado do berço. Quando acordou e viu Benjamin, ele gritou de alegria e foi difícil ter de deixá-lo outra vez, mas se sentia feliz por estar livre de Sandra.

Voltou para Bel Air um pouco mais descansado. Nas semanas seguintes, passou nos testes de equivalência na escola e fez inscrição na Universidade de Los Angeles. Foi aceito quatro semanas depois. Tinha um emprego de meio expediente na livraria do *campus*, que pretendia manter para mandar o dinheiro para Alex.

Foi outra vez a Bakersfield e tudo parecia na mesma, embora Sandra não estivesse em casa. Mas a mãe estava, tomando cerveja, e Alex parecia bem. Benjamin brincou com ele durante uma hora e voltou para casa. Não mencionou essa visita ao pai. Oliver achava que ele ainda estava muito envolvido com o filho, mas Benjamin sabia que era algo que tinha de fazer, independentemente de quantos filhos tivesse no futuro. Alex sempre seria o primeiro e uma parte importante da sua vida. Benjamin pretendia não perder contato. A mãe de Sandra aparentemente não se importava. Estava satisfeita com os cheques que chegavam pontualmente todos os meses. Alex era a melhor coisa que já tinha acontecido em sua vida. Sem dúvida Sandra sabia o que estava fazendo quando se envolveu com Benjamin Watson. Os Watson podiam não ser ricos, mas tinham o suficiente, e depois de uma pequena pesquisa, ela ficou sabendo que o pai de Benjamin vivia muito bem. Então, algumas semanas mais tarde, ela leu um item na coluna social que a intrigou. O pai de Benjamin estava saindo com Charlotte Sampson. Isso não significava muito agora mas, algum dia, se ele parasse de mandar o dinheiro, uma pequena chantagem podia resolver tudo.

Não se tratava de uma aventura para Oliver. Seu romance desabrochava, e eles passavam cada vez mais tempo juntos, para alegria dos filhos. Finalmente, no fim de abril, ele encheu-se de coragem.

Estavam jantando tranquilamente no Chianti, como faziam sempre. Oliver não a surpreendeu com um anel, nem fez o pedido romanticamente ajoelhado. Quando terminaram o jantar, olhou nervoso para ela. Charlotte riu. Não tinha certeza, mas pensava que sabia o que ia acontecer.

– Como foi seu dia no escritório, hoje? – perguntou ela, e Oliver quase gemeu.

– Não faça isso comigo... Eu queria falar de uma coisa séria há algum tempo, mas não tenho certeza do que você sente a respeito... com sua carreira e tudo o mais...

– Quer me oferecer um emprego? – disse ela com um sorriso inocente.

– Ora, cale a boca. Na verdade, agora que mencionou isso... sim. Pode chamar de emprego. Uma posição permanente, com péssimo salário, comparado ao que você ganha. Um compromisso para toda a vida, com três grandes obstáculos, algum divertimento e, no fim, uma pensão.

– Não se atreva a chamar seus filhos de obstáculos, Oliver Watson! Acontece que eu os amo! – Charlotte parecia realmente ofendida.

Oliver segurou-lhe a mão com força e levou-a aos lábios.

– Eu também os amo. Mas acontece que amo você também. O que acha de nos casarmos um dia destes? – perguntou ele, com o coração disparado. Não se surpreenderia se ela recusasse.

Charlotte, porém, apenas o beijou e depois de algum tempo, disse:

– É a coisa mais bonita que já me disseram.

Mas não estava respondendo ainda, e a espera era uma verdadeira tortura.

– E então?

– Acho que devemos pensar nisso seriamente. Você, mais do que eu. Sei o que estou ganhando e amo vocês todos, mas você nunca teve uma mulher com uma carreira, especialmente uma igual à minha. Não teremos nunca muita privacidade. Por mais que tentemos, as pessoas sempre vão me notar e procurar falar comigo e saber da minha vida, pelo menos enquanto eu estiver nesse programa. E isso, às vezes, pode ser muito desagradável.

Oliver sabia o que eram aqueles pedidos constantes de autógrafos, a imprensa, os intrusos bem-intencionados. Mas isso não o preocupava e orgulhava-se dela. Não se importava de ficar em segundo plano, deixando que ela fosse a estrela.

– Nada disso me incomoda.

– Tem certeza? Pretendo deixar tudo algum dia, mas para ser franca, Ollie, não agora. Não estou pronta ainda. Trabalhei muito, e durante um longo tempo, para abandonar tudo agora, antes de usufruir tudo que tenho direito.

– Eu compreendo. Não esperava que abandonasse sua carreira. Acho que seria um grande erro.

– Concordo. Por mais que eu te ame, creio que eu ia me ressentir. Qual será a opinião dos seus filhos?

Isso também a preocupava. Os três significavam muito para ela e para ele, e Charlotte queria a aprovação deles também.

– Eles disseram que iam se divorciar de mim se eu não a pedisse em casamento – disse Oliver, com um sorriso largo. – Acho que se você não me aceitar, provavelmente procurarão outro pai.

– Seriam muito tolos se fizessem isso. Não podiam encontrar um melhor, por mais que procurassem.

– Não é verdade. Cometo muitos erros.

– Sim, é verdade, e ainda não o vi cometer erro algum. Você faz um belo trabalho com eles.

Benjamin estava de volta ao caminho certo. Mel ia muito bem na escola, e Sam nunca fora tão feliz. As coisas iam bem para todos. Então, Charlotte disse, com um sorriso tímido:

– Eu gostaria de ter filhos também, algum dia. Um ou dois, pelo menos, ou talvez três, se não começar muito tarde. O que você pensa disso? Teria uma casa cheia, além dos porquinhos-da-índia, ratos brancos, criação de vermes e tudo o mais.

Eles riram, mas o assunto era sério e ela estava certa em falar nisso agora. Oliver franziu a testa. Nunca tinha realmente imaginado ter mais filhos. Aos 45 anos, era uma ideia interessante. Pelo menos, pensou Charlotte, ele não tinha saído aos berros, porta a fora, ainda.

– Não sei. Acho que estou um pouco velho para começar tudo de novo. Criar filhos não é tão fácil como você pensa.

Tinha visto isso naquele último ano, mas sabia também como eram grandes as recompensas e não queria privá-la dessa satisfação. Ele a amava demais. E Charlotte tinha muito para oferecer aos próprios filhos, bem como aos dele. Valia a pena pensar no assunto, se isso a ajudasse a dar uma resposta afirmativa.

– Acho que eu podia ser convencido, pelo menos uma vez – disse ele, com um sorriso. – Talvez duas. Mas não abuse. Já sou avô, você sabe.

– Isso não conta. – Ela queria dizer que ele era muito jovem ainda.

– Para Benjamin, conta – retrucou Oliver, com ar tristonho.

– Eu só quis dizer que você não tem idade para ser chamado de avô.

– Mas às vezes sinto que tenho. Exceto quando estou com você. Acho que podemos fazer coisas maravilhosas, Charlie. Há tanta coisa que quero fazer com você. Viajar, nos divertir, ajudá-la em sua carreira. Pela primeira vez na minha vida, sei que estou certo, do fundo da alma. Não tenho a menor dúvida a nosso respeito – disse ele, invadido por uma sensação maravilhosa de paz.

– O mais engraçado é que também não tenho. Sei o quanto te amo, Oliver. Só quero que você tenha certeza.

Ela o beijou outra vez e murmurou suavemente no ouvido dele:

– Nesse caso, você foi aceito. Mas quero esperar um ano, a contar do dia em que nos conhecemos, e quero fazer tudo certinho. Que tal o Natal?

– Fala sério? – Era espantoso, pensou ele.

Seu divórcio fora homologado havia um mês, Sarah havia partido há mais de um ano, e ele amava esta mulher de todo coração, e agora iam se casar.

Charlotte balançou a cabeça afirmativamente e riu, tão feliz quanto ele.

– Claro que sim. Você se importa de esperar até o Natal?

– Um pouco. Mas gosto da ideia de um noivado longo, à moda antiga.

– Em junho o programa sai do ar por algum tempo. Podemos viajar por um ou dois meses, no verão. Fui convidada para fazer um filme, mas é de segunda categoria. Prefiro viajar com você e as crianças, a não ser que Sarah queira levá-los a algum lugar.

– Sim, ela quer, mas só em agosto.

Fizeram planos durante algumas horas. Depois foram para a casa dela e fizeram amor, para comemorar o noivado.

25

No dia seguinte contaram para os filhos dele, e os três ficaram extasiados. Sam perguntou se podia ir com eles na lua de mel, e Oliver gemeu. Charlotte perguntou a Mel se gostaria de ser dama de honra. Faltavam ainda oito meses, mas pareciam todos crianças, combinando uma brincadeira.

Oliver buscou-a no estúdio, e quando Charlotte entrou no carro viu uma caixinha quadrada sobre o banco, embrulhada em papel turquesa com uma fita de cetim branco. Ela desembrulhou com mãos trêmulas e soltou uma exclamação abafada quando viu o anel brilhando na caixa de suede negro. Era um brilhante com finíssima lapidação de esmeralda, e seus olhos se encheram de lágrimas quando Oliver o colocou no seu dedo.

- Oh, Ollie... é tão bonito.

- Você também. - Ele a abraçou e beijou, e Charlotte aconchegou-se bem perto dele.

Alguns dias depois a imprensa tomou conhecimento da novidade, e os produtores do programa procuraram tirar o maior partido do fato. A equipe de relações públicas do estúdio praticamente caiu em cima deles, querendo fotografar Charlotte com Oliver e com os filhos. Telefonaram da revista *People* e da *US*, e a notícia do noivado apareceu na *Newsweek* e na *Time* e, de repente, até os filhos de Oliver passaram a ser assediados pelo público e pela imprensa. Charlotte ficou furiosa, e Oliver também quando descobriu os paparazzi na frente da sua casa várias vezes.

- Como você aguenta isso? - perguntou para Charlotte, mais de uma vez, e, como resultado, resolveram passar o verão com as crianças na casa de veraneio, emprestada por amigos, em Trancas.

Durante algumas semanas, a barra foi pesada, depois começou a acalmar. Sarah telefonou para dar os parabéns. Soube da notícia por meio de Sam, mas havia também lido nos jornais.

- Os meninos parecem loucos por ela, Ollie. Estou feliz por você.

- Eu também estou, mas a imprensa é uma chateação.

– Você acaba se acostumando. Isto é Hollywood! – brincou ela, mas parecia realmente satisfeita.

George e Margaret também ficaram satisfeitos. Foi um tempo feliz, e Oliver e Charlie tinham muito que fazer antes de partirem para as férias em Trancas.

Finalmente, Charlotte terminou as últimas gravações da temporada, as aulas terminaram e Oliver deixou o escritório para umas férias de quatro semanas em Trancas. Passaram um mês maravilhoso na praia, e depois Mel e Sam foram visitar a mãe no Leste.

Charlie ia fazer alguns comerciais, Oliver tinha de voltar ao trabalho, e Benjamin preparava-se para começar as aulas na universidade, no fim de agosto.

Pouco antes de agosto, Benjamin recebeu um telefonema, no fim da tarde, quando chegou em casa para trocar de roupa e jantar com Oliver e Charlie. Pensou que fosse o pai, ligando do escritório, mas com surpresa ouviu a voz da mãe de Sandra. Seu coração quase parou.

– Aconteceu alguma coisa, Sra. Carter?... Alex...

– Ele está bem, eu acho. – A voz dela estava esquisita.

Antes de telefonar ela havia pensado durante algum tempo, procurando um meio de tirar vantagem da situação, mas depois resolveu apenas contar a ele. Benjamin tinha direito de saber. Ele era uma boa pessoa e parecia louco pelo filho.

Talvez fosse melhor fazer um favor a eles. Pelo menos essa era sua intenção quando telefonou.

– Sandra deixou o bebê no abrigo ontem de manhã. Vai dá-lo para adoção. Achei que você devia saber.

– Ela fez *o quê*? – O coração de Benjamin disparou. – Sandra não pode fazer isso. Ele é meu filho também. Onde ele está? Não vou permitir que ela faça isso, Sra. Carter. Posso tomar conta dele sozinho. Falei isso a ela quando estávamos ainda em Purchase.

– Achei que você ia querer, por isso estou telefonando. Eu disse a Sandra que telefonasse para você, mas ela largou o menino e fugiu. Foi para o Havaí esta manhã.

– Obrigado... obrigado... avise que vou buscá-lo imediatamente... eu... pode deixar... eu mesmo telefono.

Só que quando telefonou para o abrigo foi informado que Alexander Carter, como o chamavam, estava agora sob custódia do juizado de menores. Benjamin teria de provar sua paternidade, fazer o requerimento para a custódia e para anulação dos direitos de Sandra. Tudo isso agora dependia da justiça. Benjamin telefonou para o pai e o tirou de uma reunião com um cliente. A essa altura, ele estava histérico, e Oliver mandou que se acalmasse e explicasse tudo devagar.

– Tudo bem, tudo bem... compreendi agora. Vou telefonar para meu advogado. Agora, procure se acalmar, Benjamin. Mas, antes de fazer qualquer coisa, preciso ter certeza de que você realmente quer a custódia total do seu filho. Quem resolve é você, agora.

Era a oportunidade de conseguir o que ele queria e, por mais doloroso que fosse, Oliver estava disposto a ajudá-lo.

Benjamin sabia que só havia uma escolha. Queria o filho de volta, e mesmo que isso significasse nunca mais voltar a estudar, e trabalhar em qualquer emprego que encontrasse, ele ia criar o filho, independentemente do que isso custasse. Era o tipo de sentimento contra o qual não se podia argumentar, e Oliver compreendia. Mandou Benjamin ficar calmo e esperar seu telefonema. Meia hora depois, Oliver telefonou e combinaram um encontro nos escritórios da Loeb & Loeb, em Century City, às 16 horas.

Benjamin chegou dez minutos antes. O advogado que os atendeu era um homem bondoso, que só aceitava casos muito mais importantes, mas trabalhavam para a agência de Oliver e estavam dispostos a ajudá-lo.

– Se é isso o que você realmente quer, meu jovem, não é tão complicado como parece. Hoje falei com todas as partes envolvidas e com as autoridades e tudo está muito claro. Sua paternidade não está sendo contestada. A mãe já assinou os papéis declarando que quer se desfazer do bebê. Se ela confirmar isso, por escrito, para nós... e ainda não tivemos oportunidade de nos comunicar com ela... então você terá custódia total e, depois de algum tempo, os direitos dela serão anulados. É uma responsabilidade muito grande, Benjamin, e deve pensar seriamente, antes de se decidir.

– Já decidi, senhor. Sei exatamente o que quero. Eu o amo. – Com os olhos cheios de lágrimas, o cabelo ruivo e as sardas, Benjamin parecia uma criança.

Oliver conteve-se para não chorar também. Estava resolvido a fazer o possível para ajudar o filho.

– A Sra. Carter disse que está disposta a assinar uma declaração confirmando seus cuidados com a criança e sua atitude responsável. Isso é tudo de que precisamos. Ela sugeriu que está disposta também a aceitar um "presente" seu, ou do seu pai, mas precisamos ter muito cuidado com isso. Expliquei a ela que venda de criança, ou qualquer coisa parecida, é crime neste estado. Ficou desapontada, mas não voltou atrás quanto à declaração que preparamos. Temos audiência marcada no tribunal de Bakersfield na próxima semana e, se tudo correr bem, pode ter seu filho de volta no mesmo dia.

– E até lá? – Benjamin ficou nervoso outra vez.

– Não podemos fazer nada. Ele está em boas mãos, e está seguro.

Benjamin não gostou, mas não podiam fazer nada a respeito, portanto concordou com a audiência na semana seguinte, esperando que eles conseguissem se comunicar com Sandra, em Maui, para que ela assinasse os papéis que entregariam Alex definitivamente a ele.

26

Oliver não foi trabalhar naquele dia, para acompanhar o filho a Bakersfield. Os dois estavam tensos, pensando em Alex e no que ele representava para eles... Para Oliver, era o símbolo de uma nova vida e um novo começo, e lembrou-se de Charlie dizendo que queria ter filhos com ele. Significava recordar o que era ter um bebê em casa, e uma parte dele entusiasmava-se com a ideia, enquanto a outra parte temia o caos e a confusão. Mas Benjamin tinha prometido se encarregar pessoalmente de tudo, com alguma ajuda de Agnes.

Tentou conversar durante a viagem na rodovia 5, mas Benjamin estava muito nervoso. Ele e Aggie tinham instalado um berço no quarto dele e tinham comprado seis caixas de fraldas. Ele queria passar na casa da Sra. Carter para pegar as roupas de Alex, mas Oliver achou melhor fazer isso na volta. Temia ainda que acontecesse alguma coisa e que não entregassem Alex. Não tinham conseguido encontrar Sandra em Maui, mas o advogado garantiu que, mesmo assim, era quase certo ele conseguir o que queria, porque ela havia assinado os papéis, entregando-o para adoção, antes de viajar.

O tribunal de Bakersfield ficava na Truxton Avenue. Deixaram o carro no estacionamento e entraram. Era a última semana de agosto, e fazia muito calor.

O advogado esperava-os. Benjamin parecia assustado quando entraram na sala do tribunal. Estava com paletó azul-marinho e calça cáqui, camisa social azul e a gravata azul-marinho da escola. Parecia um aluno de Harvard. O cabelo estava cuidadosamente penteado. Oliver sorriu para ele quando o funcionário da corte os mandou ficar de pé.

- Vai dar tudo certo, meu filho. - Oliver apertou a mão dele, e Benjamin sorriu, nervoso.

- Obrigado, papai.

No entanto, sabiam que nada era certo ainda, e o advogado havia avisado que podia surgir algum problema. Num tribunal nunca se pode ter certeza.

O assunto foi apresentado à corte, foi lida a declaração da Sra. Carter e os dois Watson ficaram aliviados por ela não estar presente. Os papéis assinados por Sandra foram introduzidos como prova, e um relatório explicava as condições em que a criança ia viver. Ia morar na casa alugada pela família Watson, em Bel Air, com o pai de Benjamin, irmã e irmão mais novo, uma governanta para ajudar a tomar conta dele, enquanto o pai estudava na universidade. Ele ia começar o curso de verão na semana seguinte e tinha ainda o emprego na livraria. O juiz aparentemente ficou intrigado e pediu que o advogado se aproximasse da cátedra. Conversaram em voz baixa durante alguns minutos. Então, o juiz, balançando a cabeça afirmativamente, fez sinal a Benjamin para se aproximar também. Ordenou que ele fosse para o banco das testemunhas e prestasse juramento para responder algumas perguntas. Com as pernas trêmulas, Benjamin subiu os dois degraus e sentou-se, olhando para o pai.

– Sr. Watson, deve compreender que esta não é uma audiência formal, mas estamos tratando de um assunto muito sério e a vida de uma criança está em jogo. O senhor compreende isso?

– Sim, senhor, eu compreendo – respondeu Benjamin, muito pálido, mas calmo.

– A criança em questão, Alexander William Carter, é seu filho? O senhor reconhece esse fato?

– Sim, senhor, eu reconheço.

– O senhor mora com a mãe da criança?

– Não, senhor, não moro.

– Já morou com ela?

– Sim, durante um ano.

– Não se casaram?

– Não, senhor.

– O senhor alguma vez sustentou a criança ou a mãe?

– Sim, senhor. Durante quatro meses, antes de Alex nascer e depois, até nos separarmos, em março. E desde então eu tenho... meu pai e eu temos enviado dinheiro todos os meses. Seiscentos dólares.

O juiz fez um gesto afirmativo e continuou:

– O senhor tem conhecimento dos cuidados de que necessita uma criança desta idade?

– Sim, senhor, tomei conta dele até março. Sandra estava... bem, ela saía muito e não sabia cuidar do bebê.

– E o senhor sabia? – O juiz parecia cético, mas Benjamin estava agora no controle da situação.

– Não, eu não sabia. Mas tive que aprender. Tomava conta dele à noite, depois do trabalho, e às vezes o levava comigo. Eu tinha dois empregos então, para pagar... bem, tudo... Sandra deixou de trabalhar depois que Alex nasceu.

– Mas o senhor levava o bebê para o trabalho?

– Às vezes, quando ela saía. Não tinha ninguém com quem deixá-lo e não podia pagar uma babá.

O juiz continuava impassível e, independentemente do resultado, Oliver nunca sentira tanto orgulho do filho. Benjamin era um homem decente, não era mais um menino, e um ótimo pai. Merecia ter a custódia do filho. Oliver esperava que o juiz também pensasse assim.

– E agora, o senhor e o bebê vão morar com seu pai?

– Sim, senhor.

– Seu pai concorda?

Oliver anuiu com a cabeça, e Benjamin disse que sim, que o pai concordava.

– E o que acontecerá se o senhor resolver sair da casa do seu pai, se, por exemplo, deixar a escola outra vez, ou se encontrar outra namorada?

– Levo Alex comigo. Ele é mais importante para mim do que qualquer coisa. E se eu deixar os estudos, arranjo um emprego para sustentá-lo, como fiz antes.

– Pode descer, Sr. Watson. Faremos um breve recesso. Voltaremos dentro de quinze minutos. – Bateu com o martelo e saiu da sala.

Benjamin desceu do banco das testemunhas, aparentemente calmo, mas encharcado de suor.

– Você se saiu muito bem – murmurou o advogado. – Continue assim.

– Por que esse recesso? – perguntou Oliver.

– Provavelmente ele quer reler os documentos para certificar-se de que tudo está em ordem. Mas Benjamin foi ótimo. Se ele quisesse, eu lhe daria até meus filhos. – Sorriu, procurando tranquilizá-los.

Caminharam nervosos pelo corredor durante 15 minutos, depois voltaram, e o juiz entrou na sala.

Ele olhou para Oliver, para o advogado, depois diretamente para Benjamin, quando bateu com o martelo para dar início à sessão.

– A corte está em sessão. Por favor, não se levantem, permaneçam sentados. – Então, com os olhos fixos em Benjamin, continuou:

– Meu jovem, o que está tentando conseguir é um peso enorme. Uma responsabilidade da qual jamais poderá se libertar. Não pode tirar folga do emprego de pai. Não pode abandonar, nem mudar de ideia, nem resolver desaparecer. Durante 18 anos a partir de agora, senão mais, esse bebê será sua responsabilidade, e de ninguém mais, se a lei lhe conceder a custódia total. Entretanto, tudo indica que o senhor tem aceito essa responsabilidade de modo admirável até agora. Sendo assim, eu o aconselho a pensar seriamente naquilo a que está se comprometendo e a lembrar, a cada dia da sua vida, e da vida do seu filho, não esquecendo, nem por um momento, o que o senhor deve a ele.

"Esta corte declara Benjamin Oliver Watson o único guardião de Alexander William Carter. A partir deste dia, 29 de agosto, o senhor tem a custódia plena da criança. A anulação dos direitos de mãe foi aprovada por esta corte e será homologada dentro do período prescrito pela lei. Pode mudar o sobrenome da criança a partir de hoje, ou a qualquer tempo. – Olhou para Benjamin, com um sorriso. – O menino é seu, Sr. Watson.

A um sinal do juiz, o funcionário da corte abriu uma porta. Uma assistente social entrou carregando Alex, que parecia satisfeito e um pouco assustado com o ambiente desconhecido. Os olhos de Benjamin, de Oliver e do advogado encheram-se de lágrimas.

– Pode levar Alexander para casa – disse o juiz.

A assistente social aproximou-se de Benjamin e entregou Alex para ele. Alex riu satisfeito quando o viu. Entregaram ao advogado uma caixa de papelão com um pijama, uma jardineira e o urso que Benjamin havia comprado quando ele nasceu. Estavam todos rindo e chorando, e Benjamin ergueu os olhos para o juiz.

– Muito obrigado, senhor... oh, muito, muito obrigado, senhor!

O juiz levantou-se e saiu da sala. O advogado saiu com eles, Benjamin com Alex no colo. Oliver bateu de leve nas costas do filho, depois apertou a mão do advogado e agradeceu.

Antes de pôr Alex na cadeirinha, no banco traseiro do carro, Benjamin o abraçou com carinho.

Resolveram não passar na casa de Alice Carter para apanhar as roupas de Alex. De repente, Benjamin não a queria ver nunca mais. Só queria levar o filho para casa e ficar com ele para sempre. Detestou até a ideia de ir à escola no dia seguinte. Não queria se afastar de Alex nem por um momento.

Voltaram para casa devagar, pela rodovia 99, e Benjamin falou o tempo todo, enquanto o bebê balbuciava. Ele falou sobre o juiz, o tribunal, e, finalmente, sobre Sandra. A assistente social informou os advogados de que Sandra fora bastante clara e decisiva. Sabia que não era capaz de cuidar do bebê e não queria tentar. Sem Benjamin para tomar conta do filho, tudo que ela queria era fugir dele. O período de espera era mera formalidade. Ninguém esperava problemas, e tudo que Benjamin tinha de fazer agora era preencher o formulário para trocar o sobrenome de Alex. A Loeb & Loeb trataria disso para ele, em Los Angeles.

– Muito bem, senhor, o que você acha de tudo isso? – perguntou ele a Alex. – Acha que vai gostar de morar com o vovô, com Mel e com Sam?

Alex balbuciou feliz e apontou para um caminhão que passava. Oliver sorriu, orgulhoso.

– Se ele não gostar pode ficar na garagem com aquele porquinho-da-índia barulhento de Sam – disse o avô, franzindo a testa, fingindo estar zangado. Mas era evidente o quanto ele amava o neto.

Mel, Sam e Aggie estavam na cozinha. Tinham esperado, tensos, durante toda a tarde. Mel viu primeiro o pai sozinho dirigindo o carro e pensou que alguma coisa tinha saído errada. Então Benjamin saiu, carregando o bebê, e ela correu para ele com uma exclamação de alegria. Alex arregalou os olhos.

– Cuidado... não o assuste... tudo isto é novidade para ele – disse Benjamin, com um olhar protetor.

Alex começou a chorar. Mas Aggie tinha um biscoito para ele, e Sam ergueu o porquinho-da-índia para que ele visse. O bebê começou a rir, tentando pegar o nariz do animalzinho.

Aggie conseguira uma cadeira alta para Alex. Oliver abriu uma garrafa de champanhe para o filho, e deixou que Sam experimentasse um gole.

– A Alexander Watson – brindou ele, com um sorriso largo, sentindo que haviam tirado um grande peso dos seus ombros. – Que ele tenha uma vida longa e feliz com o melhor pai do mundo.

– Oh, não – protestou Benjamin. – Você é o melhor.

– Vocês dois são os melhores – brindou Mel, com um sorriso, e todos olharam para Alex, rindo e com os olhos úmidos.

27

No dia seguinte começaram as aulas de Benjamin, mas ele foi em casa duas vezes para ver Alex, embora Aggie garantisse que não precisava da ajuda dele. Mas era como se Benjamin não pudesse mais ficar longe. No fim do dia, quando ele chegou, Alex estava na cadeira alta, comendo o que Aggie havia preparado para ele.

Quando Charlotte apareceu, naquela noite, ela insistiu em cantar para Alex, embalando-o, e depois ajudou Benjamin a ajeitá-lo no berço. Mel, Aggie e Oliver assistiram ao ritual, como fadas protetoras, e Sam pôs seu urso de pelúcia no berço dele. O presente de Sarah, na primeira vez que a visitaram.

Quando todos saíram do quarto, Alex começou a chorar, mas logo parou.

– Dentro de uma semana ele será a criança mais mimada do mundo – disse Oliver, fingindo desaprovar toda aquela atenção, mas Charlotte não tinha dúvidas de que Ollie ia ser o maior bajulador do neto.

– Que tal ter um bebê em casa outra vez?

– É bom para treinar. Ele nos acordou às seis horas da manhã. Mas tenho de admitir que Benjamin sabe como cuidar dele. É melhor até do que Aggie – disse, baixinho.

– Você também parece ter muita prática. Sèmpre me senti tão desajeitada com bebês.

Oliver a abraçou com carinho. Naquele fim de semana, levaram Alex ao zoológico. Só Oliver e Charlotte. Os dois acharam maravilhoso, e ninguém os perturbou, nem a assediou com pedidos de autógrafos. Várias pessoas olhavam para eles, mas resolviam que não podia ser Charlotte Sampson. Era apenas um casal feliz, levando o filho para passear num domingo em setembro. Só o grande brilhante na mão esquerda dela sugeria que deviam ser pessoas ricas e importantes, mas ninguém notou.

Foi um descanso para ela, porque a imprensa a atormentava desde a indicação para o prêmio Emmy, em agosto. Era a segunda vez que ela e o programa eram indicados. A entrega dos prêmios ia ser na semana seguinte, e todos queriam preparar matérias sobre os vencedores. Mas Charlotte queria que a deixassem em paz. Tinha medo que a publicidade exagerada, antes do prêmio, desse azar. Estava trabalhando outra vez, levantando às 4 horas da manhã e chegando ao estúdio às 5 para fazer o cabelo e a maquiagem. Oliver a buscava no estúdio, à noite, e iam jantar num restaurante tranquilo ou na casa dele. Estavam todos entusiasmados com os planos do casamento em dezembro, e ainda não haviam resolvido onde passariam a lua de mel, se no Havaí, em Bora Bora ou talvez esquiando. Sam achava que, independentemente da escolha, ele devia ir também, mas por enquanto Oliver não concordava. Nada de roedores, nada de crianças, nada de bebês na sua lua de mel. Já tinham muito disso todos os dias, sem precisar dessa companhia na sua viagem de núpcias, por mais que ele amasse os filhos.

O grande momento se aproximava, e Charlotte não podia mais evitar a imprensa que a esperava fora do estúdio quase todos os dias. Chegaram a acompanhá-la até Giorgio, quando foi comprar o vestido para a cerimônia, um modelo de Bob Mackie, preto com lantejoulas. Depois ela voltou para comprar o vestido de Mel, um belo Oscar de la Renta de cetim rosa. Oliver resmungou que ela estava deixando Mel mal acostumada, mas Charlotte o mandou cuidar da própria vida. As duas divertiram-se muito experimentando os vestidos, enquanto Charlotte escolhia outros para ela, e Mel brincava com os chapéus e os acessórios.

Finalmente chegou o grande dia. Charlotte, Oliver, Mel e Benjamin saíram de casa numa longa limusine, enquanto Sam e Aggie se acomodavam na frente da televisão para ver a cerimônia. Alex ainda estava acordado quando eles saíram, alegremente lambuzando de biscoito de chocolate o sofá e seu pijama. Na véspera ele havia feito 1 ano e dado os primeiros passos.

Chegaram ao Pasadena Civic Auditorium. Aparentando muita calma, Charlotte desceu do carro e segurou o braço de Oliver. Mel e Benjamin seguiram atrás. Os dois estavam extasiados, e Oliver sentia também a tensão. Charlotte estava com as mãos úmidas e quando os paparazzi a atacaram, Oliver sentiu o tremor do seu corpo. Quando se sentaram no auditório, as câmeras não se cansavam de focalizá-los. Dezenas de atores e atrizes foram cumprimentá-los. Finalmente, começou a cerimônia com a entrega dos prêmios menores. Quando chegaram aos mais importantes, Sam, em casa, estava bocejando e quase dormindo na frente da televisão, e Alex dormia no colo de Aggie. Mas em Pasadena o ar estava carregado de eletricidade e de tensão. Anunciaram os nomes dos indicados para o prêmio de melhor programa, e Mel e Benjamin gritaram de alegria quando o de Charlotte foi o vencedor. Os produtores percorreram rapidamente os corredores para receber o prêmio, enquanto suas mulheres choravam de emoção e Charlotte, com um sorriso largo, apertou com força o braço de Oliver. Estava feliz pelos produtores e tentava se convencer de que para ela bastava estar no programa vencedor. Foi anunciado então o prêmio de melhor ator.

Um amigo de Charlotte, que trabalhava em outro programa, ganhou o prêmio, e ela ficou feliz por ele. Chegou então o grande momento. Sua vez, afinal. A tensão era quase insuportável. Durante toda a vida, Charlotte dizia que a fama não era importante, mas era. Tinha trabalhado arduamente e, quer ganhasse ou não o prêmio, no íntimo sabia que o merecia.

As câmeras a focalizaram com insistência outra vez, e Charlotte apertou a mão de Oliver, que, em silêncio, rezava por ela. Foram anunciados os nomes das atrizes indicadas, e depois houve silêncio. Alguém pediu: "O envelope, por favor", e então, como que atingida por um raio, ela ouviu o próprio nome. Charlotte olhou para Oliver, tapou a boca com a mão, sem poder acreditar. Ele a fez levantar-se, e, então Charlotte caminhava apressada para o palco, com o cabelo ruivo e brilhante penteado para cima com cachos compridos e o lindo vestido moldando seu corpo perfeito. "Eu não acredito!", disse ela, antes de se levantar. Agora, segurando seu Emmy com uma das mãos, aproximou-se do microfone e, comovida e sorridente, agradeceu.

– Eu... não sei o que dizer. – Ela riu. – Não preparei nada porque nunca pensei que ia ganhar... quero agradecer aos produtores, aos diretores, roteiristas, atores, *cameramen* e toda essa gente mágica que tornou isto possível... meu instrutor de cena, John Drum, por ser bastante louco para me conseguir o papel... minha agente, por me convencer a aceitá-lo... Annie, você estava certa!... e o mais importante... – olhou diretamente para Oliver – ... minha família... meu futuro marido, Oliver, que me aguenta com tanto amor... e nossos filhos, Benjamin, Melissa e Sam. – Havia lágrimas nos olhos dela e nos de Oliver. Sam, em casa, estava em transe. – Eu amo vocês e espero fazer muito melhor no próximo ano. – Acenou para amigos e colegas e desceu do palco, voltando apressadamente para seu lugar.

A entrega dos prêmios terminou, mas o pessoal da imprensa quase a amassou, na cadeira, enquanto Oliver servia de escudo, beijando-a. Charlotte beijou os três e apertou as mãos deles. Foi uma noite maravilhosa e agitada. Levaram Mel e Benjamin para casa, beberam uma garrafa de champanhe com eles, e com Sam e Aggie. Depois, Charlotte e Oliver saíram para as festas de comemoração. Charlotte jamais esqueceria essa noite. Tinha conseguido.

Antes de eles saírem, George e Margaret telefonaram para dar os parabéns. Enquanto Aggie chorava de alegria, Charlie telefonou para os pais, em Nebraska. Eles também estavam chorando de emoção. Foi uma noite mágica, e ela ainda não podia acreditar. Benjamin fez um brinde, e eles conversaram, riram e viram a gravação da cerimônia antes de sair.

– Nunca imaginei que pudesse ganhar – repetia ela para Oliver, a caminho de Beverly Hills.

– Eu sabia que você ia vencer. – Estava tão orgulhoso dela e era extraordinário compartilhar essa vitória com Charlie.

Voltaram para a casa dela às 4 horas da manhã e deitaram-se na cama larga, com o Emmy olhando para eles do alto da penteadeira.

– Ele é bem engraçadinho – disse Oliver, com um sorriso, cansado demais até para tirar a gravata.

– Não tanto quanto você. – Ainda com o vestido de lantejoulas, ela virou na cama e olhou para ele. – Para mim, você é muito mais bonito. – Charlotte estava um pouco "alta" e ainda sob o efeito da grande emoção.

– Você é doida, sabia? E a maior estrela de Hollywood, e o que está fazendo comigo?

– Amando você. Vamos engravidar esta noite.

– Comporte-se. Logo vai ser mãe de três filhos. – Três filhos extremamente orgulhosos dela, como seu pai. – E um neto! – Riram os dois da ideia de Charlotte ser avó.

Ela estava feliz. Foi uma noite inesquecível. Para todos eles.

Ele a beijou, e cinco minutos depois Charlotte estava dormindo nos braços dele, ainda vestida, com o Emmy olhando para eles em toda sua glória. Ela parecia uma criança, e Oliver não podia acreditar que aquela mulher maravilhosa fosse quase sua. Deixou-a às 6 horas da manhã. Quando chegou em casa todos dormiam, e a noite anterior parecia envolta numa aura de irrealidade. Mas tinha acontecido. Era verdade. Charlotte ganhara o prêmio e dentro de três meses seria sua mulher. Era incrível, Oliver mal podia esperar. Três meses pareciam muito tempo agora... No chuveiro, Oliver sorriu, imaginando... três meses... e, então, ele e Charlie estariam casados.

28

A semana seguinte foi uma loucura, com a imprensa cercando-a por todos os lados. Charlotte recebeu um grande bônus do programa, e eles aumentaram o valor do seu contrato para o ano seguinte. Recebeu dezenas de outras ofertas. Para especiais e minisséries, filmes para a televisão, três filmes para cinema, e, então, o convite que ela havia esperado durante toda a vida. Sua agente telefonou para o estúdio, e Charlotte não sabia o que dizer. Queria aceitar, mais do que tudo no mundo, mas disse que precisava falar primeiro com Oliver.

Ele tinha direito a uma opinião. Era uma decisão importante para ela, e implicava várias coisas. Como, por exemplo, pedir a rescisão do novo contrato para o programa que lhe dera o Emmy. Ou até, talvez, quebrar o contrato, se fosse preciso.

Estava nervosa quando Oliver a buscou no estúdio naquela noite. Tinham combinado uma noite tranquila na casa dela, para planejar a viagem de lua de mel. Oliver insistia em Bora Bora. Mas, antes mesmo de pegar os folhetos da agência de viagens, ele percebeu que havia alguma coisa errada.

– Charlie, o que há? – Ele a conhecia bem, e não era comum vê-la tão tensa em sua companhia.

Charlotte foi direto ao assunto. Haviam lhe oferecido um papel numa peça na Broadway, uma peça séria, do tipo que ela sempre desejou fazer, e essa oportunidade podia nunca mais se repetir. Os ensaios começariam em dezembro. Significava que ela teria de ficar pelo menos um ano em Nova York, mas, se a peça ficasse muito tempo em cartaz, talvez dois anos, pelo menos.

Oliver ficou atônito, não acreditando no que ouvia, nem na expressão do rosto dela. Charlotte estava realmente indecisa, e seu coração quase parou.

– E o programa na televisão? – perguntou ele, querendo gritar "e eu?".

– Tenho de rescindir meu contrato. Minha agente acha que, se fizermos as coisas direito, eles permitirão.

– É isso que você quer?

– Não sei. Sempre foi meu sonho. Para mim, a Broadway sempre representou o pináculo, a epítome, o máximo da carreira de ator. – Estava sendo franca, como sempre. – Estou dizendo exatamente o que sei. Não resolvi ainda. Disse à minha agente que precisava falar com você primeiro. Mas... Ollie... eu sempre quis fazer um papel na Broadway, especialmente um como este.

– O que isso significa para nós? E o que vou fazer durante esses dois anos? Esperar sentado? Não posso deixar o escritório aqui, estou só há um ano em Los Angeles, e é um lugar importante para mim, provavelmente por um longo tempo, se não for para o resto da vida.

Meus filhos estão estudando aqui. Não posso abandoná-los, nem mudar toda sua vida outra vez. Já passaram por isso duas vezes num ano. Não posso, Charlie. Não posso largar tudo e ir embora, por mais que fique feliz vendo você alcançar o que sempre desejou. – Tinha de pensar em sua carreira e em sua família.

Charlotte parecia realmente angustiada. Não queria desistir, nem mesmo por ele.

– Eu podia vir sempre a Los Angeles.

Foi como se Oliver tivesse levado um choque.

Levantou-se e começou a andar pela sala, em silêncio.

– Não venha com essa, Charlie – disse, afinal. – Já passei por isso com uma mulher que eu amava. Ela nem começou a ir para casa nos fins de semana. Mas, mesmo que você consiga, quanto tempo acha que vai durar? Pegando os últimos voos, de um lado para o outro, passando um dia juntos por semana. É ridículo. Não funciona. Não solidificamos ainda nosso relacionamento, e você quer acrescentar essa tensão. Prefiro terminar tudo agora. Será menos doloroso para nós dois do que esperar mais um ano para terminar. Esqueça. Não quero ouvir falar em visitas de fim de semana. – Procurou se acalmar e pensar nela. – Escute, Charlie, deve fazer o que é certo para você. – Ele a amava o bastante para deixar que se fosse. Não tinha direito de ficar no caminho dela. Se fizesse isso, no fim ambos sairiam perdendo. Oliver tinha aprendido essa lição do modo mais difícil também. – Pense no assunto, faça o que *você* quer fazer. – Fechou os olhos por um instante, de dor quase insuportável. Mas tinha vivido antes com essa dor, com essa perda, com esse desespero. Sobreviveria uma vez mais. E estava disposto ao sacrifício, por ela. – Acho que você provavelmente vai aceitar. Ia se arrepender pelo resto da vida se não o fizesse, e nós pagaríamos o preço, de qualquer modo. Vá em frente, meu bem... realize seu sonho. Você tem direito. Está no auge da sua carreira, agora. Essa oportunidade jamais se repetirá. Mas não espere que eu vá visitá-la nos fins de semana... nem que acredite que podemos ter tudo. Não podemos. Às vezes temos de fazer uma escolha na vida. Faça a que for certo para você. É tudo que desejo. – Virou o rosto para que ela não visse suas lágrimas.

– Está dizendo que, se eu for, está tudo acabado entre nós? – Ela estava atordoada e desolada.

– Sim, estou. Mas não porque eu queira obrigá-la a ficar. Só estou dizendo que já passei por isso antes e não quero passar outra vez. Não dá certo. No fim, nós dois perderemos. E eu não suportaria a repetição. Prefiro lhe desejar boa sorte e me despedir com um beijo e com lágrimas no meu coração. Mas é melhor agora do que daqui a um ano, e talvez com um filho nosso. De qualquer modo, acho que meus filhos não suportariam outra perda. Tenho de pensar neles também. Eu te amo, Charlie. O bastante para deixá-la fazer o que quer. Vou para casa agora. Pense no assunto. E telefone quando chegar a uma decisão. Vou compreender... de verdade. – Seus olhos estavam úmidos.

Charlotte também chorava. Acreditava nele e o compreendia.

– Só não deixe que eu saiba pelos jornais. – Sem olhar para trás, Oliver saiu e foi para casa.

Sam estava brincando com o porquinho-da-índia na cozinha quando Oliver chegou, como se tivesse sido atropelado na rodovia de Santa Mônica.

– Oi, papai. – Ergueu os olhos, com um sorriso largo e ficou parado, esquecendo o animal por um instante. – O que aconteceu?

– Nada. Tive um dia terrível no escritório. Vou para a cama. – Passou a mão na cabeça de Sam e foi direto para o quarto.

Sam correu para o quarto da irmã, apavorado.

– Aconteceu alguma coisa com o papai! – informou ele. – Ele acabou de chegar em casa, e está verde.

– Talvez esteja doente. Você perguntou o que houve?

– Ele disse que teve um dia ruim no escritório.

– Talvez seja isso. Por que você não se acalma e o deixa em paz? Provavelmente amanhã ele estará bem.

Só que não estava. Todos notaram. Muito pálido, Oliver não disse uma palavra. Desceu tarde e nem tocou nos ovos preparados por Aggie. Sam trocou olhares com a irmã.

– Está doente, papai? – Mel procurou ser casual.

Então Sam acertou em cheio, e Oliver quase se encolheu quando o filho perguntou:

– Você brigou com Charlie ontem à noite?

– Não, é claro que não.

No entanto, ela não tinha telefonado desde que ele chegou, e Oliver passou a noite em claro. O terror de perdê-la era mais do que ele podia suportar. E a que preço. Amava-a demais para tentar agarrar-se a uma coisa que não podia ter, exatamente como havia descoberto que jamais tivera Sarah.

Foi para o escritório sentindo-se como um zumbi e quase estremeceu quando sua secretária disse que Charlotte estava na sala de espera. De repente, Oliver teve medo de mandá-la entrar, de vê-la, de ouvir o que ela ia dizer. Quando a secretária, completamente encantada, abriu a porta para Charlotte, ele sentiu-se encurralado e não se levantou porque não tinha força nas pernas.

– Você está bem? – Charlie olhou para ele, preocupada, e aproximou-se da mesa, muito pálida, mas não mais do que Oliver.

– Você já resolveu, certo?

Ela fez um gesto afirmativo, deixando-se cair na cadeira, na frente da mesa.

– Tive de vir agora. Vai dar no noticiário das seis. Os produtores da peça fizeram um acordo com a rede de televisão e concordaram em me tirar do programa no Natal. – Natal... o dia do seu casamento... ou quase.

– E você vai fazer a peça? – As palavras saíam com dificuldade.

Ela balançou a cabeça afirmativamente, muito tensa.

– Acho que sim. – Inclinando-se para a frente, segurou as duas mãos dele e pediu: – Não podemos chegar a um acordo? Não podemos pelo menos tentar? Eu te amo. Nada mudou. – Parecia desesperada, mas Oliver tinha mais experiência.

– Talvez agora não. Ainda não. Mas, com o tempo, vai ser demais. Seremos dois estranhos. Você, morando em Nova York, com sua vida, sua peça. Eu aqui, com meu trabalho e meus filhos. Que tipo de vida será essa?

– Difícil, um desafio, mas que vale a pena. Outras pessoas fizeram isso e sobreviveram. Ollie, eu juro, ficam por minha conta as viagens sempre que eu tiver folga.

– Como? Você tem dois dias. Um voando para cá, outro para voltar. Nós ficamos com o quê? Uma noite, no aeroporto? Quanto tempo você acha que isso vai durar? – Finalmente ele levantou-se da cadeira e ficou na frente dela. – Você fez a escolha certa. É uma mulher talentosa, Charlotte. Tem direito ao melhor.

– Mas eu te amo.

– Eu também te amo. Mas não posso fazer dar certo uma coisa impossível. Já aprendi essa lição antes. Do modo mais difícil. – As cicatrizes eram muito profundas, a dor grande demais, e, olhando para a mulher que ele amava, Oliver sabia que acabava de perdê-la.

– O que acontece agora? – Ela estava arrasada, mas não contestou.

– Sofremos por algum tempo. Crescemos. Continuamos. Você tem seu trabalho. Eu tenho meus filhos. Procuramos nos consolar com isso e, um dia, a dor desaparece. – Como tinha acontecido com Sarah. Apenas um ano de agonia constante. Só isso. E de certo modo, perder Charlotte parecia pior. Tinham tantas esperanças, tantos planos, tanto amor, e agora estava tudo acabado.

– Você faz parecer muito simples, Ollie. – Ergueu para ele os olhos magoados, e Oliver segurou a mão dela com carinho.

– Este é o único problema. Não é simples.

Depois de alguns minutos, ela saiu do escritório, chorando, e Oliver, antes de ir para casa, tomou uma dose dupla de uísque no bar. Ao lado de Sam, Aggie via o noticiário, enquanto dava comida para Alex. O apresentador dizia para toda Los Angeles que se comentava que Charlotte Sampson ia deixar o programa na televisão para atuar numa peça na Broadway.

Sam riu, e Aggie deu um biscoito para Alex.

– Que bobagem, não é, papai? Charlie não vai para Nova York. Ela vai ficar aqui e vocês vão se casar. – Olhou para o pai e o sorriso gelou nos seus lábios.

Oliver olhou para a televisão, depois para o filho, e balançou a cabeça como se estivesse num transe.

– Não. Acho que não, meu filho. Ela teve uma boa oferta para atuar numa peça importante. Significa muito para a carreira dela, Sam.

Aggie e Sam olharam estupefatos para ele. Benjamin entrou nesse momento e percebeu a tensão. Alex, com um grito de alegria, estendeu os braços para o pai, mas, pela primeira vez, ninguém o ouviu.

– Vamos voltar para Nova York, papai? – Sam parecia assustado e esperançoso ao mesmo tempo.

Oliver balançou a cabeça, sentindo que tinha envelhecido cem anos naquele dia.

– Não podemos, Sam. Vocês estão na escola. E eu preciso comandou o escritório. Não posso levantar acampamento e me mudar uma vez por ano.

– Mas você não quer ir? – Sam não compreendia o que estava acontecendo. Na verdade, nem Oliver compreendia ainda.

– Sim, eu quero. Mas também não pretendo interferir na vida de outra pessoa. Ela tem sua vida e nós temos a nossa.

Um momento de silêncio e, então, com um gesto afirmativo, Sam enxugou uma lágrima. Oliver e Benjamin olhavam para ele.

– Mais ou menos como mamãe, não é?

– Mais ou menos.

Sam saiu da cozinha, Benjamin tocou o braço do pai levemente, e Aggie tirou Alex da cadeira e foi ver o que Sam ia fazer. Dava para perceber que os tempos difíceis tinham voltado, e Sam ia sofrer. Ele adorava Charlotte. Mas, afinal, Oliver também a adorava.

– Posso fazer alguma coisa, papai? – perguntou Benjamin, comovido com a dor que via nos olhos de Oliver.

Ele balançou a cabeça, apertou o braço do filho e subiu para o quarto. Passou a noite toda pensando nela, e de manhã sentia-se como se tivesse levado uma surra.

Não era justo que acontecesse a ele outra vez. Não era justo que a perdesse. Queria odiá-la, mas não podia. Amava-a demais, e a ironia de tudo aquilo o assaltou com mais força de manhã, depois da noite insone, quando jogou fora os folhetos sobre Bora Bora. Tinha o talento de se apaixonar por mulheres que queriam mais da vida do que um simples casamento. Não podia nem imaginar a possibilidade de amar outra vez. Olhando pela janela e pensando em Charlotte, não conseguiu conter as lágrimas. Ele a desejava desesperadamente, mas sabia que não podia dar certo. Tinha de deixá-la partir, por mais dolorosa que fosse a separação.

Durante o dia inteiro pensou em telefonar para ela, mas não conseguiu. O nome dela apareceu em todos os jornais, por vários dias, mas Charlotte não telefonou. Só no feriado de Ação de Graças Oliver começou a ouvir o nome dela sem estremecer. Queria que ela fosse logo para Nova York a fim de não ser tentado a passar de carro por sua casa, ou pelo estúdio, para vê-la. Então ela estaria longe, para viver outra vida, separada da dele. Para sempre.

29

Na véspera do Dia de Ação de Graças, Sarah chegou para levar Mel e Sam a São Francisco, onde ela ia visitar uns amigos. Concordou em levar Aggie e Alex também. Benjamin ia esquiar em Squaw Valley. Sarah havia terminado seu livro na semana anterior, e Oliver achou-a muito bem. O mais estranho para ele foi que, quando a beijou no rosto, foi como se beijasse uma estranha. Não a desejava mais, e seu perfume não parecia familiar. A mulher que vivia nos seus sonhos era Charlie. Seu coração se apertava cada vez que pensava nela ou via seu nome nos jornais.

– Quando vocês vão se casar, Ollie? – perguntou Sarah, com Alex no colo, de manhã, pouco antes de saírem para São Francisco.

Oliver sobressaltou-se.

– Pensei que as crianças tinham contado – disse ele, em voz baixa e tensa.

– Contado o quê? – perguntou Sarah, surpresa, com Alex babando na sua blusa limpa. Estava na cozinha, esperando que Aggie acabasse de arrumar as coisas de Mel, Sam e Alex.

– Charlotte vai fazer uma peça na Broadway. Na verdade, deve partir logo. Então, bem... resolvemos que isso era melhor para ela do que o casamento.

Ele sorriu, mas não enganou Sarah. Ela o conhecia muito bem. E sentiu profundamente por ele. Não era igual ao que tinha sofrido com a morte de Jean-Pierre, mas qualquer perda era dolorosa.

– Acho que tenho o dom de me apaixonar por esse tipo de mulher. Inteligente e ambiciosa.

– Algum dia você vai encontrar a pessoa certa, Ollie. Você merece. – Sarah falava com sinceridade.

– Não estou muito certo de que terei tempo para ela, se encontrar. – Sorriu, procurando disfarçar a dor, e olhou para Alex. – Este garotão nos mantém ocupados o tempo todo.

Benjamin tirou Alex do colo de Sarah e o levou para a cadeirinha do Pontiac alugado por Sarah. Não gostava da ideia de ficar longe do filho, mas Oliver o convenceu de que ia lhe fazer bem esquiar um pouco. Era bom Sarah levar as crianças naquele momento. O golpe da separação deixara Oliver muito abatido.

Sarah partiu com os filhos, o neto e Aggie, e logo depois os amigos de Benjamin apareceram para buscá-lo. Oliver ficou sozinho, examinando a correspondência. O silêncio parecia estranho e, recostando-se na cadeira, perguntou a si mesmo se gostava ou não daquele intervalo repleto de sossego. Logo começou a pensar em Charlie e em Sarah. Imaginou se as coisas podiam ter sido diferentes, com uma ou outra, mas sabia que não. Talvez, se tivessem feito as coisas de outro modo, no princípio, Sarah não teria se rebelado mais tarde. Não, isso era tolice, concluiu ele, voltando à correspondência e às contas. Ela teria agido da mesma forma, de qualquer modo. Sarah nasceu para ser livre, para viver sozinha, para escrever seus livros, pensou ele. Como Charlie, com sua peça na Broadway, Megan, na sua cobertura, em Nova York, e até Daphne, com o homem de Greenwich que jamais deixaria a mulher.

A diferença era que Charlie parecia dar tanta importância ao casamento, a filhos, à "vida real", e, no fim, acabou fazendo a mesma escolha que as outras. Independência. Sua peça. Nova York. Com uma promessa de visitas regulares, que jamais seria cumprida, por melhores que fossem suas intenções.

A tarde ia caindo quando ele deixou a mesa de trabalho e foi preparar um sanduíche. Então ele a viu lá fora, parada perto do carro, hesitante. Era Charlie, usando camiseta e calça jeans, com o rabo de cavalo que a fazia parecer uma das amigas de Mel e não a mulher que tinha partido seu coração e desfeito o noivado. Ela ficou lá parada durante um longo tempo, olhando para ele, do outro lado da janela, e Oliver sem saber se abria ou não a porta. Se ela estava ali para se despedir, era uma crueldade. Finalmente, cedendo à grande atração que ainda sentia, foi até a porta e abriu-a. Charlotte caminhou para ele, visivelmente nervosa.

– Eu não sabia se você estava em casa ou não... ia deixar um bilhete. – O papel estava na mão dela, mas Oliver não queria ler. – Acho que eu devia ter telefonado antes.

– O correio seria muito mais simples. – Não tinha nada para dizer a ela agora. Tudo fora dito. E já tinha chorado muitas vezes.

Ela olhou para dentro, como se esperasse ver as crianças na cozinha, mas a casa estava vazia e silenciosa.

– Como vão todos?

Seus olhos se encontraram, e ele fez um gesto afirmativo, procurando ainda descobrir o motivo da visita.

– Bem.

– Ainda sinto falta deles – confessou ela, tristemente e com ar de culpa. Não havia procurado explicar nada aos filhos dele. Teria sido doloroso demais.

– Eles também sentem falta de você.

– Como vai Alex?

– Muito bem. – Ollie sorriu. – Benjamin é formidável com ele.

– Onde estão?

– Vão passar fora o feriado de Ação de Graças.

Por um momento, pensou em convidá-la para entrar, mas isso não ia resolver nada, só podia aumentar o sofrimento. Mas então, dando de ombros, ele recuou um passo.

– Quer entrar um pouco?

Com um gesto afirmativo ela entrou com ele na cozinha, pensando no quanto Oliver era bonito e no quanto o amava. Olhou em volta e guardou o bilhete no bolso.

– Quando vai para Nova York?

Charlotte hesitou, como se não soubesse o que dizer. Sabia o quanto ele estava magoado, e ela não podia reparar isso. Agora, teria de explicar muita coisa. Não sabia por onde começar, ou mesmo se devia começar.

– É uma longa história.

– Você deve estar satisfeita. – Oliver tentou falar com naturalidade, mas não conseguiu. Havia em sua voz raiva, dor, mágoa e o amor que sentia por ela e que não o deixava, por mais que ele tentasse livrar-se dele.

– Aconteceu muita coisa. – Ela começou a explicar.

Charlotte não disse que as últimas semanas tinham sido um inferno para ela. Via nos olhos dele que era tarde demais. Era tolice estar ali.

– Quer um café? – ofereceu ele.

Uma parte dele queria que ela fosse embora, para ficar sozinho com seu sofrimento, mas a outra queria que ela ficasse. Para sempre.

A expressão dos olhos dela dizia que, apesar do rabo de cavalo, Charlotte era uma mulher, não uma menina. Eram olhos de quem havia pagado o preço do que tinha escolhido. Então, ela disse, suavemente:

– Não vou para a Broadway, Ollie.

– Não vai? – Ele ficou atônito. Do que ela estava falando? Ela mesma tinha contado. Depois, ele viu na televisão e leu nos jornais. O que tinha mudado? Quando e por quê?

– Não, não vou, vou continuar com o programa, aqui.

– Eles não rescindiram seu contrato?

– Estavam dispostos a isso, mas...

Ele esperou, atordoado, o fim da história.

– Eu resolvi que não era a coisa certa.

– Para sua carreira? – murmurou ele.

– Para nós. Acho que é tarde demais, mas compreendi que não era a coisa certa. Comecei a pensar no que o casamento e a família significavam para mim e que eu estava me preparando para jogar tudo isso fora, por mais doloroso que fosse para mim, para você, para seus filhos – desabafou ela. – Não era a coisa certa. Era um preço muito alto, desistir do homem que amo, por mais que eu quisesse ir para a Broadway. Era errado, e recusei o papel. Mesmo que eu não recupere nenhum de vocês, esta é a coisa certa.

Ela sorriu com amargura.

– Eu me senti melhor logo que desisti.

Oliver olhava para ela, espantado, depois deu um largo sorriso.

– Eles devem ter ficado furiosos.

– Ficaram. – Charlotte sorriu também. – Acho que esse é o fim da Broadway. Mas a televisão ainda me ama. Fez uma pausa e continuou: – Fiquei com medo de telefonar para você, Ollie.

– Por quê?

– Porque o feri profundamente. Num momento eu o abandono dizendo que vou para Nova York. No outro, volto e digo que está tudo bem. Eu não podia fazer isso com você. É o que digo no bilhete. Preferi contar, antes que você lesse em algum lugar, e achei que, se quisesse se comunicar comigo, me procuraria. – Parecia não esperar mais nada dele, mas ia se arrepender do que tinha feito, pelo resto da vida. Então, para aliviar a tensão, enquanto Oliver absorvia o que ela acabava de dizer, Charlotte procurou a gaiola de Charlie.

– A propósito, como vai o meu xará?

Ollie olhou para ela com um sorriso largo, sentindo que acabavam de tirar mil toneladas dos seus ombros.

– Aquele filho da mãe barulhento foi relegado para a garagem, enquanto Sam estiver fora. Já tenho bastante dificuldade para dormir, sem precisar ouvir suas brincadeiras.

– Também não tenho dormido muito bem – disse Charlotte, como quem pede desculpas. – Arranjei mesmo uma encrenca daquelas, não é verdade, Ollie? – Falou em tom suave e triste.

Oliver fez um gesto afirmativo.

– Pode ser. – Sorriu para ela. – Talvez... talvez não. O que conta na vida é aquilo que você faz por último. Nós todos tropeçamos no caminho.

Estavam ainda de pé no meio da cozinha, constrangidos, suas vidas em jogo, os olhos repletos de medo, dor e tensão. Tinham tanto a perder... e tanto a ganhar, dependendo do que ele fizesse agora.

– Senti saudade de você, Ollie. Vou sentir sua falta durante um longo tempo, se não me perdoar. – Ela o amava bastante para voltar e pedir perdão. – Todos os dias eu tinha vontade de telefonar... pedir para você ir lá em casa... dizer que eu sentia muito... que fui uma tola... pensando que a peça na Broadway era mais importante do que você. Foi uma decisão idiota, mesmo reconhecendo meu erro, no fim.

– Mas foi sincera – disse ele, defendendo-a. – Era o que você sempre desejou. Tinha direito de fazer isso, Charlie.

– Eu queria você muito mais. Mas só tive certeza quando o perdi. E então, era muito tarde.

Os olhos dele diziam que era tarde demais, e Charlotte arrependeu-se de ter ido procurá-lo. Mas Oliver aproximou-se dela com uma expressão estranha.

– Quem disse isso? – murmurou ele, puxando-a carinhosamente para ele. – Quem disse que era muito tarde? E quem disse que você estava errada e eu estava certo? Disse a mim mesmo, milhares de vezes, que eu podia voltar para Nova York com você, que podíamos morar na casa em Purchase. Que direito eu tinha de ficar no seu caminho?

– Tinha todo direito... você tinha de pensar nos seus filhos tam bém. Eu só estava pensando em mim.

– E agora? – Oliver mal conseguia falar, sentindo-a tão perto. Amava-a demais. Era até dolorosa aquela proximidade.

– Ollie, eu te amo tanto – murmurou Charlotte.

Então ele a beijou. Era tudo que queria ouvir, tudo que realmente importava, tudo pelo qual ele estava vivendo desde a separação.

– Eu também te amo... nunca vai saber quanto senti sua falta. Pensei que ia ficar louco...

– Eu também. – Agora ela estava sorrindo.

Oliver ergueu-a do chão e atravessou a cozinha.

– Aonde vai me levar? – quis saber Charlotte, rindo.

De repente ela estava feliz outra vez. Encontrava-se nos braços do homem que amava. Ele não a odiava, e tinha sofrido também. Foi tudo uma tolice, mas graças a Deus não fora para a Broadway.

– O que você está fazendo?

Oliver subiu a escada com passos solenes.

– Vou levá-la para o meu quarto, que é o seu lugar, até você aprender a se comportar... droga de atriz famosa... nunca mais crie uma confusão igual a essa! – Entrou com ela no quarto que parecia familiar, aconchegante e maravilhoso.

– Ollie, eu sinto tanto...

Ele ainda a segurava no colo, como se não fosse largá-la nunca mais.

– Não sinta – disse, com um sorriso. – Fui tão tolo quanto você.

– E agora? – Ergueu os olhos, quando ele a colocou na cama.

– Acho que somos dois tolos e que um merece o outro.

Ela sorriu e ergueu os braços para ele. Foi um fim de semana mágico, passado quase todo na cama dele. Quando Sarah deixou as crianças em casa, a caminho do aeroporto para pegar o avião para Boston, Charlotte estava na cozinha, de jeans, com uma camiseta de Oliver e descalça. Sarah entrou para se despedir e ficou surpresa quando viu Charlotte despenteada e feliz.

– Essa é quem eu estou pensando? – murmurou Sarah, com um sorriso, quando Oliver a acompanhou até o carro.

Oliver tentou apresentar as duas, mas Mel e Sam fizeram tanto estardalhaço que era impossível ouvir qualquer coisa, e Charlotte ficou sem graça por estar descalça na cozinha de Oliver.

– Sim, é.

– Isso significa que você vai voltar para Nova York? – perguntou Sarah, com um sorriso irônico, e feliz por ele, entrando no carro. Ela e as crianças tinham se divertido muito.

– Não, não vou para Nova York. – Oliver tentou disfarçar a satisfação. – Ela vai ficar – disse ele, afinal.

– Vai? – Sarah ficou impressionada.

– Acho que tive sorte – disse ele. – Desta vez.

– Não, Ollie. – Sorriu para ele, o passado não representava mais uma lembrança dolorosa. – Ela é uma mulher muito inteligente. Parabéns aos dois, ou estou sendo precipitada?

– Um pouco. – Ele sorriu, e então os dois riram.

– Boa sorte, então. – Sarah acenou um adeus e saiu com o carro.

Oliver voltou à cozinha e olhou, incrédulo ainda, para Charlotte que, com um braço em volta da cintura de Sam, segurava Alex no outro, enquanto falava animadamente com Mel, e Aggie preparava chocolate quente no meio da confusão.

– Nem posso acreditar na minha boa sorte – murmurou ela para Oliver quando se sentaram à mesa da cozinha.

– Quem tem sorte sou eu.

– Nós dois. – Charlotte lembrou-se do anel que tinha devolvido, imaginando o que teria acontecido com ele. Ergueu os olhos e viu que Oliver estava rindo.

– Qual é a graça?

– Você é engraçada. E em resposta à sua pergunta, eu o joguei fora. – Na verdade, Oliver não teve coragem de devolver a joia, ela estava no cofre do seu quarto.

– Como adivinhou o que eu estava pensando?

– Porque estou mais esperto do que antes, e porque te amo.

Trocaram um sorriso longo e terno, por cima da cabeça de Alex, e Oliver teve a impressão de que acabava de acontecer um milagre. Um milagre que a trazia de volta para ele, quer a merecesse ou não.

– Quer trocar o diamante por uma aliança simples de ouro? – Oliver queria segurá-la antes que ela mudasse de ideia, ou que lhe oferecessem outro papel no teatro, ou num filme com um belo ator. Não estava certo de poder esperar mais quatro semanas até o Natal.

Charlotte balançou a cabeça, dizendo que sim. E seus olhos confirmavam tudo que Oliver precisava saber. Estava ali para ficar e teria tudo, a vida com ele e a carreira, enquanto ela quisesse. Dessa vez, sabiam que era possível. Charlotte fez sua escolha. E essa escolha era ficar com ele e com os filhos dele.

E tinha o programa também. E o Emmy, e um porquinho-da-índia e o homem que ela amava, três filhos maravilhosos, e até um neto. E teria seus filhos, se quisesse. Oliver estava disposto a dar tudo a ela. Naquelas semanas tinha aprendido muito.

– Quando?

Oliver tirou Alex do colo dela e o entregou a Aggie que, puxando Sam pela mão, os deixou a sós para resolver seu futuro.

– Amanhã? Na semana que vem? – respondeu Charlotte, rindo.

– Não mais tarde do que isso. – Oliver franziu a testa, puxou-a para ele e a beijou, no momento em que Benjamin apareceu na porta com a mochila de esqui nas costas.

– Desculpe, papai – disse ele, sorrindo satisfeito quando viu Charlotte.

Oliver, sem se virar, sacudiu um braço no ar, e Benjamin saiu da cozinha, com um sorriso largo. Beijaram-se outra vez, depois começaram a rir.

– No próximo fim de semana? – perguntou ele, feliz, mas desesperado.

– Amanhã. – Ela sorriu suavemente, marcando a data do casamento que eles quase haviam perdido.

– Eu te amo – murmurou Oliver, sentindo o coração dela bater quase tão forte quanto o dele.

– Eu também te amo – disse ela, no mesmo tom, e a distância ouviam as crianças subindo a escada de forma barulhenta.

Eles riam, comentavam a boa notícia, que, até o fim da semana, estaria em todos os jornais. Mas, então, Charlotte Sampson e Oliver Watson já estavam casados e no Havaí, onde iam passar uma semana, com a permissão do produtor do programa. Quando voltaram, os paparazzi estavam à sua espera e tiraram dezenas de fotos no aeroporto.

Benjamin e Alex os esperavam, o primeiro com um enorme sorriso, o segundo dormindo profundamente nos braços do pai.

– Espero que o nosso seja tão bonito quanto ele – murmurou Charlotte para Oliver, acompanhando Benjamin à área de bagagem.

Oliver passou o braço pela cintura da sua mulher e sorriu. Isso não o preocupava. Agora tinha tudo, a vida que desejava e uma mulher que a fazia valer a pena ser vivida. Sabia, sem sombra de dúvida, que era o homem mais feliz da Terra.

– Tudo pronto? – perguntou, enquanto Benjamin o ajudava a carregar as malas.

Quando saíam do aeroporto, uma mulher correu até eles, com um grito de alegria.

– Você não é... você não é Charlotte Sampson?

– Não. – Charlie balançou a cabeça, amavelmente. – É Watson.

– Oh!

A mulher pediu desculpas e desapareceu. Os três riram, Alex dormia, e Oliver e Charlotte foram para casa, para seus filhos.

fim

ATENDIMENTO AO LEITOR E VENDAS DIRETAS

Você pode adquirir os títulos da BestBolso através do Marketing Direto do Grupo Editorial Record.

- Telefone: (21) 2585-2002
  (de segunda a sexta-feira, das 8h30 às 18h)
- E-mail: mdireto@record.com.br
- Fax: (21) 2585-2010

Entre em contato conosco caso tenha alguma dúvida, precise de informações ou queira se cadastrar para receber nossos informativos de lançamentos e promoções.

Nossos sites:
www.edicoesbestbolso.com.br
www.record.com.br

EDIÇÕES BESTBOLSO

Alguns títulos publicados

1. *Os carbonários*, Alfredo Sirkis
2. *Viagem à luta armada*, Carlos Eugênio Paz
3. *Baudolino*, Umberto Eco
4. *O diário de Anne Frank*, Otto H. Frank e Mirjam Pressler
5. *O poderoso chefão*, Mario Puzo
6. *O diário de Bridget Jones*, Helen Fielding
7. *Sex and the City*, Candace Bushnell
8. *Doutor Jivago*, Boris Pasternak
9. *O jogo das contas de vidro*, Hermann Hesse
10. *Jovens polacas*, Esther Largman
11. *A pérola*, John Steinbeck
12. *O misterioso caso de Styles*, Agatha Christie
13. *O caso do hotel Bertram*, Agatha Christie
14. *O dia da tempestade*, Rosamunde Pilcher
15. *A queda*, Albert Camus
16. *Uma história íntima da humanidade*, Theodore Zeldin
17. *O amante de Lady Chatterley*, D. H. Lawrence
18. *Entre dois palácios*, Nagib Mahfuz
19. *O palácio do desejo*, Nagib Mahfuz
20. *O jardim do passado*, Nagib Mahfuz
21. *Paula*, Isabel Allende
22. *O grande Gatsby*, F. Scott Fitzgerald
23. *Encrenca é o meu negócio*, Raymond Chandler
24. *Pérolas dão azar*, Raymond Chandler
25. *Não há crime nas montanhas*, Raymond Chandler
26. *Prelúdio de sangue*, Jean Plaidy
27. *O crepúsculo da águia*, Jean Plaidy
28. *O coração de leão*, Jean Plaidy
29. *O buraco da agulha*, Ken Follett
30. *O príncipe das marés*, Pat Conroy

EDIÇÕES
BestBolso

Este livro foi composto na tipologia Minion Pro Regular, em corpo 10/12,5, e impresso em papel off-set 56g/m² no Sistema Cameron da Divisão Gráfica da Distribuidora Record.